Toni Blake

FANTASIE IN ROT

Buch

Als Nick Armstrong ihr rotes Tagebuch entdeckte, war er schockiert – und erregt. Hier offenbarte die ach so sittsame und anständige Lauren Ash die intimen Details ihrer geheimsten Fantasien. Er wusste, dass er es nie wieder anrühren sollte, doch die Versuchung war zu groß. Nie zuvor war er über etwas so Privates – etwas so Gefühlvolles – gestolpert. Nie zuvor hatte er eine so mächtige Waffe der Rache in den Händen gehalten.

Seine Strategie war einfach: Er würde Lauren Ash verführen, dafür sorgen, dass sie sich in ihn verliebte – und ihr dann das Herz brechen. Er würde für sie der Liebhaber ihrer Träume sein, doch in Fleisch und Blut. Er würde die leidenschaftliche Frau in ihrem Inneren befreien und sie anschließend sich selbst überlassen.

Doch auch Lauren verzauberte ihn mit ihrer Magie, brachte ihn dazu, die Vergangenheit zu vergessen und sich ihr mit Körper und Seele zu ergeben …

Autorin

Toni Blake liebt das Schreiben, seit sie noch in der Schule einen Autorenwettbewerb gewann. Wenig später veröffentlichte sie ihre erste Kurzgeschichte. Inzwischen ist Toni eine gefeierte Autorin von über einem Dutzend Liebesromanen. Sie lebt mit ihrem Mann im Mittleren Westen der USA, reist gerne, fährt Ski und interessiert sich für Ahnenforschung.

Toni Blake

Fantasie in Rot

Erotischer Roman

Ins Deutsche übertragen
von Michael Benthack

blanvalet
AVENUE

Die amerikanische Originalausgabe erschien unter dem Titel
»The Red Diary« bei Warner, New York.

FSC
Mix
Produktgruppe aus vorbildlich
bewirtschafteten Wäldern und
anderen kontrollierten Herkünften

Zert.-Nr. SGS-COC-1940
www.fsc.org
© 1996 Forest Stewardship Council

Verlagsgruppe Random House FSC-DEU-0100
Das für dieses Buch verwendete FSC-zertifizierte Papier
Holmen Book Cream liefert Holmen Paper, Hallstavik, Schweden.

1. Auflage
Deutsche Erstveröffentlichung Juni 2009 bei Blanvalet,
einem Unternehmen der Verlagsgruppe
Random House GmbH, München.

Dieses Werk wurde vermittelt durch die Literarische
Agentur Thomas Schlück GmbH, 30827 Garbsen.

Umschlaggestaltung: HildenDesign, München
Umschlagmotiv © HildenDesign unter Verwendung
eines Motivs von © Victoria Alexandrova / shutterstock
Redaktion: Theda Krohm-Linke
HK · Herstellung: RF
Satz: DTP Service Apel, Hannover
Druck und Einband: GGP Media GmbH, Pößneck
Printed in Germany
ISBN: 978-3-442-37087-0

www.blanvalet.de

Meiner Agentin, Deidre Knight,
die immer an mich und dieses Buch geglaubt hat.

EIN EINTRAG IM ROTEN TAGEBUCH ...

Ich treibe in kristallklarem, azurblauem Wasser dahin, nackt, ringsum meilenweit nichts als Himmel und Meer. Kühle Wellen umspülen mich, die warme Sonne küsst meine Haut.

In der Ferne, am Horizont, nimmt irgendetwas Gestalt an. Im Näherkommen verwandelt es sich in einen Schoner – ein makellos weißes Dreieck über einem strahlend weißen Schiffskörper. Ich fühle mich gestört, als gehörte das Meer nur mir, aber die Sonne hat mich schläfrig gemacht, und ich bin so zufrieden, dass ich mich nicht weiter beunruhige.

Ich schließe die Augen und lausche den gedämpften Geräuschen des Segelschiffs, das die Wellen durchschneidet und immer näher kommt. Als ich ein lautes Platschen höre, schlage ich die Augen auf und sehe, dass das Schiff nicht weit von mir vor Anker gegangen ist, obwohl es unbemannt zu sein scheint.

Ich frage mich, wo denn die Menschen auf dem Schiff sind – als direkt vor mir ein Mann, einem herrlichen Meeresgott gleich, die Wasseroberfläche durchbricht.

Er ist schön, tief gebräunt, muskulös. Seine braunen Augen durchbohren mich bis ins Innerste, wie der Strahl eines Leuchtturms durch den Nebel schneidet. Er sagt kein Wort, er lächelt nicht. Mit einer Hand streicht er sich die nassen dunklen Haare zurück. Dann spreizt er mit beiden Händen meine Beine auseinander.

Während ich das Gewicht verlagere, mich ihm öffne, strömt Wasser über meine Haut, sammelt sich an meinen Hüften und

Oberschenkeln. Er betrachtet mich dort, dann schaut er auf und sieht mir in die Augen. Hitzestrahlen verbinden uns, einen langen, prickelnden Augenblick lang genieße ich seinen Blick. Dann aber schließe ich die Augen wieder und strecke die Arme über den Kopf, bereit für mehr.

Kaum streicht er mit der Zunge über meine Mitte, spreize ich die Beine noch weiter. Seine Hände gleiten unter mich, dann beugt er sich vor, küsst und leckt mich weiter unten. Ich höre mich stöhnen, es klingt laut in der Stille, und ich wölbe ihm meinen Körper entgegen, um die Liebkosungen seiner Lippen zu empfangen, während ich in sein dichtes Haar greife. Hinter meinen Lidern sehe ich Farben – Gelb, Orange, Rot –, ich bin nahe daran, die Kontrolle zu verlieren, und gebe mich meinen Empfindungen hin.

Als ich das nächste Mal hinschaue, küsst er mich noch immer dort; den Blick aus weit geöffneten Augen auf mein Gesicht gerichtet, beobachtet er jede meiner Reaktionen. Als sich unsere Blicke erneut treffen, verwandeln sich die Hitzestrahlen in weiß glühende Blitze zwischen meinen Schenkeln. Mit der nächsten Bewegung seiner glitzernden Zunge versinke ich, schmelze ich dahin, schreie ich auf, mein Körper scheint unterzugehen, bricht dann wieder durch die kühle Wasseroberfläche hindurch, während die intensive Lust ganz allmählich nachlässt – und die Erde sich wieder wie gewohnt dreht.

Dann treibt er zusammen mit mir auf den Wellen dahin, das Wasser schwappt zwischen uns, ich lasse mich von seinen kräftigen Armen umfassen und ruhe mich unter den Strahlen der Sonne aus.

1

»Dein Glas ist leer. Ich bestelle dir noch eins.« Er umfasste ihre Hand, die den Stiel des Weinglases hielt.

Sie ließ das Glas los. »Danke, aber lieber nicht. Ich muss noch fahren.«

Chad lächelte sein perfektes Aufreißerlächeln. Der blonde, sonnengebräunte Rettungsschwimmer kam sich vor wie die Gabe Gottes an die Frauenwelt, aber in seinem Blick lag ein Hauch Gebrauchtwagenverkäufer, und seine routinierte Berührung fühlte sich nur allzu bekannt an. »Ich würde dich gern nachher nach Hause fahren. Also, was möchtest du trinken?«

Jetzt, da Lauren darüber nachdachte, kam ihr auch alles andere an diesem Abend allzu bekannt vor, trotzdem zwang sie sich, sein Lächeln zu erwidern. »Nichts. Ich trinke nichts mehr. Danke, aber entschuldige mich.«

Es war Zeit zu gehen, bevor ihr Leben sie vollends verschlang.

Im angrenzenden Raum tanzte ihre beste Freundin Carolyn Kraus zu einem Schmusesong, während ein Mann von hinten über ihre zarten Rundungen streichelte. Die dunkelbraunen Haare fielen Carolyn ins Gesicht, als sie den Kopf wandte, um seinen langsamen, rhythmischen Kuss zu erwidern, und Lauren wurde die Brust eng. Dann fiel ihr Blick auf das tief ausgeschnittene V von Carolyns hautenger Samthose, wo drei blaue Delfine im Kreis ihren Bauchnabel umschwammen. Lauren hatte schon mindestens drei Männer sagen hören, es sei die erotischste Tätowierung, die sie je gesehen hätten.

Sie war versucht gewesen, sich auch ein Tattoo machen zu lassen – bevor sie sich daran erinnerte, dass ihrer Ansicht nach eine sexy Ausstrahlung von innen kam und sie ohnehin nicht für alle Welt sexy sein wollte. Nein, sie wollte nicht sexy sein für die zahllosen Typen wie Chad, die in ihr Leben hinein- und wieder hinausflatterten. Und weil die Chads dieser Welt offenbar die *einzigen* Männer waren, die in ihr Leben traten, wollte sie im Grunde für niemanden sexy sein.

Auch Carolyns Tanzpartner war einer dieser blonden Surfer-Typen, mit einem Pferdeschwanz und einem dunklen »Ich lebe in der Sonne«-Teint. Lauren beobachtete, zusammen mit allen anderen, wie er mit einer seiner bronzefarbenen Hände Carolyns Brüste streifte. Mit der anderen spielte er im V ihrer Samthose.

Lauren wandte sich abrupt ab – sie hatte sich eigentlich von Carolyn verabschieden wollen, ließ aber jetzt ab von dieser Idee. Fast wäre sie mit einem gut aussehenden Typ zusammengestoßen, im Business-Anzug und mit gelockerter Krawatte. Seine Augen funkelten etwas zu sehr, vor allem, als er ihr den Arm um die Taille legte. »Möchtest du tanzen?«

»Nein, danke«, sagte sie mit fester Stimme und ging weiter. Sie blieb in der Eingangshalle stehen, holte ihre Handtasche unter einem Pärchen hervor, das sich auf einem Sofa miteinander vergnügte, ging schnurstracks zur Tür und warf keinen Blick zurück. Das war ihr Leben. Und sie hasste es.

Armes kleines reiches Mädchen. Sie lächelte bitter in sich hinein, voller Abscheu darüber, wie gut sie ins Schema passte. *Toll, ich bin zu einem Klischee geworden.* Was aber nichts daran änderte, dass man sich mit Geld kein Glück der Erde kaufen konnte.

Kurz darauf saß sie hinter dem Steuer ihres silbermetallicfarbenen BMW Z4, und die Scheinwerfer durchschnitten die Dunkelheit der Straße, die an der Küste des Golfs von Mexiko entlangführte. Sonnenküste, so nannten die Touristen den Streifen, der von Clearwater Beach bis nach St. Petersburg hinunter reichte; im Moment sah Lauren allerdings nur den hellen Halbmond und die Rücklichter ihres Vordermanns, der sie davon abhielt, so schnell zu fahren, wie sie wollte. Trotzdem – die frische Salzluft kühlte ihr Gesicht, und die Brise, die durch ihr Haar wehte, vermittelte ihr ein Gefühl von Freiheit. Zumindest für den Augenblick war sie von ihrem Leben der Nacht befreit.

Keine Partys mehr mit Carolyn, ermahnte sie sich.

Natürlich schwor sie sich das schon seit Ewigkeiten, aber Carolyn verführte sie immer wieder zum Mitkommen: »Es wird dir Spaß machen. Was hast du denn Besseres vor – hinterm Schreibtisch sitzen und die Nacht durcharbeiten?« Carolyn war ihre beste Freundin, im Laufe der Jahre hatten sie sich allerdings ziemlich weit auseinanderentwickelt.

Es gab zwei Arten von Frauen: solche, die zwanglos mit zahllosen Männern Sex haben konnten und das als ein Vergnügen ohne tiefere Bedeutung betrachteten, und solche, die das nicht konnten. Carolyn gehörte zu der Sorte, die das konnte. Und wahrscheinlich war es auch ganz nett, so frei zu sein – so wie ein Mann –, aber Lauren war peinlich berührt, wenn die Leute annahmen, dass beste Freundinnen einander in *allem* entsprachen.

Lauren jedenfalls fiel definitiv in die Kategorie, die so etwas nicht konnte. Siebenundzwanzig Jahre alt, hatte sie erst mit drei Männern geschlafen – in jeden war sie verliebt gewesen, und nach jeder Trennung war sie mit gebrochenem Herzen zurückgeblieben. Fügte sie noch die Zahl der anderen Beziehungen hinzu, die schmerzlich geendet hatten, ohne dass Sex im Spiel gewesen war, war sie langsam, aber sicher klüger geworden. Mit jedem Mal, dass ein Kerl mit sexy Augen und einem verführerischen Lächeln ihr Herz ein wenig erweichte, verstand sie die Ungerechtigkeiten des Lebens und der Liebe ein wenig besser. In diesen Augenblicken *sehnte* sie sich danach, so wie Carolyn zu sein, *sehnte* sich danach, Sex und Gefühl trennen zu können – aber ihre Seele ließ das einfach nicht zu. Ein Kuss genügte, und schon war es um sie geschehen. Entweder fühlte der Kuss sich falsch an, und sie wusste sofort, dass nichts weiter passieren konnte, oder er fühlte sich so köstlich richtig an, dass sie dem Mann verfallen war, ganz schnell, ohne dass sie nach Luft schnappen konnte – bis es vorbei war.

Sie bog nach links von der Brücke ab, die von Sand Key nach Clearwater Beach führte, und betrachtete statt des dunklen, glitzernden Wassers die Paare und Familien, die hier und da im Licht der Straßenlaternen auf den Gehwegen vorüberschlenderten. Ein Sommerabend am Südende von Clearwater Beach bedeutete Eis essen und Händchen halten. Dieser Anblick ließ sie ihr Alleinsein nur umso stärker empfinden.

Als sie den Kreisverkehr verließ und auf die Uferstraße einbog, drückte sie aufs Gaspedal, um wieder das wunderbare Gefühl der Freiheit zu empfinden, eingehüllt in die warme subtropische Brise. *Keine Partys mehr mit Carolyn*, wiederholte sie für sich. *Keinen von diesen Typen mit den hungrigen Blicken mehr, die meinen, eine Frau ließe sich gleich flachlegen, nur weil sie körperbetonte Kleidung trägt.* Es war ihr ernst. Sie war es leid, sich mit diesen Idioten abzugeben, ein für alle Mal.

Doch es würde schwierig werden, ihnen zu entkommen, denn es waren nicht nur Carolyns Bekanntschaften, in deren Nähe sie sich so unwohl und verletzlich fühlte. Selbst ihr eigener Vater ging mit Frauen ihres Alters aus und erwartete von

Lauren, dass sie dies für normal hielt. Und obwohl sie und ihr Dad niemals über Sex sprachen (Gott bewahre), würde er, wenn sie es thematisierte, wahrscheinlich davon ausgehen, dass sie mit vielen Männern ins Bett hüpfte, und auch das normal finden. Sie konnte zwar vermeiden, mit Carolyn auf Partys zu gehen, aber was war mit den Firmenfeiern ihres Vaters? Oder den Partys, die sein Partner Phil unentwegt schmiss? Als leitende Angestellte bei Ash Builders hatte sie bestimmte Verpflichtungen, ob es ihr nun gefiel oder nicht. Ihr Leben war eine einzige Pseudo-Hollywoodparty.

Nachdem sie links abgebogen war und die Innenstadt von Clearwater durchquert hatte, befand sie sich schon bald auf dem von Palmen gesäumten Boulevard, auf dem sie nach Hause gelangte. Die Bucht schimmerte wieder im Dunkel seitlich der Straße. Minuten später schloss sie das Garagentor hinter sich, betrat das Haus und erblickte Isadora, die sich auf ihrem pinkfarbenen Kissen auf dem weißen Sofa räkelte. »Hey, Izzy«, sagte sie liebevoll und streichelte die schneeweiße Angorakatze unterm Kinn. Aber Isadora rührte sich nur im Schlaf und schien zu sagen: *Lass mich in Ruhe.* Sie konnte sich also nicht einmal darauf verlassen, dass die eigene Katze ihr in Zeiten der Not Gesellschaft leistete. »Na gut, schäm dich.«

Froh darüber, wieder in der Geborgenheit ihres Hauses zu sein, ging sie in den ersten Stock und duschte sich den Zigarettengeruch ab. Nachdem sie die feuchten Haare gekämmt hatte, schlüpfte sie in ein jadegrünes Nachthemd, das ihr plötzlich für eine allein schlafende Frau viel zu verführerisch vorkam, aber sie genoss das Gefühl von Seide auf ihrer Haut.

Sie begab sich ins Büro und setzte sich auf den weichen Ledersessel hinter ihrem Schreibtisch, sah ihre E-Mails durch und schaltete den Computer wieder aus, froh, dass seit dem

Nachmittag keine großen Buchführungskrisen bei Ash Builders ausgebrochen waren. Sie wollte gerade das Licht ausschalten, als ihr Blick auf das rote Buch im Samteinband fiel, das zwischen einem Vierteljahresbericht und einem vier Kilo schweren Wörterbuch im Bücherregal gegenüber stand.

Ihr Sex-Tagebuch.

Nicht, dass sie in letzter Zeit Sex *gehabt* hätte – ehrlich gesagt lag es zwei Jahre zurück, dass sie sich von Daniel getrennt hatte, dem letzten Mann, mit dem sie geschlafen hatte. Vielleicht brauchte sie ja gerade deshalb ein erotisches Journal.

Sie verwahrte es in ihrem Büro, um es vor neugierigen Blicken zu verstecken, vor Carolyns zum Beispiel. Das Büro war ihr privates Reich: Nur ganz selten betrat es jemand anderer außer ihr.

Zwar fand sie meistens, dass sich das Buch ganz gut in seine Umgebung einfügte – aber aus irgendeinem Grund sprang ihr der rote Buchrücken heute Abend ins Auge.

Sie schmunzelte und schüttelte den Kopf. Wenn die Leute davon wüssten … Es war schon pure Ironie: Die Frau, von der alle glaubten, sie wäre ein loses Mädchen, war in Wirklichkeit ein braves, doch das gute Mädchen hatte auch eine dunkle Seite. Eine Seite, die niemand kannte. Die sie zumindest annähernd so sein lassen konnte wie Carolyn …

Aber sie brauchte hinsichtlich des Sex so viel mehr als Carolyn. Sie brauchte auch den Teil danach. Ohne ihn war alles andere nichts.

In ihrem roten Buch zeichnete sie ihre sexuellen Fantasien auf, auch wenn sie kaum wusste, warum. In Augenblicken wie diesem, in denen sie fast schon widerwillig an Sex dachte, kam es ihr fast schmutzig vor oder unreif, ihre Fantasien niederzuschreiben.

Doch vielleicht ging es ja nur um eine Erinnerung daran, dass sie tatsächlich Fantasien hatte und dass sie eine gesunde, leidenschaftliche Frau war, nicht nur diese Person, die in letzter Zeit vor jeder sexuellen Situation davonlief.

Vielleicht lag es auch nur daran, dass sie davon träumte, einen Mann zu finden, in dessen Nähe sich jedes niedergeschriebene Wort gut und richtig anfühlte anstatt frivol.

Seufzend ging sie zum Regal und nahm das Buch heraus. Sie schlug es nicht auf, sondern strich nur über den samtweichen Einband. Der tiefste, dunkelste Teil ihres Herzens – ihre intimsten Wünsche – lag in diesem Buch verborgen. Es war das große Geheimnis, das sie vor der ganzen Welt hatte; keine Menschenseele wusste davon.

Vielleicht führte sie das Tagebuch aus diesem Grund. Weil niemand davon wusste. Vielleicht ging es ihr nur darum, die Existenz dieses Teils ihrer Persönlichkeit anzuerkennen.

Lauren stellte das Buch zurück an seinen Platz, schaltete das Licht aus und ging zu Bett, während sie sich immer noch ganz allein fühlte in einer Welt, in der vermutlich alle glaubten, sie hätte einfach alles.

Nick sah auf die Uhr am Armaturenbrett, schob sich den letzten Bissen des Krapfens in den Mund und betätigte den Blinker. Nachdem er den Lieferwagen auf die Bayview gelenkt hatte, spülte er das Schmalzgebäck mit dem letzten Schluck Orangensaft aus der Packung hinunter, die er im 7-Eleven gekauft hatte. Im Radio sangen die Stone Temple Pilots »Sour Girl«, leise gestellt; normalerweise hörte er gern laute Musik, aber nicht so früh am Morgen. Kleine Veränderungen wie diese waren vermutlich die ersten Anzeichen dafür, dass er alt wurde. Er war jetzt zweiunddreißig, aber an manchen Tagen fühlte er sich wie neunzehn und an anderen eher wie jemand, der auf die siebzig zuging. Heute hatte er das Gefühl, als ob sich die beiden Enden des Spektrums einander näherten.

Nachdem er den von Villen gesäumten Boulevard, der sich die Bucht entlang erstreckte, verlassen hatte, veränderte sich die Luft, die durchs offene Fenster hereinwehte: Sie wurde dicker. In dieser Jahreszeit wurde es morgens schon früh warm. Aber genau genommen war das nicht der einzige Grund, warum er ein bisschen ins Schwitzen geriet.

Etwas machte ihm die Brust eng, als die Ash-Villa in Sicht kam: Henrys Haus. Er hatte den Mann seit fast zwanzig Jahren nicht mehr gesehen, wobei er ihn damals kaum gekannt hatte, aber in Gedanken nannte er ihn dennoch so: Henry.

Lauren Ashs Haus lag direkt neben Henrys, wahrscheinlich auch auf dem Ash-Anwesen. Es war nicht so bombastisch wie das Haus ihres Vaters, aber fünfmal größer als jedes Haus, in dem seine Familie je gewohnt hatte – eine abgespeckte Miniaturversion des griechischen Gipsputztempels von Henry Ash. Er erinnerte sich, vor einigen Jahren die Geschichte von anderen Arbeitern gehört zu haben: dass sie beschlossen hatte, in ihrem eigenen Haus zu wohnen, und Daddy seiner kleinen Prinzessin dann ihre eigene Mini-Villa gebaut hatte, komplett mit Springbrunnen im Vorgarten. Der war zwar klein, verglichen mit dem vor Henrys Haus, hätte aber jedem Stadtpark alle Ehre gemacht.

Mit leise quietschenden Bremsen kam der Lieferwagen vor dem Haus zum Stehen, das von Henrys kolossalem Palast durch eine mächtige Mauer getrennt war. Bei den Bauarbeiten hatte Lauren Ash zwei riesige immergrüne Eichen gerettet, dann ein paar Palmen und Bananenbäume im Garten gepflanzt und mit kletterndem Löwenmaul und Bougainvillea für Farbe gesorgt.

Unwillkürlich musste er daran denken, dass es ein Haus von der Art war, die Davy auffallen würde – so wie Davy eine Palme auffallen würde, die sich unter den Böen eines Hurrikans zur Erde bog, oder ein Pelikan, der im Meer nach Fischen tauchte. Das waren Dinge, die Nick kaum noch wahrnahm. Davy dagegen sah noch immer alles.

Na, dachte Nick, während er in Laurens mit hellem Stein gepflasterte Auffahrt einbog, hoffentlich war die Prinzessin von Ash Builders schon wach. Sie arbeitete, wie er wusste, zu Hause und schlief wahrscheinlich noch, aber er begann nun mal morgens um sieben seine Arbeit und würde seinen Terminplan für niemanden ändern, nicht einmal für die Tochter des Chefs.

Das hier war ein Auftrag wie jeder andere auch. Darum wusste er auch nicht recht, warum er innerlich so angespannt war. Damals, als sich die Gelegenheit bot, im Haus der Prinzessin zu arbeiten, hatte er allerdings sofort zugesagt, auch wenn er sehr gut wusste, dass *seine* Familie von den Ashs immer nur ausgenutzt worden war. Vielleicht wollte er in Wahrheit nur einen Blick in ihre Welt werfen, brauchte das einfach. Musste mit eigenen Augen sehen, wie sein Leben hätte sein können, sein sollen. Und auch Davys und Elaines.

Ein Job wie jeder andere. Genau.

Möglicherweise war derlei unreifes Leid der Grund dafür, dass er sich heute Morgen wie neunzehn gefühlt hatte, aber er hatte zu viel gesehen, zu viel gefühlt und wusste, wie ungerecht es in der Welt zugehen konnte.

In gewisser Hinsicht war das Leben seiner Familie inzwischen weitgehend gefestigt, aber alte Wunden hatten manchmal die Angewohnheit, wieder aufzureißen, wenn man am wenigsten damit rechnete. Und wenn er an die Ash-Familie dachte, spürte er ein nur zu vertrautes Feuer im Bauch. Dasselbe Feuer, das ihn veranlasst hatte, auf dem Schulhof für Davy einzutreten, dasselbe, das in ihm aufgestiegen war, als sein Vater Elaine gedemütigt hatte, dasselbe, das Nick gelehrt hatte, seine Fäuste zu gebrauchen.

Inzwischen war es ein eher *kontrolliertes* Feuer, auch wenn es ihm nicht immer leichtfiel, es zu beherrschen. Also war es jetzt an der Zeit, die alten Gefühle endlich beiseitezulegen und das zu tun, wozu er hergekommen war. Um ihrem Haus einen neuen Anstrich zu verpassen. Das war alles. Na ja, und vielleicht, um einen kleinen Einblick in ihr Leben zu tun. Nur um zu sehen, wie *sein* Leben hätte aussehen können.

Keine große Sache, sagte er sich.

Doch irgendwie konnte er dieses Feuer in seinem Inneren nicht löschen, denn ihm wurde bewusst, dass er auf der Schwelle einer Zukunft stand, die er verloren hatte.

Die Türglocke ertönte in dem Augenblick, als Lauren die Hand ausstreckte, um das Wasser in der Dusche anzustellen. »Verdammt. Ich hab Phil doch schon tausendmal gesagt …«, *nicht in aller Herrgottsfrühe mit einem Stapel Rechnungen vor meiner Tür zu erscheinen.* Sie mochte Phil, aber weil er der Geschäftspartner ihres Vaters war sowie der Finanzvorstand und zugleich der Bauleiter, sah sie ihn öfter, als ihr lieb war. Er ging in der Arbeit für die Firma völlig auf und stellte Ash Builders über alles – wozu auch gehörte, dass er so aufmerksam war, sie nur während der normalen Geschäftszeiten zu nerven.

Verärgert zog sie den Arm zurück und warf sich das Nachthemd wieder über. Dann schlüpfte sie in den beigefarbenen Kimono, der an einem Haken in der Ankleide hing. Sie knotete ihn in der Taille zu, stieg die Treppe hinunter und verdrehte die Augen, als es nochmals läutete – zweimal. Er war also gereizt. Nun ja, über Gereiztheit konnte sie ihm auch ein, zwei Dinge sagen. Sie riss eine der Flügeltüren auf und sagte: »Schau mal …«

Oje. Das war ja gar nicht Phil.

Sondern ihr Meeresgott.

Ihr Meeresgott? Wie konnte das denn sein? Trotzdem – es

war das Erste, was ihr in den Sinn kam –, sie sah es so deutlich vor sich, wie er aus dem Wasser hervorbrach, als wäre es wirklich geschehen. Sie schüttelte den Kopf. Senkte ihn leicht – du lieber Gott, und wenn sie nun rot wurde? »Tut mir leid, ich …«

Er trug einen weißen Maleranzug, übersät mit der obligatorischen Ansammlung von Farbflecken, aber die Berufskleidung tat seiner maskulinen Ausstrahlung keinen Abbruch. Das dunkle Haar, lang und ungebändigt, quoll im Nacken unter dem roten Piratentuch hervor, die eisengrauen Augen spießten sie förmlich auf wie einen Schmetterling für eine Sammlung. Er war unrasiert, so dass der olivfarbene Teint im unteren Teil seines Gesichts mit dunklen Bartstoppeln übersät war. Er war mindestens eins achtundachtzig groß, die gebräunten Muskeln hoben sich deutlich unter den kurzen Ärmeln seines T-Shirts ab, er strotzte vor Sinnlichkeit – und sie konnte es unmittelbar spüren, zwischen ihren Beinen.

»Lauren Ash?«

»Hm, ja?«

»Nick Armstrong. Ich bin der Anstreicher.«

Sie blickte in seine dunklen, fesselnden Augen. Noch dunkler, und sie wären schwarz gewesen. »Was Sie nicht sagen, bei dem Aufzug!«

Sie hatte das scherzhaft gemeint, doch Nick Armstrong verzog keine Miene. Na, dann eben nicht. Unter dem Maleranzug war er auch nur ein Mann, arrogant, aber mit Sexappeal, genau der Typus, dem sie in Zukunft um jeden Preis aus dem Weg gehen wollte.

»Ich … hatte jemand anderen erwartet.« Gegen ihren Willen musste sie zugeben, dass sie sich damit wohl irgendwie hatte entschuldigen wollen.

»Tut mir leid, Sie zu enttäuschen.«

Sie seufzte, hilflos in dem peinlichen Augenblick. »Ich

meinte nur, es tut mir leid, in welchem Aufzug ich an die Tür gekommen bin. Mir war nicht klar, dass Sie heute kommen. Ich muss das falsch in meinen Terminkalender eingetragen haben.«

Immer noch keine Spur eines Lächelns in seinen Zügen. Also entschloss sie sich, nicht mehr nur nett zu sein – auch wenn sie den Blick senkte, weil es sie etwas aus der Fassung brachte, in seine Augen zu schauen. Zwinkerte er denn nie?

»Vielleicht sollten wir über Ihren Auftrag sprechen«, schlug sie vor.

»Natürlich.«

Sie trat auf die Veranda hinaus und schloss die Tür hinter sich. Es war schon schlimm genug, dass sie kaum mehr trug als den Seiden-Kimono. Aber plötzlich fühlte sie sich irgendwie wehrlos in einem solchen Aufzug in der offenen Tür – so, als ob es irgendeine unausgesprochene Aufforderung enthielt.

Nick Armstrong hob das Klemmbrett, das sie gar nicht bemerkt hatte. »Elfenbein-Muschelschale fürs ganze Haus, Milchkaffee für die Verzierungen. Richtig?« Dabei sah er nicht sie an, sondern schaute in seine Papiere.

»Ja«, sagte sie, über Gebühr stolz, weil sie von dem Meerschaum-Rosa abging, das ihr Vater beim Bau des Hauses ausgesucht hatte. »Auch die Mauer. Beide Seiten.«

Nick Armstrong senkte das Klemmbrett und blickte sich um: Die Mauer umfasste drei Seiten des großen Gartens. »Das ist eine große Mauer. Wird ziemlich schwierig werden, die andere Seite anzustreichen, weil die Bäume so nahe dran stehen.«

Sie sah ihn ungläubig an und dachte: *Und?*

»Verstehen Sie mich nicht falsch – ich habe kein Problem damit.«

Bestimmt hatte er ein Problem damit.

»Aber der Rest der Crew ist in den nächsten Stunden beschäftigt, deshalb habe ich keine Hilfe. Ich habe von der Mauer nichts gewusst, was mehr Zeit und höhere Kosten bedeutet. Und ich bin nicht billig.«

Sie blickte zu seinem Lieferwagen auf der Auffahrt; der Name seiner Firma – HORIZON PAINTERS – schmückte in Regenbogenfarben die Seite. Darunter stand in großen schwarzen Buchstaben: NICK ARMSTRONG. »Das ist mir bewusst. Ich kenne schließlich Ihre Rechnungen.«

»Dann ist Geld also kein Thema?«

Sie nickt nur kurz.

»Das habe ich mir gedacht.«

Was sollte das denn heißen? Nun, sie hatte keine Lust, danach zu fragen. Eigentlich wollte sie endlich wieder ins Haus gehen und sich fertig machen. Sie hatte genug von diesem neunmalklugen, muskelbepackten Anstreicher. Sie griff nach dem Türknauf, ohne hochzublicken. »Wenn Sie mich brauchen – ich bin im Bad.« *O nein – sag etwas anderes, schnell.* »Ich meine, wenn Sie irgendwelche Fragen haben – ich bin im Haus.«

Sie konnte es sich nicht verkneifen, einen letzten Blick zu riskieren, während sie durch die Tür trat. Und *jetzt* – verdammt – zierte doch tatsächlich der Hauch eines selbstsicheren Lächelns seine Züge. »Schön zu wissen.«

Sie schlug ihm die Tür vor der Nase zu und lehnte sich mit dem Rücken dagegen; das Herz schlug ihr spürbar in der Brust. Sie drehte den Schlüssel im Schloss. Hatte sie etwa Angst vor ihm? Oder dachte sie nur, er wäre der beunruhigendste Mann, dem sie je begegnet war? Sie wusste nicht, *was* sie empfand, nur dass etwas an ihm sie völlig aus der Fassung gebracht hatte.

Fast hätte sie Sadie im Hauptbüro angerufen und gebeten, einen anderen Anstreicher mit den Arbeiten zu beauftragen. Aber das wäre lächerlich gewesen, und realistischerweise würde sie vermutlich fortan kaum Kontakt mit Nick Armstrong haben – er würde draußen seine Arbeit erledigen und sie hier drinnen die ihre. Trotzdem, mindestens fünfzig Malerfirmen arbeiteten für Ash Builders, und aus all denen hatte die Sekretärin ihres Vaters ausgerechnet diesen Kerl ausgewählt?

Lauren schüttelte den Kopf und überlegte, welche Risiken damit verbunden waren. Dann ging sie wieder nach oben ins Bad – aber bevor sie sich auskleidete, vergewisserte sie sich, dass alle Jalousien geschlossen waren.

Nick hatte Lauren Ash seit seinem zwölften Lebensjahr nicht mehr gesehen. Ihm fiel ein, dass damals jemand gesagt hatte, sie sei sieben. Komisch, an welche Details man sich aus bestimmten Zeiten seines Lebens erinnerte. Sie war in einem schwarzen Seidenkleid mit Rüschen zur Beerdigung seiner Mutter gekommen, die langen, blonden Haare hatten in Wellen bis auf ihren Rücken hinabgereicht. Sie hatte Henrys Hand gehalten, als sie an den Sarg traten. Er erinnerte sich, dass Henry sie hochgehoben hatte, damit sie hineinschauen konnte – noch eine jener Einzelheiten, die sich ihm eingeprägt hatten, und auch nur darum, weil es an jenem Tag leichter gewesen war, sich auf *irgendetwas* zu konzentrieren als auf sich selbst.

»Erinnerst du dich an Johns Frau, Donna, meine Süße?«, hatte Henry sie gefragt. »Vom Picknick mit den Angestellten? Sie hat dir auf der Schaukel Schwung gegeben und Mommy bei den Essensvorbereitungen geholfen.«

Die kleine Lauren hatte nur ausdruckslos genickt.

»Sie ist jetzt im Himmel.« Henry klang stark und überzeugt und tröstend, alles auf einmal, und für den Bruchteil einer Sekunde hatte Nick gewünscht, Henry wäre *sein* Vater gewesen.

Das kleine Mädchen wirkte etwas konfus – verständlicherweise, dachte er, denn er war auch ziemlich verwirrt, was diesen Punkt betraf. Sie blickte zu ihrem Daddy in seinem dunklen Sportmantel, auf die Haarspitzen, die sich über den Kragen seines weißen Hemds kräuselten. »Aber sie ist doch hier«, sagte sie mit ihrer lebhaften Stimme.

»Ihr *Geist* ist im Himmel«, hatte Henry erklärt.

Dann hatte Nick ihnen nicht mehr zugehört; seine Tante Erma war gekommen und hatte ihn ganz fest an sich gedrückt und seine Wangen an ihre riesigen Brüste gepresst, was ihm ungeheuer peinlich gewesen war. Und dann fing sie auch noch an, über tragische Verluste zu plappern und dass sein Dad stark sein müsse und ihn vielleicht eine Weile brauche, als Mann im Haus, aber auch da hörte er eigentlich nicht mehr zu. Er hatte mehr als genug von dem Mist gehört und wollte nicht mehr daran denken, nicht mehr an das Bewältigen der Situation denken, nachdem er schon seine Mutter verloren hatte, oder daran, wie sich das Leben nun ändern würde – wer für ihn und seine Geschwister kochen oder ihnen bei den Hausaufgaben helfen würde. Er wollte sich nicht fragen, wie lange ihr Dad sie noch alle ignorieren würde, so wie er es in den letzten Tagen nach dem Unfall getan hatte.

Ein leises, flatterndes Geräusch von irgendwoher über ihm: Er zuckte zusammen und merkte, dass er stumm auf Lauren Ashs in Kürze beige gestrichene Eingangstür starrte – falls er je zum Arbeiten käme. Und dennoch: Während sein Blick nach oben schweifte und er sah, dass die Jalousien im Fenster im ersten Stock sich bewegten, durchlief ihn eine klammheimliche Genugtuung. Entweder hatte sie zu ihm hinuntergeblickt, oder sie hatte sich vergewissern wollen, dass er nicht zu ihr hineinschauen konnte.

Verdammt, sie war wirklich erwachsen geworden. Was ihm natürlich klar gewesen war, aber es gab einen Unterschied zwischen *erwachsen* werden und sich persönlich entwickeln. Lauren Ash hatte es richtig gemacht. Er war hergekommen in der Erwartung, einer unnahbaren Primadonna zu begegnen, was im Grunde auch zutraf, aber er hatte sich nicht vorgestellt, dass sie so enorm attraktiv war. Sicher, er hatte sich schon gedacht, dass sie gut aussähe – reiche Mädchen kriegten so etwas hin –, aber er hatte nicht damit gerechnet, dass sie ihn emotional so berühren würde.

Beim Öffnen der Tür hatte Verärgerung in ihren samtblauen Augen aufgeblitzt, und er war hingerissen gewesen. Lange, ungebändigte blonde Locken hatten ihre weichen Gesichtszüge gerahmt, unbestreitbar hübsch sogar in ihrer Wut. Der eng anliegende Victoria's-Secret-Kimono modellierte ihre Brüste und ließ die Brustwarzen erkennen, sogar durch das hindurch, was immer sie unter dem Kimono trug – anscheinend irgendwas Grünes –, und betonte ihr Dekolleté.

Den Blick noch immer auf das Fenster gerichtet, stellte er sich vor, dass sie den Kimono fallen ließ, das dunkelgrüne Hemdchen darunter abstreifte. Instinktiv war ihm klar, dass sie seidig, kurvig und hellhäutig wäre – der Traum jedes Pubertierenden.

Aber nun hatte er lange genug herumgestanden und zu ihrem Fenster hochgeblickt wie ein liebeskranker Schuljunge. Er sollte sich lieber an die Arbeit machen, die vor ihm lag. Außerdem würden sich ihm bestimmt noch weitere Gelegenheiten bieten, die Prinzessin von Ash Builders zu Gesicht zu bekommen.

Sie war wunderschön – aber er mochte sie nicht. Vielleicht hatte er ja irgendwie die geheime Hoffnung gehegt, eine überraschend nette Frau vorzufinden und darüber seinen Groll, der in seinem Hinterkopf nistete, augenblicklich vergessen zu können. Aber das war nicht passiert. Aber jetzt, da er einen winzigen Blick in ihre Welt geworfen hatte, konnte er trotz seiner Verbitterung zumindest nicht bestreiten, dass er sie begehrte.

Ihre Welt? Oder sie? Er war sich da nicht sicher. Die Brust wurde ihm eng, während sexuelle Begierde und hoffnungslose Wünsche sich auf seltsame Weise in ihm vermischten.

Begierde … verdammt. Er war weiß Gott nicht mit *solchen* Gedanken hergekommen. Doch so war es nun einmal, ihr Anblick hatte sich fast wie ein Schlag ins Gesicht angefühlt, und die ausführende Hand hatte zu ebenjener Person gehört, der er gerade keine freundlichen Gefühle entgegenbringen wollte.

Er warf einen letzten Blick auf das Fenster im ersten Stock. Dann kehrte er zu seinem Lieferwagen zurück, um weitere Gegenstände abzuladen, wohl wissend, dass das hier definitiv kein x-beliebiger Malerauftrag werden würde.

2

Nick saß hinten in einer Nische im O'Hanlon's, einem dunklen Pub, das nur die Einheimischen von Dunedin frequentierten. Er pickte noch ein paar Pommes frites von der fettigen Pappschale – das, was von seinen Fish and Chips übrig geblieben war – und spülte sie dann mit dem letzten Schluck Bier in seinem Glas hinunter. Er machte dem alten Grady O'Hanlon ein Zeichen, ihm noch eins zu bringen, und widmete sich erneut den Unterlagen, die auf dem Tisch ausgebreitet lagen. Eines Tages würde auch er im 21. Jahrhundert ankommen und seine Firma auf Computer umstellen, aber vorerst erledigte er noch alles mit Papier und Tinte, meistens abends. *Horizon Painters* hielt ihn viel zu sehr auf Trab, als dass er sonnige Tage auf etwas verschwendet hätte, was er ebenso gut nach Einbruch der Dunkelheit erledigen konnte.

Kurz bevor er von zu Hause weggefahren war, hatte Elaine angerufen und ihn zum Abendessen eingeladen.

»Kommt Dad auch?«, hatte er gefragt.

Sie hatte kurz, aber spürbar gezögert. »Ja, Nicky.«

»Tut mir leid, Lainey, aber ich bin heute Abend einfach nicht dazu imstande.« Elaine machte einen tollen Braten, aber Fish and Chips war ihm doch lieber.

Als sie schwieg, kam er sich wie ein Verräter vor, aber er war es leid, die Verantwortung für Elaines Entscheidung zu schultern, dass sie ihrem Vater einen so großen Platz in ihrem Leben einräumte.

»Ich komm nachher vorbei und red noch mit Davy«, sagte er schließlich.

Elaine hatte in dem mütterlichen Ton, den sie für ihren Bruder anschlug, geantwortet: »Darüber würde er sich freuen.«

Er legte auf, und ihm wurde klar, dass er zuletzt vor fast einer Woche bei Elaine gewesen war. Irgendetwas in ihm hatte sich dagegen gesträubt. Davy würde ihn vermissen, wenn er nicht hinging.

Grady stellte ein beschlagenes Glas Bier auf den Tisch, wobei ein wenig auf das Durchschlagpapier in Nicks Auftragsbuch schwappte.

»Vorsicht«, warnte Nick und griff eine Hand voll Servietten aus einem der Chrom-Spender, um das Bier aufzusaugen.

»Tut mir leid, Nick«, sagte Grady geistesabwesend.

Nick nickte ebenso geistesabwesend, während Grady sich umdrehte und zurück hinter den Tresen trottete.

Nick schrieb die letzten Lohnschecks aus und steckte sie in seinen abgetragenen Leder-Rucksack, behielt das Durchschlagpapier aber in der Hand. Dann begann er, die Rechnungen der Woche auszufüllen. Die meisten gingen an Ash Builders für die Malerarbeiten am Bau der neuen Eigentumswohnungen unten in Sand Key, ein paar weitere für die Arbeiten in den neuen, teuren Häusern oben in Palm Harbor. Er schrieb die Ash-Rechnungen immer zuerst, nicht nur, weil es der größte Stapel war, sondern auch, weil Ash am schnellsten zahlte.

Nachdem er die erste Rechnung geschrieben hatte, hielt Nick inne, um einen Schluck zu trinken. Es war ihm nicht ein einziges Mal in den Sinn gekommen, dass seine Rechnungen – sein Name – über Lauren Ashs Schreibtisch gingen, bis sie es erwähnt hatte, aber natürlich war dem so. Jede Woche aufs Neue. Trotz allem, was er gedacht hatte, waren ihrer beider Leben also doch verbunden geblieben, wenn auch nur indirekt.

Er hatte ursprünglich nie als Subunternehmer für Henry anheuern wollen, doch im Laufe der Zeit hatten die Geschäfte es erfordert. Als er sich vor sieben Jahren selbstständig gemacht hatte, hatte er Aufträge von Ash anfangs gemieden, aus Stolz und Prinzip; bald jedoch hatte er dann doch hier und da einen Ash-Auftrag übernommen. Inzwischen machte er den Großteil seines Umsatzes mit Ash, weil es sich um den größten, bekanntesten Baukonzern an der Sonnenküste handelte. Was für eine Ironie, dachte er, trank noch einen Schluck und stellte das Glas wieder ab. Er hasste den Mann und seinen Reichtum, aber irgendwie war es so gekommen, dass Henry alle Rechnungen für Nick beglichen hatte.

Zweifellos aber wusste die Prinzessin nicht, wer er war – sein Name sagte ihr anscheinend überhaupt nichts. Dabei hätte man meinen können, dass sie den Namen hätte kennen müssen, wenn man bedachte, dass ihr und sein Vater vor langer Zeit Geschäftspartner gewesen waren.

Sie war zwar damals noch ein kleines Mädchen gewesen, aber Nick hatte den Eindruck, dass das keine Rolle spielte. Vermutlich war Lauren Ash nur an sich selbst interessiert, an ihrem Leben, ihrem Luxus. Die glänzende Seide ihres sexy Kimonos war ihm aufgefallen – das war die Art von Kleidungsstück, die sich vermutlich auch Elaine wünschte, wenn sie an den Auslagen vorbeiging, doch nie besessen hatte. Er hatte auch die italienischen Fliesen unter Laurens nackten Füßen bemerkt, dort in der Eingangshalle, und den Kristallleuchter, der über ihrem hübschen Kopf gefunkelt hatte. Er hatte all den Überfluss gesehen, den Henry nicht hatte teilen wollen, und daran gedacht, wie nun alte Wunden wieder aufgerissen wurden. Das war genau das, wovor er Angst gehabt hatte; vielleicht war es ein Fehler gewesen, den Auftrag für den Anstrich ihres Hauses zu übernehmen, ein Fehler, einen Blick in ihre Welt zu werfen.

Aber nein. Sein Leben lang hatte er Lauren Ash gegrollt, und dass er ihr jetzt so nahe kam, war nicht das Problem. Das Problem reichte viel tiefer, und dadurch, dass er es ignorierte, verschwand es noch lange nicht. Er war froh, dass er heute hingegangen war, froh, dass er das alles gesehen hatte. Gegen seinen Willen war er froh, morgen früh wieder dorthin zu fahren. Himmel, wenn er bloß wüsste, warum.

Ihre Klamotten haben mich genervt. Ihre selbstgefälligen Bemerkungen, die ihm das Gefühl gaben, ihr Untergebener zu sein, gingen ihm noch immer nicht aus dem Kopf. Ohne überhaupt zu wissen, wer er war, hielt sie sich für etwas Besseres.

»Na, Scheiße nochmal! Wenn das nich' Nick Armstrong is'!«

Er hob den Kopf und erblickte den lachenden Lucky McClaine, einen guten alten Freund aus Georgia, der als Maurer für Ash Builders arbeitete. Etwas überrascht registrierte er, dass Lucky abends noch immer seinen Schutzhelm gegen einen Cowboyhut tauschte, und seinen Akzent hatte er noch nicht einmal ansatzweise verloren, obwohl er inzwischen schon fünf Jahre in Florida lebte.

»Was machst du denn in diesem Teil der Stadt, Lucky?« Nick lächelte ihn offen an. »Ist doch noch nicht mal Wochenende.« Lucky wohnte in einem Apartment in Island Estates am Clearwater Beach, und wenn er ein Bier trinken wollte, gab es jede Menge Kneipen in der Nähe seiner Wohnung.

Lucky rutschte auf den Barhocker ihm gegenüber und stellte seine Flasche auf den Tisch. »Hab ein paar Kumpel oben aus Tarpon getroffen, und der Laden hier liegt auf halbem Weg.« Er hielt inne, trank einen Schluck aus der Flasche. »Ich hab dich kaum wiedererkannt, Mann. Du musst mal zum Friseur.«

»Hab Besseres zu tun.« Nick fuhr sich mit der Hand durchs Haar. Klar, es war lang und etwas zottelig, verglichen mit Luckys, das an den wenigen Stellen, an denen es unter seinem rehbraunen Hut hervorschaute, kurz und rotblond war. Nick achtete normalerweise kaum auf solche Sachen. Wenn sein Haar zu lang wurde, band er es zu einem Pferdeschwanz zusammen. Und wenn auch der zu lang war, nahm er sich endlich die Zeit, es etwas kürzer schneiden zu lassen.

»Ach ja? Na, ich würd gern wissen, was das für bessere Sachen sind. Hab dich in letzter Zeit gar nicht gesehen. Wo zum Teufel hast du gesteckt?« Vor ein paar Jahren waren sie oft auf denselben Partys aufgetaucht, aber heutzutage traf Nick ihn nur noch zufällig – meistens, wenn sie auf derselben Baustelle arbeiteten. Augenzwinkernd fügte Lucky hinzu: »Du willst dich doch hoffentlich nicht häuslich niederlassen, oder?«

»Nicht, wenn sich's vermeiden lässt.« Nick lächelte bedauernd. »Aber die Arbeit hält mich auf Trab.« Er deutete auf die Papiere, die noch immer fast den ganzen Tisch bedeckten.

»Scheiße, Mann« – Lucky lachte –, »du musst doch auch mal 'n bisschen Zeit für Spaß haben, oder was soll das Ganze sonst?«

»Mach dir keine Gedanken um mich, Lucky. Wenn ich Spaß haben will, dann weiß ich schon, wo ich den finde.«

»Hey, arbeitest du draußen in Sand Key in der Dolphin Bay? Ich werde da im nächsten Monat mauern.«

Nick schüttelte den Kopf. »Ein paar von meinen Leuten arbeiten an dem ersten Gebäude, das gerade fertig gestellt ist, aber ich hab für die nächsten zwei Wochen einen Auftrag nur ein paar Blocks weiter von hier, in Clearwater.«

Lucky war perplex. »Aber da wird doch nicht gebaut, Mann.«

Nick machte eine gleichgültige Miene. »Ich erneuere den Anstrich am Haus von Henry Ashs Tochter.«

»Verdammt.« Ein Grinsen trat in Luckys schmales Gesicht. »Du streichst das Haus von Lauren Ash?«

Nick nickte, trank einen Schluck Bier.

»Hast du die mal gesehen?« Lucky hob die Augenbrauen. »Die Braut hat einen Hintern erster Güteklasse.«

Nick hatte Typen, die Frauen wie Fleischstücke kategorisierten, noch nie gemocht, aber es schien ihm am einfachsten, die Bemerkung einfach zu ignorieren. Extra locker antwortete er: »Ja, ich habe sie heute Morgen getroffen. Sieht verdammt gut aus.«

Lucky zwinkerte nochmal. »Spiel deine Karten richtig aus, Kumpel, dann könntest du vielleicht bei ihr landen.«

»Ziemlich unwahrscheinlich.« Nick lachte leise. »Wir haben uns nicht besonders gut verstanden.«

Aber Lucky schüttelte den Kopf und setzte eine vielsagende Miene auf. »Wenn sie auch nur entfernt so ist wie ihre Freundin Carolyn, dann spielt das wohl kaum keine Rolle.«

Das weckte Nicks Aufmerksamkeit, aber er versuchte, es

nicht offensichtlich werden zu lassen. »Was ist denn mit ihrer Freundin?«

»Die hat langes rotes Haar, das ihr fast bis zum Hintern reicht, und einen Leberfleck auf der Wange, wie Marilyn Monroe. Kleine Titten, aber einen hübschen Body und ...«

»Hab schon verstanden.«

Luckys Augen weiteten sich. »Das Mädel ist *wild*, Mann. Ich für meinen Teil«, fuhr er fort und klang dabei stolz, »war schon mehr als einmal bei ihr in der Hose, so wie viele Jungs, die ich kenne. Die treibt's mit praktisch jedem, und ... wo immer Carolyn hingeht, scheint Lauren ihr zu folgen.« Wieder zwinkerte Lucky. »Bei der läuft immer was.«

Während Nick seinen Rucksack auf den Beifahrersitz des Jeeps warf und dann zu Elaine fuhr, ein paar Meilen im Landesinneren, dachte er darüber nach, was Lucky über Lauren Ash gesagt hatte. Er drückte den PLAY-Knopf des CD-Players, und »Girls Got Rhythm« von AC/DC donnerte aus den Lautsprechern, was ihm allzu passend erschien.

Komisch nur: Solche Mädchen waren meistens ... aufgeschlossener.

Aber er hatte wohl an ihre Tür geklopft, als sie vermutlich noch schlief, und wie er Lucky gesagt hatte, waren sie sich nicht besonders grün gewesen. Verdammt, er hatte das vermutlich gar nicht anders *gewollt*. Deshalb hatte er vielleicht auch nur diese eine Seite von ihr kennen gelernt. Bislang zumindest.

Lucky hatte ihm dann noch erzählt, dass er sie auf mehr als einer wüsten Party getroffen habe, meistens Alkohol trinkend und immer mit dem nächsten verfügbaren Typ flirtend. Laut Lucky trug sie knappe, sexy Klamotten, die die Männer anmachen sollten. Und wenn er darüber nachdachte: War sie denn nicht tatsächlich in so einem Aufzug an die Tür gekommen? Vielleicht hatte Lucky ja doch den Nagel auf den Kopf getroffen.

Einige Minuten später fuhr er durch sein altes Viertel: Reihen von kleinen, identischen Ranchhäusern, die schon bessere Zeiten gesehen hatten. Er fuhr den roten Jeep in Elaines kurze, schmale Auffahrt und blieb knapp vor der Stoßstange ihres alten Chevy Cavalier stehen, damit der Jeep weit genug von der Straße war. Beim Aussteigen sah er eine herunterhängende Regenrinne und bemerkte, dass die Farbe am Garagentor abzublättern begann. Verflucht, er musste das auf die Liste der zu erledigenden Dinge setzen. Davys Fahrrad lag in dem hohen Gras in der Nähe des reparaturbedürftigen Bürgersteigs.

Er öffnete die Tür des Hauses, in dem er aufgewachsen war, ohne vorher anzuklopfen. »Davy«, rief er laut und trat ein, »du musst lernen, dein Rad wegzustellen, sonst wird es nass und rostet.«

»Hm … was ist das?« Davys Vater zuckte im Schlaf auf Elaines durchgesessener Couch – sonst hätte Nick ihn gar nicht bemerkt. Im Laufe der Jahre hatte er gelernt, seinen Vater nicht zu beachten, wenn der nach dem Abendessen schlagartig einschlief.

»Schlaf weiter, alter Mann«, sagte er vor sich hin, während Davy ins Zimmer gestürmt kam, eine Baseballmütze von den Tampa Devil Rays schräg auf dem Kopf.

»Nick!«, rief Davy, dann blickte er über die Schulter in Richtung Küche. »He, Elaine, Nick ist hier!« Der Neunundzwanzigjährige war etwas kleiner als Nick, nicht so muskulös, und Elaine schnitt ihm das Haar fast so kurz, wie Lucky McClaine es trug, aber ansonsten war es beinahe, als blickte Nick in einen Spiegel. Na ja, und meistens lächelte Davy auch. Nick lächelte längst nicht so viel, außer vielleicht in Davys Nähe.

Bei dem Leuchten im Blick seines Bruders wurde ihm ein

wenig warm ums Herz, als er am wenigstens damit rechnete. Aber er hätte es *wissen müssen* – denn so war es immer, wenn er Davy länger als ein paar Tage nicht gesehen hatte. Er unterdrückte das Gefühl und richtete Davys Baseballmütze. »Wo hast du die denn her?«

»Elaine hat sie mir am letzten Wochenende gekauft. Auf einem Flohmarkt.« Er lächelte so stolz, als hätte er sie bei Saks an der Fifth Avenue gekauft.

»Also, Davy«, Nick lächelte neckend, »ich hab's dir doch beigebracht … die Devil Rays sind Mist. Wo ist denn das Cap von den Cincinnati Reds, das ich dir letzte Weihnachten geschenkt habe?« Damals, als die Reds in Plant City trainiert hatten, war er jedes Frühjahr mit Davy dorthin gefahren und hatte beim Training zugeschaut.

»Sag ihm, dass deine neue Mütze zu deinem Shirt passt.« Elaine wischte sich die Hände an einem Küchenhandtuch ab und betrat das Zimmer. Ihre Jeans waren abgetragen, die dunklen, schulterlangen Haare ungepflegt – sie sah älter als dreiunddreißig aus.

Als Antwort zog Davy seinen Pullover mit den waagerechten grünen und schwarzen Streifen am Bündchen nach vorn. »Das ist auch neu.«

»Ist das auch vom Flohmarkt?« Er wollte damit nichts andeuten, aber Elaine verdrehte die Augen.

Davy schüttelte den Kopf. »Von Wal-Mart.«

»Das ist ein schönes Shirt«, sagte Nick und blickte zu dem kleinen Aquarium auf der anderen Seite des Zimmers. »Wie geht's den Fischen?«

Davy lächelte. »Napoleon geht's schon wieder viel besser, seitdem wir ihm eine neue Frau besorgt haben.« Leider hatte Josephine, die eine Hälfte des Goldfischpärchens, das Nick ihm im letzten Monat geschenkt hatte, nicht lange überlebt, aber sie hatten sie durch Josephine II ersetzt.

Obwohl Nick es vorgezogen hätte, sich noch länger über Davys Goldfische zu unterhalten, konnte er nicht umhin, zur Couch hinüberzuschauen. »Wie ich sehe, ist Dad heute Abend ganz der Alte.«

Ihr Vater lag, den einen Arm über dem Kopf ausgestreckt, da und atmete schwer. Was von seinem Haar übrig geblieben war, war zerzaust und stand in alle Richtungen ab, die Stirn war schweißnass. Das T-Shirt hing aus der Hose und zeigte seinen Bierbauch.

»Komm, gehen wir nach nebenan«, sagte Elaine, und er dachte: *Gute Idee.* Den alten Mann aufzuwecken war das Letzte, was er wollte. Lass ihn schlafen, dann konnten sie so tun, als wäre er nicht da.

Nick legte Davy eine Hand auf die Schulter und drängte ihn sachte hinter Elaine in die Küche. »Verdammt«, sagte er leise, »ich weiß nicht, warum ihr ihn überhaupt zu euch ins Haus einladet.«

Elaine ließ ihr Küchenhandtuch auf die zerkratzte Arbeitsfläche fallen, drehte sich um und sah ihn wütend an. »Wir sind alles, was er hat, Nick. Was soll ich denn tun – ihn ignorieren?«

Früher war er *alles, was wir hatten.* Nick sagte es zwar nicht, aber als er den Blick seiner Schwester traf, wusste er, dass sie seine Gedanken gelesen hatte, laut und deutlich.

»Warum bist du nicht zum Abendessen hergekommen?«, fragte Davy.

Nick war froh, dass Davy das Thema wechselte, auch wenn er dadurch ein schlechtes Gewissen bekam, und lächelte ein wenig gequält. »Musste noch etwas Papierkram für die Firma erledigen.« Davy erwiderte sein Lächeln – er war immer so stolz auf Nick, weil dieser ein *Unternehmen* besaß. Davy sah in ihm fast eine Art Rockstar oder Sporthelden; er wusste es nicht besser, und Nick hatte sich nie daran gewöhnen können, wie sehr die Unfähigkeit seines Bruders, die reale Welt zu erkennen, ihn schmerzte. Aber vielleicht war es ja ein Segen – das versuchte er sich jedenfalls einzureden –, wenngleich er es eigentlich nie geglaubt hatte. Immer wenn Davy ihn so anlächelte, schnitt es ihm ins Herz. Er würde den grandiosen Vorstellungen, die Davy von ihm hatte, nie entsprechen können.

»Davy hat mir geholfen, das Essen zu kochen«, verkündete Elaine, nahm das Küchenhandtuch wieder in die Hand und wischte um die Herdplatten herum.

Nick zog anerkennend die Brauen hoch und sah zu seinem Bruder hinüber. »Na, du lernst also, dich in der Küche nützlich zu machen, was? Wie hast du denn geholfen?«

Elaine sagte: »Er hat in den Töpfen gerührt und die Brownies gebacken.«

»Ich hab die Chocolate Chips reingetan«, erklärte Davy.

»Stimmt.« Elaine wandte sich um. »Komm, iss einen Brownie, Nick.« Sie zeigte auf einen Plastikbehälter auf der Arbeitsfläche.

»Die hast du alle selbst gebacken?«, fragte er, während er den Deckel abzog und hineingriff.

Davy nickte eifrig.

Nick grinste. »Sind die auch ganz in Ordnung? Hast du wirklich alle Zutaten hineingegeben, oder? Steckt auch bestimmt kein böser Plan dahinter, um mich loszuwerden?«

Elaine verdrehte die Augen. »Nick, nun iss doch einen.« Nach all den Jahren verstand sie ihre Beziehung *noch immer* nicht. Davy war intelligent genug, um zu wissen, dass er Witze machte, und lachte. Davys Lächeln mochte ihm das Herz brechen, aber er liebte es über alles, Davy zum Lachen zu bringen.

Er biss ein großes Stück von dem Brownie ab, kaute übertrieben vorsichtig und tat so, als denke er darüber nach wie ein Restaurantkritiker. Schließlich nickte er. »Davy, die schmecken toll. Elaine sollte sie verstecken, sonst esse ich sie alle auf.«

Wieder zeigte Davy sein herzergreifendes Lächeln. Nick spürte es tief im Bauch.

Sei nicht traurig wegen Davy. Alles ist in Ordnung in seiner Welt.

Das sagte Elaine immer, wenn Nick wegen Davys Unfall bekümmert war, den dieser vor Jahren erlitten hatte. Und manchmal glaubte er sogar, dass es zutraf: Er hatte noch nie jemanden gesehen, der so stolz auf Brownies aus einer Backmischung war.

»Hast du Lust auf ein Spielchen, Nick?«

Ein Bild blitzte in Nicks Kopf auf: er mit zwölf, Davy mit neun. Bis auf die tiefe Stimme hörte Davy sich noch genauso an wie damals. Nick tat so, als grübelte er über die Frage nach, griff nach zwei weiteren Brownies und rief schließlich: »Ich bin Erster.«

Im nächsten Augenblick *war* er wieder zwölf und rannte mit seinem Bruder um die Wette den schmalen Flur hinunter in Richtung von Davys Zimmer. Dort angekommen, setzten sie sich auf den abgenutzten Teppich neben Davys Bett und spielten drei Runden Trouble – Davys Lieblingsspiel, sein ganzes Leben lang; er wurde es nie leid. Nick gewann die zweite Partie, da seine Karten einfach zu gut waren und er Davy nicht merken lassen wollte, dass er ihn meist mit Absicht gewinnen ließ.

»Du bist einfach zu gut für mich, Davy«, sagte er schließlich, nachdem Davy das Spiel wieder im Karton verstaut hatte und aufstand, um sich bettfertig zu machen.

Davy grinste und boxte ihn auf den Arm, und Nick zog seinen Bruder in eine Umarmung. Das sah ihm im Grunde nicht ähnlich, aber er wusste, dass Davy seine Umarmung brauchte.

Davy lag in seinem Zimmer und betrachtete das Poster mit der nächtlichen Skyline von Tampa, das an die Wand am Fußende seines Betts angepinnt war. Er hatte auch noch andere Plakate – die Reds, Faith Hill und einen großen Kalender, auf dem er jeden Tag mit einem blauen Marker ankreuzte. Aber die Skyline zog seine Blicke stärker auf sich als die anderen – diese weichen Umrisse der Gebäude, die zu einer Silhouette verschmolzen: Man konnte sie aus schwarzem Bastelpapier ausschneiden.

Er hatte das sogar einmal versucht, aber es war nicht gut geworden – manche Schnitte waren nicht gerade genug geraten, andere nicht richtig gebogen. Aber wer besser mit einer Schere umgehen konnte, würde es wohl hinbekommen. Dass die Stadt in eine einzige dünne Schicht Bastelpapier geschrumpft werden konnte, machte den Dschungel aus Hochhäusern einfacher, weniger furchteinflößend.

Nicht, dass er je in diese Stadt gefahren wäre, aber er wollte vorbereitet sein. Er konnte neue Situationen und unbekannte Orte nicht leiden. Doch weil er überall Fotos der Stadt sah – in den Abendnachrichten, in der Zeitung – und von Leuten hörte, die dort einkauften und arbeiteten, hielt er es für klug, vorbereitet zu sein. Vor allem, seitdem Nick ihm manchmal gut zuredete, zwinkerte und sagte: »Du musst mehr unter Leute gehen, Kumpel.«

Eines Tages waren sie spontan nach Tampa Bay Downs gefahren, zum Pferderennen. Zunächst hatte es ihm dort nicht gefallen – die Rennbahn war zu groß, und es waren zu viele Menschen dort –, aber dann hatte er sich ein Pferd mit einem komischen Namen ausgesucht, und Nick hatte fünf Dollar gesetzt. Das Pferd gewann, und so war es ein höchst vergnüglicher Tag geworden. Ein anderes Mal hatte Nick ihn ins Epcot Center in Orlando mitgenommen. Es hatte dort so unfassbar vieles zum Ansehen gegeben. Dann hatte er gelernt, wie Comics animiert wurden, und sich einige tolle 3-D-Filme angesehen. Und am Abend hatte er in einem mexikanischen Restaurant gegessen, mit einem Sternenhimmel an der Decke und einem Vulkan an der Wand, was wie ein Wunder war, weil die Sterne und der Vulkan so echt gewirkt hatten und er immer wieder vergaß, dass er und Nick sich in einem Gebäude befanden. Der Vulkan war alle paar Minuten ausgebrochen, und er hatte Nick gesagt, er solle ein Foto davon machen. Als Nick meinte, er müsse mehr unter Leute gehen, hatte Davy ihm also geglaubt. Es war erst einmal unheimlich, aber meistens hatte er dann doch Spaß.

Trotzdem bekam er so ein banges Gefühl im Bauch, wenn er an Nick dachte. Nick war immer froh gewesen, wenn sie zusammen waren, aber manchmal schaute er traurig drein, selbst wenn er lächelte. Nick war ja nicht wirklich glücklich – nur wusste er einfach nicht, warum.

Vielleicht, weil er so viel arbeitete. Für Davy war es undenkbar, dass irgendjemand noch härter arbeitete als sein Bruder. Wann blieb Nick eigentlich Zeit zum Schlafen, Lesen, Fernsehen? Davy selbst hatte einen nahezu festen Tagesablauf – bestimmte Fernsehshows, die er sich anschaute, bestimmte Stunden, die für Gartenarbeit oder Einkaufen mit Elaine vorgesehen waren. Es war ein ziemlich geschäftiges Leben, deshalb konnte er sich gar nicht vorstellen, wie geschäftig Nick erst sein musste, der neben seinen ganzen anderen Sachen auch noch eine Firma leitete.

Aber vielleicht lag es ja auch an Dad. Nick war immer noch wütend auf Dad, weil der Bier trank und viel schlief, aber Davy liebte seinen Dad *und* Nick über alles, daher war es schwer zu verstehen, warum Bier und Schlafen Nick wütend machten. Natürlich wusste Davy, dass ihr Vater anders war als andere Väter. Dennis Cahill, der weiter oben die Straße hinauf wohnte, fuhr mit seinen Kindern immer Fahrrad, und manchmal fuhr Davy mit. Und wenn Steve, der Nachbar, nach der Arbeit nach Hause kam, liefen Tara und Tyler ihm immer entgegen, und Davy bemerkte nur vom Zusehen, wie sehr Steve sie lieb hatte. Er musste zugeben, dass er im Blick seines Vaters schon lange nicht mehr viel Liebe gesehen hatte, aber vielleicht verstand er das besser als Nick, weil er anders war.

Davy schien nie so zu sein, wie es von ihm erwartet wurde, und obwohl er die Gründe dafür nicht kannte, hatte er sich daran gewöhnt. Sein Vater war auch nur anders, das wusste er.

»Ey, Kumpel, ich muss gleich los.«

Davy drehte den Kopf auf dem Kissen und sah Nick in der Tür stehen. Er lächelte. »Okay.«

Nick senkte die Stimme. »Und wenn Elaine nicht hinschaut, schmuggel ich noch ein paar Brownies mehr aus dem Haus.«

Davys Herz wurde weit vor Stolz. »Ich werd's schon nicht verraten.«

»Was liest du denn da?«

Er folgte Nicks Blick zu dem abgegriffenen Taschenbuch, das mit den aufgeschlagenen Seiten nach unten auf seiner Brust lag. »*Die Schatzinsel.*« Elaine hatte vor ein paar Monaten das Buch aus einem Karton mit ihren alten Schulbüchern ausgegraben, als er sich im Fernsehen eine Sendung über das Gasparilla-Piratenfest in Tampa angesehen hatte.

»Ist es gut?«

Er nickte. »Piraten.«

»Toll.«

Nick winkte zwar fröhlich, als er ging, aber Davy grübelte trotzdem weiter über den dunklen Knoten im Inneren seines Bruders nach. Er stellte ihn sich wie eine dunkle Sturmwolke in dem Buch vor. Dennoch spürte Davy nicht immer den

Sturm. Manchmal, wenn er mit Nick allein war, war es mehr wie einer dieser Regenschauer am Nachmittag, die im Hochsommer herunterkamen, dann im Nu verschwanden, woraufhin der Himmel kurz darauf wieder wolkenlos war.

Dad brachte den Sturm in Nick allerdings zum Ausbruch. Und trotzdem lud Elaine die beiden immer wieder zur selben Zeit ins Haus ein. Sie sagte immer: »Nick wird es vermutlich nicht gefallen, aber wir sind doch eine Familie und …« Sie brachte den Satz allerdings nie zu Ende, so dass Davy sich immer fragte, was sie eigentlich sagen wollte.

»Kannst du Dad nach Hause fahren?«

Nick und Elaine hatten gerade das Wohnzimmer betreten, in dem das Schnarchen des Vaters die Stille ringsum noch stärker kontrastierte.

Er sah sie fragend an. Sie dachte nicht daran, ihn zu bitten.

»Mach schon, Nick, hilf mir mal.« Ihr scharfer Tonfall sollte ihn daran erinnern, dass sie die Älteste war – was ihrer Meinung nach immer noch zählte, trotz der Tatsache, dass es schon bald nach dem Tod ihrer Mutter keine Rolle mehr gespielt hatte.

»Wie ist er denn hergekommen?«

Elaine schürzte die Lippen. »Davy und ich haben ihn vor dem Abendessen abgeholt.«

»Dann solltest du ihn vielleicht auch wieder zurückfahren. Ich kann solange bei Davy bleiben, bis du wieder hier bist.«

»Findest du wirklich, dass ich zu viel von dir verlangt habe?«, gab sie spitz zurück.

Beide blickten instinktiv den Flur hinunter in Richtung von Davys Zimmer. Er hatte schon genug Streit und Krach in seinem Leben mitbekommen; es brachte ihn immer noch aus der Fassung.

»Vielleicht nicht«, sagte Nick leise, aufrichtig. Er sah Elaine in die Augen, um sich zu vergewissern, dass sie ihm zuhörte, und fügte hinzu: »Aber es geht mir gegen den Strich, wenn ich in diese Lage gedrängt werde. Und nun hilf mir, den Trunkenbold vom Sofa runter und nach draußen in den Wagen zu hieven.«

Fünf Minuten später fuhr Nick in hohem Tempo zu der Bruchbude von väterlicher Wohnung. Je älter er wurde, desto weniger ertrug er es, in dessen Nähe zu sein. Schon der Geruch seines Vaters – nach Schweiß und Alkohol – war ihm zuwider. Wie auch die Art und Weise, wie er schlaff auf dem Beifahrersitz hing und gelegentlich mit dem Knie gegen die Gangschaltung stieß. Schon zweimal hatte er das Bein sein Vaters weggeschoben und gesagt: »Pass doch auf.« Jetzt schmatzte er auch noch alle paar Sekunden – ein schwer zu ertragendes Geräusch. »Herrgott nochmal«, sagte Nick leise, angewidert.

Unfassbar, dass er das zwanzig Jahre lang ertragen hatte – aber damals hatte alles angefangen: an dem stürmischen Tag, als der Wagen seiner Mutter auf einer Kreuzung mit defekter Ampelanlage mit einem Lieferwagen zusammenprallte.

Klar und deutlich erinnerte er sich, wie glücklich und – ja – *leidenschaftlich* seine Eltern gewesen waren: Ständig hatten sie einander geküsst und angefasst, selbst dann noch, wenn ihre Kinder sich über sie lustig machten. »Igitt«, hatte der kleine Davy ihr Benehmen einmal genannt, woraufhin der Vater gelacht und geantwortet hatte: »Wart's nur ab, Davy. Eines Tages wirst du es schon verstehen.«

Nach dem Tod der Mutter war er in ein derart tiefes Loch gefallen, dass er nicht mal einen Versuch unternommen hatte, dort wieder herauszukommen. Und dann hatte es angefangen mit dem Trinken und der Bösartigkeit und dem Sich-gehen-Lassen. Mit ihren dreizehn beziehungsweise zwölf Jahren hatten Elaine und Nick gelernt, damit umzugehen, dass er seine Kinder vernachlässigte, und stillschweigend bei Davy die Rolle von Mutter und Vater übernommen, noch ehe das unabdingbar notwendig geworden war. Aber die *Bösartigkeit* ihres Vaters, die hatte sie alle zugrunde gerichtet. Und schuld daran war Henry Ash.

Nach dem Unfall hatte John Armstrong zwar so tiefe Depressionen gehabt, dass er mehrere Tage hintereinander nicht aus dem Bett kam. Doch erst als Henry ihm die Hälfte von *Double A Construction* abgeluchst hatte, der Firma, die sie gemeinsam aufgebaut hatten, war alles so gottverdammt und unverzeihlich hässlich geworden. Der Verlust von allem, wofür er gearbeitet hatte, war der entscheidende Schlag gewesen. Er hatte ihren Vater derart zur Verzweiflung getrieben, dass er seine Wut an jemandem auslassen musste. Dieser Jemand hätte Henry sein müssen – aber Nick, Elaine und Davy waren leichtere Opfer gewesen.

Mein Gott, Davy, warum musstest du nur in die Garage gehen? Was hast du da zu ihm gesagt? Warum bist du in seine Nähe gekommen? Nick konnte es nicht ertragen, die Schrecken jenes Tages wieder heraufzubeschwören, aber die Bilder schossen ihm dennoch durch den Kopf, während er wie blind durch die Nacht fuhr. Noch heute spürte er die Kühle des weißen Krankenhausflurs, die Angst, die ihn gelähmt hatte, als man Davy auf der Trage abtransportierte und er nicht hinterhergehen durfte.

Fast wäre er bei Rot über eine Kreuzung gefahren, er blickte gerade noch rechtzeitig auf, um eine Vollbremsung zu machen. Sein Vater sackte auf den Boden, was er jedoch kaum zu bemerken schien; schweigend zog er sich wieder hoch, ließ seinen Kopf gegen den Ledersitz zurücksinken und streckte wieder alle viere von sich. Nick schüttelte nur den Kopf, wischte die Erinnerungen beiseite. Die schmerzten immer gleich stark und halfen ihm außerdem überhaupt nicht weiter.

Als die Ampel Grün zeigte, drückte er das Gaspedal wieder durch und kam an leeren Obstständen und kleinen, schlecht gehenden Geschäften an einem Abschnitt der Alternate 19 vorbei, wo früher Wohlstand geherrscht hatte. Er wollte nichts sehnlicher, als den alten Mann nach Hause bringen und mit seinem eigenen Leben weitermachen.

»Wie laufen denn die Geschäfte, mein Sohn?«

Nick blickte zum Beifahrersitz, auf dem sein Vater plötzlich wach, wenngleich triefäugig saß. So ging das ziemlich oft – sein Vater konnte stundenlang wie bewusstlos daliegen, dann ohne Vorwarnung die Augen öffnen und so tun, als hätte er soeben ein langes Gespräch mit einem geführt.

Er richtete den Blick wieder auf die Straße. »Gut, Dad. Der Firma geht's gut.«

»Ich bin stolz auf dich, Nicky«, nuschelte der Vater. »Das weißt du doch, oder?«

Irgendetwas in Nicks Bauch zwickte. »Ja, sicher.« Sie taten das immer mal wieder, führten dieses irrwitzige, immer gleiche Gespräch. Vermutlich wollte sein Vater mit seinem Lob alles wieder einrenken, aber nichts konnte wiedergutmachen, was damals geschehen war.

Kurze Zeit später sah er zu, wie sein Vater vom Jeep zu der Bruchbude torkelte, die er sein Zuhause nannte. Um 1960 waren die *Sea Shanties* – eine Ansammlung von vier Apartmenthäusern – vermutlich strahlend neu gewesen, aber jetzt war die Farbe abgeblättert, und sie beherbergten nur noch Trunkenbolde und allein erziehende Mütter, die von Sozialhilfe lebten. Er fuhr los. Ob sein Vater sicher ins Haus kam, interessierte ihn nicht; er war einfach nur froh, wieder allein zu sein.

Einige Minuten später steuerte er den Wagen in die Auffahrt seiner Eigentumswohnung am Meer, trat ein, kickte seine Schuhe von den Füßen und ließ sich aufs Bett fallen, immer noch in Jeans und T-Shirt. Das Zifferblatt des Weckers zeigte erst halb elf, aber es kam ihm so vor, als hätte er einen höllisch langen Tag hinter sich.

Er setzte sich so weit auf, dass er das T-Shirt über den Kopf ziehen konnte, ließ sich zurück aufs Kissen fallen und schloss die Augen. Er wollte weder an seinen Vater noch an Davy oder Henry denken; während der Schlaf sich rasch über ihn senkte, drängte sich ein viel einladenderes Bild unaufgefordert in seine Fantasie: Lauren Ash.

Er malte sich aus, dass er im Bett lag, so wie jetzt, nur dass Lauren über ihm war, mit ihrem Körper über ihn hinwegstrich und ihre blonden Haare auf seine Haut fallen ließ. Sie küsste ihn mit ihren vollen, sinnlichen Lippen auf den Mund, dann streifte ein Kuss seine Kinnpartie, dann seinen Hals. Sie küsste sich seine Brust hinunter, bis sie ihm schließlich die Jeans aufknöpfte und ihn in ihren weichen Mund nahm. Ja.

Nick konnte noch immer nicht fassen, zu welcher Schönheit sie sich entwickelt hatte, und auch nicht, dass er sich ausgerechnet Lauren Ash beim Einschlafen vorstellte – schließlich war er nicht mit sexuellen Gedanken zu ihr gegangen. Aber jetzt war es zu spät, die Zeit zurückzudrehen, und die Bilder in seinem Kopf führten zu höchst erotischen Träumen.

3

Als Lauren am folgenden Morgen unter dem warmen Duschstrahl stand, konnte sie es immer noch nicht fassen, dass sie zu dem Anstreicher gesagt hatte: *Wenn Sie mich brauchen –*

ich bin im Bad. Sie verdrehte die Augen über ihre eigene Dummheit. War es ein Freudscher Versprecher gewesen? Hoffentlich nicht. Aber warum war der Typ ihr noch immer nicht aus dem Kopf gegangen?

Na ja, redete sie sich ein, weil er eben *da* war. Und zwar anders als der Pool-Mann und der Gärtner und der Landschaftsarchitekt – Leute, die meistens nach ein, zwei Stunden wieder gingen. Sie war es einfach nicht gewohnt, jemanden *in der Nähe* zu haben. Noch bevor sie unter die Dusche gegangen war, hatten sich die Geräusche seiner Arbeit in ihr Bewusstsein gedrängt – so war es gestern den ganzen Tag über auch gewesen: Mal wurde eine Leiter ans Haus gelehnt, mal hörte sie, wie schwere Farbeimer auf dem gepflasterten Weg abgestellt wurden. Immer wenn sie ihn gerade vergessen hatte, erklang wieder etwas, was sie an ihn erinnerte.

Während sie sich mit einem weichen Schwamm voll mit nach Himbeeren duftender Duschlotion die Arme einseifte, dachte sie an ihre Meeres-Fantasie und beschloss, einen neuen Eintrag ins Tagebuch zu machen. Und zwar, um ihre sexuelle Frustration abzubauen – denn offenkundig war sie sexuell frustriert, wenn sie bedachte, wie sie auf den Typ reagiert hatte. Das Aufschreiben der Fantasien half erstaunlicherweise tatsächlich, jedenfalls bis zu einem gewissen Grad. Etwas niederzuschreiben war zwar nicht dasselbe, wie es wirklich zu tun – aber es war zumindest *etwas*, eine unbestimmte Art, die eigenen Wünsche auszuleben.

Wenn Sie mich brauchen – ich bin im Bad.

Und wenn er ihr nun gestern Morgen gefolgt wäre? Sie hatte die Tür zwar hinter sich abgeschlossen, aber mal angenommen, sie hätte es nicht getan? Was, wenn er ihr ins Haus und die Treppe hinauf gefolgt wäre, erst in ihr Schlafzimmer, dann ins Bad?

Was, wenn sie beide sich schweigend ausgezogen hätten

und zusammen unter die Dusche gegangen wären? Als sie so weit war, konnte sie nicht anders, als sich eine zweite Fantasie auszudenken, während sie sich weiter wusch.

Wir stehen nackt nebeneinander – das Wasser rinnt an unseren Körpern hinab –, aber wir berühren uns erst, als er nach dem Seifhandschuh unter dem Duschkopf greift. Er sieht mir in die Augen, verreibt ein Stück Seife auf dem Handschuh, bis sich darauf dicker Schaum gebildet hat. Erst dann fällt sein Blick auf meine Brüste, so machtvoll wie eine Berührung, was meine Brustspitzen zu harten, rosafarbenen Perlen werden lässt.

Langsam streicht er mit dem Handschuh über meine Brüste und hinterlässt eine Spur weißen schillernden Schaums, aus dem sich glitzernde kleine Schaumberge lösen, die langsam auf meiner Haut abwärtsrutschen. Noch einmal berührt er mich zart mit dem Handschuh, diesmal fährt er langsam über meine unteren Rundungen, und ich seufze vor Lust, dann seift er mich weiter ein, mit kreisenden Bewegungen, bis er zwischen meinen Beinen innehält.

Er lässt den Handschuh fallen und nimmt meine schaumbedeckten Brüste in seine großen, warmen Hände, er liebkost sie, knetet sie, und ich habe alle Mühe, nicht aufzuschreien, denn ich will ihn nicht wissen lassen, wie tief seine Liebkosungen mich berühren – seine Hände fühlen sich durch den dicken Schaum an wie Samt, es prickelt da unten wie verrückt, und ich wünsche mir sehnlich, er hätte nicht aufgehört, mich dort mit seinem schaumigen Handschuh zu streicheln.

Dann dreht er mich um und gleitet mit seinen seifigen Händen meine nassen Arme hinauf, zeigt mir, wie ich mich an der Kachelwand abstützen soll. Er umfasst meine Hüften, langsam dringt er in mich ein, groß und erfüllend und wundervoll, und da kann ich nicht mehr an mich halten, ich schreie auf und schluchze vor Lust bei jedem seiner intensiven Stöße.

Seine Hände liebkosen mich dabei immer weiter, jede Berührung fühlt sich an wie unbeschreiblich weicher Samt. Selbst dort, wo keine Seife meine Haut bedeckt, empfinde ich seine sachten Finger wie das fedrige, flüchtige Streicheln mit einem samtweichen Stoff – vor allem, wenn sie zwischen meine Schenkel gleiten.

Ich stemme mich gegen seine erregende Berührung, wölbe den Rücken immer mehr, bis seine Finger alles zu sein scheinen, was ich kenne, alles, was ich bin, und als ich komme, meinen Höhepunkt stöhne, fühlt es sich an, als überwältigte mich eine Welle von Samt.

Meine Lust treibt auch ihn zum Höhepunkt, er stößt kräftiger zu, sein Stöhnen dringt laut in mein Ohr, während das Wasser auf uns herabströmt – und erst jetzt wird mir wieder bewusst, dass wir unter der Dusche stehen und nicht in jener zauberhaften Welt, in die er mich mit nichts als seinen erregenden, zärtlichen Berührungen entführt hat.

Oh, es ist schon vorbei!

War sie verrückt? Dass sie sich einer Fantasie über ihn, ihren überheblichen Anstreicher hingab?

Wenn du über jemanden fantasieren willst, dann kannst du doch wohl jemand Besseren finden!

Zugegeben, er war ein Bild von einem Mann, aber sein Charakter war schlecht. Und hatte sie sich denn nicht immer wieder gesagt, dass es beim Sex nicht bloß um den körperlichen Akt ging, sondern um alles, was damit zusammenhing – die Gefühle, die Nähe, die Bindung, die tiefer ging als zwei Körper, die sich ein paar Minuten lang vereinigten?

Diese Gedanken fest im Kopf, spülte sie sich ab, bereit, ihn aus ihrem Bewusstsein zu vertreiben und sich wieder ihrem eigenen Leben zuzuwenden. Es sah ihr so gar nicht ähnlich, sich wegen irgendeines Kerls – nur weil sie ihn attraktiv fand – aufzuführen wie eine Idiotin oder gegen sich selbst zu handeln.

Nick Armstrong mochte gut anzuschauen sein, aber eines stand fest: Sie würde sich nicht einmal eine Coke von ihm spendieren lassen, von gemeinsamem Duschen ganz zu schweigen.

Lauren bereitete sich darauf vor, das Haus zu verlassen, sie trug das schnurlose Telefon von Zimmer zu Zimmer, legte dabei Make-up auf und stritt sich zugleich mit Phil wegen des neuesten Rechnungsstapels. »Unsere Kosten für die Subunternehmer sind in letzter Zeit ganz schön in die Höhe geschossen«, sagte sie und strich sich durchs Haar.

Sie legte das Telefon auf die elfenbeinfarbene Tischplatte und blickte in den Spiegel über der Frisierkommode am Fenster, dessen Vorhänge noch seit dem Morgen des Vortags zugezogen waren. Was bedeutete, dass Nick Armstrong sie nicht sehen konnte – gut so –, aber es hieß auch, das *sie ihn* ebenfalls nicht sehen konnte. Irgendwo da draußen musste er sein und die Wände streichen. Es nervte sie, dass sie trotz ihrer Vorsätze unter der Dusche, ihn zu vergessen, darüber nachdachte, wo er sich wohl befand.

»Das entzieht sich völlig meiner Kontrolle«, erklärte Phil, während sie das Telefon von sich weghielt und mit der freien Hand roten Lippenstift auftrug, der einen Hauch heller war als ihr Rock. »Die Baukosten sind im ganzen Bundesstaat in die Höhe geschnellt. Angebot und Nachfrage. Wir stellen die besten Handwerker ein und müssen dafür in Kauf nehmen, dass wir einiges zahlen.«

Sie schlüpfte mit den Füßen in ein Paar Riemchensandalen. »Nun ja, jedenfalls reduziert das unsere Gewinnmarge ziemlich. Und wenn die Zahlen fürs zweite Quartal herauskommen, dann wirst du das Henry und den Partnern erklären müssen.«

»Du vergisst, Kleines«, frotzelte er, »dass ich ebenfalls einer der Teilhaber bin.«

Sie lächelte und verdrehte die Augen. Dieses Kosewort würde sie niemandem sonst in der Welt durchgehen lassen – abgesehen vielleicht ihrem Vater. »Nein, das habe ich nicht vergessen. Ich hoffe nur, du hast die Zahlen so genau im Kopf, wie du glaubst.«

»Die Partner müssen sich eben auf mein Wort verlassen. Ich kenne dieses Geschäft doch in- und auswendig, und ich verliere hier ja auch Geld.« Phil war der zweitgrößte Teilhaber in der Firma nach Henry.

»Muss schön sein, über so viel Macht und Einfluss zu verfügen«, witzelte sie.

Sie ging die Treppe hinunter und behielt dabei die Fenster im Eingangsbereich im Auge, die jetzt von der Mittagssonne hell durchflutet waren. Vom Anstreicher weit und breit nichts zu sehen, doch da sein Lieferwagen noch in der Auffahrt stand, war er noch nicht zum Mittagessen weggefahren.

»Hüte deine Zunge, Schätzchen«, antwortete Phil, »oder ich lade dich zu meiner Party wieder aus.«

Ach, verdammt, Phils Party. Wie hatte sie das nur vergessen können? Selektive Erinnerung, nahm sie an. Da konnte sie von Glück reden, wenn sie von der Gästeliste gestrichen würde.

Sie zögerte. Sollte sie lügen? Sie war nie gut darin gewesen, aber vielleicht war es jetzt an der Zeit, es zu lernen – wie sonst sollte sie jemals diese dämlichen Partys loswerden, die ihr das Leben versauerten?

Ihr Blick fiel auf die mit Farbe bekleckste Leiter, die neben dem Fenster zum Esszimmer lehnte, allerdings ohne Anstreicher darauf.

»Jeanne wäre allerdings enorm traurig, wenn du nicht kämst«, sagte Phil in seiner gewohnt scherzhaften Art. »Du weißt doch, wie gern sie mit dir über Mode und diesen ganzen Frauenkram spricht.«

Phil und seine Frau waren beide Ende dreißig, und obwohl Jeanne etwas älter war als Lauren, war sie gern mit ihr zusammen. Auf manchen von Phils Partys ging es recht wild zu – Lauren war bei früheren Partys in seinem Bekanntenkreis mehr als einmal einer Stripperin begegnet (war offenbar obligatorisch, wenn einer von Phils Freunden Geburtstag feierte) und hatte auch hin und wieder ein benutztes Kondom in der Toilette gefunden. Aber Jeanne war fast immer unter den Gästen und bei derlei Veranstaltungen beinahe so fehl am Platz wie sie selbst.

»Und außerdem«, setzte Phil hinzu, »hat Jeanne neulich Carolyn im Fitnesscenter getroffen und sie auch eingeladen. Ich glaube, alle deine Freunde kommen – Carolyn, Holly, Mike und auch dieser Jimmy.«

Seufzend ließ Lauren sich auf das antike goldgelbe Sofa im Wohnzimmer fallen. Leider waren es nicht *ihre* Freunde, sondern Carolyns. Groupies – das war die einzige passende Bezeichnung für sie. Sie umschwirrten Carolyn, und Lauren war sich nicht sicher, wer mit wem schlief, aber – hey! – sie spürte ganz deutlich die sexuellen Schwingungen zwischen ihnen, wann immer sie in der Nähe war.

Trotzdem – weil sie wusste, dass diese Leute ihretwegen eingeladen worden waren, fühlte sie sich verpflichtet zu kommen. Und außerdem wurde es von ihr als Führungskraft in der Firma erwartet, wie sie sich gestern ermahnt hatte. »Na gut, Phil«, sagte sie schließlich, »ich komme, aber im Evaskostüm.«

»In mehr als das, hoffe ich.« Sie konnte ihn fast zwinkern spüren.

»Na gut, ich möchte ja keine Szene machen«, neckte sie ihn und versuchte ganz locker zu klingen. »Mal schauen, ob ich was zum Anziehen finde.«

»Ich würde es ja super finden, wenn du eine Szene machen würdest; ich weiß nur nicht, was *Henry* davon halten würde.«

Sie lachte mit – das war leichter, als es zu unterdrücken –, bis sie auflegte. Sie hielt es für verrückt, auf dieselbe wilde Party zu gehen wie ihr Vater, denn wenn auf einer solchen Versammlung ein Mann mit irgendeinem umwerfend attraktiven Modeltyp rummachte, dann handelte es sich dabei in den meisten Fällen um Henry Ash. Sie liebte ihren Vater, aber seit dem Tod ihrer Mutter vor acht Jahren hatte er sich sehr verändert.

Es war mehr als nur der Drang nach Unabhängigkeit gewesen, was in Lauren den Wunsch nach einem eigenen Haus geweckt hatte; sie war es leid geworden, auffallend junge Frauen am Frühstückstisch zu treffen. Sie fragte sich, ob das Ganze wirklich funktionierte, ob ihr Vater sich wirklich so jung fühlte, wie er sich benahm.

In den Jahren, in denen er sich von einem normalen Geschäftsmann und Vater zum Hugh Hefner von Tampa verwandelt hatte, hatte Lauren sich ihr eigenes Leben aufgebaut. Nach dem Studium hatte sie eine Stellung in der Buchhaltung der Firma angenommen und war bald zur Finanzchefin der Firma aufgestiegen – nur Phil unterstellt, wenn es um die Finanzen ging. Phil war zehn Jahre nach Gründung der Firma dazugestoßen und hielt fünfundzwanzig Prozent der Geschäftsanteile. Ihr Vater besaß einundfünfzig Prozent; er hatte mit einem früheren Teilhaber einen Streit gehabt, als sie noch ein Kind war, und daher hatte er sich geschworen, stets die Kontrolle über seine Firma zu behalten. Die übrigen vierundzwanzig Prozent waren auf lokale Investoren und einige altgediente Angestellte aufgeteilt. Ihr selbst gehörte *nichts* von der Firma. Sie würde die Anteile ihres Vaters an Ash Builders erben und sah keinen Grund, weiter zu investieren; sie fühlte sich schon jetzt mehr als wohlhabend.

»Und wenn er nun irgend so ein Penthouse-Bunny heiratet und sein Testament ändert?«, hatte Carolyn einmal gefragt.

»Er hat mir versprochen, dass er seiner Frau andere Vermögenswerte vererben würde, falls er wieder heiratet, und dass die Firmenanteile in jedem Fall an mich gehen.«

Carolyn hatte zynisch die Augen verdreht. »Er hat gut reden, aber wenn sie die Firma haben will und ihn im Bett über die Maßen glücklich macht …«

»Carolyn, sprich nicht so über meinen Vater.«

»Sorry«, hatte Carolyn unbeschwert lächelnd geantwortet.

Tatsache aber war, dass Lauren und ihr Vater einander immer noch nahestanden, auch wenn er sich verändert hatte, und dass er sie nie vergessen würde; das stand außer Zweifel. Dieser Teil ihres Lebens war abgesichert. Doch wenn sie an den übrigen Teil ihres Lebens dachte, das sie mit so viel Energie und Einsatz aufgebaut hatte, fragte sie sich doch, wo das alles blieb.

Auf der Party vorgestern Abend war zwar nichts Ungewöhnliches passiert, aber ihre Gefühle – der unbedingte Wunsch, sich von alldem zu lösen –, waren geblieben, so dass sie ihr Leben noch einmal überdachte. Sie besaß ein Haus, das sie über alles liebte, wobei sie bedauerte, dass sie nicht mehr getan hatte, um es zu verdienen. Und sie hatte ihren Job, der sehr lukrativ war – sie sparte, investierte und gab eine erkleckliche Summe an Stiftungen für Kinder und für lokale Kultureinrichtungen. Also gab es nur eines, was ihr wirklich fehlte: ein richtiges Privatleben.

Nachdenklich erhob sie sich vom Sofa und ging in die Küche, um Isadora zu füttern. Wer hätte gedacht, dass ihr Vater derjenige mit einem abwechslungsreichen privaten Terminkalender wäre und sie – mit siebenundzwanzig Jahren – keine Freunde hatte, nur eine gute Freundin, und sehr wenig, worauf sie sich auf diesem Gebiet freuen konnte?

Aber nein, du vergisst da etwas. Du kannst so viele Freundinnen und Kerle haben, wie du willst – dir gefällt nur eben nicht das Angebot.

In diesem Moment schlängelte sich Isadora in die Küche, denn sie hatte den elektrischen Dosenöffner gehört. »Hey, Izzy. Wenigstens hab ich dich, was?« Sie bückte sich, um die Katze kurz hinter den Ohren zu kraulen. »Solange ich dich füttere und du in geselliger Stimmung bist, bin ich deine beste Freundin auf der Welt, nicht wahr?«

Izzy gab ein energisches Miau von sich, und einen Augenblick lang glaubte Lauren sogar, die Katze antwortete ihr – bis sie merkte, dass sie die offene Dose Katzenfutter in der Hand hielt und noch nichts davon in Izzys Napf getan hatte.

Sie nahm die kleine Glasschale von dem Set, das als Izzys Essecke diente, und löffelte eine Portion Katzenfutter hinein. Kaum hatte sie die Mahlzeit auf den Boden gestellt, kauerte Izzy auch schon davor. Lauren blickte auf die Uhr an ihrer Mikrowelle; sie musste sich beeilen, wenn sie nicht zu spät kommen wollte.

Sie hatte sich mit Carolyn zum Mittagessen verabredet, danach musste sie noch in der Firma vorbeifahren, um ein paar Sachen dort abzugeben und abzuholen, und … ach ja, sie hatte auch vor, ihre geliebte Sadie zu schelten, weil sie ihr diesen Nick Armstrong geschickt hatte.

Genau in diesem Augenblick sah sie aus dem großen Fenster in der Essecke und erblickte ein Paar Arbeitsstiefel auf einer Leiter. Sie hatte ihn seit der unfreundlichen Vorstellung vom Vortag noch nicht wieder gesehen, trotzdem schrak sie bei dem Anblick leicht zusammen.

Vielleicht weil sie wusste, wie der Rest von ihm aussah.

Vielleicht weil sie jetzt genau wusste, wo er sich befand – genau hier, keine drei Meter von ihr entfernt und zum Greifen nah, wenn man die Fensterscheibe, die zwischen ihnen war, ignorierte.

Oder vielleicht weil er ihr Meeresgott war und sie sich nur zwei Stunden vorher, unter der Dusche, in Fantasien über ihn ergangen hatte.

Der Meeresgott machte ihr am meisten zu schaffen. Der Mann in ihrer ersten Fantasie hatte kein klar umrissenes Gesicht, keine markanten Gesichtszüge besessen. Es war eher die Idee eines Gesichts gewesen – aber in dem Moment, als sie Nick Armstrong vor ihrer Tür erblickt hatte, hatten sich die fehlenden Teile in einem beunruhigenden Ausmaß zusammengefügt.

Als er jetzt die Leiter hinunterstieg, schrak sie zusammen. Sie wollte diesem Gesicht auf keinen Fall nochmals durch das Fenster begegnen. Sie schnappte sich ihre Handtasche vom Küchentresen, nahm ihre Aktenmappe und rief: »Bis später, Iz.« Dann ging sie durch die Tür zur Garage, ohne zurückzublicken.

Nachdem sie einen Knopf an der Wand gedrückt und zugesehen hatte, wie das Garagentor sich öffnete, wurde sie allerdings wieder mutlos; sein Lieferwagen blockierte die Ausfahrt. Er hatte den Wagen zwar an der Seite der Auffahrt geparkt, aber zufällig auf ihrer Seite, und der Rest der Garage war voll mit Gartengeräten, Wasserskiern, einem Fahrrad und Carolyns Jet Ski, so dass sie nicht herausfahren konnte. Na toll. Sie hatte keine Lust, das Gesicht ihres Meeresgottes zu sehen, aber es war wohl unvermeidlich.

Sie warf Handtasche und Aktenmappe auf den Beifahrersitz, holte tief Luft und ging ums Haus herum, den Schlüsselbund in der Hand. *Ist doch keine große Sache. Er ist doch bloß ein Mann, der seine Arbeit erledigt, und du bist eine Frau, die ihr Haus anstreichen lässt.*

Er blickte auf, kaum dass sie um die Ecke bog. Eine Leiter, eine Abdeckplane und diverse Farbeimer standen in der Gegend herum, aber sie sah nur ihn. So wie gestern Morgen wurde ihr fast schwindlig bei seinem Anblick – er verströmte Männlichkeit von Kopf bis Fuß.

Das weiße Tank-Top modellierte seinen muskulösen Körper und gab außerdem den Blick auf ein Tattoo frei: zwei ineinander verschlungene Stränge aus Stacheldraht wanden sich um seinen rechten Unterarm. Wieder war sie sich nicht sicher, ob sie Angst vor ihm hatte oder ob er sie erregte oder beides. Sie konnte nicht bestreiten, zumindest eingeschüchtert zu sein, und je näher sie kam, desto weniger konnte sie bestreiten, dass sie erregt war. Zu ihrem Entsetzen war die animalische Anziehung anders als alles, was sie bisher kannte.

»Sie haben ja Kletterrosen hier«, sagte er statt einer Begrüßung. Er zeigte auf ein Rankgerüst mit leuchtenden lilaroten Blüten und klang verärgert. Gutes Benehmen interessierte den Kerl offenbar nicht besonders.

»Ja«, entgegnete sie und dachte: *O Mann, was soll das bloß noch werden.*

»Können Sie mir sagen, wie ich um die Kletterrosen herumstreichen soll?«

Zugegeben, daran hatte sie nicht gedacht, sagte aber: »Haben Sie noch nie ein Haus mit Rosenspalieren gestrichen?«

»Ehrlich gesagt: Normalerweise streiche ich nur Neubauten. Schon vergessen?«

Sie seufzte verärgert und betrachtete das Rankgerüst. Seit vier Jahren schon pflegte sie die Rosen, und sie wollte sie auf keinen Fall verlieren, nur weil ihr Haus gestrichen wurde. »Vielleicht können Sie das Gerüst ja irgendwie aus dem Boden ziehen, ohne die Rosen zu entwurzeln, und vorsichtig auf den Rasen legen, solange sie dahinter streichen.«

»Ich bin doch kein Gärtner«, sagte er trocken.

Nein, du bist ein Idiot.

Sie überlegte noch, ob sie ihm das sagen sollte, als er meinte: »Aber ich mache es, wenn man mich für eventuelle Schäden an den Rosen nicht verantwortlich macht.«

»Danke«, antwortete sie automatisch, auch wenn sie eigentlich nicht fand, dass er ihre Dankbarkeit verdiente. Sie verabscheute das Gefühl, dass dieser Mann beide Male, wo sie miteinander gesprochen hatten, die Oberhand behalten hatte. »Übrigens – Sie müssen Ihren Van wegfahren. Er versperrt mir den Weg.«

Plötzlich drehte er sich zu ihr um, und sie spürte instinktiv, dass er sie nun zum ersten Mal ansah, seitdem sie das Gespräch begonnen hatten. Seine Augen schweiften anerkennend über ihren Körper. Schlagartig verspürte sie eine unbehagliche Wärme. Sein Blick war nicht dezent, und eigentlich wollte sie beleidigt sein, aber ihr wurde nur noch heißer. Sie fühlte sich gefangen unter seinen musternden Blicken, während die warme Luft zwischen ihnen ein beredtes Schweigen erfüllte.

»Klar«, sagte er knapp, seine durchdringenden Augen unleugbar voll Sinnlichkeit, die für Lauren plötzlich etwas ganz Persönliches zu haben schien. Wenn sie sonst irgendein Kerl mit Verführungsabsicht musterte, machte sie normalerweise auf dem Absatz kehrt, aber aus irgendeinem Grund zögerte sie bei Nick Armstrong, dem Meeresgott.

Ach, verdammt, verdammt, verdammt. Sie wollte diesen Mann nicht begehren. Er war unhöflich und in jeder Hinsicht unangenehm. Außer dass er gut aussah, das musste sie zugeben.

»Warten wir auf irgendwas?«, fragte er. Da merkte sie, dass

er damit gerechnet hatte, dass sie sofort kehrtmachen und vorausgehen würde, damit er ihr folgen konnte; stattdessen stand sie noch immer wie angewurzelt da, so wie ihre Rosen, und starrte ihn an, gefesselt von ihrer Lust.

»Nein«, sagte sie und schüttelte kurz den Kopf, als sie wieder zu sich kam. »Ich war nur kurz mit den Gedanken abgelenkt.« Sie wusste augenblicklich, dass dies die falsche Antwort war; schließlich war er sich allem, was zwischen ihnen ablief, sehr bewusst.

»Abgelenkt?«, fragte er und bedachte sie mit dem gleichen arroganten Lächeln wie gestern. Dem gleichen wissenden Blick, von dem sie sich fast herausgefordert fühlte, ehrlich zu sein und ihm zu sagen, wohin ihre Gedanken abgeschweift waren.

Stattdessen sah sie ihm nur eine Sekunde länger in die Augen, dann drehte sie sich um und bog um die Hausecke, ohne ihn noch eines weiteren Blicks zu würdigen. Sie ging zur Auffahrt, betrat die Garage und stieg in ihren Wagen.

Dann startete sie den Motor, packte das Lenkrad und wartete ungeduldig darauf, dass er seinen Lieferwagen auf die Straße fuhr. Ihre Bewegungen wirkten zittrig und mechanisch, als sie zurücksetzte, den Knopf zum Schließen des Garagentors betätigte und dann so temperamentvoll aufs Gaspedal drückte, dass der Z4 mit überhöhter Geschwindigkeit den Bayview Drive hinaufraste.

Es kam ihr vor wie eine Flucht, denn sie empfand das gleiche Freiheitsgefühl, wie wenn sie einer dieser furchtbaren Partys entfloh. Aber anders, schlimmer. Weil er wusste – sie wusste, dass er es wusste –, dass sie ihn begehrte. Ihr Herz schlug wie verrückt.

Aber dieses lächerliche Begehren, dieses lächerliche Fantasieren über den Herrn Anstreicher, war vorbei, endgültig. Der Kerl war ein Idiot!

Wenn sie doch nur das Prickeln in ihrem Körper abstellen könnte.

Du bist ja so eine Heuchlerin, Lauren. Nichts ist vorbei. Es ist keine Entscheidung, die du frei treffen kannst; es ist eine Reaktion, die du nicht aufhalten kannst, auch wenn du es noch so sehr möchtest. Ja, auch wenn er der größte, arroganteste Blödmann unter der Sonne sein konnte – er war zugleich genau die Sorte Mann, auf die sie abfuhr, wenn sie nicht aufpasste, die Art Mann, die sie daran erinnern konnte, was sie wirklich *brauchte*, zumindest für eine Nacht.

Wenn sie sich nicht gerade eben etwas geschworen hätte – und das war leider der Fall: Keine Männer mehr von dieser Sorte! Und daran würde sie sich halten, egal, was passierte. Also, hoffentlich arbeitete er schnell und verschwand wieder aus ihrem Leben, bevor sie eine Dummheit beging.

Nick sah zu, wie der teure Sportwagen der Prinzessin die Straße hinunterrauschte, dann lenkte er seinen Lieferwagen zurück auf die Auffahrt und parkte diesmal auf der anderen Seite.

Er war dermaßen verärgert gewesen wegen der Rosen, dass er tatsächlich vergessen hatte, wie attraktiv sie war – bis er sie noch einmal genauer betrachtet hatte.

Sie hatte eine ärmellose weiße Bluse getragen, die ihre Figur betonte. Ein kleines Dekolleté über dem Knopf, der sich über ihrer Brust schloss. Darunter waren ein aufreizender roter Minirock und tolle Beine zu sehen gewesen, so schlank und sonnengebräunt und seidig, dass sie geradezu darum bettelten, gestreichelt zu werden. Ihre hellen Haare waren nicht so gelockt gewesen wie gestern, sondern fielen ihr in längeren, weicheren Wellen über die Schultern bis auf den Rücken.

Er ging zu dem Rankgerüst, kniete sich hin und zog die

eisernen Spitzen aus dem Boden. Er dachte daran, wie er erkannt hatte, dass sie ihn auf genau die gleiche Weise ansah wie er sie. Nicks Meinung nach gab es nichts Schöneres als gegenseitiges Begehren, und Lauren Ash war in ihn gefahren wie ein Blitz, der eine Flammenspur hinterlässt. Auch wenn sie danach erzürnt gewesen war: Ihren leidenschaftlichen Blick hatte das nicht ausgelöscht.

Er legte das Rankgerüst flach auf den Rasen – wobei die Rosen zerdrückt wurden –, immer noch verärgert, dass er sich solche Umstände machen musste. Gleichzeitig aber fragte er sich, ob sie die Rosen wohl selbst pflegte, ob eine Frau wie sie sich Zeit für solche Dinge nahm. Er legte ein Tuch über das Rankgerüst, griff nach seinem Farbroller und machte sich wieder an die Arbeit. Der Elfenbeinton verdeckte den pinkfarbenen Gipsputz mehr und mehr.

In gewisser Hinsicht hatte sie wohl das Recht, genervt zu sein. Er wusste nicht, warum er noch immer so abweisend zu ihr war – außer dass seine Gedanken jedes Mal, wenn er sie traf, in die Vergangenheit wanderten, zurück zu dem Groll, den er seit damals gegen ihre Familie hegte. Dann setzte das Begehren wieder ein und hatte nun vollends Besitz von ihm ergriffen.

Er hatte nicht damit gerechnet, dass sie wegfahren würde, aber jetzt war sie fort, und er konnte nichts tun, als ein wenig mehr in ihre Welt einzutauchen. Und während er vor sich hin arbeitete, verschoben sich seine Gedanken ein wenig. Das Wissen, dass sie nicht im Haus war und nicht aus den Fenstern schauen konnte, wirkte befreiend auf ihn. Er konnte sich ein wenig umsehen, ihr Haus in Augenschein nehmen.

Im Garten standen doch mehr Bäume, als ihm bewusst gewesen war, und das Spanische Moos, das von den Eichen hing, sorgte für ein wenig Schatten in der sengenden Sonne

Floridas. Wie die Rosen waren auch die übrigen Blumen gut gepflegt und der Garten sauber und ordentlich, so dass er sich erneut fragte, ob sie wohl einen Gärtner hatte oder den Garten selbst pflegte.

Ringsum spürte er wie eine unsichtbare Aura etwas von Lauren Ashs Wesen; das Haus war Ausdruck ihrer Person. Er hatte sicherlich noch nicht so viel von ihrer Welt gesehen, wie er wollte, doch der Rest lag verborgen dort drinnen, außerhalb seines Zugriffs.

Er legte den Farbroller beiseite und nahm eine Flasche Wasser aus der kleinen Kühltasche, die er mitgebracht hatte. Er trank einen großen Schluck und ließ die Flasche in das halb geschmolzene Eis zurückfallen. Eigentlich hatte er beabsichtigt, zum Lunch zu fahren, doch plötzlich war seine Neugier so groß, dass er zur Rückseite des Hauses ging.

Gestern erst hatte er sich dort kurz umgesehen, aber nun ließ er sich Zeit. Der große, rechteckige Swimmingpool lag rechtwinklig zum Haus und schuf dadurch scharfe Winkel, die mit der Weichheit der Gartenlandschaft und der Bäume kontrastierten. Das hellblaue Wasser glitzerte in der Sonne wie tausend schimmernde Diamanten, und er dachte an die zahllosen Male, als er und Davy und Elaine von einem Swimmingpool im Garten geträumt hatten. Hier und da standen Topfpalmen und andere Pflanzen im Pool-Bereich und auf der großen hinteren Terrasse, die mit dem gleichen flachen Stein gepflastert war wie die Umfassung des Pools. Teakmöbel vervollständigten das Bild, das aus »Schöner Wohnen« hätte stammen können.

Zwei Terrassentüren führten ins Haus, an den kleinen, quadratischen Fenstern hingen keine Vorhänge. Er hatte ein schlechtes Gewissen, als er näher trat und ins Haus hineinspähte wie ein Einbrecher, der sich über die Beute informieren wollte. Aber er wollte ja nichts stehlen, sondern nur einmal aus etwas kürzerer Entfernung einen Blick in ihre Welt werfen.

Die Reflexion der Sonne verhinderte, dass durch die Türen viel zu erkennen war – eine weiße Küche mit den gleichen italienischen Fliesen wie im Eingangsbereich, ein Frühstückstisch mit Glasplatte und dicken, geschwungenen schmiedeeisernen Beinen.

Als er sich zum Gehen umwandte, blieb er mit der Spitze seines Arbeitsstiefels an etwas hängen; er blickte nach unten, sah einen kleinen Übertopf in der Form einer Schildkröte, den er versehentlich ein Stückchen von dem größeren Terrakottatopf mit pinkfarbenen Petunien, der daneben stand, weggestoßen hatte. Er bückte sich, um den Schildkröten-Topf wieder an seinen Platz zu stellen, und als er ihn anhob, sah er einen Schlüssel.

Er zögerte, sah vom Schlüssel zur Tür, dann wieder zum Schlüssel. *Mach weiter, Armstrong*, ermahnte er sich.

Dann schüttelte er den Kopf; er fühlte sich wie aus dem Gleichgewicht geraten, benommen, als hätte soeben eine andere Person die Kontrolle über seinen Körper übernommen. Ungeheuerlich, dass er tatsächlich erwog, das Haus zu betreten.

Das durfte er nicht, auf keinen Fall.

Trotzdem, er war irrsinnig neugierig. Und noch während er die Hand um den Schlüssel schloss, verfluchte er Lauren Ash, weil sie so unverantwortlich war, es ihm so leicht zu machen.

Willst du das wirklich tun?

Verdammt, es sah ganz danach aus.

Etwas bang betrachtete er den Schlüssel, aber dann rief er sich in Erinnerung, dass er ja kein Schwerverbrechen plante; er wollte sich im Haus ja nur einmal kurz umsehen.

Erst als er eingetreten war und die Gartentür hinter sich

geschlossen hatte, bekam er Angst vor der Alarmanlage. Er suchte an den Wänden nach einem Schalterkasten, fand aber keinen; wartete darauf, dass etwas passierte, aber es geschah nichts. Gut so. Gegenüber der Polizei hätte er sich womöglich herausreden können, aber seine Aufträge von Ash Builders hätte er mit Sicherheit verloren.

Mit dieser Erkenntnis hätte er das Haus wieder verlassen sollen, aber er tat es nicht. Und da begriff er, dass er von Lauren Ashs Leben geradezu besessen war. Jahrelang hatte er darüber nachgedacht, gemeint, es müsste sein Leben sein, und jetzt, da sich ihm die Gelegenheit bot, es zu erforschen, konnte er der Versuchung einfach nicht widerstehen. Er war nicht stolz darauf, aber so war es nun einmal.

Das große Wohnzimmer, das sich vor der Küche und dem Frühstücksbereich erstreckte, verfügte über einen riesigen Kamin aus grauem Stein, wunderschön, aber im hiesigen tropischen Klima so gut wie nutzlos. Das übrige Zimmer leuchtete fast so weiß wie die Küche – weißer Berberteppich, weißes Sofa und zwei dazu passende Ledersessel. Die einzigen Farbtupfer stammten von ein paar Samtkissen, türkis- und roséfarben, sowie von Seidenblumen und Kerzen in denselben Farbtönen.

Da bemerkte er die Katze: Sie war auf dem weißen Sofa fast nicht zu erkennen, lag mit dem Kopf auf dem größten pinkfarbenen Kissen. So pompös wie ihre Umgebung, hatte sie ein langes weißes Fell, und den Hals schmückte ein funkelndes, strassbesetztes Halsband. Nur Lauren Ash, dachte er, kann eine so herausgeputzte Katze haben.

Als er näher kam, rührte sich die Katze und wälzte sich auf den Rücken. Sie blickte aus ihren riesigen marmorblauen Augen zu ihm auf und wollte eindeutig beachtet werden.

»Tut mir leid, Katze, aber ich habe nicht viel Zeit.«

Er durchstreifte den Palast der Prinzessin und fand ein

zweites Wohnzimmer, das mit antiken viktorianischen Möbeln ausgestattet war, in kühlen Farben wie Gelbgold und dunklem Grün gehalten – ein deutlicher Kontrast zu den Zimmern, die er bislang gesehen hatte.

Und dann sah er die Eingangshalle und die breite Treppe, die sich hinter dem Kristallleuchter emporschwang, die er gestern Morgen kurz gesehen hatte. Ohne weiter nachzudenken, packte er das Geländer und stieg die breiten Stufen hinauf.

Mein Gott, was tat er denn da? Die Selbstbezichtigung erklang in seinem Kopf, doch seine Füße bewegten sich weiter. Er wusste kaum, wie er hierhergekommen war – ins Innere ihres Hauses, um Himmels willen – und diese Scheißtreppe hinaufstieg, aber genau das tat er jetzt, als bewegte er sich in einem Traum, als hätte er irgendwie keine Kontrolle mehr über sich.

Als er oben angekommen war und ihr Arbeitszimmer gefunden hatte, blieb er stehen. Dort drin befand sich wahrscheinlich das, was ihn dazu veranlasst hatte, die Treppe hinaufzugehen – mehr als alles, was er in Lauren Ashs Schlafzimmer finden würde. Die Firma, die eigentlich zur Hälfte ihm gehören müsste, ihm und seiner Familie. Und wenn er nun hier etwas finden könnte, irgendetwas, was bewies, dass Henry ihn und seine Familie betrogen hatte? Sicher, es bestand nicht der Hauch einer Chance auf einen solchen Beweis, trotzdem durchquerte er den dunklen Raum und näherte sich ihrem edel wirkenden Schreibtisch.

Rechnungen lagen in ordentlichen Stapeln neben einer Tastatur, der Computer war allerdings ausgeschaltet. Er kannte sich nicht gut mit Computern aus und ließ ihn deshalb unberührt.

Stattdessen öffnete er den kleinen Aktenschrank, der an der einen Wand stand, und strich über die Oberseiten der

Ordner, auf der Suche nach – irgendetwas. Seinem Namen. Armstrong. Vielleicht fand er ja die Dokumente, die sein Vater vor all den Jahren unterschrieben hatte, weil Henry ihn dazu überredet hatte. Er wusste zwar nicht, was das helfen sollte, und es war auch unwahrscheinlich, dass die Unterlagen sich hier im Büro der Tochter befanden, aber jetzt nagte wieder dieselbe Verzweiflung an ihm, die er seit Jahren empfand, wenn er daran dachte, was Henry getan hatte. Er wusste nicht, wonach er suchte, doch er wollte es einfach *finden*. Etwas. Irgendetwas.

Als die Akten nichts von Interesse ergaben, schloss er die Türen wieder und machte mit dem Bücherschrank weiter. Er stöberte in den Regalen, fand Bücher über Buchhaltung und Business-Management, mehrere Jahres- und Vierteljahresberichte von Ash Builders – und ein kleines rotes Buch ohne Titel auf dem Rücken. Völlig fehl an seinem Platz, weckte es seine Aufmerksamkeit.

Langsam strich er mit der Fingerspitze über den Buchrücken; er wusste nicht, warum. Der Einband fühlt sich weich an wie Seide und schien seine Berührung irgendwie herausgefordert zu haben. Er zog das Buch aus dem Regal und schlug es aufs Geratewohl auf.

Dunkle Tinte, eine klare Schrift mit weiblichem Flair. Lauren Ashs Handschrift; er war sich da so sicher, wie er wusste, dass sein Vater heute wieder zu viel trinken würde. Widerstrebend davon angezogen, ließ er sich auf einen Sessel an der Wand nieder und begann zu lesen.

4

Ich reite auf einem Pferd einen lang gezogenen Höhenkamm entlang, der kahl ist bis auf einige Bäume, die aus hohem Gras herausragen, das sich im Wind wiegt. Die Sonne versinkt, die Luft ist rosa und staubig, die Täler, die sich zu beiden Seiten erstrecken, sind bewaldet und dunkel.

Hinter mir sitzt ein Mann; warm drängt er sich an meinen Rücken. Als er die kräftigen Arme auf meine Hüften legt, auf mein dünnes Hemd, reagiere ich nicht, weder spreche ich noch blicke ich über die Schulter. Ich reite weiter und lasse zu, dass sich die Berührung in mir ausbreitet wie Nadelstiche, die zart meine Haut stechen.

Schon bald wird mir bewusst, dass er meinen Rock gepackt hat und ihn langsam anhebt. Sanft streicht der Mann über meine Knie, die Schenkel hinauf, so dass der warme Wind in der Dämmerung über meine Haut fährt.

»Steh auf«, flüstert er, seine Stimme umhüllt mich wie eine dicke Decke. Ich stehe gerade so lange in den Steigbügeln, dass er den Rock unter mir hervorziehen kann, und als ich mich wieder setze, trifft mein nacktes Fleisch auf den warmen Ledersattel.

Er streicht, unter dem Rock, mit den Händen über meine nackten Hüften und Schenkel, bis ich darauf brenne, dass er mich zwischen meinen vom Sattel gespreizten Beinen berührt. Stattdessen liebkost er mich weiter mit seinen weichen Fingerkuppen, streichelt mich und wagt sich quälend nahe an die Mitte meines Verlangens vor.

Gerade als ich fürchte, fast den Verstand zu verlieren, flüstert er mir erneut etwas zu. »Beug dich vor.«

Während ich mich zum breiten Hals des Pferdes vorbeuge, legt er die Handflächen auf mein Gesäß und schiebt mich noch weiter nach vorn. Im selben Moment, da er von hinten in mich eindringt, drückt die Spalte zwischen meinen Schenkeln fest gegen das Sattelhorn. Ich schreie auf in dem Bewusstsein, dass es der erste Laut ist, den ich von mir gegeben habe, aber die Empfindungen sind so umwerfend, dass ich ihn nicht unterdrücken kann. Die Stöße des Mannes nehmen denselben Rhythmus an wie der langsame, stetige Trab des Pferdes, jeder Stoß hallt in meinem Körper wider wie Trommelschlag. Gleichzeitig vibriert das Sattelhorn gegen mich.

Die Sonne geht jetzt schnell unter, es scheint, als bewegte sie sich schneller, während seine Stöße ebenfalls schneller werden. Ich sehe die Sonne untergehen, vor meinen Augen, eine heiße, leuchtend orangefarbene Kugel, der ich mit jedem kräftigen Stoß nachjage.

Während die Sonne mit einem letzten Strahlen hinter dem Horizont verschwindet, versinke auch ich, erlebe ich einen unbeschreiblichen Höhepunkt, der, irrsinnig intensiv, in mir pocht und mich völlig ermattet zurücklässt.

Dann aber schließt er mich in die Arme, und während die Schatten der Nacht und die Dunkelheit ringsum zunehmen, weiß ich, dass mich nichts mehr verletzen kann und ich geborgen bin.

Ungläubig und völlig verdutzt starrte Nick auf die Buchseite. Lange, leere Sekunden verstrichen, während er zu verstehen versuchte, was er da eben gelesen hatte. Hatte er geträumt? Nein, es kam ihm eher wie ein *Wunsch* vor. Außerdem erregte es ihn ungeheuer, dass die Prinzessin diese sexuelle Fantasie niedergeschrieben hatte … vielleicht ein ganzes Tagebuch voll mit solchen Fantasien besaß.

Ja, in Lauren Ash steckte definitiv mehr, als man zunächst vermutete. Wenn das Journal einen Hinweis gab, dann hatte Lucky mit seiner Meinung über sie ins Schwarze getroffen.

Nick kannte sie kaum, hatte sie kaum gesehen, aber – Mann, er begehrte sie.

Plötzlich kam ihm ein viel wichtigerer Gedanke.

Ohne es zu wollen, hatte er ihr soeben etwas gestohlen, etwas Bedeutendes, etwas, was er nicht zurückgeben konnte, selbst wenn er es wollte. Ganz gleich, was er von ihr dachte, und gleichgültig, dass er ihr Haus betreten hatte, er hatte nicht in ihre Privatsphäre eindringen wollen, wobei er sich kaum etwas Privateres als diese Einträge vorstellen konnte. Die Erkenntnis drang wie ein Speer in seine Brust, und sofort stiegen Schuldgefühle in ihm auf

Klapp das Buch zu, verdammt. Klapp's zu. Du solltest nicht hier sein.

Und trotzdem hatte er rasendes Herzklopfen, wie ein Teenager, der zum ersten Mal einen *Playboy* in Händen hielt. Außerdem fiel es ihm unsagbar schwer, nicht herausfinden zu wollen, was sich die Prinzessin sonst noch alles kurz vor dem Einschlafen ausmalte.

Klapp das Buch zu. Sofort.

Ein Geräusch. Sofort saß er aufrecht im Sessel und blickte von dem Buch auf.

Das Garagentor.

Mist.

Er klappte das Buch zu und stellte es genau dorthin zurück, wo er es aus dem Regal genommen hatte, dann ging er in Richtung Treppe, während ihm das Herz bis zum Hals schlug. Als er in der Eingangshalle ankam und hörte, wie die Haustür geöffnet wurde, wusste er, dass es zu spät war.

Mucksmäuschenstill stand er unter dem Kronleuchter, nur darauf wartend, entdeckt zu werden. In seinem Kopf drehte sich alles, während er einen vernünftigen Grund dafür suchte, dass er in ihrem Haus war. Es gab keinen.

Aber dann begann sein Kopf endlich zu arbeiten. Rasend

schnell entwarf Nick einen mentalen Grundriss des Erdgeschosses. Wenn sie sich in die Küche begab, konnte er durch die Eingangstür nach draußen gelangen. Und wenn sie durchs Esszimmer in Richtung Treppe ging, konnte er vielleicht auf demselben Weg zurückschleichen, den er hereingekommen war – falls er leise genug war.

Er blieb völlig reglos stehen, alle Muskeln angespannt, in der irrealen Hoffnung, dass er irgendwie ihre Absichten vorhersehen könnte. Unfassbar, dass er in eine solche Lage geraten war – abgesehen von seiner nicht ganz unproblematischen Jugend hatte er noch nie etwas derart Kriminelles getan.

»Hi, Izzy, ich bin wieder da. Habe ich dir gefehlt?«

Izzy. Musste die Katze sein. Die Stimme der Prinzessin kam aus der Küche. Selbst in seinem Panikzustand war ihm die Zuneigung, der aufrichtig zärtliche Ton in ihrer Stimme, nicht entgangen, eine völlig andere Tonlage, als er bislang von ihr kannte – und die war für ihre Katze reserviert?

»Na schön«, sagte sie, scheinbar schmollend. »Dann geh doch wieder auf dein kostbares Kissen. Interessiert mich nicht. Hab sowieso viel zu tun.«

Arbeit. *In ihrem Büro im ersten Stock?* Es blieb ihm nichts anderes übrig, als davon auszugehen und entsprechend zu handeln. Langsam und vorsichtig schritt er über den Fliesenboden, bis er in dem Flur stehen blieb, der in den rückwärtigen Bereich des Hauses führte, wo er hereingekommen war, und wartete, wartete, bis er ihre Schuhe in Richtung der Treppe klicken hörte.

Erst als er einigermaßen sicher war, dass sie im ersten Stock war, ging er geradewegs zum Hinterausgang. Leise schritt er über den Fliesenboden, drehte ganz vorsichtig den Türknauf und trat an die Terrassentür – die plötzlich *quietschte.*

Aber anstatt abzuwarten, ob sie die Treppe herunterlief,

trat er zurück in die sommerliche Gluthitze und verschloss rasch die Tür hinter sich.

Er legte den Schlüssel unter die Keramik-Schildkröte zurück, aus deren Panzer Begonien sprossen, und ging mit langen Schritten um das Haus herum in Richtung seines Lieferwagens. Es war Zeit, Mittagspause zu machen und wegzufahren.

Solange er nicht den Mund öffnete, wurde Davy nie komisch angesehen. Er war nie dahintergekommen, woran die Leute erkannten, dass er anders war, aber Davy erkannte es immer daran, dass die anderen stutzten.

Eine hübsche Frau konnte ihn in einem Restaurant anlächeln, aber wenn er den Mut aufbrachte, sie anzusprechen, erstarrte ihr Blick, und dann sah er, wie ihr Lächeln irgendwie gefror, als wäre es ausgeschnitten. Manchmal wurde der Blick auch noch von einem unsicheren Gesichtsausdruck begleitet, aber immer war da dieses *Erkennen*, etwas, was anscheinend alle anderen bemerkten, nur er nicht.

Und das ging ihm nicht nur mit jungen Frauen so. Sondern auch mit Kindern, alten Männern, Kassiererinnen, Tankstellenangestellten. Darum liebte er die Routinen in seinem Leben. Er und Elaine kauften in bestimmten Geschäften ein, trafen sich mit bestimmten Leuten – Leuten, die ihn gut kannten und fast normal behandelten.

Heute war ihm das mit einer alten Frau passiert, auf dem Parkplatz von Albertson's. Als er mit Elaine auf den Supermarkt zusteuerte, betrachtete er eine weiße Wolke am Himmel und dachte, dass sie ungefähr so aussah wie eine Teekanne, die Tante Erma früher besaß – bis er wegen eines schweren Seufzens den Blick senkte. Die grauhaarige Frau stand vor dem Kofferraum ihres Wagens, offenkundig verärgert; sie hatte gerade ihre Einkäufe eingeladen, aber die

Sammelstelle für die Einkaufswagen lag weit entfernt. Er dachte nicht daran, dass er anders war, als er zu ihr hinüberging und sagte: »Ich kann Ihnen den Einkaufswagen abnehmen.«

Sie reagierte darauf mit einem Blick, wie ihn die Leute schlafenden Welpen durchs Fenster eines Zooladens in einem Einkaufszentrum zuwarfen. »Äh … vielen Dank, junger Mann.«

Er nickte nur und wunderte sich, dass er für einen einfachen Gefallen einen so großen Dank erhielt. Allerdings schob er den Einkaufswagen nicht mit den anderen zusammen, sondern behielt ihn und schob ihn durch die Automatik-Tür in den Supermarkt.

»Hallo, Elaine, Davy.«

Sie blickten auf und sahen Mr. Pfister, den Filialleiter.

»Hi«, sagte Elaine. Davy lächelte.

»Na, ist es dir heiß genug, Dave?«

»Ja.«

»Warte hier«, sagte Elaine zu ihm, also blieb er, mit dem Einkaufswagen, vor der Blumenabteilung stehen. Während Elaine die Anzeigen durchblätterte, hatte er Gelegenheit, sich die Blumen und Grünpflanzen anzuschauen. Es war ihr Lieblingsort in dem Supermarkt, weil er einem Gewächshaus ähnelte. Blattpflanzen hingen von den niedrigen, eigens dafür eingezogenen Deckenbalken, und die großen runden Stände mit Blumenkübeln ließen gerade genug Platz, um den Einkaufswagen hindurchzuschieben.

»Entschuldigen Sie.«

Er senkte den Kopf und sah eine dunkelhaarige Frau im Rollstuhl, die vor seinen Einkaufswagen zu rollen versuchte.

»Oh, Verzeihung.« Rasch setzte er zurück, um sie vorbeizulassen. Die Frau rollte hinter einen Tisch voll mit Löwenmäulchen und Nelken, den er nicht bemerkt hatte und der mitten in der Gartenausstellung stand. Sie trug ein Namensschild. DAISY MARIA RAMIREZ.

Von irgendwoher hinter dem Tisch zog sie einen grünen Schaumblock hervor und fing an, die losen Blumen dort hineinzustecken. Er beobachtete, wie sie die Blumen vorsichtig behandelte und genau wusste, was sie mit ihnen machen musste; sie arrangierte die Blumen, um etwas Neues zu schaffen, wo vorher nichts gewesen war. Die Baskenmütze bändigte ihre langen dunklen Haare, und ihre braunen Augen weiteten und verengten sich, wenn sie sich konzentrierte. Es war leicht, ihr beim Arbeiten zuzuschauen, denn offenbar bemerkte sie nicht, dass er noch immer da war. Er dachte daran, etwas zu sagen.

Hübsche Blumen.

Sie haben kleine Hände.

Ist es Ihnen nicht zu heiß hier drin?

Aber kein Satz kam ihm richtig vor, es tat ihm schon im Magen weh, wenn er nur daran dachte, also gab er's auf und schaute der Frau nur zu. Sie hatte pflaumenfarbene Lippen.

»Bereit?«

Er schrak zusammen. Seine Schwester. Er sah sie an. »Äh, jaja.«

Nachdem er noch einen Blick auf Daisy Maria Ramirez geworfen hatte und dabei wünschte, er könnte den ganzen Tag beobachten, wie sie die Blumen in den Schaum steckte, schob er den Einkaufswagen in die Obst-und-Gemüse-Abteilung.

»Hast du die Frau gesehen, die die Blumen gesteckt hat?«

Elaine nickte und riss einen kleinen Plastikbeutel aus dem Spender. »Mhm.«

»Hast du gewusst, dass sie im Rollstuhl sitzt?«

»Tatsächlich? Nein, das hab ich nicht bemerkt.« Seine Schwester legte ein paar Äpfel in den Beutel und diesen in den Einkaufswagen, dann griff sie sich einen zweiten. »Möchtest du irgendetwas Besonderes?«

Er suchte die Auslagen ab, bis er fand, wonach er suchte. »Ja. Pflaumen.«

Lauren hörte zu, während die Bankangestellte den Betrag wiederholte, den sie auf das Verrechnungskonto für die Subunternehmer einzahlte. Von dort würden Phils Mitarbeiter die einzelnen Schecks verteilen.

»Das ist korrekt«, antwortete sie. Doch als sie auflegte, schüttelte sie den Kopf. Die Zahlen kamen ihr hoch vor, auch wenn Phil sein Okay gegeben hatte.

Phil war bei Ash Builders rasch in der Hierarchie aufgestiegen. Mit Anfang zwanzig war er Trockenbauer gewesen, was er noch heute oftmals als »die schmutzigste Arbeit auf Gottes Erde« bezeichnete. Deshalb fürchtete sie manchmal, dass er den Subunternehmern allzu sehr vertraute, ihnen zu sehr entgegenkam. Nun gut, das entzog sich ihrem Einfluss; sie stellte nur die Rechnungen zusammen und zahlte das Geld aus.

Nachdem sie die letzten Arbeiten für den heutigen Tag beendet hatte, schaltete sie die Schreibtischlampe aus, fuhr den Computer herunter und begab sich in Richtung Schlafzimmer. Irgendwo da draußen strich dieser Nick Armstrong immer noch die Hauswände, aber hoffentlich ging er bald. Danach wollte Carolyn vorbeikommen, um ein paar Runden im Pool zu schwimmen, doch Lauren hatte sie beim Lunch gewarnt. »Komm bitte nicht vor sechs, ja?«

Sie liebte den Pool über alles, hatte aber nicht die Absicht, im Badeanzug herumzulaufen, während ihr nerviger Anstreicher in der Nähe herumlungerte. Nachdem sie vom Lunch zurückgekehrt war, war sie sogar extra ins Haus gegangen und dort geblieben, außerdem wollte sie so wenig wie möglich von ihm sehen, während er an ihrem Haus arbeitete. Natürlich konnte das einige Wochen dauern, aber wegen seiner demütigenden Art und der ungesunden gegenseitigen Anziehung kam es ihr klug vor, sich bedeckt zu halten, solange Nick Armstrong in der Nähe war. Sie hatte keine Lust mehr auf ihren Anstreicher, was, wenn sie sich von ihm fernhielt und sich seine arrogante und eingebildete Art vor Augen führte, nicht weiter schwer sein sollte.

Der Lunch mit Carolyn in einem Bistro am Clearwater Beach hatte ihre Stimmung gehoben. Hinterher waren sie an den Strand gegangen und am Wasser entlanggeschlendert, wo kleine Kinder Sandburgen bauten und Muscheln suchten. Sie hatten darüber gesprochen, im nächsten Winter vielleicht nach Utah zum Skilaufen zu fahren, damit sie mal etwas ganz anderes sahen, und weder über Sex noch über Männer geredet, was es Lauren noch leichter machte, den Anstreicher aus ihren Gedanken zu verbannen. Carolyn hatte wieder wie damals gewirkt, wie die Freundin, mit der sie auf der Highschool und der Uni befreundet gewesen war, bevor diese wahllos mit Männern schlief und Party machte, als gäbe es kein morgen. Manchmal sorgte sie sich um Carolyn.

Da bis zu Carolyns Ankunft noch zwei Stunden Zeit war, beschloss Lauren, sich etwas Bequemes anzuziehen und einen Tee zu trinken. Sie kleidete sich bis auf BH und Slip aus, streifte ihren beigefarbenen Seidenkimono über und machte es sich schließlich mit dem neuesten Bestseller auf dem Diwan im Schlafzimmer bequem.

Sie hatte sich gerade eingelesen, als es an der Haustür läutete. Ungläubig sah sie in die Richtung, dann blickte sie auf den Wecker auf ihrem Nachttisch. Es war noch nicht einmal fünf. Was bedeutete – o Gott, das musste Nick Armstrong sein.

Aber was konnte er nur wollen? Wollte er sie wieder rüde behandeln und gleichzeitig mit seinen dunklen Augen verschlingen? Ihr erster Gedanke war: Ignoriere ihn, bleib, wo du bist. Andererseits wusste er natürlich, dass sie zu Hause war. Verdammt.

Sie ließ das Buch fallen, straffte den Gürtel am Kimono und wollte gerade zur Tür gehen – als ihr Blick auf den Ganzkörperspiegel fiel. *Gütiger Himmel*, dachte sie bestürzt und blieb stehen. Wenn sie sich gestern Morgen darin erblickt hätte, bevor sie zur Tür gegangen war, hätte sie das niemals in diesem Kleidungsstück getan, nicht einmal, wenn sie mit Phil gerechnet hatte, an dessen Stelle aber ein Wildfremder vor der Tür gestanden hatte. Ihr war gar nicht bewusst gewesen, wie sehr der glänzende Kimono ihre Kurven modellierte.

Sie wollte gerade beschließen, nicht in diesem Outfit an die Tür zu gehen, als es erneut klingelte, ungeduldig. »Verdammt noch mal, Nick Armstrong«, murmelte sie, trat aus dem Schlafzimmer und ging die Treppe hinunter. »Ich komme.« Kurz darauf riss sie die Tür auf, streitlustig, wenngleich sie nicht genau wusste, warum.

Die gute Nachricht? Vor ihr stand nicht ihr Meeresgott.

Die schlechte: Es waren Carolyn – und Holly, Mike und Jimmy.

Lauren wusste nicht, ob sie erleichtert oder verärgert sein sollte, neigte aber zu Letzterem. *Na super, jetzt haben mich vier weitere Leute in meinem eng anliegenden Kimono gesehen.* Nicht, dass diese Leute deswegen auch nur mit der Wimper gezuckt hätten.

»Überraschung!«, sagte Carolyn und zeigte ihr wie immer strahlendes Lächeln. »Ich hab die Leute zufällig getroffen und eingeladen, mitzukommen. Hab mir gedacht, wir könnten eine Poolparty feiern. Hoffentlich macht es dir nichts aus.«

Lauren starrte sie einfach nur an. »Wir hatten doch vereinbart, du sollst um sechs kommen.«

Carolyn zuckte leicht zusammen. »Sechs? Oje. Tut mir leid, Laur. Ich dachte, du hättest fünf gesagt.« Sie hob die Augenbrauen und setzte eine reuige Miene auf. »Kannst du mir noch einmal verzeihen?«

Es war schwer, ihr nicht zu verzeihen. Carolyn war immer so lebhaft, mehr noch: fröhlich und selbstvergessen. Und unter normalen Umständen – zum Beispiel, wenn Nick Armstrongs Lieferwagen nicht immer noch in der Auffahrt gestanden hätte – wäre Lauren auch nicht entfernt so angesäuert gewesen, also trat sie einen Schritt zurück und ließ die Gruppe ins Haus. »Kommt doch rein.«

»Tolles Haus«, sagte Mike, als er über die Schwelle trat und eine Locke seiner braunen Haare zurückschob, die sich aus dem kurzen Pferdeschwanz gelöst hatte.

»Danke«, antwortete sie. Carolyns neue Freunde waren noch nie hier gewesen, und Lauren hatte eigentlich gehofft, dass es dabei bliebe. Sie liebte Carolyn wie eine Schwester, konnte sich aber deren Geschmack hinsichtlich ihrer Freunde in den letzten Jahren nicht ganz erklären.

Holly, die wie ein Relikt aus den Siebzigern aussah mit ihrem langen Haar mit Mittelscheitel, dem Halter-Top und den Bell-Bottom-Jeans, hing an Jimmys Schulter, der sich ehrfürchtig umschaute. Jimmy, ein groß gewachsener, muskulöser Blonder mit Ziegenbart, hatte eine spezifisch schmeichlerische Art, die Lauren immer ein wenig nervös machte.

»Geht doch schon mal nach draußen«, schlug sie vor. Wie sehr ihr diese Leute missfielen, war ihr erst klar geworden, als sie sie in ihrem Haus herumstehen sah. »Ich ziehe nur kurz einen Badeanzug an und komme gleich nach.«

Sie ging hinauf und fragte sich, womit sie das hier verdient hatte, als sie Holly aus dem Wohnzimmer sagen hörte: »Nun guckt euch doch mal das hübsche Kätzchen an.« *Fasst ja meine Katze nicht an*, dachte Lauren und rannte die übrigen Stufen rauf, weil sie plötzlich unbedingt schnell wieder unten sein wollte.

Sie versuchte sich zu entspannen, eilte ins Schlafzimmer und ließ den Kimono zu Boden gleiten. Aber alle von Carolyns unangenehmen Freunden waren da, und Nick Armstrong war auch immer noch da. Verdammt, die besten Pläne …

Sie kramte in der Schublade mit ihren Badesachen, fand einen schlichten Einteiler und zog ihn an. Sie fühlte sich zwar in einem Bikini wohler, aber alles in allem war dies hier wohl trotzdem die bessere Wahl, selbst für die Zeit, *nachdem* der Anstreicher weggefahren wäre. Nur gut, dass Carolyn nicht Nick Armstrongs Lieferwagen mit ihrem Auto blockiert hatte, so dass er ohne Mühe wegfahren konnte.

Nick trug die Leiter hinüber zur Hausecke, er wollte die Nordmauer zu Ende streichen, obwohl es schon weit nach Feierabend war. Das schlechte Gewissen von vorhin plagte ihn immer noch, deshalb hatte er sich entschlossen, seine Arbeit so schnell wie möglich zu beenden. Gleichzeitig liefen in seinem Kopf die Bilder aus Laurens Fantasie wie ein Film ab, warfen Fragen über Fragen auf … und verführten ihn. Trotzdem: So erregend es auch gewesen war, er wünschte, er wäre nicht ins Haus gegangen, wüsste nicht über ihr kleines rotes Buch Bescheid.

Er war gerade wieder auf die Leiter gestiegen, da hörte er Stimmen. Als er an der Hausecke mit dem Schlussstein vorbeiblickte, stellte er fest, dass der neue Beobachtungsposten einen Blick auf Pool und Terrasse bot. Und allem Anschein nach hatte die Prinzessin Besuch.

Sein erster Eindruck – eine Gruppe gelangweilter Leute der Generation X: zwei magere Mädchen, die kicherten, als sie sich bis auf ihre knappen Bikinis auszogen, und zwei Typen, die sich anstrengten, cool zu wirken, als sie ihre Hemden auszogen und sich Zigaretten ansteckten.

Er war eben an die Arbeit zurückgekehrt, als er die Stimme der Prinzessin hörte, die diesem Haufen gegenüber viel freundlicher klang als ihm gegenüber. »Ich habe Bier und Weinmixgetränke mitgebracht. Kannst du mir mal helfen, Mike?«

»Na klar.« Nick hörte ein *Plonk* auf dem Teaktisch und das Klirren von Glasflaschen.

»Hast du eine von diesen Kiwi-Lemon-Mischungen, die ich so gern trinke?«, fragte eines der Mädchen.

»Nur Beere und Pfirsich«, antwortete die Prinzessin. »Tut mir leid, Carolyn.«

Der Name erregte seine Aufmerksamkeit erneut, und er schaute ein weiteres Mal um die Ecke.

»Pfirsich ist okay«, sagte dasselbe Mädchen mit derselben Fröhlichkeit, als sie ihr langes brünettes Haar zu einem unordentlichen Knoten hochsteckte. Lucky hatte Recht gehabt, was die Mähne das Mädchens betraf, und ihre kleinen Brüste auch – obwohl, vielleicht wären sie größer, wenn sie ein paar Pfund zunähme. Für seinen Geschmack waren Lauren Ashs Freundinnen zu dürr.

Die Prinzessin dagegen war genau richtig. Der seidig glänzende, schwarze Badeanzug betonte ihre schlanke Sanduhr-Figur und verstärkte jede Vorstellung, die Nick sich schon über ihren Körper gemacht hatte. Ihre langen Beine, vollen, runden Brüste und alle Rundungen bettelten förmlich darum, von ihm gestreichelt zu werden. Das blonde Haar hatte sie bis auf ein paar Strähnen mit einem großen Clip festgesteckt.

»Ich stell mal Musik an und hol ein paar Chips«, sagte sie.

Kurz darauf, während er weiter mit weichen Bewegungen die Farbe auf den rauen Verputz auftrug, ertönte von einer lokalen Top-Forty-Station aus den Außenlautsprechern ein aktueller Hit, unterbrochen von ein paar Platschern aus dem Pool und dem Geräusch vom Öffnen der Bierdosen.

»Also, was ist denn mit deinem Badeanzug?«

»Was soll damit sein?«

Die zweite Stimme gehörte zu Lauren, die erste zu Carolyn, beide standen ganz nahe – kurz hinter der Ecke, unter ihm, so dass er einfach lauschen musste.

Carolyn war derart lebhaft, dass sie ihn an einen Muppet erinnerte. »Ich hab dich seit der zehnten Klasse nicht mehr in einem Einteiler gesehen, und ich weiß, dass du nahtlos braun bist. Und du siehst so süß aus in einem Bikini.«

Er hörte, wie Lauren seufzte, und dachte, sie würde tatsächlich zuckersüß aussehen, viel süßer als Carolyn in ihrem aufreizenden silberfarbenen Lamé-Bikini. Zugegeben, er hätte gern mehr von Lauren gesehen, aber sie wirkte auch in ihrem schwarzen Badeanzug sehr sexy.

»Tut mir leid, wenn ich gereizt geklungen habe«, erwiderte Lauren leiser. »Was den Badeanzug betrifft – hab ihn halt gerade in die Finger bekommen. Ohne besonderen Grund.«

Die Stimmen der jungen Frauen wurden leiser, als sie zum Pool zurückgingen, aber Nick fragte sich, was Carolyns Bemerkung eigentlich bedeuten sollte. Luckys Einschätzung entsprechend hätte er erwartet, dass die Prinzessin all ihre sexy Rundungen deutlicher zur Schau stellen würde.

Nachdem er noch ein bisschen gearbeitet hatte, stieg er von der Leiter herunter, um seine Farbwanne wieder aufzufüllen. Je länger die Poolparty dauerte, desto schwieriger wurde es jedoch, das Treiben zu ignorieren, insbesondere da er wusste, dass Lauren wieder dort war, und zwar mit den »Heinis«, wie er die beiden Männer inzwischen nannte. Der Magen drehte sich ihm förmlich um, wenn er sich vorstellte, dass sie ihnen gab, was *er* von ihr wollte. Und die Partygeräusche hören zu müssen, während er arbeitete, vermittelte ihm das beschissene Gefühl, eine Art Diener zu sein inmitten des größten Luxus.

Bevor er sich an das letzte Quadrat Pink heranmachte, trat er um die Ecke und lehnte sich lässig gegen den Verputz. Er wollte nur sehen, wie die Party lief, ob sie noch immer aus der kleinen Gruppe von fünf Leuten bestand oder ob vielleicht noch andere gekommen waren. Außerdem fragte er sich, ob Lauren Ash wohl hoffte, er würde sich weiter verstecken.

Sein Blick fiel sofort auf den Pool, auf Carolyn und die Typen am flachen Ende des Beckens. Der Kerl mit dem Pferdeschwanz hielt sie von hinten fest, ein Arm um die Taille geschlungen, der andere Arm auf ihrer Brust, der Blonde spielte mit ihren Füßen. »Hört auf«, sagte sie lachend und kickte mit den Füßen. Aber selbst aus dieser Entfernung sah er den begierigen Ausdruck in ihren Augen, hörte er den neckenden Ton in ihrer Stimme. Pferdeschwanz zog drohend an einem ihrer silberfarbenen Dreiecke, lachte dabei, und Carolyn blickte über ihre Schulter, um ihn zu schelten. »Mike!« Aber Nick war überzeugt, dass Mike ebenso wie Lucky schon einmal dort und wohl auch weiter gewesen waren.

Der blonde Typ spreizte Carolyns Beine und trat dazwischen, um sie aus Mikes Armen zu heben. »Komm her, Baby.« Carolyn schlang Arme und Beine um ihn in dem hüfttiefen Wasser.

»Mein Held«, gurrte sie und zog ihn in einen leidenschaftlichen Kuss.

Da sah Nick aus den Augenwinkeln heraus Lauren Ash. Sie stand unbeweglich da wie eine Statue, keine sieben Meter entfernt, und beobachtete die Szene im Pool, so wie er. Es wirkte, als schauten sie da *gemeinsam* zu, wie zwei Fremde, die in die intime Welt eines anderen gestoßen worden waren. Und natürlich dachte er an ihre Intimsphäre, die er selbst früher am Tag ungewollt verletzt hatte.

Während er den Blick auf sie richtete, versuchte er abzuschätzen, was er in ihren Augen sah. Etwas Dunkles, das er nicht lesen konnte, etwas, worüber er mehr erfahren wollte – unbedingt. Sein Herz schlug dabei viel zu schnell.

Er ahnte, dass sie sich umdrehen und ihn ansehen, dass sie seine Nähe spüren würde. Und als sie sich umwandte, trafen sich ihre Blicke. Plötzlich überkam ihn ein ungeheures Verlangen nach ihr.

Er nickte in Richtung Pool. »Schwimmen Sie nicht mit Ihren Freunden?« Ohne dass es ihn wirklich interessierte, hatte er die Frage suggestiv gestellt.

»Bin nur neugierig.«

Sie reagierte erstaunlich abwehrend. »Nein«, antwortete sie schroff und wandte sich zum Gehen. Aber sie war nur ein paar Schritte gegangen, als sie stehen blieb und über die Schulter zurücksah. »Haben Sie nicht schon längst Feierabend?«

»Wollen Sie mich unbedingt loswerden? Ich habe heute nicht so viel geschafft, wie ich vorhatte; die Rosen haben mich aufgehalten.« Das mit den Rosen war gelogen. Nach seinem Ausflug in ihr Haus hatte er lange Mittagspause gemacht.

Sie hielt inne, trat einige zögerliche Schritte auf ihn zu. »Wie ist es denn gegangen?« Ihr Ton wurde ein wenig weicher. »Mit den Rosen?«

Fast hätte er zugegeben, dass es doch nicht so problematisch gewesen sei wie erwartet, hätte beinahe gefragt, ob sie die Rosen selbst pflege; aber er hielt sich zurück. »Ich glaub, sie haben's überlebt.«

Sie nickte knapp. »Gut.« Dann drehte sie sich wieder um, wollte gehen, und diesmal hielt sie nicht inne – und verdammt, plötzlich kam er sich wieder wie ein Diener vor.

Ihr selbstgefälliges Nicken brachte ihm in Erinnerung, was er schon beim ersten Treffen bemerkt hatte – sie hielt sich für etwas Besseres. Groll durchzuckte ihn, während er den Schwung ihres Hinterns beobachtete, bis sie schließlich durch die Terrassentür verschwunden war. Gott allein wusste, wie sehr sie ihn hassen würde, wenn sie je herausfände, dass er ihr Geheimnis kannte.

Wie üblich hatte er sie aus der Fassung gebracht. Noch nie hatte sie so viel Sex im Blick eines Mannes gesehen. Und zwar nicht von der üblichen Art »Chad, der Rettungsschwimmer«, der »Du könntest jede sein«-Art. Irgendwie wusste sie, dass sein Blick nur ihr galt. Das war noch nicht der Fall gewesen, als sie ihm gestern Morgen die Tür geöffnet hatte – lieber Gott, lag das erst so kurz zurück? –, aber was sie in seinen Augen gesehen hatte, hatte sich vertieft, war jetzt ganz auf sie gerichtet, so wie sie sich, unbeabsichtigt, auf ihn konzentriert hatte.

Sie umfasste die Kante des Küchentresens und atmete tief durch. Sie hätte das Weinmixgetränk nicht auf nüchternen Magen trinken sollen; es war ihr direkt in den Kopf gestiegen. Gepaart mit Nick Armstrong war das eine tödliche Mischung.

»Was machst du denn da?«

Lauren blickte auf und sah Carolyn aus dem Badezimmer kommen. »Ich dachte, du würdest im Pool herumplanschen.« Sie hatte eigentlich nicht ganz so sarkastisch klingen wollen.

Carolyn neigte den Kopf, als überlegte sie, ob sie beleidigt sein sollte. »Ich musste pinkeln.«

Lauren ging in die Speisekammer und streckte die Hand nach einer Tüte Tortillachips und einem Glas Salsa aus, dankbar eingedenk der unerwarteten Gäste, dass sie jede Menge Knabberzeug im Haus hatte.

»Na, bist du gelandet?«

Sie blickte über die Schulter – und erblickte Carolyns neugieriges Lächeln. »Gelandet?«

»Ach, komm, Lauren-Schätzchen. Wer ist der heiße Typ da draußen?«

O Gott, hatte Carolyn ihn *gesehen*? Froh, dass sie ihrer Freundin den Rücken zukehrte, griff Lauren in einem Oberschrank nach einem Chips-und-Dip-Tablett. Sie hoffte, dass ihre Stimme nicht zitterte, als sie sagte: »Mein Anstreicher.«

»Sieht aus, als wäre er gut.«

»Scheint gute Arbeit zu machen.« Sie drehte sich zu Carolyn um und schraubte den Deckel vom Salsa-Glas ab.

»Nein, Dummerchen. Im Bett.«

Lauren stellte das Glas auf die Arbeitsfläche und verdrehte die Augen. Jetzt war also sogar Carolyn der irren Annahme, dass sie mit dem Mann ins Bett ging? »Also, davon weiß ich nichts.«

In einem Singsang-Tonfall sagte Carolyn: »Das könntest du doch herausfinden. Ich hab gesehen, wie er dich angeglotzt hat, Lauren-Schätzchen. Das kann dir doch nicht entgangen sein.«

Sie tat gleichgültig und griff in die Tüte Chips. »Bei mir gibt's so was nicht.«

»Was?«

Sie erwiderte Carolyns Blick. »Sex mit Fremden.«

Carolyn wirkte etwas beleidigt, aber Lauren war das egal. Ihre beste Freundin konnte mit sämtlichen Kerlen in Florida schlafen, wenn sie wollte, aber das hieß noch lange nicht, dass man es richtig finden musste. Sie hatte nicht so grob zu Carolyn sein wollen, aber sie konnte nicht anders, hatte einfach schlechte Laune.

»Du bist immer noch gereizt, nicht?«

»Ja, kann man so sagen.«

Carolyn senkte das Kinn und warf ihr ein verschwörerisches Lächeln zu, als wollte sie sagen: *Jetzt weiß ich auch, warum.* »Na ja, ich hab dich gewarnt. Wenn du diesem Prachtkerl nicht nachstellst, dann muss *ich* das vielleicht übernehmen.« Das Lächeln besagte, dass Carolyn Lauren herausfordern wollte.

»Wie du willst«, lautete Laurens Antwort, während sie die dreieckigen Chips auf das Tablett legte.

Aber als Carolyn mit langen Schritten zur Tür ging, zog eine Art Eifersucht unbehaglich in ihrer Brust.

Lauren betrat wieder die Terrasse. Die Stimmung war verändert. Die Sonne versank über den Bäumen hinter der Mauer, die ihren Garten von dem ihres Vaters trennte, der Pool war leer, das Wasser still. Alle saßen im Kreis um den Tisch herum und tranken.

Sie stellte die Chips und die Salsa in die Mitte, dann nahm sie einen der übrigen Stühle. »Haut rein.«

»Danke«, sagte Mike und streckte den Arm nach einem Tortillachip aus.

Jimmy brummelte irgendetwas, eine Zigarette im Mund.

Holly trug das Haar jetzt geflochten über einer Schulter und wirkte düster, eine offene Dose Weinmixgetränk unangerührt vor sich. Lauren konnte nur erraten, was Hollys Stimmung beeinträchtigte: dass Carolyn die Aufmerksamkeit beider Jungs auf sich gezogen hatte.

»Sieht so aus, als würde dein Anstreicher seine Sachen zusammenpacken«, sagte Carolyn von der gegenüberliegenden Tischseite aus. *Gott sei Dank*, dachte Lauren und ignorierte dabei Carolyns anzügliches Grinsen. Sie warf einen raschen Blick zu Nick Armstrong hinüber, der ein wenig entfernt kniete und eine Abdeckplane zusammenrollte. Die anderen sahen auch alle dorthin.

»Wie heißt er denn?«, fragte Carolyn.

Sie atmete aus, ehe sie antwortete: »Nick Armstrong.«

»Nick!«, rief Carolyn. Er blickte auf. Lauren blieb fast das Herz stehen. *Was macht Carolyn denn da?* »Möchten Sie ein Bier?«

Lauren sah ihre Freundin wütend an, dann richtete sie den Blick wieder auf Nick, der offenbar nur leicht erstaunt war.

»Gern.«

Nick ging lockeren Schrittes auf die Terrasse zu und setzte sich auf den letzten freien Stuhl zwischen Holly und Jimmy. Sie sah ihn nicht an; stattdessen griff sie nervös nach dem Weinmixgetränk.

»Die sind warm«, sagte Holly.

Lauren sah sie an, verwirrt. »Wie bitte?«

»Die Weinmixgetränke. Die sind warm.«

Sie stand abrupt auf. »Ich hole etwas Eis.« Rasch ging sie zur Tür, noch nie so glücklich in ihrem Leben, einer geselligen Runde entronnen zu sein.

Im Haus schnappte sie sich zwei Gläser und füllte sie mit Eis, hielt dann aber inne. Was, wenn sie einfach drinnen blieb und nicht wieder hinausging? Zum Teufel mit Hollys warmem Gesöff. Sie hatte keine Lust, mit Nick Armstrong an einem Tisch zu sitzen.

Trotzdem nahm sie die Gläser und trat durch die Terrassentür wieder ins Freie. Ist schon in Ordnung, sagte sie sich. Aber sie würde nicht zulassen, dass der Kerl diesmal die Oberhand gewann. Vielleicht hatte sie Carolyn ja tatsächlich *ermutigt*, mit ihm anzubandeln. Und vielleicht sorgte das dafür, dass Nick Armstrong eine andere anglotzte, die ihm ähnlicher war als sie. Wenn's nach ihr ginge, konnten er und Carolyn bis zur Besinnungslosigkeit vögeln.

Am Tisch angekommen, wich sie den Blicken der Anwesenden aus und sah Nick nur aus den Augenwinkel heraus an. Entschlossen ignorierend, dass sein Tank-Shirt wie angegossen saß, stellte sie Holly ein Glas hin, schenkte ihren Weinmix in ein anderes und setzte sich wieder an den Tisch. Über das Klirren hinweg schaltete sie sich in das Gespräch ein.

»Und was ist mit dir, Holly?«, fragte Carolyn mit einem vielsagenden Lächeln.

Holly brütete immer noch, als sie zu Jimmy hochsah. »Sag du's ihnen.«

»Ich weiß nicht, welchen Ort du …«

Holly stellte ihr Glas etwas heftig auf dem Tisch ab. »Im Badezimmer im Haus deines Vaters. Wo denn sonst?«

»Was auch immer«, murmelte er.

»He, Jungs, regt euch nicht auf«, sagte Carolyn beruhigend und spielerisch. »Wir albern hier doch bloß rum.«

Da brach Mike in Lachen aus.

»Was ist daran so komisch, Alter?«, fragte Jimmy und klang angewidert.

»Ich hab nur gedacht, dass ich es auch mal im Badezimmer im Haus deines Vater getrieben habe.«

Jimmy stand der Mund offen, als Mike berichtete, wie er im letzten Jahr während einer Party mit einem Mädchen im Bad im Haus von Jimmys Vater gelandet war. Endlich begriff Lauren, worüber sie redeten. Sie richtete den Blick auf Mike, dann sah sie in ihr Glas, weil sie nicht wollte, dass Nick Armstrong glaubte, das Thema interessierte sie. Nein, wirklich nicht. Wie war sie nur in diese Situation geraten?

»Und wie ist's mit dir, Lauren?« Carolyn hob die Brauen und lächelte sie an. »Was ist der ungewöhnlichste Ort, an dem du's getrieben hast?«

Lauren wurde rot. Carolyn meinte es bestimmt nicht böse, aber das half ihr auch nicht. »Du weißt, wie diskret ich in solchen Dingen bin«, antwortete sie und versuchte dabei freundlich zu wirken.

Carolyn neigte den Kopf. »Ach, komm, Lauren-Schätzchen, wir sind doch alle Freunde hier. Und *ich* kenne einige interessante Orte, an denen du's getan hast.« Ihre Freundin warf einen vielsagenden Blick in die Runde, als wäre sie versucht, auszuplaudern, was Lauren für sich behalten wollte.

»Carolyn, *nicht*.« Sie hatte zwar keine Ahnung, was Carolyn vorhatte, aber sie legte auch keinen Wert darauf.

»Lasst sie in Ruhe, wenn sie es nicht will«, meldete Nick sich unerwartet zu Wort. »Es ist allein ihre Sache.«

Carolyn richtete ihr Lächeln an den Mann, der soeben gesprochen hatte. »Wie lautet also *Ihre* Antwort?«

Laurens Stimmung sank. Auch wenn er sie soeben verteidigt hatte – sie wollte nicht mehr hier sein. Sie wollte von diesem Gespräch nichts mehr hören.

Als Nick hochsah, hob sie ihr Glas und tat einen langen, kalten Zug.

»Der ungewöhnlichste Ort, an dem ich je Sex hatte, ja?« Er schaute in Carolyns Augen, und Lauren nahm sich einen Tortillachip – irgendwas, nur um die Hände zu beschäftigen.

»Das ist die Frage, Macho-Mann«, antwortete Carolyn, und wie. Als sie Carolyn vorhin im Pool beobachtet hatte, hatte Lauren das gleiche furchtbare Gefühl gehabt wie bei der Party am Abend zuvor – das Gefühl, Zeugin von etwas viel zu Intimem zu sein.

»Hm …« Nick kratzte sich am Kinn, blickte in die Ferne. »Die Entscheidung fällt mir schwer, weil es so viele gegeben hat.«

Lauren trank noch einen Schluck von ihrem Weinmix, wollte plötzlich betrunken sein, unbedingt.

»Du musst dich nicht auf eine Antwort beschränken«, sagte Carolyn, der das Spiel sichtlich Spaß bereitete.

»Nein, nein«, erwiderte Nick langsam, wie üblich. »Die Frage lautet: ›Was ist der ungewöhnlichste Ort, an dem du Sex hattest?‹ *Ort*. Nur einen. Ich möchte die Regeln einhalten und die beste Antwort geben.« Er zeigte den gleichen Hauch eines Lächelns, den sie schon vorhin in seinen Zügen bemerkt hatte.

»Na, wo denn nun?«, half Carolyn nach.

Er trank einen Schluck Bier, dann nickte er schließlich. »Ich glaube, ich hab's.«

»Und?«, fragte Carolyn ungeduldig. »Ich platze vor Neugier.«

»Einmal«, er sah Lauren an, »hab ich's auf dem Rücken eines Pferdes getan.«

5

Nick sah, wie sämtliche Farbe aus ihrem hübschen Gesicht wich.

Trotz ihrer Verärgerung zuvor hatte er nichts sagen wollen, was sie so sehr erschreckte. Er hatte es gesagt, damit sie überlegte, ob Fantasie und Wirklichkeit wirklich übereinstimmen konnten. Er hatte es gesagt, um sie zu erregen.

Obgleich er sich bemüht hatte, es zu vermeiden – ständig dachte er an ihre Fantasie, stellte sich vor, wie er mit den Händen über Laurens Schenkel, Hüften, Hintern strich und sie ganz verrückt nach ihm machte. Er malte sich aus, dass er der Mann hinter ihr auf dem Pferd gewesen war.

»Na ja«, erwiderte Carolyn, inzwischen mit etwas tieferer Stimme, »das klingt wirklich ziemlich wild. Gibt's Details?«

Er hielt den Blick fest auf Lauren gerichtet. »Natürlich.« Dann hob er sein Bierglas hoch.

Lauren rutschte unbehaglich auf dem Stuhl herum, sah ihn dabei aber unentwegt an. Himmel, er begehrte diese Frau – zu sehr. Momentan konnte er seine Vergangenheit nicht mehr von seiner Gegenwart, sein obsessives Interesse an ihrem Leben nicht mehr von seiner *neuen* Obsession trennen, mit ihr ins Bett gehen zu wollen.

»Meinem Onkel gehört einer der Pferdehöfe oben an der Route 52«, log er und spähte noch immer in Laurens freundliche blaue Augen. »In einem Frühjahr habe ich da ein Mädchen kennen gelernt – ihr Vater wollte ein Vollblut kaufen. Sie war noch nie geritten, deshalb hab ich ihr angeboten, es ihr beizubringen. Ich bin hinter ihr aufs Pferd gestiegen, hab ihr gezeigt, wie man die Zügel einsetzt, und schließlich sind wir in den Wald geritten.«

Er machte eine Pause und trank wieder einen Schluck, ihm war klar, dass alle Anwesenden am Tisch gespannt auf den Rest der Geschichte warteten, aber er sprach nach wie vor nur mit Lauren. »Ich hab die Arme um sie gelegt und angefangen, ihren Nacken zu küssen.« Lauren schluckte nervös. »Dann führte eins zum anderen.«

»Was ist mit ihrem Slip?«, fragte Carolyn. »Wie hast du … du weißt schon?«

Gute Frage. Gut genug, dass er den Blick auf sie richtete, denn er improvisierte das hier und hatte nicht mit Zwischenfragen gerechnet. »Du bist ganz schön neugierig, nicht wahr?«

Sie grinste. »Ich bin nicht schüchtern.«

»Ganz offensichtlich.«

»Also, beantworte meine Frage.«

Er überlegte. Er konnte nicht erzählen, dass die imaginäre Frau einen Rock trug. Das hätte *zu sehr* Laurens Fantasie entsprochen, und er wollte sich nicht verraten. »Sie stand in den Steigbügeln«, sagte er schließlich, »und da hab ich den Slip so weit heruntergezogen, wie ich konnte. Das hat gereicht.«

Lauren hatte genug. Sie erhob sich. »Entschuldigt mich.« Und damit ging sie ins Haus, wobei es ihr egal war, ob sie einen guten Grund hatte, zu gehen, und es sie auch nicht interessierte, was die anderen von ihr dachten.

Als Erstes eilte sie nach oben in ihr Büro, wo sie ihr erotisches Tagebuch im Bücherregal suchte – es stand genau dort, wo es stehen sollte, unangerührt. *Natürlich* unangerührt – was hatte sie denn gedacht? Innerlich noch immer ganz aufgewühlt, lief sie wieder nach unten, ging ins Badezimmer, schloss die Tür und blickte in den großen, wandbreiten Spiegel. Ihre Augen wirkten genauso panisch, wie sie sich fühlte, ihr Herz pochte. Ein Schwindel erfasste sie, so dass sie sich am Waschbecken festhielt, um nicht umzukippen. Wie konnte er davon wissen? Wusste er *wirklich* davon? Seine Geschichte hatte ihre Fantasie nicht *genau* wiedergegeben, aber die Ähnlichkeiten hatten ihr buchstäblich den Atem verschlagen.

Aber sie musste jetzt vernünftig, rational sein. Hatte er ihr Tagebuch lesen können? Nein, ganz entschieden nicht. Das war nicht möglich.

Doch selbst ohne diese Angst kam es ihr vor, als hielte er sie in einem unsichtbaren Klammergriff. Sie hatte den Blick nicht abwenden können, als er ihr in die Augen sah und allen seine entsetzlich persönliche Geschichte auftischte, und – o Gott – ehrlich gesagt, sie hatte nicht einmal wegsehen *wollen*. Es war, als hätte er sie mit Worten verführt, mit seiner Stimme, seinen dunklen, leidenschaftlichen Augen, und als hätte sie es einfach zugelassen. Ihr Körper fühlte sich fast genauso erschöpft an, als hätte sie gerade Sex gehabt. Sie schüttelte den Kopf vor ihrem Spiegelbild – *du wirst ja verrückt*. Dann griff sie nach dem Wasserhahn und spritzte sich kaltes Wasser auf die Wangen.

Trotzdem: Noch während sie ein Handtuch von der Messingleiste griff und an ihr Gesicht drückte, dachte sie über die Parallelen zwischen seiner Geschichte und ihrer Fantasie nach. *Konnte es sein, dass er davon erfahren hatte? Gab's da irgendeine Möglichkeit?*

Sie überlegte, versuchte Argumente zu finden.

Nein – das konnte nicht sein. Weil niemand davon wusste. Nicht mal Carolyn. Niemand.

Aber wieso dann? Handelte es sich um einen bloßen Zufall?

Im Moment hatte sie keine andere Erklärung, also musste sie sich mit dieser begnügen. Oder glauben, dass er irgendwie ihre Gedanken gelesen hatte.

Beim Verlassen des Badezimmers erwog sie noch einmal, nicht zu den anderen zurückzukehren, ging aber trotzdem nach draußen: Es war höchste Zeit, die dämliche Party zu beenden.

»Alles in Ordnung mit dir, Lauren-Schätzchen?« Carolyn wirkte besorgt, als Lauren auf die Terrasse zurückkam. Dieselben Leute, Nick eingeschlossen, saßen noch immer am Tisch, allerdings waren sie verstummt.

»Ehrlich gesagt, fühle ich mich nicht ganz wohl. Zu viele Weinmixgetränke«, behauptete sie in der Hoffnung, dass niemand ihre lediglich zwei Getränke bemerkt hatte. »Ich möchte nicht unhöflich sein, aber … ich denke, es ist Zeit, ihr geht nach Hause.«

»Natürlich«, sagte Carolyn und klang dabei absolut verständnisvoll. »Wir hauen ab.«

»Danke. Tut mir leid.« Sie setzte eine entschuldigende Miene auf.

»Kein Problem«. Mike erhob sich.

Während die anderen aufstanden, richtete Carolyn ihre Aufmerksamkeit wieder auf Nick. »Du kommst also?«

Lauren war verdutzt. *Was war ihr entgangen, als sie im Haus war?*

»Ja, ich werde da sein.«

»Prima.« Carolyn lächelte triumphierend.

»Was ist prima?«, fragte Lauren wie nebenbei und lächelte gequält.

Carolyn blickte in Laurens Richtung. »Ich habe Nick zu Phils Party morgen Abend eingeladen.«

Die Nachricht traf sie wie eine Flutwelle. Carolyn hatte ihn zu Phils Party eingeladen. Und er hatte zugesagt. O Gott.

Trotzdem lächelte sie, nickte, blieb ganz cool, so als wäre das keine große Sache. Es war die letzte Verteidigung, die ihr zur Verfügung stand.

»Also …«, Nick konzentrierte sich wieder auf sie mit seinen dunklen, verführerischen Augen, »dann bis morgen.« Und schon allein das – sein Blick während dieser wenigen nüchternen Worte – überwältigte sie beinahe. Es war, als wollte er ihr mehr zu verstehen geben. Sexuelles. Selbst Carolyn hatte das vorhin bemerkt, also bildete sie sich das nicht nur ein. Er verführte sie mit Blicken.

Doch in einem späten, überraschenden Ausbruch von Stärke gab sie diesmal nicht klein bei. Ganz im Gegenteil. Sie wappnete sich, sah ihm in die Augen und ahmte seinen selbstbewussten Tonfall nach. »Na klar.« Damit imitierte sie seine knappen Erwiderungen, drehte sich um und ging davon.

Nick stieg die Leiter hinauf, die an der Rückseite von Laurens Haus stand. Geistesabwesend blickte er hinüber zum nächstgelegenen Fenster – nicht, um ins Haus zu schauen, sondern weil er sich fragte, wo Lauren war und was sie gerade tat – und stellte fest, dass die Vorhänge zugezogen waren. Na ja, wenn er sie heute nicht sah, würde er sie mit Sicherheit morgen treffen.

Normalerweise war eine Party im Haus von Phil Hudson die letzte Veranstaltung, an der er teilnehmen wollte, aber unter den gegebenen Umständen konnte er die Einladung einfach nicht ablehnen. Wenn er herausbekommen wollte, wie die reichen Unternehmer hinter Ash Builders lebten, welche bessere Möglichkeit gab es denn, als sie in vollem Party-Modus zu beobachten?

Selbst wenn Henry dort wäre, würde er kaum Gefahr laufen, erkannt zu werden. Wie Lauren hatte er auch Henry seit seinem zwölften Lebensjahr nicht mehr gesehen, und bei einer Firma von der Größe von Ash würde Henry kaum wissen, dass Nick für ihn arbeitete. Und das sollte auch so bleiben, vor allem jetzt. Ein Treffen von Angesicht zu Angesicht, bei dem die Wahrheit zwischen ihnen zur Sprache käme, könnte zu einer Konfrontation führen, die ihn seinen Lebensunterhalt kosten konnte. Abgesehen davon: Jetzt, da er Henrys Tochter verführen wollte, war die Verheimlichung ihrer früheren Beziehungen in ihrem Leben umso wichtiger.

Ja, Phils Party bot eine gute Möglichkeit, die Reichen in Aktion zu beobachten: Henry, Phil, Carolyn … und, natürlich, Lauren – der Hauptgrund seines Erscheinens dort. Plötzlich fiel ihm ein, wie sie ihn angeschaut hatte, als er seine Geschichte mit dem Pferd erzählte. Er hatte es genossen, zuzusehen, wie sie ihre blauen Augen aufriss und ein wenig verloren wirkte. Es war, als hätte ein unsichtbarer Strahl ihre Blicke miteinander verbunden und eine schwelende Glut in ihm entfacht. Er spürte sie sogar jetzt noch, was aber nicht an der sengenden Hitze lag, die an der Golfküste herrschte.

Da durchschnitt das Summen seines Piepers die heiße mittägliche Stille. Er legte den Farbroller auf die Wanne, nahm den Pieper von seinem Gürtel und sah, dass Tommy Marsden ihn sprechen wollte: Wahrscheinlich hatte er seinen aktuellen Auftrag beendet und wollte wissen, wo Nick ihn als Nächstes hinschickte.

Er ging zum Lieferwagen zurück, um sein altes Autotelefon

zu holen, als er plötzlich ein Geräusch hörte, so dass er mitten auf dem Rasen stehen blieb. Das Garagentor. Nach dem gestrigen Tag erkannte er das Geräusch unter Tausenden. Er sah, wie der schicke kleine Z4 zurücksetzte, eine modische Sonnenbrille verbarg Lauren Ashs Augen, aber der Rest von ihr sah so prachtvoll aus wie immer. Die langen blonden Locken fielen ihr auf die Schultern wie Wellen heller Seide, die ärmellose Bluse zeigte die leicht gebräunten Schultern und die schönen Arme, die zum Lenkrad reichten. Er hob die Hand zu einer kleinen, unentschiedenen Geste, ihre Antwort war ebenso unverbindlich. Dann zog er die Beifahrertür des Lieferwagens auf und griff zwischen die Sitze nach dem Telefon.

Das, wie sich herausstellte, außer Funktion war – er hatte vergessen, es aufzuladen. Er blickte auf, überlegte kurz, ob er die Prinzessin fragen sollte, ob er ihr Handy benutzen dürfe – sah aber gerade noch rechtzeitig, wie sie auf dem Bayview Drive davonbrauste.

Er ging um den Lieferwagen herum und fragte sich, ob er zum nächsten Münzfernsprecher fahren sollte – wodurch er eine Viertelstunde vergeuden würde. Da fiel ihm ein, dass er ihr Telefon ja trotzdem nutzen konnte. Es würde nur eine Minute dauern und viel Zeit sparen.

Er ging ums Haus herum und holte den Schlüssel unter dem Übertopf hervor.

Im selben Moment, als er durch den Hintereingang das Haus betrat, kam ihm die unabweisbare Erkenntnis, dass er es nun, da er im Haus war, nicht schaffen würde, nur kurz ihr Telefon zu benutzen und sofort danach wieder hinauszugehen.

Weil er wusste, dass niemand im Haus war, bekam er vor Schamgefühl rasendes Herzklopfen. Er wollte mehr und spürte gegen seinen Willen, *wovon* er mehr wollte.

Er blickte aufs Telefon, das an der Wand in der Küche hing, dann in den Flur, der zur Treppe führte. Er konnte Tommy ja in ein paar Minuten anrufen. Das starke, unnachgiebig schlechte Gewissen hämmerte in seiner Brust.

Während er sich der gewundenen Treppe näherte und nach oben spähte, klopfte sein Herz wie verrückt. Die ganze Sache war verdammt gefährlich: Er sollte nicht hier sein, und er wusste es. Es war nicht nur gefährlich, sondern schlicht verwerflich.

Aber allem Anschein nach hatte ihn schon ein kurzer Blick in ihre geheimen Gedanken süchtig gemacht. Es war weniger eine bewusste Entscheidung als vielmehr eine Kapitulation, die ihn schließlich die Treppe hinaufgehen ließ.

Nur eine Fantasie, ich lese nur noch eine, *dann geh ich wieder nach unten, ruf Tommy an und mach, dass ich von hier verschwinde.*

Schließlich gelangte er ins Büro und griff nach dem roten Tagebuch. Diesmal setzte er sich nicht, denn er hatte es eiliger als gestern.

Er schlug das Buch hinten auf – die Seiten waren leer, dann blätterte er nach vorn, wo sie in ihrer hübschen Schrift und in grüner Tinte eine ganze Seite vollgeschrieben hatte.

Ich liege auf einem Bett, unter einer besonders weichen Daunendecke, inmitten eines dichten Laubwaldes, über mir bilden große Bäume ein Blätterdach. Der Waldboden ist ein dichter Teppich aus tiefgrünem Farn. Der Tag bricht an, und ich schlage die Augen auf, aber im kühlen Schatten und unter dem noch nicht verklungenen Zirpen der Zikaden versinke ich wieder langsam in Schlaf.

Da schließen sich große Hände um meine Brüste, durch mein dünnes Nachthemd hindurch; ich schlage erschrocken die Augen auf und sehe einen absolut faszinierenden Mann, der rittlings auf mir sitzt und mich lässig liebkost. Seine Berührungen lassen Empfindungen von meiner Brust hinab zum Dreieck zwischen meinen Schenkeln fließen – noch mehr, als er seine Stellung ändert und sein erigiertes Glied gegen mein Nachthemd drückt. Er ist schlank, muskulös und nackt, und sein offener Gesichtsausdruck lässt mich an einen Waldkobold denken, der von Bett zu Bett huscht und nichtsahnenden Jungfrauen Lust spendet.

Nur: er ist kein Kobold – sondern ganz Mann, kräftige Muskeln an den Armen, auf der Brust, den Schenkeln, und seine Augen blicken ganz leidenschaftlich, begehrlich, während er auf mich hinabschaut.

»Mehr«, flüstere ich unwillentlich.

Er lächelt, hocherfreut, dann zieht er sich zurück, zum Fußende des Betts.

»Mehr«, sage ich wieder und fürchte, dass er fortgeht. Diesmal ist es ein Flehen.

»Heb dein Hemd«, instruiert mich der Waldmann.

Ich greife nach dem Saum und ziehe langsam die weiße Baumwolle hoch, hoch, höher, während er zusieht, bis das Nachthemd schließlich um meine Taille liegt.

»Spreiz die Beine«, fordert er, während sein Blick sich keinen Moment von mir kehrt.

Ich tue, wie mir geheißen, und zeige meine intimsten Körperteile.

Da verwandelt sich das Bett in eine große Schaukel mit Seilen aus blühenden Ranken. Ich sitze auf der Wald-Schaukel, mit gespreizten Beinen, und frage mich, ob er wirklich eine Art Zauberwesen ist, als er flüstert: »Lass nicht los.«

Während ich die Ranken an meiner Seite packe, hebt eine Brise leicht die Schaukel, so dass sie sachte vor- und zurückschwingt. Mein nackter Mann aus dem Wald kniet vor mir nieder, inmitten des Farns, und während ihm die Schaukel ent-

gegenschwingt wie in Zeitlupe, leckt er mich sanft zwischen den Schenkeln. Ich stöhne auf, während die Schaukel zurückschwingt, die Berührungen seiner Zunge strahlen in mir aus wie Licht, Hitze. Als sich die Schaukel ihm abermals nähert, beglückt mich seine Zunge noch einmal, dass ich aufschreie.

Wieder und wieder schwingt die Schaukel an seinen Mund, seine Zunge spendet mir süße, neckende Qualen – gerade, als ich glaube, den Verstand zu verlieren, packt er die Ranken, um mich davon abzuhalten, zurückzuschwingen. Er streicht mit der Zunge lange und köstlich meine Mitte hinauf, während ich ihm zusehe, sein Gesicht inzwischen nass von meinen Säften. Die Lust ist so exquisit, dass sie mich fast zu Tränen rührt – sie erfüllt mich, erfüllt mich, bis ich schließlich ganz Lust, ganz Gefühl bin und schreie, weine und jede herrliche Zärtlichkeit genieße, die mein Wald-Liebhaber mir schenkt.

Als der phänomenale Orgasmus schließlich abebbt, schließe ich die Augen, aber nur, um zu spüren, wie die Ranken sich in meinem Griff auflösen. Als ich stürze, fangen mich die weichen Daunen des Betts auf. Langsam schlage ich die Augen auf – und da liegt er neben mir, zieht die Bettdecke über uns, während ich mich in seine warme Umarmung schmiege.

Er las den Eintrag schnell, sein Herz schlug zu schnell. Am Ende war er in großer Versuchung, noch mehr zu lesen.

In *zu* großer Versuchung.

Nur noch ein Blick, versprach er sich. Das war alles, was er brauchte. Nur noch einen Blick in die Welt ihrer Fantasien.

Es wird das letzte Mal sein, schwor er sich.

Er holte tief Luft und schlug die Seite um.

Blaue Tinte für diesen Eintrag, aber keine normale blaue Tinte: ein etwas helleres, strahlenderes Blau, das ihn ans Meer denken ließ.

Und darüber hatte sie geschrieben: In den Wellen schwimmen. Dann ein Mann, der durch die Wasseroberfläche brach und für den sie die Beine spreizte, so wie in der letzten Fantasie. Er konnte nicht umhin, zu denken, dass sie so etwas sehr gern mochte, denn sie hatte ja in zwei Fantasien darüber geschrieben, kurz hintereinander. Sein Herz pochte noch heftiger, das Blut sammelte sich in seinen Lenden, während er sich die Prinzessin vorstellte, feucht und offen für ihn, sich vorstellte, wie er sie zum Wimmern und Schreien brachte.

Er erschauerte – vollends erregt, aber jetzt bedauerte er es beinah, bedauerte, dass er umgeblättert hatte, bedauerte, dass er unbedingt mehr hatte lesen wollen. Er konnte sich an keinen einzigen Augenblick erinnern, jemals von irgendetwas – noch dazu etwas Imaginärem – so besessen gewesen zu sein.

Nicht nur das: Jetzt wollte er plötzlich noch eine weitere Fantasie lesen und noch eine, seine Haut brannte vor hungrigem Verlangen. Es wäre kein Problem, sich hinzusetzen und den ganzen verdammten Tag in dem Buch zu lesen.

Aber um Himmels willen, er musste sich doch *irgendwie* zusammenreißen. Es war Wahnsinn, überhaupt hier zu sein.

Und die schlimmste Art von Kränkung. Es reute ihn jetzt schon. Was für ein Mensch war er eigentlich? Nun gut, er war nie ein Heiliger gewesen, aber es missfiel ihm doch, dass er sich nun dem entgegengesetzten Ende des Spektrums näherte.

Er klappte das Buch zu, stellte es zurück an seinen Platz und verließ das Büro. Doch die Bilder von Lauren Ash – wie sie auf der Schaukel schwang, das Nachthemd auf den Hüften und schwimmend im Meer, nackt, sonnengebräunt und erotisch – blieben lebendig, während er die Treppe hinunterstieg. Er spürte regelrecht seine Hände auf ihrer feuchten Haut, hörte, schmeckte sie geradezu. Sein Herz klopfte noch immer schnell und laut.

Als er um die Ecke in die Küche bog, bewegte sich etwas, er zuckte panisch zusammen.

»Miau.«

Die weiße Katze von gestern, neben seinen Füßen. Erleichtert murmelte er: »Katze, du hast mir eine Heidenangst eingejagt.«

Er ging zur Terrassentür, schloss sie rasch hinter sich, deponierte den Schlüssel unter der Schildkröte und dankte Gott, dass er so schnell ins Haus hinein- und wieder herausgekommen war. Was zum Teufel tat er überhaupt? Es war ihm selbst ein Rätsel. Allmählich kam er sich wie der jugendliche Straftäter vor, der er früher einmal gewesen war. Das machte das verdammte Buch mit ihren Fantasien – das Buch war das Licht, er die hirnlose Motte. Wenn er nicht aufpasste, würde er daran verbrennen bis zur Asche.

Er stieg die Leiter hinauf und begann zu streichen. Ihm fiel ein, dass er vergessen hatte, Tommy anzurufen. Verärgert schüttelte er den Kopf, als der Pieper an seiner Hüfte erneut summte.

Lauren verstaute die restlichen Einkäufe, dann schleppte sie den siebeneinhalb Kilo schweren Sack mit Vogelfutter zur Terrassentür. Sie befreite eine Hand, um den Schlüssel herumzudrehen, drückte die Tür auf – und das Telefon klingelte. Na toll.

Sie stellte den Sack neben die Tür, lief los und schnappte sich den Hörer. Carolyn. Sie rief an, um Pläne für den Abend zu besprechen. »Willst du mich abholen?«

»Äh … danke, aber ich würde lieber allein hinfahren.«

»Warum?« Sie klang erstaunt.

»Weil ich wahrscheinlich nicht lange bleibe. Ich gehe da nur hin, weil ich mich verpflichtet fühle. Apropos – ich hätte dir gestern Abend am liebsten den Hals umgedreht.« Die

Worte wurden in dem »Ich liebe dich, aber ich meine es«-Tonfall ausgesprochen, wie nur langjährige Freundinnen ihn miteinander teilen können.

»Ach ja?« Wie üblich tat Carolyn völlig ahnungslos.

Lauren seufzte. »Ihn einzuladen, ein Bier mit uns zu trinken. Und mich dann dazu in ein Gespräch darüber zu drängen, wo jeder Sex hatte. Ich wäre vor Scham am liebsten im Boden versunken. Wirklich, ich stehe nicht auf diese Art … von Gruppen-Vorspiel oder was immer das sein sollte.«

Und so wie immer nach einer Schelte hörte Carolyn sich ganz zerknirscht an. »Ich weiß, ich weiß, aber ich dachte, es wäre gut für dich. Du musst mehr Spaß haben. Und wenn du diese Gelegenheit mit deinem sexy Anstreicher nicht ergreifst …« Sie schloss, indem sie einen tiefen Seufzer der Verärgerung ausstieß. »Ehrlich, Lauren-Schätzchen, manchmal mache ich mir Sorgen, dass du nie mehr einen Mann abbekommst.«

Merkwürdig, sie dachte dasselbe über ihre beste Freundin. »Ach, Carolyn …« Sie seufzte. »Manchmal wünschte ich, ich könnte mehr so sein wie du, aber ich bin es einfach nicht. Ich bin nicht so offen, ich fühle mich nicht so wohl dabei, mit Menschen, die ich nicht kenne, über Persönliches zu sprechen. …« *Ich fühle mich nicht so wohl dabei, jedem Mann, den ich treffe, Sex anzubieten.* »Ich bin eben nicht so … gesellig wie du.«

Lauren hatte Bilder im Kopf, wie sie beide damals zur Highschool-Zeit am Telefon über Jungs sprachen, mit Modezeitschriften am Strand lagen, über Dinge lachten, die niemand sonst komisch finden würde. Sie waren einander so ähnlich gewesen, aber alles hatte sich verändert, als der eine Mann, den Carolyn je geliebt hatte, sie plötzlich verlassen hatte. Er hatte an der Universität von Florida studiert, in einem höheren Semester, als Carolyn im ersten Semester war. Sie war wahnsinnig verliebt in Clerk, er hatte versprochen, sie zu heiraten. An dem Tag jedoch, an dem er seinen Abschluss machte, verkündete er, er habe sich anders entschieden, er sei noch nicht so weit, sondern werde nach Kalifornien ziehen, um dort einen Job anzunehmen. Er wolle nicht, dass Carolyn mitkam. Kaum waren ihre Tränen versiegt, hatte sie sich in ihren »Spaß und freie Liebe«-Lebensstil gestürzt und keinen Blick zurückgeworfen, woraufhin Lauren sich ziemlich spießig vorgekommen war.

»Tut mir leid, Lauren-Schätzchen«, sagte Carolyn. »Ich habe nur versucht, dich ein bisschen aufzulockern.«

»Okay, aber dann hör damit auf«, antwortete sie, halb spielerisch, halb ernst.

»Ist ja schon gut. Ich hab's verstanden. Du willst eben keinen Spaß haben. Sondern mit deiner Katze alt werden.«

Eigentlich nicht, aber ziemlich nahe dran, wenn das dazu führte, dass Carolyn sich benahm.

»Ich verspreche dir, fortan ganz brav zu sein. Na ja, ich meine, was dich betrifft.« Carolyn stieß das für sie typische ungezogene Kichern aus. »Aber bevor wir völlig vom Thema abkommen, da ist etwas, was ich ansprechen *muss*.«

»Und zwar?«

»Es geht um deinen Anstreicher.« Sie legte eine dramatische Pause ein. »Für jemanden, der nicht auf solche Gespräche steht, scheint dich seine Geschichte ziemlich fasziniert zu haben.«

Laurens Magen hob sich. Den Teil hatte sie irgendwie verdrängt, zumindest vergessen, dass Carolyn dabeigesessen und zugesehen hatte. »Das war nur …?« Was? Was eigentlich?

»Eine völlig außer Kontrolle geratene sexuelle Anziehung«, meinte Carolyn ganz sachlich, »ob es dir nun gefällt oder nicht.«

Lauren war völlig ratlos. »Er ist ein Blödmann.« Dann warf

sie einen schnellen Blick auf die offene Gartentür, um sich zu vergewissern, dass niemand in der Nähe war.

Carolyn lachte nur. »Manchmal geben uns Jungs auf diese Weise zu verstehen, dass sie uns mögen, weißt du noch? In der dritten Klasse haben sie uns am Pferdeschwanz gezogen, heute benehmen sie sich einfach wie idiotische Machos.«

»Was auch immer. Ich will nichts mit ihm zu tun haben. Und übrigens – die Einladung zur Party können wir der Liste mit den Dingen hinzufügen, deretwegen ich dir den Hals umdrehen könnte.«

Ihre Freundin tadelte sie: »Du klingst wegen dieser Sache viel zu verärgert, Lauren-Schätzchen.«

Sie schüttelte den Kopf, mürrisch, und obwohl sie nicht wirklich mit Carolyn über ihre Gefühle zu Nick reden wollte, zerbrach etwas in ihr. Ihre Lügen klangen töricht, sogar in ihren Ohren. »Es ist schon seltsam«, gab sie zu. »Ich kapiere es selbst nicht. Und ich weiß nicht so recht, was ich machen soll.«

»Die Situation ist also folgende: Du fühlst dich wahnsinnig zu ihm hingezogen, hältst ihn aber für einen schlechten Kerl.«

Aus irgendeinem Grund erinerte Lauren sich daran, wie er sie verteidigt und Carolyn ermahnt hatte, sie solle sie in Ruhe lassen. Trotzdem aber sagte sie: »Ja, so ungefähr kann man das ausdrücken.«

Carolyn stieß einen Seufzer aus, der fast mütterlich klang. »Ich weiß, du stehst nicht auf lockere sexuelle Bekanntschaften, aber manchmal finden sich sogar *gute* Mädchen an Orten wieder, an denen man leicht vergessen kann, was wichtig ist, und sich darauf konzentriert, was Spaß macht.«

Lauren schluckt nervös. »Aber ich sage dir doch, ich stehe nicht auf Spaß.«

Carolyn lachte. »Wenn du's je probiert hättest, könnte es dir wirklich gefallen.«

Zeit, das Thema zu wechseln. »Wann fährst du zu Phil?«

Zum Glück führte das zu einem Gespräch darüber, was sie anziehen wollten und wer sonst noch da sein würde, und dann unterhielten sie sich in jenem Ton, den sie im Laufe ihrer jahrelangen Freundschaft entwickelt hatten. Nachdem sie sich schließlich ein paar Minuten später voneinander verabschiedeten, wandte Lauren sich zur Tür um – und sah Nick Armstrong, der am Türrahmen lehnte und sie beobachtete.

Schreck durchfuhr sie. Wann war er hier aufgetaucht?

»Was machen Sie denn da?«, herrschte sie ihn an.

»Kann ich mal Ihr Telefon benutzen?«

»Oh.« Sie nickte abrupt. »Nur zu.« Sie zeigte zum Hörer, den sie soeben aufgelegt hatte, und sah, wie Nick ins Haus trat und auf sie zukam. Er schien den gesamten Raum auszufüllen.

Sie kehrte ihm den Rücken zu, wollte unbedingt etwas tun, *irgendetwas*. Zum Glück lagen ein paar leere Einkaufsbeutel hier und auf dem Küchenboden. Sie bückte sich und fragte sich, ob die Bluejeans vielleicht zu sehr über dem Po spannte und er sie angaffte. Sie richtete sich wieder auf. Nervös faltete sie die Einkaufsbeutel zusammen.

»Tommy, ich bin's, Nick. Entschuldige, dass ich dich erst jetzt zurückrufe … Komm doch nach Oceanrock rüber und sieh nach, ob Stan dich gebrauchen kann …«

Sie klemmte sich die ersten Beutel unter den Arm, griff nach den anderen und faltete auch sie. Während sie ihm beim Telefonieren zuhörte, war ihr erster Gedanke, wie gewissenhaft er bezüglich seiner Arbeit war. Aus gelegentlichen Gesprächen unter den Polieren bei Ash wusste sie, dass Nick Armstrong für seine gute, gründliche Arbeit bekannt war und eine angesehene Firma leitete. Konnte ein so zuverlässiger, hart arbeitender Mann so schlimm sein, wie sie ihn in Gedanken machte? Leider war ihr zweiter Gedanke, dass er bei ihrem letzten Treffen ein sexuelles Erlebnis gebeichtet hatte. Sie hatte gelauscht, *hingerissen und fasziniert.*

»Es ist das eingeschossige Klinkerhaus in der ersten Sackgasse … Ja, morgen früh kannst du mit Gary am letzten Haus am Sea Breeze Court anfangen, falls es schon fertig ist …«

Als er auflegte, zuckte sie allein deshalb zusammen, weil Nick in ihrem Haus ein, zwei Meter entfernt von ihr stand und sie sich ausmalte, wie er mit einer Frau Sex auf einem Pferd hatte. Sie wandte sich zu ihm um und betete, dass er keinen ihrer Gedanken in ihrem Blick lesen konnte.

»Könnte ich ein Glas Wasser bekommen?«, fragte er.

Sie trat um ihn herum und griff in den Oberschrank, wo sie die Gläser aufbewahrte.

»Ich habe sonst immer eine Kühltasche dabei, aber heute Morgen vergessen, sie zu befüllen.«

Wie ungewöhnlich: Da begann doch tatsächlich ein unverfängliches Gespräch, aber ihr fiel keine Erwiderung darauf ein. Nachdem sie das Glas erst mit Eis, dann mit gekühltem Leitungswasser aus dem Kühlschrank gefüllt hatte, drehte sie sich um und reichte es ihm, wobei sie darauf achtete, nicht den Blick zu heben. Als seine von der Arbeit schwieligen Hände ihre Hand berührten, musste sie ihn aber doch ansehen: seine Gesichtszüge, die durchdringenden Augen. Sie hätte schwören können, dass er all ihre Geheimnisse erriet.

Ihr wurde klar, dass sie die Stille ausfüllen musste. »Sie kommen heute Abend also auch zu Phils Party?«

»Stört Sie das?«

Die Frage traf sie unvorbereitet. »Warum sollte es?«

»Ich glaube, Sie mögen mich nicht.«

Die Brust wurde ihr eng. Wenn sie doch nur nicht so dicht neben ihm stehen würde. »Das habe ich … nicht gesagt.«

»Das mussten Sie auch nicht.«

Angestrengt suchte sie nach einer Antwort, aber wieder

fiel ihr keine ein. Er hob das Glas und trank einen langen Schluck. Sie wartete beiläufig, sah zu und betete dabei die ganze Zeit, er möge nicht mitbekommen, wie hingerissen und fasziniert sie ihn betrachtete.

»Ich muss dort nicht erscheinen«, wieder trafen sich ihre Blicke, »wenn es Ihnen unangenehm ist.«

»Unangenehm? Warum sollte mir das unangenehm sein?«

»Im Moment scheinen Sie sich ziemlich unbehaglich zu fühlen.«

Tatsächlich? Natürlich fühlte sie sich unbehaglich. Wieder schüttelte sie kurz den Kopf. »Nein, nein, ich bin nur … müde.«

»Ach ja, ich erinnere mich … Sie fühlten sich nicht wohl gestern Abend.« Er zeigte zwar nicht sein gewohntes, ein wenig durchtriebenes Lächeln, aber es lauerte trotzdem unmittelbar unter der Oberfläche, das sah sie. »Nun, vielleicht sollten Sie sich nach diesem Nachmittag ein wenig ausruhen. Ihre Kräfte für heute Abend schonen.« Und damit trank er sein Glas aus, stellte es auf den Küchentresen und ging in Richtung Terrassentür.

An der Tür blieb er stehen und zeigte zu dem großen Sack mit Vogelfutter, der immer noch dort stand, wie vergessen. »Soll der nach draußen?«

Sie nickte. »Hinten im Garten stehen ein paar Futterhäuschen für Vögel.«

Mühelos hob er den Sack auf seine Schultern und verschwand durch die Tür. Als sie merkte, das sie seit geraumer Zeit nicht mehr *normal* geatmet hatte, stieß sie einen großen Seufzer aus und versuchte sich zu entspannen. Großer Gott, wie war dieser Mann, den sie gar nicht kannte, so schnell so weit in ihr Leben eingedrungen? Und warum fand sie seine dunklen Augen derart faszinierend?

Sie hatte in der Nacht furchtbar schlecht geschlafen, und

was Phils Party betraf, so hatte sie ein noch schrecklicheres Gefühl.

Weil sie sich, aus irgendeinem Grund, tatsächlich darauf *freute, ihn* dort zu treffen. Eigentlich müsste sie Angst vor der Party haben, aber die unterschwellige Vorfreude drängte sich immer wieder in ihre Gedanken.

Vielleicht wünschte sie einfach nur, dass alles anders wäre, *er* anders wäre. Was Carolyn gesagt hatte, stimmte ja – sie begehrte ihn ungeheuer, aber sie mochte ihn eben nicht. Das war doch keine normale Anziehung.

»Was trinken Sie?«

Lauren wandte den Blick ab von dem gut aussehenden, makellos gekleideten Geschäftsmann mit grau meliertem Haar und blickte auf ihr Glas. »Einen Chardonnay«, sagte sie trocken, verärgert über seinen Anmach-Tonfall.

Er schwenkte den Rotwein im Glas. »Sie sollten mal den Merlot hier probieren. Schmeckt ausgezeichnet.«

»Vielleicht probiere ich einen Schluck.«

»Oh, ich würde Ihnen gern …«

Den Rest hörte sie jedoch nicht mehr, denn sie entfernte sich bereits von ihm quer durch den großen tonnenüberwölbten Raum.

»Hallo, meine Liebe, wohin so eilig?« Eine Hand legte sich auf ihr Handgelenk, die aber zum Glück zu Phil gehörte. Sie sah seine blassgrünen Augen und sein freundliches Lächeln. Wie üblich war sein dunkelblondes Haar korrekt frisiert.

»Ich versuche nur, einem deiner schmierigen Freunde zu entkommen.«

»Welchem denn?«

Sie zeigte durch den Raum voller Gäste. »Dem Vierzigplus-Typ dort. Der neben der Stereoanlage steht und so einsam wirkt.«

»Damon Blanchard.« Phil nickte kurz. »Hat sich grade scheiden lassen.«

»Geschieht ihm ganz recht.«

Er verzog das Gesicht. »Ach komm, so schlimm ist er auch nicht. Ein irrsinnig netter Bursche, außerdem hat er eine gar nicht so kleine Jacht und plötzlich niemanden, mit dem er darauf schippern kann.«

»Du musstest ihn ja auch noch nie abwehren, Phil. Aber hey, wenn er dir so gut gefällt, kannst *du* doch mit ihm auf seiner Jacht schippern.«

Er grinste. »Sehr witzig, meine Liebe.«

»Hast du Carolyn schon gesehen?«

»Sie war vor ein paar Minuten an der Bar, mit Mike und Jimmy.«

»Danke.« Sie begab sich in die Richtung. Mike und Jimmy waren nicht gerade ihre liebsten Partygefährten, aber immer noch besser als Damon Blanchard.

Doch als sie das Trio sah, blieb sie abrupt stehen. Carolyn flüsterte gerade Mike – die eine Hand an seiner Wange – etwas zu, aber Jimmy schmiegte sich von hinten an sie und legte beide Arme um ihre Hüften. Lauren wusste noch immer nicht, ob das ein Dreier oder eine Art Tauziehen sein sollte, und sie hatte auch keine Lust, es weiter zu erkunden.

»Da ist ja Lauren Ash, wie sie leibt und lebt.«

»Sadie!«, rief sie freudig und wandte sich um. Sie hatte nicht erwartet, dass Sadie, seit fünfzehn Jahren bei ihrem Vater als Empfangsdame tätig und glücklich verheiratete Großmutter in den Sechzigern, auf eine von Phils Partys gehen würde. Die silbergrauen Haare rahmten Sadies Gesicht in einem modischen Kurzhaarschnitt, sie trug einen sommerlichen Hosenanzug, der ihr gut stand; auf den ersten Blick hätte niemand geglaubt, dass sie hierhergehörte. So wie sie selbst, nahm sie an.

Nachdem sie Sadie etwas zu trinken geholt hatten, setzten sie sich in eine Ecke des riesigen Wohnzimmers und machten Smalltalk. Laurens Vater war noch nicht da, und so spekulierten sie darüber, welche der Frauen, mit denen er ausging, wohl an seinem Arm hängen würde.

»Dein Vater«, sagte Sadie, »hat sich in den letzten Jahren sehr verändert.«

»Das kann man wohl sagen.«

»Ich habe versucht, ihn mit meiner Cousine Martha zusammenzubringen, aber er wollte nichts mit ihr zu tun haben. Er fand sie zu alt. Dabei ist sie erst fünfundvierzig und sehr attraktiv …«

»Aber Dad sieht heutzutage nur noch Frauen an, die höchstens halb so alt sind wie er.«

»Männer«, frotzelte Sadie.

»… sind Schweine«, stimmte Lauren zu.

»Außer mein Arthur.«

Lauren lächelte. »Warum hast du ihn heute Abend denn nicht mitgebracht?«

»Hierher?« Sadie lachte. »Er würde glauben, ich arbeite in einem Bordell. Das alljährliche Picknick ist mehr nach seinem Geschmack«, schloss sie mit einem Zwinkern.

Während der Pause in ihrer Konversation blickte Lauren erneut in die Runde, diesmal, um nach Nick Armstrong zu suchen. Weit und breit nichts zu sehen von ihm, was eine Erleichterung und … nun ja, zugleich auch etwas anderes war, was sie sich aber weigerte, eine Enttäuschung zu nennen. Was sie daran erinnerte … »Übrigens – ich wollte mit dir schimpfen …«, sie musterte Sadie, »aber du warst zur Mittagspause, als ich gestern in der Firma vorbeikam.«

Sadie schien nicht im Geringsten beunruhigt. »Was habe ich denn getan?«

»Du hast *diesen Mann* zu mir nach Hause geschickt.«

»*Diesen Mann?*«

Lauren hob die Brauen. »Stell dich nicht dumm. Nick Armstrong. Den Anstreicher.«

»Ein ansehnlicher Bursche, nicht wahr?«

Sadie lächelte vielsagend, aber Lauren schüttelte einfach nur den Kopf. »Sadie, musstest du gerade ihn auswählen – von allen Anstreichern, die für uns arbeiten?«

»Ich dachte, ich würde dir damit einen Gefallen tun«, sagte sie augenzwinkernd. »Ich hab mir gedacht, er würde ein paar Tage dein Auge erfreuen.«

Gegen ihren Willen musste Lauren lachen, sagte dann aber: »Ich brauche nichts Hübsches fürs Auge, außerdem finde ich ihn … streitlustig.«

Sadie zuckte die Achseln. »Ich habe mit ihm gesprochen, als er seine Rechnung im Büro vorbeibrachte, und er scheint in Ordnung zu sein. Nicht gerade ein freundlicher, umgänglicher Charakter, aber okay. Vielleicht bringst du ja das Tier in ihm zum Vorschein«, fügte sie mit einem vieldeutigen Lächeln hinzu.

»Also gut, das reicht«, warnte Lauren. »Lass gut sein. Aber wenn ich das nächste Mal einen Subunternehmer benötige und dich um Hilfe bitte, dann such bitte jemanden aus, der etwas weniger … *alles* ist.«

Sadie kicherte. Lauren beschloss, dass es am besten wäre, das Thema zu wechseln, aber schon verkündete Sadie, sie werde gehen. Laurens Simmung sank. »Du willst mich schon verlassen?« Sie hatte natürlich selbst vor, früh zu gehen, aber sie war noch nicht einmal eine Stunde hier.

»Ich habe meine Aufwartung gemacht«, sagte Sadie. »Aber jetzt möchte ich lieber nach Hause zu Arthur. Mal sehen, was er heute Abend mit seinem Metalldetektor am Strand gefunden hat.«

Lauren seufzte. Wenn sie einen Arthur gehabt hätte, wäre

sie auch lieber nach Hause gegangen. »Wünsch mir Glück unter diesen Piranhas«, sagte sie und brachte Sadie zur Tür.

»Dann halt dich vom Wasser fern«, sagte Sadie neckend.

Doch als sie gegangen war, beherzigte Lauren ihren Rat, holte sich noch ein Glas Wein und ging dann zurück zu der Ecke, wo sie eine Minute zuvor zusammengesessen hatten, mehr als zufrieden, dass sie sich so lange wie möglich vom Partygeschehen ferngehalten hatte. Sie setzte sich ein wenig verdeckt hinter eine Topfpalme.

Nur ein Mann störte sie. »Na, verstecken Sie sich hier hinten, Schätzchen?«, fragte er und schob einen Palmzweig zur Seite. Er war blond, um die dreißig und ziemlich süß, aber …

»Ja.«

»Vor wem?«

»Vor Männern, die ich nicht kenne und die mich ›Schätzchen‹ nennen?«

Er erbleichte, dann ging er davon, und sie war stolz auf ihre Schlagfertigkeit, auch wenn die wahrscheinlich nur dem Wein zuzuschreiben war.

Als Lauren Phils Frau sah, machte sie die Runde durch das Zimmer voll mit den »Schönen« von Tampa Bay, um sie zu begrüßen. »Hallo.«

»Selber hallo«, sagte Jeanne, drehte sich um und musterte sie kurz. »Du siehst toll aus!«

Sie zuckte die Achseln. »Danke.« Jeanne machte immer Komplimente über ihre Kleidung und bat sie in Modefragen um Rat, richtete sich aber selten danach. Heute trug sie helle Farben, die sich eher bissen und weniger ergänzten, und das schulterlange braune Haar wirkte zu schlicht – hinter die Ohren geklemmt.

»Entschuldige, ich konnte dich erst jetzt begrüßen. Aber leider«, sie stellte sich auf die Zehenspitzen und warf einen

Blick durch den Raum, »kann ich Phil nirgendwo entdecken.«

»Ich hab ihn gesehen … na ja, vor einer Weile.« Lauren legte den Kopf schief und grinste. »Aber beeil dich, er könnte inzwischen überall sein.«

»Das hast du gesagt. Ich kenne niemanden mit mehr Energie als mein Mann.«

»Jeanne!«, ließ sich eine männliche Stimme aus dem angrenzenden Zimmer vernehmen. »Gibt es nichts anderes als diese winzigen Hors d'oeuvres mit Shrimps?«

»Kommt gleich!« Sie drehte sich wieder zu Lauren um. »Also, wenn du Phil siehst, richte ihm bitte aus, er soll mich suchen – ich könnte ein wenig Hilfe hier draußen an der Front gebrauchen.«

»Mach ich«, versprach Lauren, dann sah sie, wie Jeanne durch eine Tür verschwand.

Wieder gestrandet, dachte sie – in einem Raum voller Geier. Der leichteste Ausweg wäre, in ihre vertraute Ecke zurückzukehren, was sie dann auch tat; sie füllte ihr Weinglas nach und versuchte, sich aus dem Partygeschehen zurückzuziehen.

Draußen war es dunkel geworden, so dass es im Zimmer ein wenig schummrig war, als Nick Armstrong erschien. Er hatte sich passend für die Nacht angezogen: eng anliegendes schwarzes T-Shirt, schwarze Jeans und schwarze Stiefel. Ausnahmsweise trug er kein Kopftuch, die dunklen Haare fielen, wild und sexy, um sein Gesicht. Lauren rührte sich nicht, aber dass sie sich verbarg, verhinderte nicht, dass ihr dies bewusst wurde. Sie trank rasch einen Schluck Wein und versuchte ihre Gefühle zu unterdrücken, aber vergebens.

Trotz ihres Verstecks hinter einer Topfpflanze fand Nick Armstrong sie. Sofort kreuzten sich ihre Blicke. Aber sie wandte den Blick ab, irgendein Impuls der Selbsterhaltung regte sich in ihr. Ihn hier zu sehen – er nun kein Anstreicher, sie nun nicht Auftraggeber, die ihn für eine Arbeit bezahlte – war anders, noch beängstigender als sonst. Sicher, ihr hedonistisches Ich hatte sich tatsächlich auf diesen Augenblick gefreut, aber jetzt, da er Wirklichkeit geworden war, wäre sie am liebsten davongelaufen.

»Was macht denn eine so schöne Frau wie Sie in einer Ecke?«

Sie warf einen Blick auf den großen, sonnengebräunten Mann, dessen besitzergreifende Hand jetzt an der Wand über ihren Schultern ruhte. Mit dem zerzausten Haar und den Sandalen sah er aus wie ein Strandpenner.

Ich gehe arroganten Typen wie dir aus dem Weg.

Aber diesmal hielt sie den Mund. Wenn sie den Kerl beleidigte, würde sie wieder allein sein. Dann könnte Nick sich an sie ranmachen, und dazu war sie nicht bereit.

Phil Hudsons Villa lag in einem Kiefernwäldchen, das mit anderen, ganz ähnlichen Häusern gesprenkelt war – riesigen Backstein-Villen mit zahllosen Erkern und Rundungen, die Bilderbüchern mit alten Herrenhäusern entlehnt schienen. Das Anwesen lag weit weg vom starken Verkehr auf der Route 19 auf der einen Seite und nur einen Steinwurf entfernt vom Wasser auf der anderen. Komisch, dachte Nick, da kommen Menschen aus den gesamten USA nach Florida auf der Suche nach einem tropischen Paradies, doch die Reichen in diesem Viertel finden die Tropen offenbar so uninteressant, dass sie lieber die Illusion von Bergen und Wäldern erschufen, in denen sie sich versteckten.

Aber das vergaß er alles, sobald er das Haus betreten hatte und Lauren sah – sie war heißer als die Florida-Sonne an einem Fünfunddreißiggradtag. In dem schwarzen Minirock aus Leder und dem ärmellosen Pullover, der die Brüste eng umschmiegte, sah sie mehr als provozierend aus. An Hals und Handgelenken trug sie Schmuck aus schwarzen Perlen, aber ihr blondes Haar war frei von jeder Verzierung, fiel in Kaskaden auf ihren Rücken wie Fäden goldfarbener Seide.

Natürlich nahm sie keine Notiz von ihm.

Einerseits störte ihn das, weil es erneut eine Barriere zwischen Prinzessin und Diener errichtete. Aber dann machte es ihm auch wieder nichts aus. Sie wirkte *immer* nervös in seiner Nähe, was sein Selbstbewusstsein irgendwie stärkte. Außerdem hatte er somit Zeit, sie zu betrachten, dem Prinzessin-Party-Mädchen in Aktion zuzuschauen.

Im Moment flirtete sie mit einem sonnengebräunten, verlebt wirkenden Typ, der sie neben einer Topfpalme mit Beschlag belegte. Jedenfalls nahm er an, dass sie flirtete. Aber bei genauer Betrachtung erreichte ihr Lächeln nicht ganz ihre samtigen blauen Augen.

»Lauren, meine Liebe«, dröhnte eine tiefe Stimme hinter dem sonnengebräunten Typ, und Nick sah leibhaftig Henry Ash, der auf seine Tochter zuging. Eine gut ausgestattete Brünette im roten Fummel hielt seinen Arm umklammert.

»Hallo, Dad.« Lauren trat um ihren Verehrer herum, um zu ihrem Vater zu gelangen.

»Liebes, du erinnerst dich sicher an Heather.«

Lauren schürzte die Lippen zum Hauch eines Lächelns. »Natürlich. Hallo, Heather.«

Die Brünette lächelte und schmiegte sich noch etwas enger an Henry, der sich herüberbeugte, um seiner Tochter rasch auf die Wange zu küssen. Nick musterte ihren Vater, während er sich mit Lauren unterhielt, erstaunt über die Veränderungen, auch wenn er wusste, er sollte es nicht sein. Henrys Haar war ergraut, die Schultern breiter, der Bauch dicker. Seine Gesichtshaut war schlaff, teigig, nachdem er die Arbeit am Bau mit einem Leben hinter dem Schreibtisch getauscht hatte. Natürlich verströmte er noch immer dasselbe Selbstbewusstsein – Alter und körperlicher Verfall konnten es mit Macht und Reichtum nicht aufnehmen. Obgleich Henry Ash nicht mehr der gut aussehende Unternehmer war, den Nick aus der Kindheit kannte, war er dennoch ein Mann, der alles hatte.

Und Nick war einer, dem gerade einfiel, dass er Henry Ash aus dem Weg gehen wollte, und daher die Gelegenheit ergriff, im nächstgelegenen Flur zu verschwinden und eine Toilette zu suchen.

Er entdeckte eine Tür, die einen Spalt breit offen stand, beugte sich vor, spähte hinein. Es war keine Toilette, sondern ein Büro mit dunklem, gediegenem Mobiliar. Und die Frau, die am Schreibtisch saß und Phil Hudson küsste, während er ihr durch das Kleid hindurch die Brust befummelte, war auch nicht Phils Ehefrau; das wusste er, weil er gehört hatte, wie Jeanne Hudson sich vor ein paar Minuten jemandem vorgestellt hatte. Der Respekt, den er Phil gegenüber bislang empfunden hatte, verpuffte.

Schweigend zog er sich zurück und ging weiter den Flur hinunter, doch alle anderen Türen waren verschlossen. Er wollte seine Suche gerade abbrechen, als eine der Türen aufgestoßen wurde. Carolyn und einer der Typen – der selbstbewusstere, blonde – kamen herausgestürmt. »Nick!«, rief sie fröhlich, mit geröteten Wangen. »Was ist denn los?«

»Ich suche eine Toilette.«

Sie deutete über die Schulter auf die Tür, aus der sie soeben gekommen war, und zwinkerte. »Ganz für dich allein.«

Im pompösen, tief burgunderfarbenen Bad mit jeder Menge Marmor sah Nick in dem kleinen Abfalleimer ein benutztes Kondom. Mann, dass es auf einer Party von Ash Builders so wild zuging, hatte er nicht erwartet.

Als er in das große Wohnzimmer zurückkehrte, in dem

die Musik plärrte und die Gäste in dicken Trauben zusammenstanden, suchte er nach Lauren und fand sie an einem Glas Wein nippend nahe einem Kamin stehend, der groß genug war, dass man ein Zelt darin hätte aufschlagen können. Neben ihr stand ein Mann ungefähr in Henrys Alter und redete auf sie ein, sein Blick huschte immer wieder von ihrem Gesicht zu ihren Brüsten. Mit ärgerlicher Miene wandte sie sich schließlich ab – aber nur, um sofort von einem Mann in mittleren Jahren angequatscht zu werden, der sehr oft blinzelte und sie immer wieder am Arm fasste. Sie nickte, während der Typ sprach, schien aber gereizt. Nick beobachtete das alles und wartete, weil er herausfinden wollte, was Lucky beobachtet haben wollte, aber abgesehen von ihrer Kleidung war nichts davon zu erkennen, zumindest noch nicht.

»Du vergeudest deine Zeit, Kumpel«, sagte irgendjemand rechts von ihm. Nick schaute hin – und sah einen hageren Typ mit hellbraunem Haar, ungefähr in seinem Alter, der wissend zu Lauren hinüberschaute. Auch Nick blickte zur Prinzessin hinüber. »Das Mädchen ist eine Schneekönigin. Ich glaube, sie ist lesbisch.«

»Ach ja?«

»Ich habe vorhin einen Annäherungsversuch gestartet, aber sie hat mich abblitzen lassen.«

Nick beugte sich ein wenig vor. »Schon mal daran gedacht, dass es an dir gelegen haben könnte?«

Der Typ lachte. »Mag sein, aber ich glaube, sie mag keine Jungs. Ich meine, schau sie dir doch mal an.«

Und es stimmte, irgendetwas ergab keinen Sinn, wenn er über Luckys Einschätzung nachdachte, aber der Typ, der neben ihm stand, hielt ihn offensichtlich für dämlich. »Wenn es dir nichts ausmacht«, sagte Nick. »Ich versuch mal mein Glück bei ihr.«

Er schlängelte sich durchs Zimmer, bis er die Bar gefunden hatte, wo er einen Jack Daniels mit Cola bestellte. Er stand zwar mehrere Schritte hinter Lauren, spürte aber trotzdem, dass sie ihn entdeckt hatte.

»Erinnern Sie sich an mich?« Die Stimme gehörte zu einem geleckten Typ, der Lauren hoffnungsvoll in die Augen schaute.

»Hm … Jeff, richtig? Phils Freund.« Sie nickte. »Ja, ich erinnere mich.«

Jeff ließ ein dynamisches Lächeln aufblitzen. »Wussten Sie eigentlich, dass ich Sie schon immer mal zum Essen einladen wollte?«

»Nein. Aber vielen Dank.«

Er zog ein langes Gesicht. »Was? So schnell?« Er bemühte sich, sein Lächeln wiederzufinden. »Sie wollen mir nicht mal eine zweite Chance geben?«

»Tut mir leid, Jeff«, antwortete sie, ganz sachlich und nüchtern. »Aber als wir uns das letzte Mal trafen, saß eine Nackte auf Ihrem Schoß, und Sie haben ihr mit den Zähnen einen Fünfdollarschein zwischen die Brüste gesteckt. Sie war ein Geburtstagsgeschenk, glaube ich. Ich fürchte, das hat mein Bild von Ihnen auf ewig verdorben.«

Und damit drehte sie sich um und ging weg. Nick musste ein Lächeln unterdrücken. Ihm war gar nicht klar gewesen, dass die Prinzessin so viel Mumm besaß.

Während er sie von seinem Platz an der Bar aus im Auge behielt, entdeckte er den alten Mann von vorhin; er kam näher, tippte ihr auf die Schulter und drängte sie an die Wand. Sie verdrehte sichtlich angewidert die Augen, aber der alte Knacker merkte es nicht, immer noch viel zu sehr gefesselt von ihren Brüsten, als dass er etwas anderes wahrnahm. Nick hielt es einfach nicht mehr aus, dabei zuzusehen; er trank aus, stellte das Glas auf die Bar und durchquerte den Raum.

Er legte Lauren die Hand auf die Schulter. »Kommen Sie, machen wir einen Spaziergang am Strand.«

Völlig verdutzt starrte sie ihn an. »Der Strand ist meilenweit entfernt.«

»Ich weiß.« Er nahm ihre kleine Hand in seine. »Vertrauen Sie mir.«

6

Lauren fand, sie hätte erstaunter reagieren sollen, als sie sich Nicks Motorrad näherte, aber alles war so rasch passiert. Sie blickte zu ihm hoch, während er den Gurt unter ihrem Kinn festzurrte und seine Finger dabei über ihre Haut streiften. Er besaß nur einen Helm, hatte aber darauf bestanden, dass sie ihn trug. Die Sterne waren nicht zu sehen – das hohe Immergrün um Phils Haus sperrte den Himmel aus –, doch sie fühlte die Nacht ringsum, die sie einhüllte. »Vertrauen Sie mir«, hatte er gesagt. Sie hatte nicht reagiert, sondern ihm lediglich gestattet, sie an der Hand in die Dunkelheit hinauszuführen. Sadies Warnung zum Trotz wollte sie gemeinsam mit Nick Armstrong im Meer baden.

Nachdem er aufs Motorrad gestiegen war, machte er ihr ein Zeichen, ihm zu folgen, und sie schwang das Bein über den Sozius, ohne dabei auf ihren kurzen Rock zu achten. Er streckte den Arm aus und schloss seine starke Faust um ihr linkes Fußgelenk – nackt bis auf ein Perlenkettchen und das bis zu den Hacken reichende Lederriemchen –, dann hob er ihren Fuß an, um ihr zu zeigen, worauf sie die Füße stellen sollte. Er blickte gerade lang genug über die Schulter, dass sie den Schimmer in seinen dunklen Augen sah. »Schlingen Sie die Arme um mich, und halten Sie sich fest.«

Ihr blieb nichts anderes übrig, und so schlang sie die Arme um seine Taille. Sie war nervös, weil sie zum ersten Mal auf einem Motorrad fuhr, aber sie verschränkte trotzdem die Arme vor ihm und drückte sich mit den Brüsten an seinen Rücken. Überall, wo sie ihn berührte, war sein Körper hart und modelliert. Vertraute Gefühle – *Begierde* – krochen ihre Schenkel hinauf –, die Arme hinab, durch die Brüste. Die heftigen Vibrationen des schweren Motorrads verstärkten all diese Empfindungen.

»Sind Sie bereit?«

»Ja.« Und erst jetzt, als Nick mit einem Stiefel den Motorradständer hochstellte, ehe er das Motorrad auf die einsame gewundene Auffahrt vor Phils Haus steuerte, merkte Lauren, was das hier war. Hingabe.

Sie war nicht stolz darauf; sie bereute schon jetzt, wie sie sich später fühlen würde, wenn er fort und sie allein wäre. Doch warum sonst hatte sie ihm erlaubt, dass er sie aus dem Haus führte und auf seinem Motorrad mitnahm? Warum sonst würde sie durch die Nacht rasen, ihre Arme um diesen Mann geschlungen, den sie kaum kannte? Das konnte doch nur heißen, dass sie sich ihm hingab.

Moment mal. Nur weil er sich unwiderstehlich fest und warm in deinen Armen anfühlt, heißt das ja noch lange nicht, dass du Sex mit ihm haben wirst. Er hat dich gebeten, mit ihm am Strand spazieren zu gehen. Das ist alles, was du ihm versprochen hast. Mehr nicht.

Vielleicht gab es da die Verheißung auf mehr, doch es blieb ihre Entscheidung – die auf ihr lastete. Ungeachtet ihrer hitzigen Begegnungen mit Nick Armstrong fühlte sie tief im Herzen, dass er kein barbarischer Vergewaltiger war. Wenn sie Nein sagte, würde er das akzeptieren; sie spürte das. *Vertrauen Sie mir.* Vielleicht hatte er dies gemeint. *Vertrauen Sie mir – ich überlasse Ihnen die Entscheidung. Vertrauen Sie mir, dass ich Sie zu dem Glauben verführe, dass das in Ordnung ist.*

Einerseits nahm ihr dies ein wenig die Furcht, andererseits verstärkte es die Befürchtungen auch. Es bedeutete nämlich, dass sie nur eine Person fürchten musste: *sich selbst.*

Das Motorrad neigte sich, als Nick bei Grün über eine Kreuzung fuhr und rechts auf die Alternate 19 bog, Richtung Norden nach Tarpon Springs. Die Straße war fast leer, so dass er die Geschwindigkeit erhöhte. Sie spähte über seine Schulter, hielt ihn noch immer umklammert wie ein Liebespaar und vergaß all ihre Ängste, zumindest vorerst. Während sie so durch die warme Nacht fuhren, schloss sie die Augen und genoss es einfach: den Fahrtwind, den männlichen Fels vor sich, das wilde Gefühl des Abenteuers – auch wenn es von Ungewissheit begleitet war. Oft deutete Lauren Freiheit als Flucht, vor einer Party oder vor einem Mann, mit dem sie nicht zusammen sein wollte. Doch heute Abend bedeutete Freiheit für sie, auf etwas zuzufliegen, einem unbekannten Ziel entgegen, und ihr Herz schlug schneller, als sie die Ungewissheit mit einer beinah begierigen Vorfreude akzeptierte – so etwas hatte sie nicht erwartet.

Als sie die Augen aufschlug, hatten sie die Alternate 19 verlassen, und zum ersten Mal fragte sie sich, wohin er sie mitnahm. Als er »zum Strand« gesagt hatte, hatte sie angenommen, er meine Clearwater, aber er war in die entgegengesetzte Richtung gefahren. Einige Minuten später fuhren sie durch Wohnviertel, und schon bald näherten sie sich dem Eingang zum Fred Howard Park, einem Strand, den nur die Einheimischen kannten und der allabendlich bei Einbruch der Dunkelheit geschlossen wurde.

Während sie langsam an die Schranke heranfuhren, die jeden Abend über die Straße gesenkt wurde, wartete sie, dass Nick vielleicht fluchen, dann das Motorrad wenden und mit ihr woandershin fahren würde. Aber stattdessen schob er das Motorrad von der Fahrbahn und um die Schranke herum, durch die hohen, schmalen Bäume hindurch, die hier und da auf dem flachen Gelände standen, bis die Reifen wieder auf dem Asphalt auf der anderen Seite aufsetzten.

Sie hielt sich an ihm fest, weil ihr bewusst wurde, dass sie hier völlig allein sein würden. Während sie durch den Park fuhren, nahm dieses Gefühl des Alleinseins immer mehr zu. Und als das Motorrad die Straße zu dem kleinen Inselstrand entlangfuhr, wurde ihr klar, dass jetzt alles zwischen ihnen passieren konnte und niemand je davon erfahren würde.

Einen Augenblick später kam das Motorrad auf dem großen rechteckigen Parkplatz zum Stehen, auf allen Seiten umgeben von dunklen, schattenhaften Palmen und Sand. Der Motor erstarb, eine beunruhigende Stille blieb zurück, die nur vom Geräusch der Brandung in der Ferne unterbrochen wurde. Lauren stieg vom Motorrad und atmete die Salzluft ein, froh, dass sie genug Wein getrunken hatte, um ihre nervöse Angst größtenteils zu unterdrücken. Er folgte ihrem Beispiel, niemand sprach ein Wort.

Sie fingerte am Helmriemen und versuchte ihn aufzubekommen, als sie plötzlich Nicks Finger dort spürte. Sie senkte die Hände, während er sie geschickt von dem Riemen befreite. Sachte zog er ihr den Helm ab und legte ihn auf den Ledersattel des Motorrads.

Während er ihr den Rücken zuwandte, beugte sie sich vor und warf das lange Haar zurück – die beste Art, es ohne Bürste hinzubekommen. Als sie hochsah, lag Nicks Blick im Mondlicht auf ihr. Sie spürte seinen begehrlichen Blick zwischen ihren Schenkeln, in ihr pochte es wie wild.

Es liegt an dir, Lauren. Vergiss nicht, es liegt alles an dir.

In diesem Moment war das jedoch nicht besonders beruhigend.

Nach einigen langen, angespannten Sekunden schierer Versuchung – in denen sie einfach nur anfangen wollte, ihn zu küssen und zu berühren – holte sie tief Luft und begab sich zum Strand, wobei ihre Absätze auf dem Pflasterweg klapperten.

Doch weil sie in ihren Riemchen-Stilettos unmöglich durch den Sand laufen konnte, setzte sie sich auf eine der Holzbänke, die den Weg säumten, und beugte sich vor, um das Riemchen am linken Schuh zu lösen. Als sie den Schuh abstreifen wollte, bückte Nick sich und zog ihn ihr sanft aus, noch ehe sie überhaupt daran denken konnte, ihm Einhalt zu gebieten. Seine Finger strichen leicht über ihren Fuß und jagten Schauer ihren Rücken hinauf. Er stellte den Schuh auf die Bank, griff nach ihrem anderen Fuß und hakte das Riemchen derart gekonnt auf, dass es unmöglich die ersten Frauenschuhe sein konnten, die er ausgezogen hatte. Lauren fürchtete, das Herz könnte ihr aus der Brust springen, so laut schlug es.

Als er fertig war, atmete sie tief durch, stand auf und griff nach den Schuhen.

»Lassen Sie die hier.«

Sie zog ein skeptisches Gesicht.

»Wer soll die denn klauen?«, fragte er. Dann fasste er sie bei der Hand.

Bald sanken Laurens nackte Füße in den kühlen nächtlichen Sand, und sie ließ sich von Nick hinunter ans Wasser führen. Sie blieben einen Augenblick stehen, die Wellen schlugen an den Strand und umspülten ihre Zehen, bevor sie sich zurückzogen. Ein leichtes Ziehen an ihrer Hand, dann begannen sie am Wasser entlangzugehen. Da Nick ganz unbesorgt reagierte, als das Wasser seine schweren Stiefel überspülte, schätzte auch sie das Nass auf ihren Füßen, fand sie die rhythmische Wiederholung irgendwie beruhigend. So hatte sie etwas, worauf sie sich konzentrieren konnte, neben dem überwältigenden Begehren, das sie ebenfalls hinwegzuspülen drohte.

Schweigend gingen sie am Wasser entlang, der einzige Laut die rauschenden Wellen; als Nicks Blick langsam über das dunkle Wasser glitt, dann hinauf zu den Sternen, die die schwarze Fläche über ihnen sprenkelten, blickte auch Lauren auf. Sie fühlte sich klein, war zugleich verwundert, dass sie es mit ihm teilte: Sie sahen es gemeinsam, dachten beide über die Weite, die Endlosigkeit nach, ohne es sagen zu müssen. Sie wollte seine Hand fester drücken, tat es aber nicht.

Stattdessen traute sie sich etwas anzusprechen, was sie fast vergessen hatte: Als sie die Vogelhäuschen hatte füllen wollen, nachdem Nick gegangen war, hatte sie diese bereits gefüllt gefunden. »Danke, dass Sie meine Vogelhäuschen gefüllt haben.« Sie bereute den sanften Klang ihrer Stimme.

Er schaute sie an und wirkte dabei – merkwürdigerweise – fast schüchtern. »Keine Ursache.«

Während sie sich den Felsen am Nordende des Strandes näherten, führte Nick sie schweigend höher, zurück auf den weicheren Sand. Er setzte sich mit dem Gesicht zum Meer, sie setzte sich neben ihn. Er blickte sie immer noch nicht an, deshalb sah auch sie ihn nicht an, gemeinsam schauten sie auf das fast unsichtbare Wasser, auf einen schimmernden Streifen des Mondlichts.

»Sie haben sich da eben offensichtlich unwohl gefühlt.«

Überrascht, dass er etwas gesagt hatte, hob sie den Kopf, sah aber nicht aufs Meer. »Wo da eben?«

»Auf der Party.«

Sie seufzte, dachte daran zu lügen, dann gab sie es auf. »Ja, stimmt.«

»Warum eigentlich?«

Auch sie wandte den Blick wieder dem zu Meer. So fiel es ihr leichter, ehrlich zu sein. Wegen des Weins und vor dem

Hintergrund dieses etwas surrealen Augenblicks sah sie darin ihre einzige Chance. »Zu viele Typen, die mich angebaggert haben. Zu viele Kerle, die glaubten, ich wäre wie Carolyn.«

Verblüfft von ihrer Bemerkung, sah Nick sie verstohlen an. »Wie ist Carolyn denn so?«

Ihre Blicke kreuzten sich. Es war das erste Mal seit einer Weile, dass sie einander anschauten. »Meinen Sie das ernst? »Sie haben sie doch kennen gelernt. Sie ist …«

»… wild!«

Sie nickte, dann schaute sie wieder auf den Golf hinaus. Auch Nick blickte aufs Meer; das neuerliche Schweigen gab ihm die Gelegenheit nachzudenken, zu entscheiden, ob er ihr glaubte, wenn sie sagte, nicht so wie Carolyn zu sein. Ihr Benehmen auf der Party entsprach zweifellos ihrer Aussage, doch als er sich an die Situation beim Rankgerüst den Abend zuvor auf der Terrasse erinnerte, war er von ihrer Harmlosigkeit noch nicht ganz überzeut.

Wollte es auch nicht sein. Wollte vielmehr, dass sie … verdammt, er konnte es schlecht in Worte fassen. Vielleicht wollte er, dass sie ein loses Mädchen, genau die Frau war, die die Einträge in das rote Buch verfasst hatte – aber irgendwie wollte er auch der einzige Leser sein. Sie sollte eine schöne, chaotische Mischung aus Unschuld und Sex sein, die es eigentlich gar nicht gab.

Er wagte es, zu ihr hinüberzusehen; seine Stimme klang tiefer als vorher. »Und wie bist *du*?«

Selbst in dem schwachen Mondlicht sah er, dass ihr die Röte in die Wangen stieg. Schließlich stieß sie ein leises, nervöses Lachen aus. »Ein bisschen komplizierter, nehme ich an. Manchmal verstehe ich mich selbst nicht.«

Ich möchte dich verstehen. Gib mir die Chance, es zu versuchen.

Aber er konnte die Sätze einfach nicht aussprechen – sie

klangen zu sentimental, und er wusste auch nicht genau, wie man sich unsentimental *benahm*.

Sie schien sich unwohl zu fühlen, als täte es ihr leid, so offen gewesen zu sein, dann wechselte sie das Thema. »Das Meer ist so schön, wenn der Mond darauf scheint.«

Er nahm ihre Worte auf und richtete den Blick aufs Wasser. »Es wirkt irgendwie wie ein Monet heute Abend.«

»Du kennst Monet?«

Er spürte ihren Blick und sah sie an. »Ich bin kein *kompletter* Idiot.«

»Das wollte ich nicht sagen. Ich dachte nur … Du magst also die Impressionisten?«

Nachdenklich antwortete er: »Mir gefällt, wie sie alles nehmen und es schöner machen können, als es tatsächlich ist.« Wie Monet wohl sein Leben malen würde, seine Vergangenheit, diesen Augenblick? Er empfand den vagen Wunsch, das alles schöner zu machen. Und dann verspürte er ein merkwürdiges Vakuum in seiner Brust, weil er wohl ein wenig zu offen gewesen war, zu viel mitgeteilt hatte.

Aus einem Impuls heraus streckte er den Arm aus und berührte das Kettchen an ihrem Fußgelenk. Es war ihm aufgefallen, als sie mit ihm auf das Motorrad gestiegen war, und dann wieder, als sie die Schuhe ausgezogen hatte. »Woraus sind die?« Er drehte eine der dicken Perlen zwischen seinen Fingern.

»Hämatit. Es soll die Trägerin erden.«

»Erden?«

Sie blickte weiter aufs schwarze Wasser. Seine Fingerspitzen ruhten auf ihrem Fußkettchen, auf ihrer weichen Haut. »Es soll einem helfen, sich treu zu bleiben, mit dem verbunden zu bleiben, was einem wichtig ist.«

»Funktioniert es?« *Selbst wenn du nicht wie Carolyn bist – kann ich dich dazu überreden, dass du dich mir öffnest, dich gehen lässt? Nur für mich?* Sanft zog er mit einer Fingerspitze eine unsichtbare Linie bis zu ihrer Wade. Er hatte das Gefühl, dass sie die stummen ebenso wie die ausgesprochenen Fragen verstanden hatte.

»Ich bin mir nicht sicher.« Sie verlagerte die Beine von ihm weg. Sie saßen noch einen Augenblick länger schweigend da, bis sie ohne Vorwarnung sagte: »Wo hast du es außerdem schon getan, außer auf einem Pferd?«

Er sah sie an, nun war ihr Erröten noch deutlicher.

Sie schüttelte den Kopf. »Ich weiß nicht, warum ich dich das gefragt habe. Es ist mir so herausgerutscht. Vergiss es, okay?«

Er wandte den Blick nicht ab, *konnte* es einfach nicht. »Im Meer.« Er hatte es wirklich schon einmal im Meer getan, aber die Antwort war ihm eingefallen wegen des Eintrags, den er am Vortag in ihrem roten Buch gelesen hatte. Er erinnerte sich an ihre erst schockierte, dann faszinierte Miene, als er die Sache mit dem Pferd aufgetischt hatte.

Sie wirkte etwas entgeistert, ihre Augen schimmerten gleich der dunklen Farbe der Mitternacht unter dem Mond. Ihre Reaktion verriet diesmal weniger Faszination, erleichterte es Nick aber, sich langsam über sie zu beugen und sie zu küssen.

Seine Lippen streiften ihre, kurz und federsanft. Als sie hinterher Luft holte, explodierte in ihrer Brust ein Vulkan der Begierde.

Er legte die Hand um ihren bloßen Nacken und zog sie näher an sich, dann drückte er den Mund fester auf ihre köstlichen Lippen. Er küsste sie, warm und tief, genoss diesen ersten vollen Geschmack von ihr – bis sie abrupt den Kopf abwandte, seine Lippen auf ihrer Wange ruhen ließ, während sie sich unter seiner Berührung versteifte.

Allerdings rückte sie nicht ab von ihm, und so blieben sie

einen langen, schweigsamen Augenblick sitzen. Er nahm die Meeresbrise auf seinem Gesicht wahr, ihr langes Haar, das um sie beide wehte.

Den Mund an ihrem Ohr, lauschte er dem Klang seines eigenen, erregten Atems. Leise flüsterte er. »Magst du meine Küsse nicht?«

»Doch. Es ist nur …«

»Was denn, Prinzessin?«

Sie entzog sich ihm, doch ihre Gesichter verharrten nur wenige Zentimeter voneinander entfernt. »Warum hast du mich so genannt?«

Es war ihm so herausgerutscht. »Weil ich dich so vor mir sehe. Als Prinzessin in ihrem Schloss. Schön und unberührbar.«

»Unberührbar?« Was für eine Ironie!

»Das habe ich gesehen, gedacht. Aber ich wollte dich berühren, wollte dich … kennen lernen.« Ihre Blicke blieben in Leidenschaft verbunden, so dass Verlangen in ihm aufstieg. »Lass mich dich küssen, Prinzessin.«

Während er langsam den Mund wieder auf ihren senkte, fühlte er, dass sich etwas verändert hatte, ihr Körper lockerer geworden war; spürte, dass sie dem nachgab, was sie wollte, was sie *beide* wollten. Er küsste sie, sanft und tief; und während er ihre Arme um seinen Hals schlang, fanden seine Hände ihre Taille, Hüften – er liebkoste und knetete ihre schönen Rundungen im selben langsamen, heißen Rhythmus ihrer Küsse. Als er den Mund öffnete, übernahm sie die Initiative und steckte ihm die Zunge in den Mund. Er umkreiste sie warm mit der seinen.

Als es so intensiv wurde, dass sie einen Moment lang unterbrachen, blieben ihre Gesichter einander nahe, und Nick sah die Leidenschaftlichkeit in ihren Augen, spürte die flüssige Glut, die aus jeder Pore ihres Körpers zu strömen schien.

Er konnte sich nicht daran erinnern, je so scharf geworden zu sein allein durch Küssen, Umarmen. »Verdammt«, flüsterte er.

»W…was?«, stieß sie atemlos hervor.

Himmel, wie sehr er sie begehrte. Wie sehr er sie dazu bringen wollte, zu erbeben, sich gegen ihn zu winden in einer Hingabe, die sie noch nie erlebt hatte. Er gab ihr keine Antwort, und da küsste sie ihn wieder, süß, leidenschaftlich, so dass es ihm heiß den Rücken runterlief, die Schenkel hinab, ganz durch ihn hindurch, bis in die Fingerspitzen. Dabei wanderten seine Hände langsam über ihren Körper, bis er sie schließlich wieder in den weichen Sand drückte.

Er hatte noch nie etwas Schöneres als den Klang ihres Atems gehört; ihre erregten, sehnsüchtigen Seufzer hüllten ihn ein wie Samt. Selbst Monet hätte *das hier* nicht besser hinbekommen. Nick ließ die Hand über ihre Brust gleiten und fragte sich, ob er sich vorstellen könnte, dass sie seinen Nacken fester umfasste und ihn härter küsste. Nein, das bildete er sich nicht nur ein – er sollte sie anfassen. Begierde pulsierte zwischen ihnen, wie ein lebendiges Wesen.

Er löste seine Küsse von ihren Lippen, hinüber zu ihrer Wange, hinunter zu ihrem schlanken Nacken, den sie in Erwartung wölbte. Fest strich er mit beiden Händen hinunter, über ihre unglaublichen Brüste, und bedeckte ihre Brust mit sanften Küssen durch den V-Ausschnitt ihres Pullovers hindurch; als seine Hände den Saum des Pullovers fanden, schob er ihn langsam hoch, weit genug, dass er ihren weichen, glatten Bauch küssen konnte. Er riskierte einen Blick nach oben und sah, dass die Prinzessin die Augen in Verzückung geschlossen hatte, die Lippen geteilt und immer noch die sexy Seufzer ausstoßend, die ihn so erregten. Seine Hände wühlten in ihrem Haar.

Mit quälend langsamen Bewegungen schob er den eng

anliegenden Pullover hoch, über ihre runden Brüste, dann schloss er die Hände über der hellfarbenen Spitze, die kaum ihre Brustwarzen verdeckte. Er strich mit dem Finger darüber, sie richteten sich unter seinen Berührungen auf.

Er glitt mit den Händen an die Seiten ihres Busens und drückte sanfte Küsse auf die weiche Spitze und das nackte, gerundete Fleisch darüber. Unter ihm keuchte Lauren bei jeder Liebkosung seiner Lippen. Er war für sie entbrannt, dass er kaum atmen konnte und sich fragte, ob sie wohl seine Erektion spürte, die gegen ihr Bein drückte.

Er küsste sie weiter durch ihren BH hindurch und strich dabei mit der Hand ihren Rock hinunter, zur Rückseite der gebeugten Knie, dann ließ er seine Finger langsam die seidige Innenseite ihrer Schenkel hinaufgleiten. Ihre Atmung wurde flach, während er, durch die Spitze hindurch, an ihrer Brustwarze saugte; als er ihren Slip berührte, war sie triefnass. Er stieß ein leises Stöhnen aus, hakte dabei mit den Zähnen den oberen Rand ihres BHs auf und zog die Spitze herunter.

Ihre Blicke begegneten einander über Laurens entblößten Brüsten. Sie sah erregt aus, wild, er begehrte sie aufs Äußerste. Immer noch strich er langsam mit der Zunge über ihre perlharte Brustknospe. Lauren erbebte, schloss die Augen, den Kopf im Nacken, und er zog die Brustspitze in den Mund, saugte in demselben, langsamen Rhythmus daran, mit dem er Lauren zwischen den Beinen streichelte.

Sie drängte sich seiner Hand, wölbte sich seinem Mund entgegen, stöhnte und fiepte und machte ihn ganz verrückt, bis er endlich mit den Fingern unter ihren Slip, in ihre Feuchte glitt. Rohe Lust explodierte in ihr, als er sie so intim berührte …

Und dann schob sie ihn weg – riss seinen Arm unter ihrem Rock hervor, versetzte ihm einen festen Stoß gegen die Schulter.

Er löste sich von ihr, schwer atmend, sein Herzschlag pulsierte durch jeden Zentimeter seines Körpers. Trotz des Gesprächs, das sie kurz zuvor geführt hatten, schockierte es ihn, dass sie der machtvollen Leidenschaft, die sie geteilt hatten, Einhalt gebot. Dann jedoch erinnerte er sich an die Klage über die vielen Männer auf der Party und die Mischung aus Verärgerung und Abscheu, die er wiederholt in Laurens Blick gesehen hatte. Und dass sie sich als »kompliziert« bezeichnet hatte.

Er tat so, als sähe er wieder aufs Meer, und beobachtete aus den Augenwinkeln heraus, wie Lauren sich aufsetzte, den pastellfarbenen BH zurechtrückte, dann das Top wieder überstreifte.

»Tut mir leid, wenn ich etwas getan habe, was ich nicht hätte tun sollen. Aber du schienst so …«

»… wie Carolyn zu sein?«

»Ich wollte nur sagen, dass es aussah, als wolltest du dasselbe wie ich.«

»Na ja, ich bin aber *nicht* wie sie. Habe ich das denn eben nicht gesagt?«

Nick seufzte. Was hatte er falsch gemacht? Eben noch waren sie übereinander hergefallen; und jetzt tat sie so, als hätte er sie attackiert. »Ja, aber ich …«

»Du hast mir nicht geglaubt? Hast dich gefragt, warum ich sonst mit dir hierhergekommen bin?«

Er schaute ihr ins Gesicht. »Ob du's glaubst oder nicht, ich bin nicht deshalb mit dir hierhergekommen.« Und erst in diesem Moment wurde ihm klar, dass es der Wahrheit entsprach; seltsamerweise war das wirklich nicht der Grund gewesen. Sosehr er sie begehrt hatte – er hatte auch etwas anderes gewollt. Es war ihm ernst gewesen mit dem, was er ihr kurz zuvor gesagt hatte – er wusste zwar weder, wann es begonnen hatte, noch warum, aber er wollte sie wirklich *kennen lernen.*

Sie sah ihn von der Seite her an. »Warum dann also?«

Er hielt dem Blick bewusst stand. »Ich wollte dich retten.« Obwohl die Situation verändert war seit dem Verlassen der Party, hatte er sich ihr nur darum genähert, um sie aus dem Raum voller belästigender Männer herauszubekommen.

Lauren lachte freudlos. »Wie heißt es noch gleich? Vom Regen in die Traufe?«

»Tut mir leid. Ich wollte nicht, dass alles so kommt.« Aber er merkte, dass sie ihm nicht glaubte.

»Willst du die Wahrheit über mich wissen?« Sie schlang die Arme um die Knie.

»Ja.«

Sie schaute aufs Meer, schien ihre Worte sorgfältig abzuwägen. »Tatsache ist, dass Sex etwas Besonderes für mich ist. Wenn ich mit einem Mann schlafe, bedeutet mir das etwas. Es ist wie eine … besondere Verbindung, ein Geschenk, das ich nur jemandem machen kann, der mir wirklich am Herzen liegt. Ich habe es nie mit einem Mann getan, mit dem ich nicht eine feste Beziehung hatte. Vielleicht lässt mich das altmodisch wirken, aber so bin ich nun mal.«

Er warf ihr einen zögernden Blick zu, blickte kurz auf ihre Kleidung, dann riskierte er es, auf das Offensichtliche hinzuweisen. »Versteh mich bitte nicht falsch, aber … du machst auf mich nicht den Eindruck einer altmodischen Frau.«

»Eine Frau darf also nicht sexy aussehen, ohne es mit jedem Kerl unter der Sonne treiben zu wollen?«

»Das habe ich nicht gesagt, ich …«

»Du glaubst, ich wäre leicht rumzukriegen, weil ich einen Minirock und hohe Absätze trage?«

»Nein. Ich bin … wohl nur überrascht. Es gibt nicht viele Frauen wie dich. Jedenfalls habe ich solche noch nicht kennen gelernt.«

»Tja, tut mir leid, dass du auf mich gestoßen bist. Hoffentlich habe ich dir nicht den ganzen Abend verdorben.«

Nick wusste nicht, was er darauf sagen sollte. Vor allem weil er wirklich nicht dazu hierhergekommen war, trotz seiner Absicht, sie zu verführen, als er die Einladung zur Party angenommen hatte. Und er hatte sie auch nicht wütend machen wollen, was nun aber zweifellos eingetreten war. Jedes Mal, wenn er den Mund aufmachte, um ihr etwas zu erklären, sagte er etwas Falsches.

»Vielleicht solltest du mich jetzt zu der Party zurückfahren.«

Er spürte ein leises Bedauern. »Bist du sicher, dass du dorthin willst?«

»Ich hole nur meinen Wagen und fahre dann nach Hause.«

Er ging hinter ihr her, während sie durch den weichen Sand zum Parkplatz trottete, wissend, dass er es mit ihr vermasselt hatte, aber unsicher, warum ihm das so wichtig war. Seit wann waren denn seine Gefühle bei so etwas beteiligt?

Zurück bei ihren Schuhen, setzte sie sich und zog sie an. Nick stand mit den Händen in den Hosentaschen herum und blickte durch die Bäume hindurch in Richtung Straße. Beim Motorrad reichte er ihr den Helm, sah zu, wie sie sich wieder mit dem Kinnriemen abmühte. Dann sagte er. »Lass mich das machen.« Nachdem er den Riemen befestigt hatte, stieg er wortlos aufs Motorrad und wartete, dass auch sie aufstieg.

Als sie die Arme um seine Taille schlang und sich an ihn drückte, empfand er das fast als Qual. Er wollte mit ihr zum Strand zurückgehen, sich in ihr bewegen, ihren Stöhnlauten lauschen. Aber dann ermahnte er sich, nicht mehr an sie zu denken und endlich von hier zu verschwinden, so wie sie es wollte, also schob er den Ständer zurück und fuhr los, während der Nachtwind ihm durchs Haar wehte.

Er hielt den Blick auf die Straße gerichtet, sein einziger Fokus in den nächsten Minuten, während er sie zurück zu Phils

Haus fuhr und diesen schicksalhaften Abend zu Ende brachte. Bei ihrer Rückkehr standen noch mehr Autos an der Straße als vorher, deshalb machte er sich gar nicht erst die Mühe, einen Parkplatz zu suchen; er blieb auf dem Motorrad sitzen, neben dem BMW-Cabrio, und wartete, während sie hinter ihm abstieg. Wie zuvor mühte sie sich mit dem Kinngurt; er sagte: »Komm mal her.« Sie seufzte, dann ließ sie sich von ihm den Verschluss öffnen und setzte ihm den Helm auf.

Als er den Kopf wieder hob, war sie schon zu ihrem Auto unterwegs, ihre sexy High Heels klapperten bei jedem Schritt. Er wollte sie nicht gehen lassen, wollte nicht, dass es so endete.

»Lauren«, rief er ihr nach.

Sie blieb stehen und blickte zurück.

»Ich wollte dich nicht belästigen.«

»Hast du auch nicht.« Das klang viel zu sachlich und gelassen.

»Ich glaube doch.«

»Hör zu«, sie seufzte, »lass uns das alles vergessen, okay?«

Vergessen? War das ihr Ernst? Sicher, er hatte genau diese Worte auch schon anderen Frauen gegenüber geäußert, Frauen, mit denen er nur eine Nacht verbringen wollte, aber er fasste es einfach nicht, dass Lauren glaubte, dass die Leidenschaft, die sie in ihm entfacht hatte, so leicht zu vergessen sein würde.

»Ab morgen früh werden Sie wieder nur mein Anstreicher sein, nichts sonst. In Ordnung?«

Er schaute sie im Dunkeln einfach nur an. Langsam begann eine unsichtbare Faust seine Brust zusammenzudrücken. Er wünschte, er könnte Lauren besser erkennen, wünschte, *sie* könnte *ihn* sehen. Wünschte, sie könnte die Kränkung und den Zorn sehen, die allmählich in ihm aufstiegen und stärker in ihm brannten als irgendetwas zuvor, was er vielleicht empfunden hatte. Ihre Worte hallten in ihm wider, breiteten sich noch aus. »Sie werden einfach mein Anstreicher sein. Mein Diener. Der Mann, der so weit unter mir steht, dass ich seinen Mund auf meiner Brust, seine Hand zwischen meinen Beinen lieber vergesse.«

»Lauren, Liebes, bist du es?« Henry Ashs Stimme erklang vom Bürgersteig her, der auf der anderen Seite von Laurens Wagen und Phils Haustür verlief. Lauren drehte sich um; Nick konnte gerade noch Henrys imposante Gestalt erkennen, während er sich mit einem anderen Mann unterhielt, die schlanke Brünette noch immer eng an seiner Seite.

»Ja, Dad, ich bin's.« Sie ging um ihren Z4 herum und schritt auf dem Weg ihrem Vater entgegen.

»Mit wem hast du dich da eben unterhalten?«

»Mit niemandem, Dad.«

Nick versuchte, sich von ihren Worten nicht aus der Fassung bringen zu lassen. Aber manche Dinge änderten sich anscheinend nie. Für die Ashs war ein Armstrong ein Niemand. Er schloss die Augen und versuchte, seine Gefühle zu unterdrücken, die Gedanken an die alten Narben, die nun noch weiter aufklafften.

Vielleicht werde ich ja mal jemand für dich sein, Prinzessin.

Er war heute Abend nur hergekommen, um sie zu verführen, doch als sie am Meer gewesen waren, hatte sich sein Begehren allmählich in etwas Tieferes verwandelt als nur gegenseitige körperliche Anziehung, Hitze, geteilte Leidenschaft. Und mit einem Mal meinte er zu verstehen, warum es ihm nicht gleichgültig gewesen war, als sie von ihm weg über den Strand getrottet war, ihre zarten Füße bei jedem Schritt Sand aufwirbelnd. Sie war ihm nicht gleichgültig gewesen, weil er ihr zeigen wollte, dass er gut genug, ihrer würdig war – und gegen seinen Willen wollte er das selbst jetzt noch, nach allem, was eben am Strand passiert war, nach alldem, was sie gerade gesagt hatte.

Er packte die Lenkergriffe, gab ein wenig Gas und brauste in die Nacht davon in dem Bewusstsein, dass sich alles verändert hatte. Heute Abend hatte sie in ihm das überwältigende Verlangen hervorgerufen, ihr zu zeigen, dass er wichtig für sie war. Und nach heute Abend wusste er genau, wie er das erreichen konnte.

7

Am nächsten Morgen lag Lauren im Bett und sah der Sonne zu, die durch das kleine, halbkreisförmige Fenster über ihrem Bett ins Zimmer schien. Zum ersten Mal kam ihr der Gedanke, Nick könnte durchs Fenster hineinschauen, wenn er diesen Teil des Hauses anstrich. Die Vorstellung machte sie noch unsicherer, als sie ohnehin schon war.

Hätte sie nicht gerade eben hinübergeblickt und gesehen, dass ihre Kleidung auf dem Boden verstreut lag wie in einem leidenschaftlichen Moment vom Leibe gerissen, dann hätte sie vielleicht bezweifelt, dass es wirklich passiert war. So aber erinnerte die Kleidung sie daran, wie erschöpft sie schließlich bei ihrer Heimkehr gewesen war – sie hatte sich eilig ausgezogen, einen seidenen Nachtslip vom Bügel gezogen und war unter die Decke gekrochen, ohne sich abzuschminken oder zu kämmen. Sie hatte einfach nur schlafen und die ganze Sache vergessen wollen.

Da sprang Isadora auf das breite Bett und tappte auf sie zu. »Hi, Izzy«, sagte sie und brachte ein kleines Lächeln zustande.

Isadora war nicht die anhänglichste Hauskatze der Welt,

deshalb war Lauren überrascht, als sie sich neben sie legte, sich einrollte und sich an ihre Taille schmiegte. Sie kraulte Izzy hinterm Ohr und fragte sich seltsamerweise, ob die Katze irgendwie ahnte, dass sie ein wenig Trost gebrauchen konnte.

Gestern Abend, als sie mit Nick Armstrong zusammen war, hätte sie sich fast verraten. Sie schloss die Augen, um die aufsteigenden Erinnerungen zu unterdrücken, aber sie standen ihr so deutlich vor Augen, als hätte alles erst vor fünf Minuten stattgefunden.

Es war größtenteils ihre Schuld gewesen. *Wo hast du es außerdem schon getan – außer auf einem Pferd?* Rückblickend konnte es sich nur um einen lahmen, verzweifelten Versuch gehandelt haben, herauszufinden, ob irgendeine bizarre kosmische Verbindung zwischen ihnen bestand, ob ihre Fantasien auf irgendeine Weise mit seinen verknüpft waren. Sie wusste zwar nicht genau, wann sie auf diese Idee verfallen war – irgendwann zwischen seiner Geschichte über das Pferd und den Worten *Vertrau mir* –, aber es war die einzige Erklärung, die ihr einfiel. Und wenn sie tatsächlich an solche Dinge glaubte, dann hatte er ihr gestern Abend die richtige Antwort gegeben: im Meer.

Als er sie das erste Mal geküsst hatte, war es wie ein winziger Blitz in ihr gewesen. Noch jetzt wollte sie irgendwie die Kontrolle darüber behalten, war sie sich bewusst, dass eine bedeutungslose Affäre mit einem sexuell einschüchternden Mann nicht gerade das war, was sie wollte. Bis seine Stimme dunkel und verführerisch an ihrem Ohr geklungen hatte. *Lass mich dich küssen, Prinzessin.* Sie erinnerte sich an nichts als an dieses Gefühl, sie war heißer und schwerer geworden, und mit jedem Kuss, jeder Berührung hatte ihr Körper sich nach mehr gesehnt. Sie schloss die Hand fest um Izzy, während sie sich an die zunehmende Hitze erinnerte, als seine Zunge über ihre Brustwarze strich und ihre Blicke einander trafen, als er sie dort streichelte, wo sie am meisten empfand.

Es zu beenden war eine Qual gewesen, doch etwas in ihr hatte plötzlich Klick gemacht und ihr alles in Erinnerung gerufen, was sie ihm hinterher gesagt hatte: Sie könne nicht Sex mit einem Mann haben, aus dem sie sich nichts mache; Sex sei wichtig, etwas Besonderes. Nur sei sie eben nicht Carolyn, ganz egal, wie erregt und verrückt sie nach ihm sei. O Gott …

»Wie soll ich ihm jetzt nur in die Augen blicken, Izzy?«, flüsterte sie. »Wie?«

Ein verräterischer Klang – eine Leiter, die ans Haus gelehnt wurde – ließ sie zusammenzucken. Izzy flüchtete prompt vom Bett. »Du Fahnenflüchtige«, rief Lauren ihr leichthin nach.

Nick war wieder dort draußen. Wodurch sie sich wie eine Gefangene im eigenen Haus fühlte.

Aber es war Freitag, und wenn sie ihm heute aus dem Weg gehen konnte, war bereits Wochenende, und am Montag wäre vielleicht ein wenig von der Scham und dem Schrecken des gestrigen Abends verblasst.

Sie sprang aus dem Bett, ging unter die Dusche – wo sie krampfhaft versuchte, nicht an Nick Armstrong zu denken, an seine Hände, seinen Mund. Sie zog sich rasch an und ging ins Büro, aus dem sie ein paar Akten und ihren Laptop holte. Sie wollte aus dem Haus gehen. Sie hatte alle Hände voll zu tun, konnte die Arbeit aber genauso gut in den Büroräumen von Ash erledigen, an einem freien Arbeitsplatz oder im Konferenzzimmer.

Sie ertrug es einfach nicht, jetzt in seiner Nähe zu sein, konnte es nicht riskieren, ihm zufällig über den Weg zu laufen. Sie war immer noch wütend, weil er damit gerechnet hatte, dass sie nicht Nein sagen würde, verlegen, dass sie es so weit hatte kommen lassen. Am schlimmsten aber war: Sie wollte ihn noch immer. Sie begehrte ihn nach wie vor, und zwar heftig. Sie konnte es nicht mehr leugnen – nur davor davonlaufen. Eine bessere Verteidigungsstrategie fiel ihr nicht ein.

Sie blieb gerade lang genug in der Küche, um Izzy frisches Fressen und Wasser zu geben, legte ihre Arbeitsutensilien ins Auto und fuhr los, zum Glück ohne Nick zu sehen.

Nick ließ sich im Sessel in ihrem Büro nieder, das rote Buch in Händen. Er hatte noch immer ein schlechtes Gewissen – spürte geradezu körperlich, wie absolut falsch er handelte; doch nach gestern Abend ließ sich wohl nur auf diese Weise herausfinden, wie er sich ihrer würdig erweisen und das, was er zwischen ihnen am Strand vergeigt hatte, wieder geraderücken konnte. Im Grunde fasste er es nicht, dass er nochmals hierhergekommen war, aber heute trieb ihn das Verlangen, sich in ihren Augen reinzuwaschen, die Scham hinter sich zu lassen.

Er schlug das Buch an einer beliebigen Stelle auf. Da fiel sein Blick auf einen mit roter Tinte geschriebenen Eintrag. Er lehnte sich im Sessel zurück, bereit, noch ein wenig tiefer in die Welt der Prinzessin einzutauchen.

Ich liege nackt auf einem Bettlaken aus weißem Satin in einem Messingbett in der Mitte eines sonst leeren Zimmers. Zu beiden Seiten durchbrechen hohe, schmale Fenster die Wände. Die Fenster stehen offen und lassen eine kühle Brise herein, die über meine Haut hinwegstreicht wie eine Liebkosung und die reinweißen Vorhänge wehen lässt. Draußen sehe ich nur blauen Himmel, rieche aber das nahe Meer.

Die Brise lullt mich ein, und mir fallen die Augen zu, doch während ich einschlummere, spüre ich ein winziges, kaum wahrnehmbares Kitzeln auf meinem Bauch, wie einen Kuss. Ich schlage die Augen auf und sehe ein einzelnes Rosenblatt in einem ganz zarten Rosa dort liegen. Ich blicke auf und sehe über mir einen muskulösen Mann: nackt, sonnengebräunt und herrlich erigiert. Zwischen den Fingern hält er die zartrosafarbene Rose.

Er beginnt an meinem Fußgelenk. Zart streicht er mit der seidenweichen Rose an meinem Bein hinauf. Dabei streift er kaum die Innenseiten meiner Schenkel, zieht die Rose sanft über die empfindliche Stelle dazwischen. Ich erzittere vor Lust, sacht wie der Atem eines Geliebten streicht die Rose über meinen Nabel, meinen Bauch, meine Brüste, so dass meine Brustwarzen prickeln, wenn die Rose sie berührt.

Da setze ich mich auf, pflücke die Rose kühn aus seiner Hand und drücke die offenen Blütenblätter an seine Peniswurzel. Langsam lasse ich sie den harten Schaft bis zur Spitze hinaufgleiten, erfreut, dass auch ihn ein Schauer erfasst.

Da schnappt er mir die Rose wieder weg, setzt sich breitbeinig auf mich und drückt dabei meine Beine aufs Bett. »Mach die Augen zu!« Ich gehorche. Ich glaube, er will mit mir schlafen, habe aber weiterhin federweiche Empfindungen wie die erste, die Berührungen sind so zart wie Küsse, die über meinen Körper gleiten.

Ich genieße die leichten Berührungen, mit jeder wird meine Haut empfindlicher. Ich schlage die Augen auf – und sehe über mir seine Hand, die die Rosenblätter über meine Brüste verstreut, meine Schultern, meinen Bauch und tiefer.

Er hält immer noch diese Rose in der Hand, doch sie verliert nie all ihre Blätter – immer mehr schweben auf mich herab, bis ich fast vollständig zugedeckt bin. Schließlich versiegt der Blätterregen, und ich schließe wieder die Augen. Die Rose streift über meine Lippen.

Als er in mich eindringt, ist alles um uns herum glatt und weich – der Satin unter mir, die seidigen Blütenblätter auf meiner Haut. Mit jedem Stoß bewegen sich der Satin und die Sei-

de mit mir, umgeben mich, liebkosen jeden Zentimeter meines Körpers.

Fast fürchte ich, den Verstand zu verlieren, aber dann erblicke ich die Blüte, die er noch immer in der Hand hält. Da hebt er sich ein wenig von mir fort und schläft weiter mit mir, streichelt mich dort unten mit den weichen Blättern der Rose.

Als ich schließlich einen langsamen, gewaltigen Höhepunkt erlebe, erbebe ich am ganzen Leibe; meine Haut scheint mit jeder Welle der Lust ein- und auszuatmen. Nachdem mein Liebhaber ebenfalls zum Höhepunkt gekommen ist, zieht er mich an sich, immer noch unsere Rose haltend, und lässt sie anmutig über meine Brüste kreisen, während wir in einen kühlen, süßen Schlummer fallen.

Nick klappte das Buch zu.

Das Gefühl, etwas Unrechtes zu tun, das er beim Betreten des Zimmers empfunden hatte, hatte ihn jetzt vollständig erfasst. In gewisser Weise erschien ihm das Eintauchen in ihre geheimen Gedanken in der Tat wie eine Sucht, als etwas, dem er nicht widerstehen konnte. Aber jedes Mal erfüllte ihn am Ende ein Gefühl des unerlaubten Eindringens, weswegen er nun das Buch schloss, und er dachte daran, dass es ihr, allein ihr gehörte.

Anstatt aber bei seinen Schuldgefühlen oder bei der verführerischen Vorstellung von Lauren Ashs nackter, von Blütenblättern bedeckter Haut zu verweilen, dachte er daran, wie die Fantasie geendet hatte. So, wie sie immer endete – sie und ihr imaginärer Liebhaber aneinandergekuschelt, warm und zufrieden.

Er sah darin eine Bestätigung. Alles, was sie am Strand gesagt hatte, stimmte – sie war wirklich nicht wie Carolyn; sie hielt Sex tatsächlich für etwas Besonderes. Aber sie wollte den Sex auch sehr – was ihr rotes Tagebuch und auch die Art und

Weise zeigte, wie sie ihn meistens anblickte – und hatte es ihm gestern Abend gezeigt. Sie hatte mit ihm schlafen wollen, unmittelbar bevor sie ihn einen »Niemand« genannt hatte. Als er sie verführen wollte, ging es zunächst um gegenseitige erotische Anziehung und sexuelle Erregung – nicht mehr und nicht weniger. Als sie dann am Strand ankamen, war es nur noch um Verführung gegangen und, zugegeben, um die merkwürdige Eifersucht, die sich in ihm regte, wenn er sie sich mit einem anderen Mann vorstellte. Danach hatte sich diese Eifersucht noch mehr ausgeweitet – er hatte all ihre Erregung, aber auch all ihre Unschuld und ihren Liebreiz erleben wollen; er hatte sie ganz haben wollen.

Obwohl sie ihn abgewiesen hatte und trotz ihrer Bitte, die ganze Sache doch zu vergessen, bezweifelte er, dass es mit ihnen schon vorbei war. Und jedes Mal, wenn er so tief sank, dass er in ihr Büro ging, um das Tagebuch zu lesen, entdeckte er noch weitere ihrer Geheimnisse – Geheimnisse, die ihn zum Mitwisser ihrer Welt machten.

Als Elaine vorschlug, sie könnten doch zusammen nochmal zum Supermarkt fahren und ein paar Hamburger zum Grillen holen, freute Davy sich, auch wenn sie erst tags zuvor eingekauft hatten. Aber als sie an der Blumenabteilung vorbeigegangen waren und Daisy Maria Ramirez nicht dort gewesen war, stockte sein Herz. Er hatte ihr wieder dabei zuschauen wollen, wie sie die Blumen in dem Steckschaum arrangierte.

Jetzt langweilte er sich, weil er vor der Fleischtheke stand und zuhörte, wie Paul, der Metzger, sich mit Elaine ausführlich über Schweinekoteletts unterhielt. Dabei wollten sie doch nicht Schweinekoteletts einkaufen. Er beobachtete Pauls Augenbrauen – sie ähnelten dicken Balken und bewegten sich oft rauf und runter, vor allem wenn er lachte. Davy trat von einem Fuß auf den anderen, dann tippte er Elaine auf die Schulter. »Ich schau mir mal die Zeitschriften an.«

»Okay. Ich bin gleich bei dir«, sagte sie, was er allerdings bezweifelte, so wie die Dinge liefen.

Er suchte nach einem anderen Mitarbeiter, den er kannte, ging den Gang mit den Suppen hinauf und dann zum vorderen Bereich, sah aber keine Mitarbeiter. Er erreichte den Zeitschriftenständer und warf einen raschen Blick in den Garten – und da wäre ihm fast das Herz stehen geblieben.

Daisy Ramirez saß an ihrem Tisch und arrangierte wieder ihre Blumengestecke.

Weil er nicht glotzen, zumindest nicht dabei ertappt werden wollte, nahm er rasch eine Zeitschrift zur Hand – etwas mit einem großen Pick-up auf dem Titelbild – und spähte darüber hinweg. Sein Atem ging ganz schnell.

Sie trug eine pinkfarbene Bluse, die hübsch auf ihrer dunklen Haut aussah. Sie hatte sich das Haar zu einem langen Pferdeschwanz gebunden, so dass er ihr Gesicht besser als bei den früheren Malen sehen konnte. Sie hat zarte Gesichtszüge, wie eine Elfe, dachte er, oder eine Fee.

Sein Blick fiel auf ihre Hände, ihre zierlichen Elfen-Finger. Zuzuschauen, wie sie den Steckschaum drehte und wendete, eine Blume erst hier und dann dort hineinsteckte – heute gelbe Rosen, Lilien und Nelken –, das war so, als sähe man jemandem beim Klavierspielen zu oder Edward mit den Scherenhänden, wie der einen Baum zu einer Skulptur sägte. Er fand Edward mit den Scherenhänden unheimlich gut, weil er anders war als die anderen – aber zumindest hatte er seine Kunst. Und die hatte Daisy Maria Ramirez auch. Kunst, die von ihren Händen kam und wohl auch ihren Augen, denn sie blieben immer auf die Blumen gerichtet.

Er wünschte, er würde sie so kennen, wie er Paul, den Metzger, oder Mr. Pfister kannte. Wünschte, er könnte einfach losgehen, hallo sagen und dabei ganz natürlich wirken. Aber der Magen tat ihm so weh – es würde bestimmt nicht so aussehen. Er wünschte, er wäre Nick ähnlicher; der wusste, wie man Frauen ansprach. Natürlich hatte er das nur ein-, zweimal miterlebt – Nick war verschwiegen in diesen Dingen; doch Nick hatte bestimmt jede Menge Freundinnen. Hin und wieder gingen sie zusammen weg, und ein Mädchen hatte seinen Namen gerufen oder war zu ihm gekommen, und obwohl Davy nie gehört hatte, dass Nick etwas Besonderes antwortete, war ihm doch klar, dass der sich auskannte und wusste, wie's ging.

Was Nick wohl zu Daisy sagen würde? Er versuchte sich an Grußformeln zu erinnern, die Nick in solchen Situationen gebraucht hatte.

Hallo.

Wie geht's denn so?

Gut, wie immer.

Doch er konnte nicht genau hören, wie er die Sätze aussprach, denn Nick sagte sie ja immer mit einem gewissen Augenzwinkern, als meinte er in Wahrheit etwas anderes.

Er seufzte und beobachtete Daisys Hände, die sich beinahe rhythmisch bewegten. Dann spielte er im Kopf ein paar *andere* Zeilen durch, die er sich selbst ausgedacht hatte.

Ich sehe Ihnen gern beim Arbeiten zu.

Die Blumen sind hübsch, aber Sie machen sie noch hübscher.

Sie passen hierher, in den Garten, weil Sie die hübscheste Blume von allen sind.

Er holte tief Luft, klappte die Autozeitschrift zu und stellte sie in den Ständer zurück, dann übte er noch einmal in Gedanken, was er sagen wollte. Er entschied sich für den ersten Satz, weil er so einfach und wahr war.

Dann drehte er sich um und ging mit langen Schritten auf

sie zu – nur um zu erkennen, dass er zu spät kam; sie rollte bereits fort.

Neun Uhr, die Sonne versank schnell hinter der Baumlinie. Der Song einer alten Prince-CD erklang leise aus den Außenlautsprechern durch den Garten, während Lauren nackt auf dem Rücken unter dem dämmrigen Himmel dahintrieb und die Pool-Lichter das Wasser unter ihr in ein dunkles Türkis tauchten. Sie gönnte sich diese Verrücktheit an manchen Abenden wegen des Gefühls der Freiheit und weil sie wegen der hohen Mauern um den Garten völlig geschützt war. Wie beim Schreiben ihres erotischen Tagebuchs war dies eine behutsame Art, ein wenig von ihrer Sinnlichkeit auszuleben.

Natürlich hatte sie nicht einmal daran gedacht, nackt im Pool zu schwimmen, seit Nick Armstrong in ihr Leben getreten war. Doch als sie am späten Nachmittag nach Hause gekommen war und Nicks Lieferwagen nicht mehr dort stand, das Haus still bis auf die maunzende Katze, war sie so dankbar gewesen, dass sie in dem Luxus schwelgen wollte, ganz für sich zu sein. Außerdem freute sie sich auf ein ruhiges Wochenende.

Sie hatte gehofft, ihn aus ihren Gedanken vertreiben zu können, wenn sie sich im Pool entspannte, aber vergebens, das Problem war wie ein Fleck, der sich nicht auswaschen ließ. Leider war es nicht dadurch gelöst worden, dass sie gegangen war. Vielleicht wäre es daher konstruktiver, wenn sie ein paar langsame Bahnen schwamm: Möglicherweise würde ihr etwas sportliche Betätigung ja helfen, den Frust loszuwerden. Langsam begann sie mit Rückenschwimmen und beobachtete dabei, wie die Dämmerung hereinbrach.

Es wäre ein Leichtes gewesen, sich einzureden, dass Nick bloß einer dieser arroganten Weiberhelden und Loser war und sie sich ihm widersetzen konnte, aber so einfach war es nicht mehr. Am Strand zu widerstehen, das war so gut wie unmöglich gewesen. Sie konnte nur hoffen, dass er, wie sie gesagt hatte, das Ganze vergaß und damit aufhörte, ihr diese dunklen, sexy Blicke zuzuwerfen und zu erwarten, dass sie nur auf Sex aus wäre. Als sie am Ende des Pools umkehrte, lobte sie sich, weil sie so klug gewesen war, das Haus zu verlassen.

Natürlich, die Arbeit im Büro war auch nicht sehr angenehm gewesen. Phil hatte sie gefragt, warum sie denn so früh die Party verlassen habe, woraufhin sie irgendeine Entschuldigung von wegen Kopfschmerzen und zu viel Qualm im Zimmer gemurmelt hatte. Dann hatte ihr Vater darauf bestanden, sie zum Lunch auszuführen, obwohl sie, in Anbetracht ihrer Laune, lieber allein gegessen hätte.

Auch er hatte den Vorabend zum Thema gemacht. »Du warst so anders als sonst, als ich dich draußen vor Phils Haus gesehen habe. Ging's dir nicht gut? Mit wem, hast du gesagt, warst du auf dem Motorrad zusammen?«

»Ich … hatte nur Zank mit einem Typ, mit dem ich ausgehe. Ist nicht wichtig.« Inzwischen klangen die Ausreden mit Kopfschmerzen und Unwohlsein selbst in ihren Ohren ziemlich abgedroschen.

»Der Kerl auf dem Motorrad«, fragte ihr Vater, »wer war das? Kenne ich den Mann?«

Sie hatte sich ein wenig Salat in den Mund geschoben, um etwas Zeit zu gewinnen. »Nein, Dad, nur einer der Subunternehmer. Anstreicher.«

Er hatte sie zweifelnd angesehen. »Seit wann gehst du mit Subunternehmern aus?«

Sie lachte unbeschwert. »Nur mit einem, nicht mit allen.«

Glücklicherweise hatte dies ihren Vater zum Schweigen gebracht – zumindest bei dem Thema. Ihre Beziehung war im

Allgemeinen offen genug, dass sie ihm erzählen würde, wenn etwas nicht stimmte, und vermutlich hätte sie das auch getan, wenn es dabei nicht um ihr Liebesleben gegangen wäre, ein Bereich, über den sie einfach nicht mit ihm reden wollte.

Auch Sadie hatte sie ausgefragt – nicht wegen der Party, sondern weil sie im Büro arbeitete. Weil sie es mittlerweile leid war, sich ständig um die Wahrheit herumzudrücken, hatte sie ehrlich geantwortet: »Gestern Abend ist etwas mit Nick Armstrong vorgefallen, deshalb wollte ich heute nicht im Haus sein, wenn er dort arbeitet.«

Sadie hatte bestürzt dreingeblickt, sie sogar am Arm gefasst. »Geht's dir gut, Süße? Ist alles okay?«

Sie hatte genickt, und dann hatte sie sich schuldig gefühlt und befürchtet, es hätte so geklungen, als wäre ihr etwas gewaltsam angetan worden – was meilenweit von der Wahrheit entfernt war. »Es war meine Schuld, Sadie, nicht seine. Aber ich habe einfach mal Tapetenwechsel gebraucht, verstehst du?«

Sadie wirkte auch noch besorgt, als sie sagte: »Na klar, natürlich. Nur vergiss nicht, ich bin immer für dich da, wenn du darüber reden möchtest, okay?«

Lauren hatte gelächelt, ihr gedankt und vielleicht sogar gewünscht, sie könnte mit Sadie über Nick reden, aber die ganze Geschichte war zu persönlich. Gestern hatte sie mit Carolyn am Telefon darüber sprechen wollen, aber rasch festgestellt, dass jemand, der nicht die gleiche Einstellung zum Sex hatte wie sie, sie nie verstehen würde oder ihr helfen könnte. Carolyn befand sich an dem einen Ende des Spektrums, Sadie am entgegengesetzten Ende. Sie war in dieser Sache also auf sich allein gestellt.

Sie wendete am tiefen Ende des Pools und schwamm weiter auf dem Rücken. Die Sterne standen am Himmel, die dunkle Nacht verstärkte noch das Gefühl des Alleinseins. Mit präzisen Bewegungen zog sie ihre Bahnen. *Denk an etwas anderes, etwas, was nichts mit Nick Armstrong zu tun hat.* Das war natürlich leichter gesagt als getan, zumal Prince eine sexuelle Anspielung nach der anderen sang.

Und dann Monet. Dass er die Werke Monets kannte, der Gedanke kam ihr immer wieder in den Sinn, als flüsterte er ihr zu, dass an dem Mann mehr wäre, als sie sah.

Noch zwei langsam geschwommene Bahnen, dann endlich war sie etwas ruhiger, friedlicher. Er ging ihr zwar noch immer im Kopf herum, aber sie ermahnte sich, dass der Abend allein ihr gehörte. Ins Haus gehen, in einen Bademantel schlüpfen und es sich mit einem guten Buch und Isadora – wenn die denn wollte – gemütlich machen, diese Vorstellung erschien ihr wie ein kleines Stück vom Himmel.

Sie näherte sich dem flachen Ende des Swimmingpools, stellte sich aufrecht hin und strich mit beiden Händen die Haare nach hinten. Das Wasser tropfte ihr von den Armen, den Brüsten, dem Bauch, während sie anmutig auf die Stufen zuschritt.

Da bemerkte sie den großen Schatten in der Nähe der Terrassentür.

Nick.

Erstaunlicherweise erschrak sie nicht einmal.

Wieder trug er ein dunkles T-Shirt und stonewashed Bluejeans. In der einen Hand hielt er das flauschige weiße Badetuch, das sie nach draußen mitgenommen hatte, in der anderen eine Rose und sah zu ihr. Hatte er sie beobachtet? Und wie lange schon?

Innerlich wurde sie panisch, brachte dann aber doch genug Willenskraft auf, es sich nicht anmerken zu lassen. Diesmal würde sie ihn nicht spüren lassen, wie er auf sie wirkte, zumal er in ihr privates Refugium – ihr Nacktschwimmen – eingedrungen war.

Im Weitergehen konzentrierte sie sich darauf, gleichmäßig zu atmen. Sie stieg die Stufen hinauf, wobei noch mehr Wasser von ihr tropfte, während er seinen Blick über ihren Körper wandern ließ. Aber sie durfte nicht darüber nachdenken, durfte nicht zulassen, dass er jetzt die Oberhand über sie gewann. Er sollte sehen, wie teilnahmslos sie war, wie stark.

Aber dann – o Gott! Die Rose, die er in der Hand hielt. Selbst im matten Licht auf der Terrasse war zu sehen, dass es eine zartrosafarbene Rose war.

Wieso wusste er davon? Was bedeutete das?

Einatmen. Ausatmen. Ein. Aus. Geh weiter. Ruhig, bleib ruhig.

Trotz des Anblicks der Rose bekämpfte sie ihren Schreck und ihre Verlegenheit. Allmählich bekam sie das Gefühl, als gehörten ihre Fantasien nicht mehr ihr allein, sondern wären etwas Gemeinsames, obwohl sie die keiner Menschenseele anvertraut hatte. Sie konnte kaum einen klaren Gedanken fassen, als sie sich ihm näherte und sich dabei immer mehr auf die Rose konzentrierte. Das Wort *kismet* kam ihr in den Sinn. Konnte es sich um etwas Merkwürdiges und Magisches handeln, das ihr Verständnisvermögen überstieg? In diesem Augenblick fand sie nicht einmal mehr, dass sie sich verrückt anhörte.

Sie blieb vor ihm stehen und sah ihn an – sie hatte keine andere Wahl; sein Blick war wie ein Magnet. Wortlos reichte er ihr das Badetuch, das sie sich in einer fließenden Bewegung um den Leib schlang und dann über ihren Brüsten festhielt. Dass sie sich bedeckte, machte seinen Blick allerdings nicht weniger durchdringend; auf einmal wurde ihr klar, dass sie auf ihn – und das Handtuch – zugegangen war, weil sie irrtümlich angenommen hatte, er würde sich abwenden. Doch sein Blick hatte *immer* diese Wirkung auf sie, und Nacktheit hatte nichts damit zu tun.

Er hielt ihr die Rose hin. Behutsam nahm sie sie entgegen, wobei sie darauf achtete, die Dornen nicht zu berühren.

»Warum hast du die Rose mitgebracht?«

»Um mich für gestern Abend zu entschuldigen.« Seine Stimme hörte sich genauso dunkel und verführerisch an wie am Strand.

»Nein. Warum hast du *diese* mitgebracht?«

Er schaute ihr tief in die Augen. So beunruhigend sie seinen Blick empfand, er erweckte zugleich in ihr das Gefühl, die schönste, faszinierendste Frau in der Welt zu sein. »Weil sie mich an dich denken lässt.«

Kismet. Wieder fiel ihr Blick auf die Rose, deren Blätter voll und geöffnet waren. Es hätte ihre Fantasien nicht besser spiegeln können. *Weiteratmen, Lauren. Einfach weiteratmen.*

»Weißt du denn nicht, wie gefährlich es ist, so zu schwimmen? Dass jemand in den Garten hätte kommen können?«

Sie blickte abrupt auf. »Die meisten Leute klopfen an.«

»Das habe ich auch.«

»Dann geben die meisten Leute auf und gehen weg, wenn niemand an die Tür kommt.«

»Ich bin nicht wie die meisten Leute.«

»Das ist mir durchaus klar.«

»Und ich gebe nicht leicht auf.« »Auch dessen bin ich mir inzwischen bewusst.«

»Was gestern Abend betrifft …«, begann er.

Sie sah ihn nur mit offenem Mund an. Sie hatte so gehofft, dass die Sache von gestern Abend erledigt wäre, aber es sollte wohl nicht sein. Wieder erinnerte die Rose zwischen ihren Fingerspitzen sie daran, dass bei diesem Mann nichts einfach war; mehr noch – alles schien minütlich komplizierter zu werden.

»Du hast gesagt, ich soll die ganze Sache vergessen«, sagte er, »aber das wird nicht passieren.«

Sie holte tief Luft, dann atmete sie langsam aus. »Und warum nicht?«

Seine Stimme klang tief, entschlossen. »Weil ich dich so ungeheuer begehre.«

Es war still geworden in der Umgebung der beiden, seine Worte durchschnitten die Nachtluft. Sie wünschte, sie hätte ihren Blick von ihm losreißen können, aber es gelang ihr nicht – auch sie begehrte ihn. Es war die reine Qual – seit dem Augenblick, da sie ihm begegnet war. Er war der letzte Mann, den sie brauchen konnte, und sie wusste es – aber warum sah sie eine Seele in ihm? Und jetzt hatte er ihr auch noch eine Rose mitgebracht ... *die* Rose. Ihr war zwar immer noch schleierhaft, wie das sein konnte, aber vielleicht spielten die Fragen ja inzwischen eine geringere Rolle als die Antworten, die sie schon kannte.

Gestern hatte Carolyn sie ermahnt, doch wenigstens dieses eine Mal an *sich selbst*, an *ihr* Vergnügen zu denken. Ihren Körper, ihre körperlichen Bedürfnisse. Gott wusste, sie sehnte sich nach ihm, nach der Erlösung, von der sie irgendwie spürte, dass nur er sie ihr schenken konnte. Und doch, wie sehr würde es sie zerstören, wenn sie preisgab, woran sie glaubte, zuließ, dass Sex nichts weiter war als ein körperlicher Akt, nichts, was wichtig war, wenn er vorbei war? Wie konnte sie denn so etwas zulassen? Wie konnte sie denn ihre Integrität aufs Spiel setzen?

Sie atmete tief durch, als ihr klar wurde, dass vor dem Hintergrund all der Ungewissheiten, die Nick umgaben, ein Ja zu ihren sexuellen Wünschen genauso viel Kraft erfordern würde wie vielleicht für eine andere Frau ein Nein – dass es allem zuwiderlief, woran sie glaubte, allem, was sie zwischen Mann und Frau als heilig empfand. Ja sagen hieß nicht nachzugeben, sondern ein Wagnis einzugehen, kühner zu sein, als sie vermutlich in ihrem ganzen Leben gewesen war.

Sie begehrte Nick Armstrong mit jeder Faser ihres Leibes, und alle Versprechen zu brechen, die sie je vor sich selbst abgelegt hatte, das wäre so leicht, wie … das Handtuch loszulassen.

Es fiel zu Boden, aber Nick sah ihr nur weiter in die Augen.

Ihre Lippen bebten; Angst und eine ungestüme Erregung erfüllten sie.

Nick griff nach ihrer freien Hand, hob sie an den Mund. Er küsste ihre Handfläche, dann senkte er sie vorn an seine Jeans. Die Berührung ließ sie zusammenzucken – er war so hart, so bereit, nur für sie.

»Küss mich«, flüsterte sie sehnsüchtig.

Mit beiden Händen umfasste er ihr Gesicht, gab ihr einen festen, leidenschaftlichen Kuss. Ohne nachzudenken streichelte sie ihn durch die Jeans hindurch, hörte ihn keuchen.

Er stieß einen Seufzer aus, der sie wissen ließ, dass sie ihn genauso stark erregte wie er sie, hob sie in die Arme und drehte sie zur Tür. Mit der freien Hand schob er die Tür auf und trug Lauren ins Haus.

Es passiert, dachte sie, *wirklich und wahrhaftig. Und ich lasse es zu.* Die Erregung vermischte sich mit dem Gefühl der Erleichterung, dem Ende der Spannung. Seit drei Tagen kannte sie ihn nun, aber es kam ihr vor wie drei Jahre. Endlich würde sie ihn besitzen.

Er schlang ihre Arme um seinen Hals, zog sie in einen weiteren fiebrigen Kuss. Jetzt war nicht die Zeit, schüchtern zu sein oder es langsam angehen zu lassen. Ein Kuss ging in den nächsten über, bis Nick das Wohnzimmer durchquert hatte, sich mit ihr in den weißen Ledersessel sinken ließ und sie sich rittlings auf ihn setzte.

Sie ließ die Rose auf den Tisch neben sich fallen und versuchte etwas zu sagen, irgendeine Bemerkung, die dies hier als mehr erscheinen ließ, aber es fiel ihr nichts ein. Sie sehnte sich danach, dass es mehr wäre als Sex, selbst jetzt noch, aber dem war einfach nicht so.

Er hatte ihre Gedanken gelesen. »Sag nichts. Lass einfach los.«

Seine von der Arbeit rauen Hände wanderten über ihren Körper; als sie ihren Hintern erreichten, drängte er sie, sich auf die Knie zu hocken. Sie erhob sich und schaute zu, wie er ihre Brüste küsste, dann wölbte sie den Rücken und hob die Arme über den Kopf, damit er besser an alles herankam. »Little Red Corvette« von Prince erklang aus den Lautsprechern, leise und kraftvoll, und sagte ihr, dass sie viel zu schnell voranging, dass *dies alles* viel zu schnell ging, aber Verstand und Entscheidungen spielten mittlerweile überhaupt keine Rolle mehr.

Während Nick mit der einen Hand die Brust umfasste, an der er saugte, glitt die andere zur Rückseite ihres Schenkels, seine Finger gruben sich zwischen ihre Beine. Sie schrie auf, überwältigt von diesem ersten Eindringen, aber als er zwei Finger in sie hineingleiten ließ und wieder herauszog, gab sie sich ihren Empfindungen hin und begann, sich im Einklang mit ihnen zu bewegen.

»Oh, Nick«, keuchte sie, nur um zu hören, wie sie seinen Namen aussprach. Es war alles, was sie von ihm hatte, alles, was sie von ihm wusste. Es war die einzige Verbindung, die sie zu ihm knüpfen konnte.

»Schsch«, sagte er leise an ihrer Brust. Dann blies er auf ihre Brustwarze, und Lauren seufzte auf.

Sie ließ sich auf seinen Schoß sinken, griff in sein Haar und zog ihn an sich, gab ihm einen herausfordernden Kuss. Seine Finger in ihr brachten sie fast um den Verstand, sie wollte weitergehen, schneller jetzt. Sie bebte am ganzen Leib vor Erregung, und plötzlich rieb sie vorn seine Jeans, begierig, sich mit seinem unglaublich harten Glied zu vereinigen. Er bewegte sich mit ihr, seine Hände auf ihrem Hintern, und zog sie an sich, während sie weiter wilde Küsse austauschten. Er biss sie kurz in die Lippe, ließ sie aufschreien, dann biss sie ihn in die Lippe, deutlich länger.

»Das hat wehgetan«, sagte er leise.

Sie flüsterte ihm ins Ohr: »Aber es hat sich gut angefühlt, oder?«

»Ja«, hauchte er.

Sie strich mit den Zähnen über seine Ohrläppchen. »Ich will dich, Nick«, raunte sie und gab sich allem, was jetzt passierte, rückhaltlos hin. Es gab kein Zurück.

»Zieh mich aus.«

Ihr Atem ging schwer, als sie die Hände vorn an seine Bluejeans führte. Sie öffnete den Knopf, zog den Reißverschluss schnell herunter; unmittelbar über ihrer Hand ragte die Spitze seiner Erektion aus der grauen Boxershorts heraus.

»Hör nicht auf«, flüsterte er und keuchte so wie sie.

Ihr Blicke begegneten einander, dann brachte sie ihren ganzen Mut auf, den sie hatte. Sie schaute nach unten und sah, wie sich die Finger ihrer beiden Hände um den Bund seiner Shorts legten, um sie herunterzuziehen.

Der erstickte Laut, den sie hörte, war ihr Atem. Nick war herrlich groß und schön. Sie hätte verängstigt sein sollen, weil sie noch nie mit einem Mann zusammen gewesen war, der erregt so aussah, aber stattdessen begehrte sie ihn noch mehr als zuvor.

»Oh Gott, Nick. Ich …«

»Nein«, flüsterte er. »Nicht reden.«

Sie hatte Lust, ihn dort unten anzufassen, brachte es aber nicht ganz über sich. Deshalb schob sie ihm das Hemd hoch und strich über seine harten Brustwarzen, seinen muskulösen Bauch. Und während sie die Handflächen tiefer gleiten ließ, wich sie dem harten Schaft in der Mitte aus und strich an beiden Seiten daran vorbei.

Ihre Lippen bebten, und die Leidenschaft in ihr nahm noch zu, als sie an ihre Fantasie dachte … und nach der Rose griff, die neben ihnen lag. Vorsichtig nahm sie den Stiel in beide Hände und hielt die Blüte an seine Peniswurzel.

Sie merkte, wie er sich straffte, hörte, wie er den Atem einsog. Auch sie tat es. Dann ließ sie langsam die weichen Blütenblätter an ihm hinaufgleiten, bis sie die Spitze erreichten, wo sie mit der Rose den Tropfen Feuchtigkeit auffing.

Als er erschauerte und die Augen schloss, spürte sie eine Kraft, von der sie nur geträumt hatte, dass sie sie im Zusammensein mit ihm je erleben würde. Als er die Augen wieder öffnete und den leidenschaftlichsten Ausdruck zeigte, den sie je gesehen hatte, wollte sie auch nicht mehr reden.

Nick nahm die Rose und warf sie auf den Teppich. Dann umfasste er ihren Hintern und hob sie hoch, wobei er mit der Spitze seines erigierten Glieds nur ganz vorn in ihren wartenden Schoß eindrang – und kurz vor dem weiteren Eindringen innehielt, als wollte er ihr die Gelegenheit geben, es sich anders zu überlegen.

Das wollte sie nun gar nicht. Sie schüttelte den Kopf und flüsterte: »Komm, lass mich nicht warten.«

Sie legte die Hände auf seine Schultern und schaute ihm in die Augen. Er drückte ihre Hüften nach unten und schob sie auf sich herunter. Sie schrie auf wegen des schnellen Eindringens – ihr letzter Sex lag zu lange zurück –, aber die tiefe Lust, die Erfüllung, ihn in sich zu spüren, setzte im Nu jedes Unbehagen außer Kraft.

Sie wollte seinen Namen flüstern, verrückte Dinge sagen wie: »Ich liebe dich«, weil sie das immer tat, wenn sie mit einem Mann schlief. Aber das hier war nicht »Liebe machen«, wie sie sich immer wieder in Erinnerung rief. Das hier war blanker Sex, und es ging um nichts anderes als um körperliche Empfindungen. Und es fühlte sich unglaublich gut an: heiß und kraftvoll, und deswegen versuchte sie sich darauf zu konzentrieren. Sie blieb – wie schön! – sich seiner Größe bewusst, während er in sie hineinstieß. Spürte, wie feucht sie war, hörte es. Ein derbe Erinnerung an das, was sie taten, aber sie schaute ihm dabei weiter in die Augen und ließ einfach zu, dass sie alles fühlte, jeden heißen, sexy, schmutzigen Teil des Ganzen.

Es dauerte nicht lange, da spürte sie, dass sie abhob, höher und höher stieg, einen Berg aus Leidenschaft, Lust und Verlangen hinauf. Und dann wurde alles langsamer – voll Begehren sah sie Nick an, während sie sich auf ihm bewegte, in festen, bewussten Kreisen, die alles in ihr in genau der richtigen Weise bearbeiteten. O ja.

»Oh«, hauchte sie, als der Höhepunkt einsetzte. Sie hatte den Gipfel erreicht, stürzte jetzt hart, schnell und ungestüm auf der anderen Seite herunter, ohne einen Hauch von Kontrolle. »O Nick … O.« Einen Augenblick lang ließ sie die Welt los und ließ sich von der wilden Lust, die in ihr pochte, verzehren.

Und dann war es zu Ende. Sie war ermattet und erleichtert, aber sich allzu bewusst, was eben geschehen war, was sie gerade eben getan hatte. Der Orgasmus war vorüber, aber die Gefühle, die er in ihr geweckt hatte, waren nur der Anfang.

Das Ganze war unmöglich – das hätte sie doch wissen müssen! Sie konnte nicht einfach Sex mit jemandem haben, ohne diese enorme unlösbare Verbindung zu fühlen, und jetzt fühlte sie die mit Nick, so schnell. In den wenigen Herzschlägen, die es gedauert hatte, bis sie gekommen war, war sie gefallen, den Gipfel der Lust hinabgefallen – und Nick verfallen.

Nun war es mehr als nur ein körperliches Verlangen, und auch wenn das keinen Sinn ergab – so war es eben. Sie legte den Kopf an seine Schulter und betete, dass sie nicht weinen müsste. Er strich ihr über den Rücken und hauchte: »Du bist so schön.« Sie ließ sich davon antreiben, damit sie das hier durchstand.

»Ich möchte, dass du auch kommst.« Die leise Bemerkung war ungeplant, geäußert ganz nahe an seinem Ohr, und sein gesamter Körper erbebte unter ihr.

»Oh, Baby«, hauchte er. »Ja.« Dann erschauerte er noch einmal, drückte ihre Hüften fest nach unten, und sie spürte, wie er sich in sie ergoss. Da dachte sie: *O Gott, wir haben kein Kondom benutzt!*, und im selben Moment: *Ich bin froh darüber, denn so habe ich ihn viel intensiver gespürt.*

Als sie sich zurückzog, hob er die großen Hände an ihr Gesicht, küsste sie intensiv und schaute ihr ins Gesicht. Sie empfand diesen Augenblick der Stille als unvergänglich und wollte, dass es so wäre. Er brachte sie dazu, dass sie sich wieder schön fand.

Aber schließlich umfasste er ihre Taille, um sie sanft von sich wegzuheben. Sie erhob sich, ein wenig ungeschickt, und fragte sich, was nun wohl als Nächstes käme, schlagartig befangen in ihrer Nacktheit.

Nick stand auf, zog die Boxershorts hoch, knöpfte die Hose zu. Dann ging er schweigend dorthin, wohin er die Rose geworfen hatte, bückte sich und hob sie auf. Er kam zurück, hielt sie ihr hin.

Wieder nahm sie die Rose entgegen, stach sich aber den Daumen an einem Dorn und rief: »Oh!«, bevor sie eine geeignetere Stelle zum Anfassen fand.

»Vorsichtig«, flüsterte er. Ihre Blicke trafen sich, und zum ersten Mal glaubte sie, etwas anderes als Leidenschaft darin zu lesen. Etwas wie Traurigkeit, Verzweiflung, Sorge – etwas, was sie nicht verstand.

»Nick, ich …«

»Schsch.« Sanft legte er ihr einen Finger auf den Mund.

Dann wandte er sich zur Terrassentür um und ging hinaus.

Er ließ sie stehen, einfach so, ohne einen weiteren Kuss, ohne ein weiteres Wort, während sie sich an nichts anderem festhalten konnte als an einer Rose, die bis zu dem heutigen Abend nur in ihren Träumen existiert hatte.

8

Laurens Hände zitterten, als sie nach einer Stielvase in einem Oberschrank griff, den Wasserhahn aufdrehte, um die Vase zu füllen, und die Rose in die schmale Öffnung steckte, wobei sie die Blüte mit der einen Hand fasste und mit der anderen den Stiel hineinschob.

Sie hatte gezittert, als sie duschte, und sie hatte gezittert, als sie sich anzog und ihren Frotteebademantel gegen einen Seidenpyjama eintauschte. Sie brauchte Kleidung um sich herum, die sie einhüllte. Sie wollte bedeckt sein, ihren Körper ganz vergessen – die Berührungen und das Gefühl mit Nick.

Sie hatte überlegt, die Rose in den Abfall zu werfen. Schließlich war sie mehr als nur etwas zerdrückt. Die Geste, dass er sie ihr geschenkt hatte, war durch der Art, wie Nick sie verlassen hatte, deutlich in ihrer Wirkung gemindert. Doch weil es sich um die Rose aus ihrer Fantasie handelte, hatte sie sich nicht dazu durchringen können, sie wegzuwerfen. Andernfalls würde sie sich vielleicht einreden, dass die Rose nie existiert hat und reine Einbildung gewesen war. Den Kopf schüttelnd über ein solches Wunder, trug sie die Vase zum Kaminsims, stellte sie zwischen einen Kerzenhalter und eine Messing-Bücherstütze in Form einer Katze.

Weil sie nicht ganz sicher war, wie sie ihr normales Leben wiederaufnehmen sollte, trat sie einen Schritt zurück, den Blick noch immer auf die Blume gerichtet, bis sie sich auf das Ledersofa sinken ließ, das zu dem Sessel gehörte, auf dem sie eben Sex gehabt hatte. Sie blickte zu dem Sessel, fast ungläubig. Und sicher hätte sie es nicht geglaubt, wenn sie nicht die Rose als Beweis in Händen hielte. Sie hätte sich möglicherweise eingeredet, dass das Ganze ein leidenschaftlicher, wilder Traum gewesen war. Eine Fantasie wie die in ihrem Tagebuch.

Was wollte ich heute Abend eigentlich tun? Ach ja, es mir mit Isadora gemütlich machen und ein Buch lesen. Aber sie konnte sich jetzt garantiert nicht auf ein Buch konzentrieren, und Izzy war derzeit verschollen; sie hatte sie nicht mehr gesehen, seitdem Nick plötzlich aufgetaucht war.

Nun ja, offenbar gab es keine Chance, einfach weiterzumachen, sich ganz normal zu verhalten. Endlich zitterte sie nicht mehr, aber sie empfand einen nur allzu vertrauten Schmerz – Liebeskummer. Sie schloss die Augen, was aber auch nicht verhinderte, dass ihr eine Träne die Wange hinunterlief.

Dass Sex mit ihm ein fürchterlicher Fehler war, weil sie jene entsetzliche emotionale Anziehung fühlen würde, die sie gestern Abend gefürchtet hatte, war ihr klar. Und sie wusste, dass sie in seinen Augen nur Sex miteinander geteilt hatten. Aber es war ihr nie in den Sinn gekommen – kein einziges Mal –, dass er einfach gehen würde, dass er sie nicht zumindest eine Weile im Arm halten würde, dass sie nicht wenigstens hinterher miteinander reden würden.

»Aber was hast du denn erwartet?«, sagte sie laut, stinksauer über die eigene selbstmitleidige Einstellung. Von Monet und der Rose einmal abgesehen, hatte sie doch gewusst, was für ein Mann er war, hatte sie doch nicht die Zärtlichkeit und Nähe erwarten dürfen, nach der sie sich sehnte – genau deshalb hatte sie gestern Nacht am Strand doch aufgehört. Jetzt aber hatte sie ganz bewusst genau jene Zärtlichkeit gegen Sex eingetauscht, gegen einen Orgasmus, gegen das Gefühl, ihn in sich zu haben. Ganz klar, sie hatte vergessen, wie sehr es schmerzte, wenn man so etwas miteinander teilte und es zu Ende und der Mann fort war.

Nick bog mit dem Wagen in die Auffahrt und schritt die Stufen zu seinem Haus hinauf. Er hatte Lauren nicht allein lassen wollen, aber irgendetwas in ihm hatte ihn dazu bewogen. Er hatte einen Plan gehabt – den Plan, sich ihrer würdig zu erweisen –, aber er hatte ihn nicht bis zum Ende durchdacht. Und als es dann geschehen war, konnte er einfach nicht vergessen, dass er noch immer nicht gut genug für sie war, jedenfalls aus *ihrer* Sicht. Für sie war er bloß ein Anstreicher, ein Nichts, vor allem wenn sie wüsste, wer er *wirklich* war. Als sie zu ihm hochgeblickt hatte, ihre Augen warm und samtig wie der Nachthimmel, hatte er gemerkt, dass der verbitterte Alte in ihm die Oberhand gewann, und da war er gegangen.

Er betrat seine stille Wohnung, schaltete aber kein Licht an. Sondern ging in das leere zweite Schlafzimmer – den Raum, den er zum Arbeitszimmer umgestalten wollte, sollte es je dazu kommen – und sah zum Eckfenster hinaus, das den Blick auf das dunkle Meer freigab. Die Wand im Schlafzimmer hatte ein ähnliches Eckfenster, aber manchmal ging er in dieses Zimmer, wenn er allein sein wollte. Er mochte die leeren Wände, die glatten nackten Holzdielen unter seinen Füßen. Hier war der Blick das einzig Wichtige; fast hatte man das Gefühl, dass, wenn man durchs Fenster trat, man auf dem Wasser wandeln und darauf immer weitergehen könnte. Es war wie eine sich bewegende, lebendige Leinwand, ein zum Leben erwachter Monet.

Er raufte sich die Haare, jeder Muskel angespannt. Wieder rumorte die Frage in ihm: Warum bist du gegangen?

Und da kam ihm ein furchtbarer Gedanke.

Hatte er es getan, um ihr wehzutun? So, wie sie ihn verletzt hatte, als sie ihn einen Niemand nannte?

Vielleicht hatte er ihr daher immer gesagt, sie solle nicht reden. Der Gefühlsausdruck in ihrer leisen Stimme hatte alles … wirklicher erscheinen, hatte *sie* wirklicher erscheinen lassen, nicht nur wie die Barbiepuppen-Tochter des Mannes, der seine Familie vernichtet hatte. Plötzlich wollte er nicht, dass sie seinen Namen aussprach, wollte nicht glauben, wenn auch nur eine Sekunde lang, dass er für sie mehr als nur ein Niemand war. Solange er für Lauren Ash ein Nobody war, mussten ihre Gefühle ihn nicht interessieren. Aber wenn sich das änderte, wenn er das nicht mehr glaubte … würde alles nur noch sehr viel komplizierter werden, als es ohnehin schon war.

Denn ihm ging noch eine Frage im Kopf herum – die er einfach nicht verdrängen konnte: Hatte er ihr wehtun wollen, weil sie ihn als Niemand bezeichnet hatte? Oder lag es an ihren Vätern, an der Vergangenheit? Was zwischen ihren Familien passiert war, dafür konnte sie nichts, aber hatte er sie irgendwie kränken wollen als Revanche dafür, dass die Ashs die Armstrongs geschädigt hatten?

Frustriert wünschte er, er könnte mehr als einen sprichwörtlichen Silberstreif am Horizont sehen; er wollte etwas um sich haben, was ihn von diesem Durcheinander ablenkte, ihn entspannte. Was war denn überhaupt das Problem? Warum war er so gottverdammt nervös? Was hatte er denn sonst noch gewollt – außer sie zu verführen?

Er hatte bekommen, wonach er sich vom Augenblick ihrer Begegnung an gesehnt hatte – und es war spektakulär gewesen. Er wünschte, es hätte länger gedauert, aber als sie gekommen war, als er sah, wie sich die süße Ekstase auf ihren Zügen spiegelte in dem Augenblick, als er ihren Körper in Besitz nahm, konnte er sich nicht mehr zurückhalten. Und als sie ihm zugeflüstert hatte, dass er auch kommen solle – ließ er sich gehen.

Am Abend zuvor hatte sie gesagt, sie wolle bedeutungsvollen Sex – aber wohl nicht mit *ihm*, wenn sie gewusst hätte, wer er war. Und was erwartete er denn? Dass sie eine feste Beziehung mit einem Anstreicher einging? Nee, ganz bestimmt nicht. Nicht in einer Million Jahren. Verdammt, er hatte allen Grund gehabt zu gehen, allen Grund, das Ganze als das zu sehen, was es war: unverbindlicher Sex.

Er stieß einen langen Seufzer aus. *Ach, Scheiße.*

Eigentlich wollte er, dass es sich eher wie eine Art Satisfaktion anfühlte, mehr wie »Du hast mich verletzt, und deshalb habe ich dich verletzt«, aber es befriedigte ihn nicht. Warum war er nach jeder Begegnung mit dieser Frau voll Reue?

Einem Impuls folgend ging er zum Wandschrank in dem leeren Zimmer, schob die Schiebetür zur Seite und schaltete ein Licht an. Hier bewahrte er Eimer mit diversen Farben auf, die er während eines Auftrags geöffnet, aber nicht aufgebraucht hatte.

Sein Blick fiel auf einen kleinen Eimer mit Meeresschaum-Rosa – eine in Florida sehr beliebte Farbe, die gleiche, die er bei Laurens Haus überstrich – und darunter auf einen größeren Eimer mit Milchkaffee. Das waren die falschen Farbtöne, aber wahrscheinlich konnte er es damit hinbekommen.

Er verließ den Raum und begab sich zur Ankleide in seinem Zimmer, knipste auf dem Weg dorthin das Licht an. Als er in das oberste Regal griff, schob er mehrere Highschool-Jahrbücher und einen Karton mit alten Fotos zur Seite und fand einige uralte Malerpinsel, die seine Mutter ihm zum elften Geburtstag geschenkt hatte. Er hatte damals so getan, als fände er das Geschenk langweilig – seine Freunde waren zum Kindergeburtstag eingeladen, und er hatte einen Ruf zu verteidigen –, aber insgeheim hatte er die Pinsel geliebt und benutzt. Allerdings waren sie so alt, dass sie bei der ersten Berührung möglicherweise zerbröselten.

Da ihm aber klar war, dass er erst in einigen Stunden müde wäre und einschlafen könnte, und er immer noch eine Ablenkung brauchte von dem, was er Lauren angetan hatte, öffnete er den Malkasten und kehrte damit in das zweite Zimmer zurück.

Es war noch nicht fünf Uhr am Montagmorgen, als das Telefon klingelte und Nick aus dem Schlaf gerissen wurde. Er streckte eine Hand unter dem Kopfkissen hervor, fand das schnurlose Telefon. »Ja?«

»Nicky, ich bin's.« Elaine.

»Was ist denn …?«

»Wir sind im Krankenhaus.«

Panik erfasste ihn. »Alles in Ordnung mit Davy?«

»Davy geht's prima.« Ein Gefühl der Erleichterung erfasste ihn, noch während Elaine hinzufügte: »Es geht um Dad. Er hatte eine Art Herzattacke, konnte nur schwer atmen. Die Ärzte untersuchen ihn gerade. Kannst du kommen?«

Verflucht. »In welchem Krankenhaus?«

»Morgan Plant. Wir sind in der Notaufnahme.«

Als er zwanzig Minuten später die Notaufnahme betrat, fühlte er sich beschissen. Davy kam ihm entgegengelaufen, um ihn zu begrüßen, er trug eine Baumwollpyjamahose und ein ausgebleichtes Tampa-Bay-Buccaneers-T-Shirt und wirkte verweint. Nick nahm ihn in den Arm. »Papa wird wieder gesund, Davy. Mach dir keine Sorgen, ja.«

Davy nickte tapfer. Nick staunte aufrichtig, wie sehr sein Bruder ihm vertraute, selbst in einer Situation wie dieser, da er selbst *keine* Ahnung hatte, ob ihr Vater wieder gesund werden würde.

Elaine erhob sich von ihrem Stuhl im Wartezimmer. »Du hast gerade die Ärzte verpasst.« Sie war sichtlich besorgt. »Sie sagen, es ist Herzinsuffizienz.«

Er zuckte zusammen – er hatte den alten Herrn für einen eingebildeten Kranken gehalten. »Herzinsuffizienz?«

»Sie haben gesagt, dass sich das Blut auf dem Weg von der Lunge zum Herzen staut. Aber vielleicht ist es auch nicht so schlimm, wie es klingt; normalerweise lässt es sich mit Medikamenten behandeln, sagen sie.«

Er nickte ein wenig benommen, weil er eigentlich einen falschen Alarm erwartet hatte.

»Außerdem glauben sie, dass es sich um ein Symptom von etwas anderem handeln könnte. Kardio...myopathie, glaube ich.«

»Und was soll das sein?«

»Es hat mit Ernährungsmangel zu tun«, erklärte sie und senkte dann die Stimme. »In Dads Fall könnte der Alkohol verantwortlich sein, glauben sie.«

»Ah.« Einen Moment hatte ihm der alte Herr fast leidgetan, aber jetzt sah die Sache schon anders aus. Die Alkoholsucht seines Vaters hatte sie alle mehr gekostet, als Nick je bezahlen konnte; jetzt würde sie ihren Vater vermutlich auch noch kosten, was von seiner Gesundheit übrig war. Das wunderte Nick gar nicht – tatsächlich erwartete er schon seit Jahren so etwas; nur hatte er damit gerechnet, dass die Leber, nicht das Herz betroffen sein würde. Aber er wollte nicht *allzu* zynisch sein – oder es zumindest nicht zeigen, um Davys und Elaines willen.

Eine Stunde später hatte er mit den Ärzten gesprochen, die ihm nochmals alles erklärten, was er von Elaine erfahren hatte, wobei sie mehr ins Detail gingen. Aber er hörte im Grunde nur eines: dass sein Vater hohe Arztrechnungen bekommen würde. Mit dem kleinen Gehalt, das er mit seinem Teilzeitjob im Angel-Shop verdiente, würde er die nicht bezahlen können, und auch nicht mit der mageren Krankenversicherung, die er über seinen Arbeitgeber hatte. Zudem würde er in Zukunft Arzttermine wahrnehmen und Medikamente nehmen müssen, und um das alles würde sich hauptsächlich Elaine kümmern. Nick musste eine Firma leiten, eine Firma, die alle finanzierte, aber weil Elaine nicht arbeitete, um bei Davy sein zu können, hatte sie mehr Zeit für solch unangenehme Aufgaben.

Man hatte gesagt, dass ihr Vater über Nacht im Krankenhaus bleiben müsse, damit noch einige Untersuchungen durchgeführt werden konnten und auch, um ihn zu stabilisieren und mit der medikamentösen Therapie zu beginnen. Nick wandte sich zu seiner Schwester um und sagte leise: »Ich will versuchen, etwas mehr als üblich beizusteuern, Lainey.«

Aber sie schüttelte nur den Kopf. »Du hilfst uns schon sehr viel, Nick, auf andere Weise.«

Geld, meinte sie. Und die Sorge ums Haus. Er seufzte, nickte knapp. »Kommt ihr klar, wenn ich jetzt gehe?«

»Ja. Geh nur. Ich weiß, du hast zu arbeiten.«

»Also gut.« Er blickte zu Davy. »Ich muss jetzt los, Kumpel. Aber hör zu, wie wär's, wenn ich heute früher aufhöre, und wir fahren runter zum Hafen und sehen uns an, wie die Fischerboote reinkommen? Anschließend können wir im Post Corner Pizza essen?«

Davys Augen leuchteten. Er liebte es, den Booten mit dem Tagesfang beim Einlaufen in den Hafen zuzuschauen. Und das Post Corner war das Lieblingslokal seit ihrer Kindheit. »Cool!«

»Wir bleiben noch eine Weile hier«, sagte Elaine, »aber

ich sorge dafür, dass wir heute Nachmittag wieder zu Hause sind.«

Als Nick zur Tür ging, fasste sie ihn am Handgelenk.

»Was ist? Ich muss mich beeilen, wenn ich mich mit Davy am Hafen treffen will.«

Sie stellte sich auf die Zehenspitzen und drückte ihm einen Kuss auf die Wange. Das tat sie manchmal, wurde ganz zärtlich zu ihm, aber er verdrehte nur die Augen. Sentimentalitäten waren nicht sein Ding. »Wofür war der?«

»Nur damit du weißt, dass du nicht immer nur ein böser Junge bist.«

Er verdrehte nochmal die Augen und sagte: »Prima, danke«, hatte aber das Gefühl, dass sein Gesichtsausdruck sanfter war als beabsichtigt. »Jetzt muss ich aber los.« Damit verließ er den Raum.

Weil er beschlossen hatte, nicht so lange zu arbeiten, musste er nach Hause fahren und sich umziehen, zu Laurens Haus fahren und so viel schaffen wie möglich. Während der Fahrt dachte er darüber nach, was gerade eben passiert war – noch eine kleine Katastrophe im Leben der Armstrongs, noch ein kleiner Tornado, der durchzog, aber ob der jemanden umschmiss, blieb abzuwarten.

Dieser gottverdammte Henry Ash, dachte er auf der Fahrt zu seiner Wohnung, währenddessen eine altbekannte Wut in ihm aufstieg. Ohne Henrys Betrug wäre sein Vater niemals zu dem nutzlosen Alkoholiker geworden, der er heute war. Sein Vater würde dann auch nicht unter Kardiomyopathie und Herzinsuffizienz leiden. Davy könnte ein normales Leben führen, Elaine wäre zur Uni gegangen, und sie alle würden eher so leben wie Lauren.

Scheiße. Er hatte sich nicht wieder derart aufregen wollen. Aber die Sache zu vergessen war jetzt nicht mehr möglich. Als er schließlich im Van in Richtung Bayview Drive fuhr, war er von seinem ganzen miesen Leben und dem Mann, der dafür verantwortlich war, irrsinnig frustriert.

Nick hatte einen ganz schlechten Tag erwischt. Natürlich hatte das einen Grund, wenn man bedachte, wie der Tag begonnen hatte, aber auch nachdem er bei Laurens Haus eintraf, war nichts gut gelaufen. Zunächst einmal stieß er einen halben Eimer mit Elfenbein-Meermuschel auf der Ladefläche des Vans um, was – abgesehen von der Vergeudung – eine unglaubliche Sauerei anrichtete. Er hatte möglichst viel davon mit einem Lappen aufgewischt, würde aber später noch nachbessern müssen. Dann war er über die verdammte Leiter gestolpert und hätte sich dabei fast den Knöchel gebrochen. Und als er schließlich etwas Mineralwasser trinken wollte, hatte er bemerkt, dass er keines bei sich hatte, weil die Fahrt ins Krankenhaus seinen normalen morgendlichen Ablauf durcheinandergebracht hatte – aber er hatte keine Lust, Lauren darum zu bitten.

Eigentlich hoffte er, dass sie nicht im Hause war, denn er wusste ja, wie er sich jetzt ihr gegenüber verhalten sollte. Er war sich nur allzu sehr dessen bewusst, dass sie, als er sie zum letzten Mal gesehen hatte, herrlich nackt und auf ihm gewesen war, und bei der Erinnerung daran regte sich etwas in ihm – aber es war doch nur Sex gewesen, oder? Außerdem war er wegen der Sache mit seinem Dad heute Morgen und wegen der Wut auf *ihren* Vater momentan nicht in der Laune, zu *irgendjemandem* besonders freundlich zu sein. Er hoffte nur, noch etwas bessere Stimmung zu bekommen, bis er am Nachmittag Davy abholte.

Um elf Uhr brannte allerdings schon die Sommersonne vom Himmel, und er *musste* etwas trinken. Zwar konnte er zum 7-Eleven fahren, aber dafür hatte er eigentlich keine Zeit, weil er früh wieder gehen wollte. Oder er könnte sich am

Brauchwasserschlauch bedienen, aber unaufbereitetes Wasser in dieser Gegend zu trinken, das war, als tränke man Sand. Er hatte Lauren heute Morgen kurz durch die Fenster im Erdgeschoss gesehen und wusste deshalb, dass sie jetzt in der Küche war, also dachte er schließlich: *Ach, zum Teufel – ich bitte sie um ein Glas Eiswasser. Und versuche, meine Zunge im Zaum zu halten. Ich werde nicht auf den Freitagabend anspielen, und sie hoffentlich auch nicht.* Trotzdem war er neugierig, wie sie auf ein Wiedersehen mit ihm reagieren würde. Natürlich wusste er, dass er sie gekränkt hatte, als er gegangen war; vermutlich hatte er törichterweise genau das beabsichtigt. Aber er bezweifelte, dass sie mit ihm darüber reden wollte.

Nachdem er die Leiter wieder hinuntergestiegen war, klopfte er an dieselbe Tür, durch die er sie jene Nacht getragen hatte, dieselbe Tür, durch die er, ohne ihr Wissen, bei mehreren Gelegenheiten das Haus betreten hatte. Als sie an die Tür kam, wirkte sie erstaunt, auch wenn er nicht wusste, wen sie sonst an der Terrassentür erwartet hätte.

»Hallo«, sagte sie leise. Lächelte nicht ganz. Runzelte auch nicht die Stirn. Klang angespannt.

»Hallo.« Er trat von einem Fuß auf den anderen, ein wenig aus der Fassung gebracht, weil sie so hübsch war. Dass er sie zwei Tage lang nicht gesehen hatte, hatte seine Erinnerung getrübt. »Entschuldigen Sie, ich habe meine Tiefkühltasche vergessen, und es ist verdammt heiß da draußen. Könnte ich ein Glas Wasser bekommen?«

Sie nickte stumm. Dann tappte sie mit bloßen Füßen durch den Frühstücksbereich zur Küche. Nick ging hinter ihr her und sah, wie die Jeansshorts ihre gebräunten Beine und das eng anliegende T-Shirt ihre Brüste zur Geltung brachten und ihn daran erinnerten, wie umwerfend diese waren, wenn sie nur von seinen Händen bedeckt waren.

Sie füllte ein Glas mit Eiswasser und reichte es ihm über

den Tresen. »Ich arbeite im ersten Stock und lasse die Terrassentür offen. Wenn Sie mehr wollen, bedienen Sie sich einfach.«

»Gut. Danke.«

Sie standen da und schauten einander an; es war wie bei den anderen Malen, als sie einander in die Augen gesehen hatten, bis das Prickeln des Begehrens Nicks Rücken überrieselte. Mist.

Er wollte das hier nicht, wollte sie nicht weiter begehren. Aber hatte er wirklich geglaubt, bei einem Mal würde es bleiben? Hatte er denn gedacht, die Erregung, die jedes Mal, wenn er in ihrer Nähe war, in ihm entstand, würde nachlassen?

Vielleicht hatte er das ja geglaubt. Vielleicht hatte er sich ja eingeredet, dass es hier einzig um Verführung ging, um irgendein Gefühl, sie zu erobern; aber wie er schon am Strand ansatzweise begriffen hatte, steckte mehr dahinter. Einerseits überlegte er, ob er die Hand nach ihr ausstrecken und sie hier, auf dem Küchentresen, nehmen sollte. Andererseits dachte er an Henry. Und an den Palast der Prinzessin. Und an jeden Grund, dessentwegen er heute wütend war. Eigentlich hatte es ihn beruhigt, dass er sie sah, es schuf Raum für sein Verlangen, es erregte ihn.

»Wie … geht's heute mit dem Anstrich voran?«, fragte sie in die peinliche Stille hinein – ein Fehler.

»Miserabel, offen gestanden. Ich weiß nicht, wer die Bäume so nahe ans Haus gepflanzt hat« – er deutete über die Schulter zur Südseite –, »keine Ahnung, wie ich um die herumstreichen soll.« Es war die neueste Sache, die ihn nervte, bestimmt würde er wegen der Bäume mit seiner Arbeit kaum vorangekommen sein, bis es Zeit war, Davy abzuholen.

Sie wirkte nervös, antwortete aber mit mehr Nachdruck, als er erwartet hatte. »Wissen Sie, Sie haben das hier gesehen, bevor Sie den Auftrag übernommen haben. Ich weiß, es gab ein Missverständnis wegen der Mauer, aber die Bäume standen auch schon dort, als Sie Sadie Ihren Kostenvoranschlag eingereicht haben.«

Verdammt, sie holte sofort zum Gegenschlag aus. Und ihm fiel keine kluge Antwort ein, denn sie hatte ja Recht. Er trank das Glas Wasser aus und stellte es auf den Tresen. »Entschuldigen Sie.«

Da kitzelte etwas an seinen Knöcheln, und als er nach unten blickte, war da Laurens flauschige weiße Katze, die sich an seinen Beinen rieb. Er trat um das verdammte Biest herum, aber es folgte ihm, schlich um ihm herum. »Verschwinde, Katze.«

»Sie will doch nur schmusen.«

»Sie ist eine Nervensäge.«

Sie wirkte noch wütender über die Beleidigung ihrer Katze als über seine Beschwerde wegen der Bäume und beugte sich vor, um die Katze in den Arm zu nehmen. »Pass auf, Izzy«, sagte sie und sah ihn wütend an. »Sonst tritt dich der böse Mann noch durchs Zimmer.«

»Hören Sie«, sagte er, inzwischen richtig sauer, »ich mag einfach keine Katzen. Und ich kann es nicht ertragen, dass eine um mich herumschleicht.«

»Gut, dann sollten Sie sich vielleicht Ihr Wasser anderswo beschaffen, denn die Katze wohnt hier – und Sie nicht.«

»Na gut, okay.« Er hatte die Nase voll, von allem – und damit drehte er sich um und stolzierte in Richtung Terrassentür.

»Warum hassen Sie mich eigentlich so?«

Die Frage ging ihm durch und durch, so dass er jäh stehen blieb. Verdutzt wandte er sich um und schaute sie an. »Wie bitte?«

»Sie haben mich schon verstanden.« Jetzt sprach sie zwar

leiser, durchbohrte ihn dabei aber geradezu mit Blicken. »Warum hassen Sie mich?«

Er hätte sie abwimmeln, behaupten können, dass er einen miesen Tag hätte, es aber nichts Persönliches wäre. Aber sie hatte ja allen Anlass, danach zu fragen, und *er* hatte vermutlich keinen wirklichen Grund, noch länger mit der Wahrheit hinterm Berg zu halten. »Ich hasse Sie nicht. Ich hasse Ihren Vater.«

Sie neigte den Kopf, sichtlich erstaunt. »Meinen Vater? Warum?«

Er holte tief Luft und überlegte, wo er anfangen sollte. »*Mein* Vater ist John Armstrong.« Er wartete, bis er ein Erkennen in ihren Augen sähe, aber es passierte nichts, also redete er weiter. »Als Sie und ich Kinder waren, waren unsere Väter Geschäftspartner. *Double A Construction*? Heute Ash Builders. Kommt Ihnen das bekannt vor?«

Ihre hübschen blauen Augen weiteten sich. Hastig hob sie die Katze vom Fußboden. »Du bist Nick? *Der* Nick?«

»Höchstpersönlich.«

Sie schien beinahe sprachlos. »Ich … erinnere mich an dich. Ich habe nur … nicht zwei und zwei zusammengezählt. Ich habe damals, nehme ich an, den Nachnamen deines Vaters nicht gekannt. Ich kannte ihn nur als John.«

Einen Augenblick lang wusste er nicht, warum er ihr erzählte, wer er war, aber jetzt, da er mit ihr geschlafen hatte, jetzt, da er ihre Geheimnisse kannte, fragte er sich, wie sie reagieren, ob sie ihn mit Herablassung behandeln würde. Doch er sah nur eines in ihrem Blick: den verständlichen Schock. »Ich weiß allerdings immer noch nicht«, sagte sie, »warum du meinen Vater hasst.«

Jetzt war es an ihm, verwirrt zu reagieren. »Wegen der Dinge, die er getan hat. Weil er meinem Vater die Hälfte der Firma gestohlen hat.«

»Gestohlen? Wovon redest du da?«

Sie hatte keine Ahnung? Na ja, klar, natürlich wusste sie es nicht. Sie war damals ja noch ein kleines Mädchen. Plötzlich kam er sich dämlich vor, denn er hatte ja angenommen, sie würde die Details kennen. »Ja«, sagte er. »Genau das ist passiert.«

Sie straffte sich. »Ich weiß nicht, was du meinst. Mein Vater hat deinen Vater ausgezahlt.«

»Lauren, dein Vater hat meinen Vater gebeten, irgendwelche Dokumente zu unterschreiben, aber er hat gelogen, was den Inhalt betraf. Henry behauptete, er benötige die Unterschrift meines Vaters für eine routinemäßige Geschäftsaktion, und Dad hat unterschrieben; in Wirklichkeit aber hat er den Verzicht auf seine Geschäftsanteile an *Double A Construction* unterschrieben.« Nick war bei der ganzen Geschichte anwesend gewesen. Sein Vater hatte sich nach dem Tod seiner Frau seinen Depressionen hingegeben, und Henry war bei ihnen zu Hause erschienen mit den Papieren, die ihr Leben verändert hatten.

Lauren wirkte abwehrend. »Ich war damals noch ein kleines Mädchen, aber *eines* weiß ich genau, nämlich dass dein Vater eine angemessen hohe Summe für die Hälfte der Firma erhalten hat. Ich habe mir die Unterlagen und einige alte Akten angesehen, als ich für Dad zu arbeiten begann, und ich habe Sadie gefragt, worum es darin geht. Sie hatte damals, als das alles passierte, nicht für Ash gearbeitet, aber sie wusste, dass es darin um die Auszahlung ging.«

»Mein Dad hat das Geld nicht gewollt. Er wollte die Hälfte von dem, was er aufgebaut hatte. Es war alles, was er hatte – alles, was *wir* hatten –, nachdem meine Mutter gestorben war, aber Henry hat es ihm gestohlen.«

Sie schüttelte hilflos den Kopf. »Bestimmt irrst du dich, Nick. Ich habe zwar keine Gegenbeweise, ich kenne ja nicht die Fakten, aber mein Vater hat deinem ganz sicher nichts weggenommen.«

Nick seufzte nur. »Glaub doch, was du willst.« Und damit drehte er sich um und ging zur Tür hinaus.

Lauren warf einen Blick auf Isadora, die sich die Pfote leckte und sich damit übers Gesicht strich. »Du bist wirklich eine Verräterin, was ihn betrifft.« Schließlich rieb Izzy sich nur selten an *ihren* Knöcheln, aber Nick Armstrong kam zur Tür hereinspaziert, und schon schmeichelte sie sich bei ihm ein. »Und ich weiß auch nicht, was du in ihm siehst.«

Oder was ich in ihm sehe, um genau zu sein.

In Wahrheit wusste sie es aber doch. Monet. Das Meer. Zärtliche Berührungen und eine unaussprechliche Emotion in seinem Blick. So wenig das auch war, es war das, weswegen sie sich an ihre Gefühle für ihn klammerte.

Der Vorwurf, den er soeben geäußert hatte, machte sie ganz verwirrt.

Sie hatte das Gespräch in der Absicht begonnen, ruhiger und unbeeindruckter zu wirken. Sie konnte es kaum fassen, dass sie so kühn gewesen war, ihn zu fragen, warum er sie hasste, aber am Wochenende hatte sie keine Zeit gehabt, die Geschehnisse noch einmal zu überdenken, und es war die einzige natürliche Schlussfolgerung gewesen. Nur hatte sie eben nicht damit gerechnet, dass er der Nick war, den sie aus ihren Kindertagen kannte. Der Nick, in den sie verknallt gewesen war.

Er war sogar, wie sie sich erinnerte, der erste, der allererste Junge gewesen, der ihr weibliches Interesse oder Bewusstsein erregt hatte, so kindisch die Zuneigung auch gewesen war.

Sie erinnerte sich an das von der Firma veranstaltete Picknick, bei dem sie allein auf einem alten Karussell gespielt hatte und ungeschickt in den Schmutz gefallen war. Johns ältester Sohn war mit einem alten Basketball unterm Arm herübergekommen, um nachzuschauen, ob sie sich etwas getan habe, ob sie Hilfe brauchte, um wieder zu ihrer Mama zu kommen. Sie hatte sich nichts getan, hatte sich aber ungeheuer geschämt, vor allem, als er ihr den Schmutz hinten auf ihren roten Shorts abgeklopft hatte. »Du solltest vorsichtiger sein«, hatte er sie ermahnt, dann war er zu einem leeren Basketballplatz geschlendert und hatte begonnen, Bälle zu werfen.

»Darf ich zuschauen?«, hatte sie gefragt, als sie sich ihm von hinten näherte.

Achselzuckend hatte er geantwortet. »Na klar.«

Sie setzte sich im Schneidersitz auf den Rasen neben dem Betonfeld und schaute schweigend seinen Bewegungen zu; jedes Mal, wenn er zu einem Sprungwurf ansetzte, zeigte sein schlaksiger Jungenkörper die ersten Ansätze von Muskeln unter der glatten, sonnengebräunten Haut. Sie fand ihn göttlich.

Den restlichen Tag folgte sie ihm in einiger Entfernung, und als das Picknick mit einem Softballspiel für die Erwachsenen endete, spielte Nick mit. Immer wenn er vortrat, um zu schlagen, sah sie ihm mit kindlicher Bewunderung zu.

Sie atmete tief durch. Unfassbar, dass sie neulich mit diesem Mann geschlafen hatte. Es war flüchtiger Sex gewesen. Zwischen Fremden. Auch wenn sie nicht im strengen Sinne Fremde waren, wie sie geglaubt hatte. Und sie hatte auch nicht gewollt, dass sie am Ende als Fremde auseinandergingen. Gegen ihren Willen wollte sie nun so viel mehr von ihm – sexuell, emotional.

Sie verspürte die seltsame Regung, nach draußen zu gehen und ihm zu sagen, dass ihr leidtue, was immer zwischen ihren Vätern geschehen war, und sie ging tatsächlich halb zur Tür, wo sie stehen blieb. Aber sie tat es dann doch nicht, sie wollte nicht einmal wissen, ob es irgendetwas zu bedauern gab. Außerdem war er ein Idiot. Ein Idiot, der immer noch ihrem Herzen wehtat, wenn sie an ihn dachte, aber trotzdem ein Idiot. Selbst als er dastand und ihre Bäume stutzte, hatte sie ihn begehrt, dieselbe Fülle gefühlt wie in dem Moment, als sie ihn in sich hatte. Sie wollte dieselbe Leidenschaft erleben, dieselbe Glut, die er in ihr entfachte, ohne dass er es überhaupt versucht hatte. Was für eine Art Trottel war *sie* eigentlich?

Monet.

Offensichtlich war sie die Art von Trottel, die zu viel in die einmalige Erwähnung eines impressionistischen Malers hineinlegte.

Ich mag es, wie diese Maler alles nehmen und es schöner machen, als es wirklich ist.

Gegen ihren Willen stellte die Erinnerung an seine Worte ein wenig von ihrem Glauben an seine innere Güte wieder her. Diese Güte musste doch in ihm sein. Oder?

Lauren ging zum Telefon über dem Tresen und wählte die Büronummer ihres Vaters. Den Hörer ans Ohr gedrückt, drehte sie sich um und lehnte sich gegen den Spülstein.

»Henry Ash«, meldete er sich.

»Hallo, Dad.«

»Lauren, Liebes. Was verschafft mir die Ehre? Suchst du mal wieder nach einem Lunch-Partner?«

Ein Blick auf die Küchenuhr zeigte, dass es fast zwölf war. »Hm, nein. Ich habe nur über etwas nachgedacht, das lange zurückliegt, und ich hatte gehofft, du könntest es aufklären.«

»Worum geht's?«

»Erinnerst du dich noch an den Tag, als du John Armstrong ausgezahlt hast?«

»Natürlich. An dem Tag wurde Ash Builders gegründet.«

»Wie ist es eigentlich dazu gekommen? Ich meine, warum hast du John ausbezahlt?«

»Warum fragst du?«

»Nur so«, wich sie aus und legte ein Ereignis, das vor Jahren stattgefunden hatte, auf vergangene Woche. »Ich bin vor ein paar Tagen in irgendwelchen alten Akten auf die Unterlagen hinsichtlich der Auszahlung gestoßen, und da bin ich neugierig geworden.«

»Na ja«, sagte Henry seufzend, »es war eine sehr traurige und komplizierte Situation. Johns Frau war kurz zuvor ums Leben gekommen. Erinnerst du dich noch?«

»Ja.« Es war ihre erste Beerdigung gewesen.

»Danach ist John … irgendwie zusammengebrochen. Er konnte mit der Situation einfach nicht fertigwerden. Ich musste all seine fallen gelassenen Bälle aufsammeln und meine gleichzeitig in der Luft halten. Ich habe mehrfach mit ihm darüber gesprochen, aber er hat viel getrunken und sich nicht mehr ums Geschäft gekümmert. Ich habe ihm mehrere Monate Zeit gegeben und darauf gewartet, dass er sich zusammenreißt, aber nichts änderte sich. Ich habe ihn jede Woche zu Hause aufgesucht, um mit ihm Geschäftliches zu besprechen, seine Meinung zu hören, habe versucht, ihn wieder in die Firma einzubinden, aber es hat nichts gebracht.

Währenddessen hat er die Hälfte des Gewinns eingestrichen, und ich habe mich für ihn abgerackert, obwohl für mich kein Ende in Sicht war. Ich habe *dich* kaum noch gesehen, und deine arme Mutter hat mein Arbeitspensum fast um den Verstand gebracht.«

»Und so hast du ihm angeboten, ihn auszuzahlen«, ergänzte Lauren.

»Ja«, sagte Henry. »Sogar mehr als einmal. Aber offenbar verstand er mich nicht, hat mir immer wieder versprochen, er werde sich ändern – aber ohne Ergebnis. Schließlich sah ich keine andere Chance, als etwas Drastisches zu unternehmen.«

»Was hast du getan?«

»Na ja, ich bin nicht stolz darauf, aber die Wahrheit ist, ich habe ihn dazu genötigt, mir die Hälfte der Firma zu überschreiben. Was nicht schwierig war; er war ja ständig betrunken. Außerdem habe ich ein Darlehen aufgenommen und ihm einen fairen Marktwert gegeben, damit er sich von mir nicht betrogen fühlte. Es war das Beste, was ich damals tun konnte, zumal ich so nicht weitermachen konnte.«

Lauren schwieg. Sie verstand seine Sicht der Dinge und war froh, dass er offen mit ihr gesprochen hatte, aber sie verstand auch Nicks Verbitterung.

»Bist du noch da?«

»Ja, Paps, ich bin noch da.«

»Du begreifst doch, warum ich die Entscheidung fällen musste, oder?«

»Ja, ich glaube schon.«

»Warum bist du dann so still?«

Weil es Johns Kinder so sehr verletzt hat, dass sie es noch nach zwanzig Jahren fühlen. Trotzdem, sie war sicher, dass ihr Vater nicht darüber nachgedacht hatte. Er war durch und durch Geschäftsmann, was sie ihm nicht vorwarf. Und sie würde ihm auch nicht erzählen, dass sie mit Nick Armstrong in Kontakt gekommen war; das wäre zu kompliziert, und sie sah keinen Sinn darin. »Kein besonderer Grund«, sagte sie schließlich. »Ich bin nur ein wenig überrascht. Ich habe nicht gewusst, was damals geschehen ist.«

»Ich wollte nicht, dass es so läuft. Es hat mich fix und fertig gemacht, dass sich alles so entwickelt hat. John und ich waren schließlich befreundet.«

»Was ist denn mit John passiert?«, fragte sie. »Oder seinen Kindern? Weißt du es?«

»Nein.« Seine Stimme klang ein wenig bedauernd. »Wir haben keinen Kontakt mehr.«

»Was kann ich euch bringen?« Die dunkelhaarige Kellnerin schenkte Davy und Nick ein kokettes Lächeln. Sie trug ein weites T-Shirt, das sie in die Shorts gesteckt hatte, aber Davy erahnte trotzdem ihre Kurven. Sie hatte große, strahlende Augen; ihre dicken Lippen, angemalt in irgendeiner Farbe zwischen Pink und Rot, weckten in ihm den Wunsch, sie zu berühren. Er lächelte zurück, achtete aber darauf, nichts zu sagen.

»Eine große Pizza mit Peperoni und extra Käse«, bestellte Nick, »und einen Krug Cola.«

Nachdem sie gegangen war, sagte Nick: »Das war ein Bursche von Barrakuda, was, Davy?« Sie waren gerade vom Fischereihafen gekommen, und alle Fänge waren gut ausgefallen, aber die *Misty II* hatte einen Barrakuda reingebracht, so groß wie der Mann, der ihn gefangen hatte.

»Ein großer.« Davy nickte, richtete den Blick aber auf das karierte Tischtuch.

Nick, ihm gegenüber, seufzte: »Na, geht's dir immer noch mies?«

»Ich glaub schon.« Der Fisch und die Kellnerin hatten ihn vom Besuch im Krankenhaus abgelenkt, aber nur ganz kurz. Jedes Mal, wenn er glaubte, er wäre den Gedanken losgeworden, tauchte er wieder auf. Immer wieder erinnerte er sich an die rasende Fahrt zu Dads Wohnung im Dunkeln und an die *noch* rasendere Fahrt ins Krankenhaus, während vom Rücksitz furchtbare röchelnde Laute kamen und Elaine immer wieder sagte: »Halt durch, Dad, wir sind gleich da. Halt durch.« Davy hasste Krankenhäuser, hatte sie immer gehasst, seitdem er in seiner Kindheit verletzt worden war.

»Hör mal zu, Davy«, sagte Nick mit fester Stimme, worauf Davy aufsah. Nick hatte die leuchtendsten Augen, die er kannte, und wenn er in sie hineinschaute, fühlte er sich immer beschützt – sie umschlossen ihn wie eine Umarmung.

»Sicher, das heute Morgen war schon erschreckend, aber jetzt ist alles okay. Dad wird ein paar Medikamente einnehmen, und dann geht's ihm wieder besser. Ich möchte, dass du nicht mehr nachdenkst, okay? Denk an schönere Dinge. Ich verlass mich darauf, weißt du.«

Nein, er wusste es nicht. »Was meinst du damit?«

»Ich verlasse mich irgendwie darauf, dass du glücklich wirst. Wenn du nicht glücklich bist, bin ich es auch nicht.«

Du bist sowieso nicht glücklich, Nick, dachte er, sagte das aber nicht, weil Nick das für sein Geheimnis hielt. Die Worte seines Bruders brachten ihn allerdings dazu, dass er sich wichtig fühlte, denn wenn er ihn glücklich machen konnte, dann wollte er das auch. Er versuchte, die Gedanken an den heutigen Morgen zu verdrängen und an Schöneres zu denken, so wie Nick gesagt hatte. An die dunkelhaarige Kellnerin und ihre Lippen wie helle Wolken. Daisy Maria Ramirez und ihre zierlichen Finger.

Die Kellnerin traf mit zwei Gläsern und einem Krug Cola ein. Sie beugte sich über den Tisch, um die Speisekarten hinter den Serviettenhalter zu stecken, und wieder fielen ihm ihre Rundungen auf, wie eine lebende Landschaft vor seinen Augen.

Als sie gegangen war, sagte er leise: »Findest du sie hübsch?« Vielleicht konnte er ein Gespräch beginnen, das ihm irgendwie mit Daisy weiterhalf.

Nick blickte ihr nach. »Sie ist nett anzuschauen. Warum?«

»War nur eine Frage.«

Hin und wieder hatte Nick das Thema Frauen zur Sprache gebracht und ihm gesagt, wenn er Fragen habe, könne er ihn alles fragen – aber bislang hatte er das nie getan, und plötzlich war es ihm zu peinlich.

»Bist du sicher?«, fragte Nick.

Das war die Gesprächseröffnung – aber er brachte es einfach nicht über sich, sie aufzugreifen. »Ja«, sagte er, dann schenkte er die Cola in ihre Gläser.

»Hör zu, nachdem wir gegessen haben, fahren wir runter zur Sand-Key-Brücke, wenn du möchtest.« In der Nähe der Brücke tummelten sich Delfine, vor allem am frühen Abend.

»Cool.« Davy lächelte. Endlich ging ihm nicht mehr im Kopf herum, was er im Krankenhaus erlebt hatte, und außerdem: Gespräche über Delfine fielen ihm sowieso leichter als Gespräche über Frauen.

Lauren lag am Abend wach im Bett, konnte nicht einschlafen, denn eine höchste detaillierte Fantasie wollte ihr nicht aus dem Kopf gehen. Sie versuchte so zu tun, als wäre der Mann in ihrer Fantasie derselbe hübsche Bursche, als besäße er dieselben vagen Gesichtszüge wie die Männer in all ihren anderen Fantasien, aber das war gelogen. Er hatte Nicks Gesicht. Und wenn sie ehrlich mit sich war, war diese besondere Fantasie wohl ihrem kleinen Rendezvous am Strand entsprungen.

Seufzend schob sie die Bettdecke zur Seite und ging im Dunkeln den Flur hinunter in ihr Büro, wo sie die Schreibtischlampe anknipste. Sie zog das rote Buch aus dem Regal, griff nach einem Füllfederhalter mit blauer Tinte und setzte sich in den Sessel, in dem sie es sich immer bequem machte, wenn sie etwas schrieb.

Einerseits widerstrebte es ihr, dies hier aufzuschreiben, denn es ging ja nicht nur um sexuelle Fantasien; es ging auch um *ihn,* was bedeutete, dass sie eine dauerhafte Aufzeichnung über ihn schuf, was sie bis jetzt als Schwärmerei angesehen hatte, die von nichts anderem abhing als von *ihren* Gedanken, *ihrer* Vorstellungskraft. Doch vielleicht würde es ja helfen, sich von den Gedanken an Nick Armstrong zu befreien.

Schreib deine Fantasien auf, dann musst du nicht immer daran denken.

Ich liege auf einem Privatstrand mit makellos weißem Sand und hohen Palmen, an den hunderte Muscheln angespült werden. Seegras, die Dünen schützend, weht in der Brise. Ich liege im Sand, ein farbenfroher Sarong ist um meine Hüften drapiert, eine helle Inselblume schmückt mein Haar – nicht mehr. Die Sonne wärmt meine Brüste, Beine, mein Gesicht.

Die Sonne scheint so hell, dass ich zuerst nur die Silhouette eines Mannes sehe, der nass und nackt dem Meer entsteigt und auf mich zugeht. Während er näher kommt, erkenne ich seinen olivfarbenen Hautton, volle, sinnliche Lippen und geheimnisvoll dunkle Augen, die dreinblicken, als wollte er mich verschlingen. Wasser tropft von seinem langen dunklen Haar, so dass seine Haut ganz glitschig ist.

Er heftet den Blick auf mich, während er näher kommt und sich über mich beugt, langsam hinkniet und sich breitbeinig auf meine Beine setzt. Er bedeckt meine Brüste mit großen sonnengebräunten Händen, und heiße Blitze durchzucken mich, während er sie liebkost, seine Bewegungen langsam, fließend, geschickt. Der sanfte Rhythmus hallt in meinem Körper wider.

Dann erhebt er sich wieder, schiebt mir den Sarong kühn zur Seite und lässt zwei Finger in mich hineingleiten, wo ich bereits feucht bin. Die Empfindung durchzuckt mich, nur diesen Teil von ihm in mir zu haben, auch wenn sein prachtvoll erigiertes Glied über mir ist. Er schiebt die Finger einmal, zweimal, dreimal hinein – dann tupft er die Feuchtigkeit auf meine Brustwarzen. Ich erbebe wegen des unglaublich erotischen Reizes, während ich dabei zuschaue, wie er sie ableckt.

»Setz dich auf Hände und Knie«, sagt er in sonorem, gebieterischem Tonfall.

Ich tue, wie mir geheißen, und merke zugleich, wie die Flut langsam um uns herum ansteigt. Eine kleine Welle spült um meine Hände herum, dort, wo sie im Sand liegen, dann zieht sie sich zurück.

Er schiebt mir den Sarong weiter hoch und legt die Hände auf meine Hüften, dann dringt er in mich ein, schnell und hart und glatt. Ich schreie auf vor intensiver Lust, und er fängt an, sich hinein- und hinauszubewegen, während das Wasser wieder den Strand heraufspült, um meine Hände, meine Knie herum.

Seine Stöße werden stetig heftiger, langsamer. Ich schreie auf bei jedem seiner Stöße, spüre sie in meinen Fingerspitzen und Zehen, während die Flut höher steigt, höher, bis hinauf zu meinen Handgelenken und über die Rückseiten meiner Beine brandet, während er in mich stößt.

»Reite mich«, sagt er.

Dann sitzen wir in der Brandung, sein staunenswerter Phallus immer noch in mir, und ich bewege mich auf ihm, während sich um uns herum die Wellen brechen und das Wasser zwischen unsere Körper läuft. Mein Sarong hängt durchweicht von meinen Hüften und wird in der reißenden Strömung umhergeschleudert, seine nassen Hände gleiten über meine Brüste und meinen Hintern, treiben mich immer näher zur Ekstase. Wir kommen gemeinsam, während eine Welle über uns hereinbricht und ich aufschreie, weil die Wellen in mir ebenso heftig brechen. Dann wälzen wir uns in der starken Brandung, küssen uns wie wild, unsere Gliedmaßen ineinander verschlungen, mit klatschnassen Haaren, erschöpften Körpern.

Schließlich dann wird alles wundersam still, wie im Auge eines Hurrikans, und er hält mich an sich gedrückt, während wir in dem weichen Sand liegen. Ich schaue mich um und sehe, dass die Flut noch weit weg ist, noch Meter und Stunden entfernt.

Mit einem Seufzen klappte Lauren das rote Tagebuch zu und stellte es ins Regal zurück. Sie wünschte sich immer noch, sie hätte etwas Originelleres geschrieben – eine andere Art Mann, einen anderen Ort –, anstatt nur eine weitere Version ihres Meeresgottes, eines Mannes, der buchstäblich von der Buchseite her in ihr Leben getreten war. Ja, war es denn nicht seine Stimme gewesen, die sie gehört hatte, als sie die Fantasie gerade eben zu Papier gebracht hatte? *Reite mich.* Das hätte auch er sagen können, und obwohl sie solche Befehle normalerweise nicht mochte, ahnte sie, dass es sie, falls er so etwas sagte, erregen würde.

Ihr Körper pochte vor schierem Begehren, noch mehr als zuvor, und sie hatte das Gefühl, dass dies nichts gebracht hatte, um Nick aus ihrem Kopf herauszubekommen. Ihr Verlangen nach ihm war eher noch gewachsen.

9

Am Dienstagmorgen schlief Lauren aus. Nach der Nacht, in der sie nur gedöst hatte, war sie erschöpft. Als sie schließlich auf den Beinen war, rief sie Phil an, um ihm einige Jahresgewinndaten durchzugeben, und brütete dann bis zum Mittagessen über ihren monatlichen Zahlungsaufstellungen.

Normalerweise mochte sie ihre Arbeit, aber heute konnte sie sich nicht konzentrieren. Sie dachte – natürlich – an Nick. Seitdem sie ihn am vergangenen Mittwoch getroffen hatte, dachte sie auf die eine oder andere Weise ziemlich oft an ihn. Das war jetzt mehr als eine Woche her.

An den Tagen, an denen Lauren nicht zur Arbeit ging, erledigte sie notwendige Arbeiten im Haus. Anschließend konnte sie sich wieder auf die Buchführung konzentrieren. *Also, was muss hier im Haus erledigt werden?*, fragte sie sich, als sie sich mit einem Mikrowellen-Lunch aus Huhn und Reis an den Tisch setzte.

Sie dachte an die Vogelhäuschen, die Nick einige Tage zuvor für sie gefüllt hatte. Sie hatte seitdem nicht mehr danach gesehen, aber hinten im Garten wimmelte es von Vögeln, die im Sommer nicht nach Norden zogen, außerdem fraßen sie die Samen manchmal im Nu weg, selbst in dieser Jahreszeit. Auch war ihr aufgefallen, dass durch den Mulch auf den Beeten etwas Unkraut hervorschaute; zwar kam der Gärtner am Ende des Monats, aber es ärgerte sie trotzdem. Normalerweise jätete sie Mitte des Monats das Unkraut, damit alles ordentlich aussah.

Ihr erster Gedanke war, dass Nick dort draußen war und es vielleicht besser wäre, diese Dinge am Abend zu erledigen, nachdem er gegangen war, vor allem angesichts des unangenehmen Wortwechsels über ihre Väter. Andererseits hatte er hier noch viel zu erledigen, und sie fand es absurd, dass sie sich im eigenen Haus wie gefangen fühlte. Von nun an würde sie genau das tun, was sie wollte, *wann immer* sie es wollte, Nick Armstrong konnte machen, was er wollte. Nun gut, vielleicht würde sie nicht nackt im Pool schwimmen, korrigierte sie sich, aber sie würde vermutlich ohnehin nie wieder nackt im Pool schwimmen.

Nachdem sie missmutig ein paar weitere Arbeiten für Ash erledigt hatte, durchquerte sie in einem alten pinkfarbenen Badeanzug-Top und fleckigen Khaki-Shorts die Terrassentür, das Haar hochgesteckt. Über das Oberteil hatte sie zweimal nachgedacht, aber das trug sie immer bei der Gartenarbeit, außerdem war es draußen über dreißig Grad heiß. Sie war entschlossen, sich ganz normal zu verhalten, sich so zu benehmen, wie sie es täte, wenn er nicht da wäre.

Als sie zu der großen Tonne auf der Terrasse ging, wo sie

die Gartengeräte aufbewahrte, entdeckte sie, dass Nick den Sack mit Vogelfutter dort hineingelegt hatte. Sie schöpfte ein wenig davon in einen Eimer und ging nach hinten in den Garten, wobei sie ihn aus den Augenwinkeln heraus sah, hoch oben auf einer Leiter. Er hatte um die problematischen Bäume herumgearbeitet und strich jetzt die Wand um das Halbkreisfenster herum.

Ehe sie den Pool erreichte, blieb sie allerdings stehen und drehte sich um. Wenn sie das hier nicht sofort erledigte, in diesem Moment, würde sie kneifen. Sich ihres beschleunigten Herzschlags bewusst, näherte sie sich Nicks Leiter. »Ich wollte dir nur sagen, dass ich mit meinem Dad gesprochen habe.« Sie blickte hoch auf seinen Rücken, sah zu, wie er mit seinem muskulösen Arm den Farbroller über den Putz verteilte. »Ich habe ihn gefragt, was damals passiert ist, als er John ausbezahlt hat.«

Nick arbeitete ungerührt weiter, blickte sie nicht mal an. »Und was hat er gesagt?«

O Gott, sie hatte nicht überlegt, wie sie es ihm erklären sollte, wenn sie unten an der Leiter stand. Es war schon schwierig genug, es ihm von Angesicht zu Angesicht zu sagen.

Schließlich hörte er auf zu rollen und blickte hinunter. »Was hat er gesagt?«

Plötzlich war sie nervös, versuchte es aber zu verbergen. »Dass dein Vater sich nach dem Tod deiner Mutter in der Firma nicht mehr engagiert hat. Dass er deinem Vater angeboten hat, ihn auszuzahlen, dass er aber nicht mal darüber reden wollte und immer wieder versprochen hatte, sich zu ändern, was aber nie passiert ist. Mein Vater glaubte, keine andere Wahl gehabt zu haben.«

»Er hat zugegeben, dass er sich Vaters Unterschrift erschlichen hat?«

Sie nickte.

»Gut«, sagte Nick, »dann wäre ja wohl alles gesagt.«

Er begann wieder zu streichen, sie blieb aber unten an der Leiter stehen und spähte zu ihm hinauf. Es war dem eigentlich nichts mehr hinzuzufügen. »Ich weiß, warum er es getan hat, aber ich finde es nicht richtig. Ich … verstehe, warum du wütend bist.«

»Gut«, antwortete Nick knapp, sah sie jedoch nicht an.

Sie seufzte. Schließlich wandte sie sich zum Gehen. Was hatte sie da getan? Hatte sie ihn gebeten, sie zu mögen, indem sie ihm sagte, dass sie seinen Schmerz verstand? Unfassbar, dieser törichte Versuch, sich bei ihm anzubiedern.

»Hat er gesagt, dass es die Idee meines Vaters war, Eigentumswohnungen zu bauen?« Sie hielt inne, wandte sich um. Er sah mit finsterem Ausdruck auf sie herunter.

»Wie bitte?«

»Der Firma ging es nicht gut, und da hat mein Vater Henry gesagt, dass seiner Meinung nach Eigentumswohnungen die Zukunft für Ash Builders bedeuten könnten. Die Firma hatte den ersten Vertrag für Sand Key in der Woche bekommen, bevor meine Mutter gestorben war.«

Alle Welt wusste, dass die Eigentumswohnungen Ash Builders reich gemacht hatten, dass die Luxushäuser, die sie bauten, nur das Zweitgeschäft waren. Die Wohnungen, die die Küste und Buchten säumten, hatten Ash enorme Umsätze beschert und zu einem bedeutenden Unternehmen gemacht.

Was sollte sie ihm antworten? Schließlich entschied sie sich für: »Es tut mir leid, Nick, wirklich leid.«

Er schaute einen langen Augenblick auf sie hinunter, seine grauen Augen so durchdringend wie immer, bis er schließlich kaum wahrnehmbar nickte und sagte: »Danke.«

Sie erwiderte seinen Blick und registrierte, dass wieder diese unsichtbare Leidenschaft zwischen ihnen entstand – selbst jetzt, bis sie verlegen über die Schulter zeigte. »Also ich … geh jetzt besser, muss noch ein paar Sachen erledigen.«

»Okay«, sagte er.

Ihr Herzschlag hatte sich noch immer nicht beruhigt, als sie die Vogelhäuschen aufgefüllt und das Futter in die Tonne zurückgelegt hatte. Ihre Brüste prickelten, ein hohles Echo der Sehnsucht erklang in ihr. Das einfache »Danke« hatte das Gespräch jedoch gelohnt. Er zeigte es zwar nicht oft, aber sie wusste: Nick Armstrong hatte ein Herz – sie konnte es unter seiner rauen Schale erahnen.

Sie holte einen Müllbeutel aus dem Haus und fing an, Unkraut zu jäten. Ganz bewusst vermied sie dabei die Seite des Hauses, an der Nick arbeitete. Dabei hatte sie sich doch durch seine Anwesenheit nicht stören lassen wollen. Aber sie sah sich einfach außerstande, ihm in nächster Zeit wieder zu begegnen.

Während der Arbeit dachte sie an die Momente, als sie die gefühlvolle Seite hinter seiner harten Maske gesehen hatte. Der einfache Akt, ihre Vogelhäuschen wieder aufzufüllen, die Art, wie er sie auf der erzwungenen Poolparty verteidigt hatte, sein Motiv, dass er sie zum Strand mitgenommen hatte, weil die anderen Männer sie auf der Party belästigt hatten. Es waren nicht *nur* Monet und kosmische zartrosa Rosen. Manchmal fand sich dieses Gefühlvolle auch in den einfachsten Gesten wie beispielsweise einer sanften Berührung, als sie miteinander geschlafen hatten. Vielleicht begehrte sie ja deswegen diesen Mann noch immer, wünschte sich mehr von ihm. Vielleicht hatte er ihr wirklich einige echte Gründe gegeben zu glauben, dass sich unter allem jener liebevolle, hingebende Mann verbarg, den sie eines Tages finden wollte.

Schon bei dem Gedanken daran musste sie schmunzeln. Wenn Nick ihre Gedanken jetzt lesen könnte, er würde sie für die naivste, dümmste, unerfahrenste Frau halten, die je gelebt hatte. Aber es war nicht Naivität, es war Sehnsucht – ganz einfach. *Bitte lass mehr an ihm sein als das, was er mich sehen lässt.*

Nach dem Unkrautjäten nahm sie sich vor, ein paar Rosen zu schneiden. Sie liebte ihre Kletterrosen, sah sie aber nur selten, weil sie sich an der Seite des Hauses befanden. Und weil sie in den letzten Tagen Nicks Fantasie-Rose auf dem Kaminsims stehen hatte, fand sie, sie könnte ja auch selbst welche ins Haus holen. Außerdem, Wunschdenken beiseite, schien es eine gute Idee zu sein, Nicks Rose aus den Augen zu bekommen und durch etwas zu ersetzen, was nichts mit ihm zu tun hatte. Sie hoffte nur, dass sie es wirklich über sich brachte, die Rose wegzuwerfen.

Sie nahm eine Schere aus einer Küchenschublade und einen Bastkorb aus dem Schrank und ging durch die Terrassentür wieder nach draußen zu den Rosen. Nachdem sie sich hingekniet hatte, zwei Fuchsienblüten nah am Boden abgeschnitten und vorsichtig in den Korb gelegt hatte, stand sie auf und suchte nach Rosenblüten weiter oben. Sie entdeckte eine rechts des Rankgerüsts, packte sie am Stiel und schnitt darunter ab. Dann fand sie in einer Fülle von Rosen in der Mitte eine weitere und griff hinein – und plötzlich fuhr ein scharfer Schmerz in ihren Daumen.

»Oh!« Sie riss die Hand zurück – und sah einen großen Dorn darin stecken. Das war viel schlimmer als an dem Abend, wo sie sich den Finger an Nicks Rose gestochen hatte – helles Blut umgab den Dorn, rann am Daumen hinunter bis aufs Handgelenk. Sie stieß noch ein Wimmern aus, ließ die Schere fallen und lief zum Haus.

Sie zog die Tür auf und hielt dabei den blutenden Daumen eng an sich in der Hoffnung, dass auf dem Weg in die Küche nichts auf den weißen Berber tropfte. Dort drehte sie das kalte Wasser an, hielt den Daumen unter den Strahl und hoffte, dass der scharfe Dorn sich dadurch löste.

»Was ist denn passiert?«

Sie hob den Kopf und sah Nick, der durch die Terrassentür auf sie zugestürmt kam.

»Verdammt«, sagte er, dann trat er näher.

Sie zog die Hand unter dem Wasserhahn hervor und zeigte Nick den Daumen, hielt ihn dann wieder unter das fließende Wasser.

»Nein.« Der Dorn steckte zu tief in der Haut; sie konnte nicht einmal daran denken, gar nicht zu reden davon, dass jemand ihn herauszog.

»Sei kein Baby«, sagte er, aber sein sanfter Tonfall schwächte die Wirkung seiner Worte ab.

Sie betrachtete den steten Blutstrom, der noch immer vom Wasser weggespült wurde. Sie war tatsächlich ein Baby, es gefiel ihr nicht, dass Nick es merkte. Sie zog die Hand ein wenig zurück und sagte: »Mach's über der Spüle.«

Er trat näher und hielt ihre verletzte Hand sanft in seiner Handfläche.

Sie straffte sich. Dann durchzuckte sie erneut ein kurzer Schmerz, und der Dorn war entfernt. Sie blickten beide auf den immer noch blutenden Daumen.

»Halt ihn nochmal unters Wasser.« Er griff sich eine Hand voll Haushaltstücher und ging zum Kühlschrank. Sie hörte, wie er eine Tür öffnete und das Eis schüttelte, kurz darauf kam er mit ein paar halbmondförmigen Eiswürfeln in dem Papier zurück. »Hier«. Er legte ihre Hand wieder in seine Handfläche und drückte gleichzeitig das Eis fest gegen ihren Daumen. »Der Druck stillt die Blutung.«

Sie vermied es, ihn anzusehen, und konzentrierte sich auf ihre Hände, die, ineinander liegend, sich berührten. Seine Arme waren warm und rau und gebräunt.

Sie schwiegen beide, bis er unter dem Haushaltstuch nachsah und feststellte, dass die Blutung so gut wie gestillt war. »Hast du Wasserstoffperoxyd im Haus?«

Sie war versucht zu verneinen, räumte aber ein: »Ja.«

»Und wo ist es?«

»Oben, im Bad.«

Als Nick ihre andere Hand nahm und Lauren zur Treppe zog, sagte sie: »Das ist nicht nötig.«

»Doch«, antwortete er und zog sie die Stufen hinauf, »es sei denn, du willst, dass sich die Wunde infiziert.«

»Wieso kennt sich ein Typ wie du eigentlich mit Wasserstoffperoxyd aus?«

»Ein Typ wie ich«, sagte er barsch über die Schulter hinweg, »hat viel Zeit damit verbracht, die Wunden seines kleinen Bruders zu versorgen. Also, wo ist es?«

Sie zeigte zum Bad im Flur, wo sie ihre Erste-Hilfe-Sachen aufbewahrte, dann ging sie hinter ihm hinein. »Unterm Waschbecken.«

Nick ließ ihre Hand los – aber nur so lange, bis er das Fläschchen fand und aufschraubte, dann wieder nach ihrer Hand griff und ihren Daumen über das kleine Waschbecken hielt, während er das Peroxyd auf die Wunde spritzte. Sie hielt den Atem an, so sehr brannte es.

»Hast du Pflaster im Haus?«

Sie verdrehte die Augen, weil er so überraschend gründlich war, und zeigte auf eine Schublade in der Frisierkommode. »Ich hätte das wirklich auch selbst gekonnt«, sagte sie, als er das Pflaster um den Daumen wickelte.

»Aber ich glaube nicht, dass du es getan hättest«, antwortete er. Als ihre Blicke sich trafen, wurden seine Züge weicher. »Tut's noch weh?«

»Nicht sehr«, gab sie zu und kam sich dabei noch mehr wie ein Baby vor, weil eine so große Sache daraus geworden war.

Sie wandte sich zum Spiegel um und verstaute das Peroxyd wieder unter dem Waschbecken. Dann legte sie die Pflaster-Box in die Schublade und versuchte zu ignorieren, wie nahe sie noch immer beieinanderstanden, jetzt, da die Minikrise vorüber war. Plötzlich dachte sie an die anderen Male, als sie einander so nahe gewesen waren, noch näher. *Warum ist er immer noch hier? Warum geht er nicht?*

Als sie sich wieder erhob, blieb Nick so nahe bei ihr stehen, dass sie gegen ihn prallte, aber keiner von ihnen rührte sich. Ihre Blicke trafen sich in dem breiten Spiegel.

Den Blick kannte sie. Er bohrte sich glatt durch sie hindurch. Sie spürte ihn im Herzen; fühlte ihn zwischen den Schenkeln. Wie hatten sich die Dinge so schnell ändern können? Hilflos erwiderte sie seinen Blick im Spiegel, eine Gefangene seines fesselnden Blicks.

Zögernd legte er ihr seine große Hand um die Taille. Leicht gespreizt legte er die Finger auf ihren nackten Bauch, so dass sie zum ersten Mal bereute, das Bikinioberteil angezogen zu haben; ihre Brustwarzen ragten sichtbar durch das pinkfarbene Lycra hervor. Als er ihr einen zarten Kuss auf die Schulter hauchte, zog sie scharf den Atem ein, während die Empfindungen sie durchfuhren.

Das hier passierte doch nicht wirklich, durfte es einfach nicht. Und sie würde Nein sagen. Sie musste es.

Aber warum drängte sie sich ihm entgegen und ließ sich von ihm küssen? Wieso sog sie seine süßen, heißen Küsse in sich auf, als löschten seine Lippen einen brennenden Durst?

Als er mit den Händen von hinten ihre Brüste umfasste und mit dem Finger so erregend über die erigierten Spitzen strich, wusste sie, dass sie an ihn verloren war. Die Empfindung der intimen Berührungen breitete sich in ihr aus, so dass sie von reiner Lust überwältigt wurde.

»Nick.«

»Nicht reden.«

Aber sie wollte … *etwas*, sie wusste nicht was. Gespräche? Sie wünschte nur, dass sie ihm etwas bedeutete, wenigstens ein bisschen. Sie sehnte sich danach, seine weiche Seite aufzudecken. »Nick, bitte …«

Seine Hände lagen noch immer auf ihren Brüsten; aber jetzt küsste er nicht mehr ihren Nacken, sah in den Spiegel. »Möchtest du, dass ich aufhöre?«

Ihre Lippen bebten. Das hier war ein Riesenfehler. Den ersten hatte sie sich verzeihen können, aber wie konnte sie sich ihm noch einmal hingeben, wohl wissend, dass er nur …

»Möchtest du das?«

»Nein«, hauchte sie.

»Gott sei Dank«, sagte er leise. Dann wurden seine Liebkosungen fester, heftiger; sie schrie auf, als er sanft ihre Brustwarzen kniff und gleichzeitig noch mehr Küsse auf ihre nackten Schultern gab. Und jetzt, da sie kapituliert hatte, konnte sie nicht anders, als jede herrliche Berührung, jeden herrlichen Kuss in vollen Zügen zu genießen.

Als er die Hand zwischen ihre Beine gleiten ließ, über ihre Shorts, seufzte sie vor Lust und bewegte sich unwillkürlich dagegen. Er drückte sich von hinten an sie, sein harter Schaft drängte sich an ihren Hintern.

»Dreh dich um«, murmelte er und klang dabei so atemlos wie sie selbst.

Als sie ihn ansah, hantierten sie gegenseitig an ihren Reißverschlüssen. Sehnsüchtiges Verlangen durchfuhr Laurens Körper, so wie neulich abends, so wie immer, wenn sie in seiner Nähe war. Sie befreite ihn aus den Shorts und genoss das unglaubliche Gefühl, ihn in der Hand zu halten, scheute sich nicht mehr, ihn dort zu berühren. Er schob ihre Shorts und den Slip auf ihre nackten Füße runter, und sie trat daraus.

Sein warmer Atem ging wie ein pochender Herzschlag, während er sie auf das glatte Marmorbecken hob und ihre Beine spreizte, oh, so bereit.

Aber plötzlich hielt er inne und griff in die Gesäßtasche. Zog eine dünne Brieftasche hervor und suchte darin, bis er ein flaches Folienpäckchen hervorzog. Aus irgendeinem Grund verblüffte es sie. »Du hast diese Dinger während der Arbeit dabei?«

»Bereit sein ist alles«, sagte er, ohne eine Spur Belustigung, woraufhin sie sich vorstellte, wie er mit allen Hausfrauen in der ganzen Tampa Bay Sex hatte, wenn er angeblich ihre Häuser anstrich.

»Beim letzten Mal hast du keins benutzt.«

»Ich weiß, ich hab's vergessen ... war nicht darauf gefasst. Ich hatte nicht damit gerechnet, dass sich alles so schnell entwickelt.«

Während er die Packung aufriss, packte sie ihn am Handgelenk. »Nicht.«

Er sah sie an. »Was meinst du damit?«

Sie fühlte sich verzweifelt, bedürftig, wild – hatte aber jetzt keine Lust, innezuhalten und zu analysieren. »Ich ... war erst mit wenigen Männern zusammen, und ich weiß, dass ich nichts habe. Außerdem nehme ich die Pille. Hast du ...?«

»Ich bin immer vorsichtig gewesen«, sagte er. Und sie glaubte ihm.

»Dann nicht«, bat sie. »Ich möchte dich spüren, wie beim letzten Mal. Ich möchte es fühlen, wenn du in mir kommst.«

Er ließ das Kondom fallen. Es freute sie, dass sie ihn überrascht hatte, und sie wollte ihn noch mehr überraschen. »Jetzt«, sagte sie und spreizte ihre Beine weit auseinander.

Er schaute dorthin; sie wollte ihn in sich haben, aber ihr gefiel auch die Leidenschaft in seinem Blick, also drängte sie ihn nicht noch einmal.

»Du bist unglaublich«, flüsterte er, als er in ihren feuchten Schoß eindrang.

»O ja«, stöhnte sie; ein perfektes Eindringen.

Er stieß mit derben, gleichmäßigen Stößen zu, und sie erwiderte jeden Stoß mit einem leisen Stöhnen.

Er löste die Hand von ihrem Hintern und griff in ihr Bikinitop, befreite ihre Brüste aus dem Stretch-Halter, und sie schob sein weißes, mit Farbe besprenkeltes Shirt hoch, damit sie ihre Brust an seiner reiben konnte. Dann schlang sie die Arme um seinen breiten Rücken, genoss es, wie er sich anfühlte, wie seine Haut roch, und gemeinsam gaben sie sich einem sanften, ununterbrochenen Rhythmus hin, wobei nur ihr Atmen zu hören war.

Schon bald baute sich in ihr der erregende Höhepunkt auf – bald würde die süße Erlösung über sie hereinbrechen wie eine Flutwelle, die sie ein paar lange, herrliche Sekunden lang zudecken, überschwemmen würde. Und dann rief sie: »Nick, ich komme«, und er flüsterte: »O ja, Baby«, während sie sich an ihn klammerte wie an einen Rettungsschwimmer.

Als die Wellen schließlich abgeebbt waren und ihr alles wieder normal erschien, erkannte sie rasch, dass Nick immer noch in ihr war und immer noch in sie stieß, jeder kräftige Stoß sie erschütternd. »Komm«, flüsterte sie, ohne über die Worte nachzudenken, »komm in mir.«

»Zieh mich in dich hinein«, hauchte er erregt an ihrem Ohr. »Feste.«

Sie legte die Hände auf seinen Hintern und wünschte, er trüge keine Hose, wünschte, sie könne seine nackte Haut in ihren Händen fühlen, und dann zog sie ihn an sich, so fest und tief sie konnte, hörte sein Stöhnen und wusste, dass er sich ergoss. Sie blieb reglos, damit sie die kleinen, warmen Ergüsse in sich fühlen konnte.

Auch er regte sich nicht und schloss die Arme um sie, und

so blieben sie eine endlos lange Minute, die sie festhalten wollte, irgendwie. So wie beim letzten Mal hatten sie diesen Teil erreicht. Sein Herz schlug an ihrer Brust.

Dann aber, so wie beim letzten Mal, zog er sich zurück und sah sie dabei an, während er das Shirt überzog und den Reißverschluss seiner Hose zuzog. Ihr Herz registrierte, wie schnell sie aus dem Zentrum seiner Aufmerksamkeit verschwunden war. Jetzt ging es ihr sogar noch schlechter als neulich – denn diesmal hatte sie ja *gewusst*, wie alles enden würde, es aber trotzdem zugelassen.

Und als er einen Schritt zur Tür machte, durchfuhr sie ein aufrüttelnder Gedanke: »Geht es dir darum?«

Er blieb stehen, sah sie an. »Worum?«

»Du bist, was *du* bist, unsere Väter sind, was *sie* sind.« Der Gedanke war ihr gerade eben gekommen. »Passiert das hier aus dem Grund?«

Nick achtete darauf, dass seine Gesichtszüge nichts preisgaben, dann zuckte er die Achseln. »Sei doch nicht so dramatisch, Prinzessin. Wir sind nicht gerade Romeo und Julia.«

»Genau das habe ich gemeint.« Sie zog ihr Bikinitop wieder an seinen Platz, griff nach ihren Shorts auf dem Boden. »Bist du nur hier, um mich zu benutzen, Nick?«

Scheiße. Er hätte ihr nicht sagen sollen, wer er ist. Er kam sich durchschaut vor. »Nein.« War das nun gelogen oder die Wahrheit? »So einer bin ich nicht.«

»Was für einer bist du dann?« Sie zog den Reißverschluss ihrer Shorts hoch und sah ihn vorwurfsvoll an. Sie sah wunderschön aus, selbst wenn Wut in ihren Augen schimmerte. Da verspürte er die flüchtige Regung, zurückzugehen, sie in die Arme zu nehmen – aber er musste sie ignorieren. Es fiel ihm schwer, sich zurückzuziehen, aber sie war Henry Ashs Tochter. Er war im Leben ziemlich gut zurechtgekommen, ohne dass er sich sonderlich für eine Frau interessierte, und diese hier war definitiv die *letzte* Frau, für die er wirklich tiefere Gefühle aufbringen konnte. Sie wollte, dass sie ihm wichtig war, und in seinem Hinterkopf wirbelten weiß Gott komplizierte Gefühle für sie herum, aber er glaubte noch immer nicht, dass zwischen zwei Menschen aus so unterschiedlichen Welten je etwas Echtes entstehen konnte.

»Hör mal, ich hab gewusst, wer du bist, als Sadie mich mit diesem Job beauftragt hat, aber ich bin hier, um Geld zu verdienen, darum geht's. Dass du und ich scharf aufeinander sind, hat nichts damit zu tun. Ich weiß, du hast mir am Strand gesagt, dass du nicht auf flüchtigen Sex stehst, aber ich fürchte, mehr kann ich dir nicht geben.«

Sie sah weg, schaute in Richtung Wand, und er befürchtete, sie könnte zu weinen beginnen. Etwas in seinem Herzen regte sich, darum wandte er sich um, verließ den Raum und ging zur Treppe, damit er sie nicht weinen hörte. Er war ein Arschloch, und er wusste es.

Als er unten an der Treppe ankam, kam ihre weiße Katze miauend auf ihn zugetappt. »Fang du nicht auch noch so an«, murmelte er.

Wieder draußen, blieb er auf der Terrasse stehen und stieß einen tiefen Seufzer aus. Verdammt, er war durcheinander. In ihr zu sein, das war so … er kannte nicht mal ein Wort dafür, aber es war perfekt, rau und irgendwie süß, alles in einem.

Er sollte lieber sofort gehen. Auf der Stelle.

Er packte seine Sachen zusammen, so schnell es ging, warf sie achtlos in den Van und unterdrückte den Gedanken daran, wie er sie hinterher in den Armen gehalten hatte, wie er wirklich nicht hatte gehen wollen. Sie zu halten war so leicht gewesen. Sie zum Bett zu tragen wäre auch so leicht gewesen. Aber zu gehen war das Einzige gewesen, was er kannte.

Während er rückwärts aus ihrer Ausfahrt fuhr, blickte er hinauf zu ihren Fenstern, weil er hoffte, er könnte einen Blick von ihr erhaschen, wenn sie hinausschaute, aber es tat sich nichts. Er drückte das Gaspedal durch, ließ die Villa der Prinzessin hinter sich und fühlte sich mies dabei. Und zwar nicht nur, weil er sich wie ein Arsch verhalten hatte – sich ihr gegenüber beinah *immer* wie ein Arsch aufführte –, sondern weil er tief im Inneren wusste, dass er lieber wieder dort wäre, anstatt allein nach Hause zu fahren.

10

Nick ging durch den Ankleideraum in das Arbeitszimmer, um nach Farbeimern mit blauer Farbe zu suchen. Er fand Azur, Aqua-Eis, Jamaika-Blau, Havanna-Meer, Kornblume und Sommernacht. Die Sonne würde erst in ein paar Stunden untergehen, und das Tageslicht, das durch die deckenhohen Fenster strömte, war unvergleichlich viel besser als jede künstliche Beleuchtung. Auch der Blick aufs Meer inspirierte ihn, als er sich der leeren Leinwand zuwandte, die auf einer alten Staffelei stand.

Elaine hatte ihm die Leinwände vor Jahren, als sie beide noch zur Highschool gingen, zu Weihnachten geschenkt. Er wollte sie nie benutzen, aber sie gehörten eben zu jenen Sachen, die sie aufbewahrt hatten; sie warfen nie etwas weg, was sie irgendwann einmal verwenden könnten, selbst wenn sie keine Ahnung hatten, wozu.

Er tauchte einen Pinsel in den Klecks Jamaika-Blau auf der Palette und begann mit kühnen Pinselstrichen, die der weißen Leinwand sogleich Leben verliehen, so dass er einen vertrauten Nervenkitzel verspürte. Und *dieser* Kitzel musste genügen – denn er hatte nicht vor, noch einmal mit Lauren Ash zu schlafen.

Er würde den Auftrag in ihrem Haus zu Ende bringen, das wär's dann gewesen. Er würde wieder als Anstreicher für sie arbeiten und nichts mehr, so wie sie es gewünscht hatte, und seinen Frust mit Malpinsel und Leinwand bekämpfen, wenn er abends nach Hause kam.

Er durfte nicht in ihre Nähe kommen, denn es weckte in ihm den Wunsch, ihr nahe *zu bleiben*. Er hatte sie heute nicht gern gekränkt, hatte nicht gern den Schmerz in ihren Augen gesehen, als er wegging, hatte den Schmerz nicht gemocht, den er selbst gefühlt hatte. Aber er konnte nicht bleiben. Die Geschichte ihrer Familien stand zwischen ihnen, und das hatte ihn so wie zuvor vertrieben.

Er hatte sie einmal verführt, um zu beweisen, dass er ihrer würdig war, und ja, vielleicht auch, um ihr wehzutun. Aber zweimal – nun ja, was heute Nachmittag passiert war, das war nicht geplant gewesen. Es war einfach passiert in der schummrigen Beleuchtung des kleinen Zimmers, als Folge all der intimen Berührungen bei der Versorgung ihrer kleinen Wunde. Er hatte Lauren im Spiegel betrachtet, und da war ihm das Blut in die Lenden gestiegen. Danach hatte er nicht mehr gedacht, nur gehandelt, nur getan, was sein Körper ihm gesagt hatte, und sich bald in ihr verloren. *Ich möchte dich fühlen wie beim letzten Mal. Ich möchte es spüren, wenn du in mir kommst*. Nick hielt inne im Malen, während ihre Worte erneut in ihm widerhallten und sein Körper bei der erregenden Erinnerung prickelte.

Aber du kannst nicht noch mehr davon haben. Ganz egal, wie heiß, ganz gleich, wie schön. Bleib bei deinem Häuserstreichen, das Einzige, was du gut kannst. Streiche ihr Haus, male das Meer, male, was immer nötig ist, um sie aus deinen Gedanken zu verbannen.

Und genau das hatte er vor. Kein Herummachen mehr mit der Prinzessin von Ash Builders. An irgendeinem Punkt hatte sie seinem Groll die Schärfe genommen, aber es konnte trotzdem nichts Echtes zwischen ihnen entstehen. Jetzt wollte er nur in die andere Richtung blicken, nur in jenes Leben zurückkehren, das er sich, trotz Henry Ash und *vor* Lauren Ash, geschaffen hatte.

Er griff nach einem anderen Pinsel und vermischte Havanna-Meer mit den himmelblauen Pinselstrichen, die bereits die weiße Fläche bedeckten. Und währenddessen dachte er an Laurens Meeresfantasien und bedauerte es, sie nicht zwischen den Beinen geküsst zu haben, als er die Gelegenheit dazu gehabt hatte.

Lauren bewegte sich durch den folgenden Tag wie in Trance. Sie machte Besorgungen – ging zur Bank, ins Büro, zur Reinigung – und arbeitete fleißig und gewissenhaft an einer Ausgabenanalyse, die am Ende des Monats fertig sein musste. Sie hielt sich ununterbrochen beschäftigt in dem verzweifelten Versuch, nicht daran zu denken, was gestern in ihrem Bad passiert war.

Während sie jetzt in die Mikrowelle blickte, um nach der kleinen Schüssel Lasagne zu sehen, die sie zum Abendbrot hineingestellt hatte, fiel es ihr schwer, sich in Gedanken mit etwas anderem zu beschäftigen. Vielleicht hatte sie das auch nie. Waren die Erinnerungen an Nick, seine Hände und seinen Körper denn nicht den ganzen Tag über am Rand ihres Bewusstseins und ihres Herzens aufgetaucht?

Die intensive Lust während der glückseligen Augenblicke ihrer Vereinigung hatte sie die Kränkung vergessen lassen, die hinterher kam. Und wehgetan hatte er ihr – Himmel, wirklich und wahrhaftig. Er hätte sagen können, dass er ihr nur eines geben könne: flüchtigen Sex, aber für *sie* war es kein flüchtiges Abenteuer gewesen. Es war die tiefste sexuelle Befriedigung gewesen, die sie je mit einem Mann erlebt hatte, und sie hatte dafür gesorgt, dass sie ihn brauchte. Nicht nur für diese wenigen Minuten, sondern in ihrem Leben – auf eine Art, die zählte, andauerte, für etwas anderes stand. Das klang verrückt, sicher, wenn sie bedachte, dass sie ihn kaum kannte, aber es verhinderte trotzdem nicht die Gefühle, die sie erfüllten.

Zumindest beim ersten Mal hatte sie eine Zeit lang das Gefühl gehabt, im Zentrum seiner Welt zu stehen. Und er hatte ihr eine Rose mitgebracht – *die* Rose –, und obwohl er so plötzlich gegangen war, war da etwas gewesen – ein Hauch Romantik. Gestern jedoch hatte er ihr nur das Gefühl gegeben, benutzt und weggeworfen worden zu sein, nachdem er fertig war. Wieder fragte sie sich, mit wie vielen Frauen er solche Viertelstundenbeziehungen während der Arbeitszeit wohl unterhalten hatte. Dann fiel ihr ein, dass er ja überwiegend neu gebaute Häuser anstrich, aber da gab es doch manchmal auch Frauen, oder? Ob er wohl mit Karen oder Melody geschlafen hatte, den hübschen Außendienstlern von Ash, die während des Anstrichs oft mit Kunden auf Baustellen gingen? Ihr fielen die zahllosen weiblichen Immobilienmaklerinnen ein, die noch im Bau befindliche Wohnungen anboten, um bei potenziellen Käufern frühzeitig Kaufinteresse zu wecken.

»Verdammt!« Sie stampfte mit dem Fuß auf die Keramikfliesen. Was machte es denn schon, mit wem Nick schlief? Dann war sie eben eine unter vielen, nur eine namenlose, gesichtslose Frau in der Menge.

Aber nein, *das* konnte sie einfach nicht glauben. Nicht, wenn sie sich daran erinnerte, wie er sie angeschaut hatte. Da hatte er sie *gesehen*, wirklich und wahrhaftig in ihre Seele geschaut. Und dann war da noch die Rose aus ihrer Fantasievorstellung; wie ließ sich das erklären? Und die Antworten, die er ihr gegeben hatte, als sie sich unterhalten hatten – über das Pferd, über das Meer –, wie konnte sie das als unbedeutend abtun? Die Fantasien lauerten inzwischen ständig in ihrem Hinterkopf.

Sie hatte sogar noch eine weitere Fantasie in ihr erotisches Tagebuch notiert. Das Ganze hatte als Versuch begonnen, etwas zu schreiben, was nichts mit ihm zu tun hatte, weit weg in einer anderen Welt stattfand. Geistesabwesend sah sie aus dem Küchenfenster und rief sich die Worte in Erinnerung, mit denen sie sich aus ihrer Situation mit Nick zu befreien versucht hatte.

Ich schwimme in einer Lagune vor einer geschützten Insel in der Südsee. Im flachen Wasser nähere ich mich einer üppig grünen Bucht, umrahmt von großen Felsbrocken und geschützt von Bäumen. Ich lehne mit dem Rücken an einem Felsen, schließe die Augen und entspanne mich an diesem schattigen, versteckten Ort.

Als eine schmetterlingsleichte Berührung meine Schulter und weiter hinauf zum Nacken streicht, müsste ich erschrecken, doch intuitiv ist mir klar, dass die Berührung von einem Mann kommt, der fest entschlossen ist, mich zu nehmen; die Abgeschiedenheit der Insel hat in mir eine ebenso fremdartige wie willkommene Freiheit geweckt.

Ich blicke über die Schulter und sehe einen dunkelhäutigen jungen Insulaner, der mit erhobenem Arm das Top meines Bikinis löst. Als es hinabgleitet und meine Brüste entblößt, dringt die Sonne durch die Bäume und wärmt sie. Er greift von hinten um mich herum und streichelt meine Brüste mit seinen schwieligen Händen und küsst meinen Nacken; die rauen und gleichzeitig sanften Zärtlichkeiten rufen in meiner Mitte eine köstliche Lust hervor.

Als er schließlich ins Wasser taucht und an die Oberfläche kommt, sehe ich seinen Gesichtsausdruck, der mich wieder dar-

an erinnert, dass er sich nehmen wird, was ihm gefällt, und ich mehr als bereit bin, es ihm zu geben.

Er nähert sich der Stelle, wo ich bei der Felsengruppe warte, legt die Hände auf meine Schultern, beugt sich vor und saugt – grob, intensiv – erst an der einen, dann an der anderen Brust. Es wird wärmer, die Sonne scheint immer stärker, während er fast ruppig an meinen Brustknospen saugt. Je heftiger er daran zieht, desto mehr Hitze brennt vom Himmel herab.

Er zieht, unter Wasser, am Verschlussband meiner Bikinihose, bis auch sie sich löst; ohne Zögern dringt er mit zwei Fingern in mich ein, bewegte sie hinein und hinaus, hinein und hinaus, während er mit dem Mund an meinen Brüsten saugt und ich mich unter der glühenden Sonne ausstrecke, die inzwischen der Hitze in mir entspricht.

Ohne Vorwarnung dringt er in mich ein – ebenso kraftvoll wie fast alles andere an seinem Liebesspiel –, aber sein zügelloses Verhalten weckt auch in mir die Leidenschaft und lässt mich bei jedem Stoß stöhnen, schnurren und schreien.

Hart, hart, hart stößt er mit seinem Phallus in meinen einladenden Schoß. Ich strecke die Arme aus, klammere mich an die Felsen rechts und links von mir, während er mir seine grobe Zärtlichkeit schenkt. Mit jedem heftigen Stoß brennt die sengende Sonne heißer und heller, bis ich mich in beiden Arten der Hitze verliere, die Augen geschlossen halte, auf meinen Insel-Geliebten reagiere. Im selben Moment, da ich nicht mehr denke, nur noch fühle, erlebe, erfasst mich ein so stürmischer Höhepunkt, dass ich aufschreie, seine Schultern packe und mich an ihn klammere, fest, fester. Und dann kommt auch er, seine letzten Stöße ebenso intensiv, aber langsamer jetzt. Da weiß ich, er spürt jeden Stoß genauso stark wie ich.

So bleiben wir liegen, umarmt im Wasser, und als ich die Augen öffne und erwarte, in die erschreckend helle Sonne über mir zu schauen, sehe ich uns noch immer im Schatten unter dem dichtem Blattwerk liegen, und die Sonne ist nirgends zu sehen.

Natürlich war ihr klar gewesen, noch ehe sie zu schreiben aufgehört hatte, dass es sich bei ihrem Geliebten nicht um einen dunkelhäutigen Insulaner handelte, sondern um einen sonnengebräunten Mann aus Florida, der sich nicht wirklich an sie schmiegen wollte, wenn es zu Ende war, sondern sie hinterher nur allein und sehnsuchtsvoll zurücklassen würde. Himmel, sie hatte geglaubt, ihm durch eine Fantasie entfliehen zu können. Aber wie die vorherige, die sie aufgeschrieben hatte, handelte auch diese nur von Nick. Lauren seufzte, erfüllt von derselben Enttäuschung, die sie am Beginn des Eintrags empfunden hatte, und erkannte, dass sie das Leid nur verlängert hatte. Es war sinnlos.

Von draußen erklang ein vertrautes Geräusch: Eine Leiter wurde umgestellt. *Geh nach Hause, Nick.* Es war nach sechs, weit nach Feierabend, aber er war immer noch da draußen und strich. Sie waren sich den ganzen Tag über aus dem Weg gegangen, was ihr sehr lieb war, aber je länger er blieb, desto weniger Möglichkeiten fand sie, sich zu beschäftigen, und desto lieber wäre sie … nach draußen gegangen, hätte etwas zu ihm gesagt oder auf irgendeine Art ein Gespräch begonnen.

Verzweifelt, dachte sie, und verdrehte die Augen. *Du benimmst dich wie ein verzweifeltes Schulmädchen, das versucht, einen Jungen abzuschleppen, mit dem es zum Abschlussball gehen kann.*

Tatsächlich aber war es noch schlimmer. *Du bist eine verzweifelte Frau, die versucht, wenigstens ein kleines bisschen Zuneigung aus einem Mann herauszupressen, mit dem du zweimal geschlafen hast, bei null Emotionen seinerseits. Du suchst verzweifelt nach einer Seite an ihm, die vermutlich gar nicht existiert*. Traurig, aber wahr. Wie hatte ihr das nur passieren können? Und wann würde sie die Botschaft verstanden haben? Er hatte ihr auf den Kopf zu gesagt, dass die Geschichte für ihn bedeutungslos sei – warum konnte sie sich nicht einfach damit abfinden, beschämt den Kopf hängen lassen und mit dem Leben weitermachen?

Weil er dort draußen war, ihr so nahe.

Und weil sie ihn noch immer begehrte, noch immer glaubte, dass mehr an ihm war.

Lauren seufzte; aber so war es ja auch: Sie zitterte geradezu vor nervöser Erregung, und da wurde ihr klar, dass sie nach allem, nach *gestern*, ernsthaft überlegte, nach draußen zu gehen und mit ihm zu reden.

Nick stand auf der Leiter und sah, wie Lauren über die Terrasse zum Pool stolzierte, sie trug einen kurzen weißen Rock und ein floral gemustertes, körperbetontes Stretch-Top. Sie hatte keine Schuhe an. Verdammt, die Frau war sexy, ohne dass sie sich darum bemühte. Aber er hatte sie den ganzen Tag nicht gesehen und so wenig wie möglich an sie gedacht, er hatte sogar widerstanden, ins Haus zu schleichen und sich noch eine Dosis ihrer Fantasien zu gönnen, als er sie heute Morgen hatte wegfahren hören. Deshalb war es keine gute Zeit, weitere Gedanken an sie zu verschwenden, jetzt, da er den ganzen Tag durchgehalten hatte.

Natürlich war es ein *langer* Tag gewesen. Und er wollte mindestens noch ein, zwei Stunden arbeiten, bevor er Feierabend machte. Am Montag hatte er einige Stunden ausfallen lassen, als er mit Davy zum Fischereihafen gefahren war, gestern Nachmittag noch ein paar, als er von hier Hals über Kopf geflüchtet war, nachdem sie es in ihrem Bad miteinander getrieben hatten. Die plötzliche Erinnerung sorgte dafür, dass er die Augen nicht von ihr lassen konnte.

Sie kniete neben dem Pool, hielt die Hand ins Wasser, warf einen Blick aufs Thermometer und präsentierte dabei fast ihren Hintern, auch wenn er bezweifelte, dass sie es bemerkte. Er nahm seine Arbeit wieder auf, sah aber aus den Augenwinkeln heraus, dass sie in den hinteren Teil des Gartens schlenderte, um die Vogelhäuschen zu überprüfen, die sie erst gestern gefüllt hatte. Die Frau hatte wirklich ein Faible für Vögel.

Kurz darauf ging sie zum Haus zurück. Er unterließ es, zu ihr hinzuschauen, selbst dann noch, als sie ihm zurief: »Machst du Überstunden?«

»Bin in Verzug.« Vermutlich wussten sie beide, warum.

»Ach ja«, gab sie zurück und begab sich zur Tür.

»Wie geht's deinem Daumen?« Verdammt, hatte er das soeben tatsächlich gefragt?

Sie blieb stehen und blickte zu ihm hinauf. »Besser.« Dann wandte sie sich zum Gehen und hatte fast die Terrassentür erreicht, als sie erneut stehen blieb und über die Schulter sah. »Wie lange willst du denn heute noch arbeiten?«

Er zuckte die Achseln. »Noch eine Stunde. Vielleicht zwei.«

»Essen wir zusammen zu Abend?«

Er schüttelte den Kopf. »Keine Zeit. Muss arbeiten.«

Sie trat von einem Fuß auf den anderen, zögerte. »Ich habe eine Lasagne im Ofen. Wenn du etwas davon möchtest.«

Er konnte es kaum glauben, lud sie ihn nach gestern doch tatsächlich zum Essen ein; was sollte er denn davon halten? Schließlich brachte er etwas lahm heraus: »Okay.«

Sie nickte leicht, ihre Miene verblüffend ausdruckslos. »In einer Viertelstunde bin ich fertig. Ich lass die Terrassentür offen.«

Er sah, wie sie das Haus betrat. Was zum Teufel tat er da eigentlich?

Du isst mit ihr zu Abend, Nick. Das tust du.

Kaum hatte er sie gesehen, hatte er daran gedacht, mit den Händen ihre Schenkel hinaufzustreichen und ihr den süßen Minirock hochzuschieben. Er sah voraus, dass das Ganze allzu leicht in eine weitere heiße, schnelle sexuelle Begegnung münden würde – ein, zwei Blicke würden genügen, und dann wär's wieder so weit, er würde sie wieder verführen, wieder verlassen, sich wieder beschissen fühlen.

Das Beste wäre wohl – für sie beide –, wenn er das Abendessen ausfallen ließe und ihr sagte, er habe es sich anders überlegt. Und es wäre auch ratsam, weiterzustreichen und schleunigst von hier zu verschwinden. Offenbar hatte er zu lange in der Hitze gearbeitet und konnte nicht mehr klar denken; nur so ließ sich erklären, dass er ihre Einladung angenommen hatte.

Also fuhr er mit der Farbrolle noch ein paarmal über den Putz, suchte nach einer guten Stelle zum Aufhören und stieg, den fast leeren Farbeimer in der Hand, die Leiter hinunter. Er würde seine Malsachen auswaschen und sagen, er werde auf dem Nachhauseweg einen Happen essen, aber trotzdem vielen Dank. Es wäre das Klügste.

Ein paar Minuten später hatte er den letzten Weg zum Van gemacht und war dann wieder ums Haus herumgegangen, um ihr mitzuteilen, dass er jetzt führe. Er näherte sich der Terrassentür, wollte anklopfen, erinnerte sich jedoch daran, dass sie die Tür offen gelassen hatte. Eine nervöse Anspannung erfasste ihn, als er die Tür aufschob und ins Haus spähte.

»Komm doch rein.« Lauren stand neben dem Glastisch, jetzt ohne Aufwand für zwei gedeckt, mit hellen türkisfarbenen Tellern. In der Hand hielt sie eine teuer aussehende Flasche. »Trinkst du Wein?«

»Hm, ja«, sagte er und zögerte immer noch an der Tür.

Im Nu schenkte sie die beiden Stielgläser neben den Tellern voll.

Verdammt, dachte er und blickte auf die Gläser. Jetzt wäre es unhöflich, zu gehen. Nicht, dass er sich gegenüber dieser Frau nicht bereits unhöflich aufgeführt hätte – das war fast seine Erkennungsmarke im Umgang mit ihr –, aber nachdem er sie gestern und davor schon schlecht behandelt hatte, wollte er nicht schon wieder unhöflich sein. Sie verdiente es nicht, und er war es leid, den bösen Buben zu spielen.

Also holte er tief Luft und sagte sich, dass das Abendessen vielleicht eine gute Art wäre, die … Sache zwischen ihnen irgendwie klarzustellen, sie in etwas normalere Bahnen zurückzulenken. Wenn er ein Essen mit ihr durchhielt, ohne unter dem Tisch nach ihren Beinen zu grapschen, würde das vielleicht als eine Art Entschuldigung bei ihr ankommen. Vielleicht würde es den Rest der Arbeiten an ihrem Haus für sie beide etwas leichter machen.

»Also, willst du nicht hereinkommen?« Sie war zum Herd gegangen, drehte sich jetzt davon weg, eine Keramikform Lasagne zwischen zwei türkisfarbenen Topflappen in den Händen.

»Gern.« Dann trat er ein und schloss die Tür.

»Setzt dich – und guten Appetit.« Allmählich fand er sie wirklich erstaunlich. Ihrem völlig sachlichen Gebaren war nicht zu entnehmen, dass sie es erst vierundzwanzig Stunden zuvor in ihrem Bad mit ihm getrieben hatte und ausgesehen hatte, als würde sie gleich losheulen, als er hinterher einfach gegangen war. Allmählich benahm sie sich fast so wie er, was *ihn* aus der Fassung brachte.

Er zog den schmiedeeisernen Stuhl vom Tisch, setzte sich und nahm eine ordentliche Portion von der Lasagne. »Du … hast die selbst zubereitet?«

Sie nickte, dann trank sie einen Schluck, und er dachte: *Mann, wer sonst hätte die denn zubereiten sollen*?

Als er einen Bissen gegessen hatte, sagte er: »Schmeckt gut«, und sie nickte wieder, und er war versucht, seinen Wein in einem Schluck hinunterzustürzen. Im Hintergrund sang Chris Isaak irgendetwas Langsames und Trauriges über Liebeskummer, und ihm wurde klar, dass er sich erstaunlich unbehaglich in ihrer Nähe fühlte. Vielleicht war es ihm ja leichter gefallen, den bösen Jungen zu spielen, da hatte er die Lage besser im Griff.

Als ihn etwas streifte, sah er unter den Tisch – wieder die flauschige Katze. Er zog die Füße unter den Stuhl zurück, nachdem er einen Blick auf Laurens lange, schlanke, an den Fußgelenken gekreuzte Beine erhascht hatte. Die Katze folgte seinen Füßen und rieb sich noch immer an ihm, aber er unterdrückte die Regung, sie fortzustoßen. Allerdings wünschte er, er hätte die Sache hier schon hinter sich gebracht und wäre nach Hause gefahren, als er noch die Gelegenheit dazu hatte.

Lauren blickte unter den Stuhl. »Isadora Ash«, schalt sie, »lass Nick in Ruhe, er möchte essen.«

Gegen seinen Willen verzog er die Mundwinkel zu einem Lächeln.

»Was ist denn?«, fragte sie unschuldig.

»Nichts.« Er griff nach seinem Weinglas. »Ich habe nur noch nie gehört, wie jemand seine Katze mit dem Familiennamen anredet.«

»Wir haben das mit unseren Haustieren schon immer so gemacht. War wohl die Idee meiner Mutter. Die haben es so in ›Wer die Nachtigall stört‹ gemacht.«

»Das war ein guter Film.« Sofort hätte er ihr gerne gezeigt, dass er wusste, dass es sich um eine Buchverfilmung handelte.

Aber sie lächelte nur. »Meine Mutter hat den Film auch ganz toll gefunden. Sie war ganz verknallt in Gregory Peck.«

»Deine Mutter«, ihm war etwas unklar, worauf das Gespräch hinauslief, »wann ist sie denn …«

Lauren blickte ins Weinglas und befingerte den Stiel. Es tat ihm leid, das Thema zur Sprache gebracht zu haben. »In diesem Herbst werden es acht Jahre. Sie hatte Leukämie.«

»Verzeih«, sagte er leise und griff nach einem Stück Knabbergebäck, um seine Hände zu beschäftigen.

»Ich hatte sie, bis ich fast zwanzig war. Dafür sollte ich dankbar sein. Sicher, du warst viel jünger, als deine Mutter starb.«

Er nickte. »Zwölf.«

Lauren hob den Blick. »Weißt du, als ich klein war, hielt ich deine Mutter für die schönste Frau, der ich je begegnet war.«

Er hatte lange nicht mehr darüber nachgedacht, aber seine Mutter war wirklich außerordentlich schön gewesen.

»Ihre langen dunklen Haare haben mir sehr gefallen«, fuhr Lauren fort, »und ihre Haut sah aus wie Seide. Sie schien mir exotisch und … voller Geheimnisse zu sein.«

Seltsam, er hatte geglaubt, alle Mädchen wollten blond sein. Als Teenager hatte Elaine wegen ihrer schwarzen Haare geweint, und noch mehr hatte sie geheult, als ihr Vater ihr untersagte, sie hell zu färben. Aber vielleicht hatte er ja Unrecht; vielleicht wollten Blondinen ja brünett sein. »Wusstest du, dass sie Italienerin war?«

Lauren neigte den Kopf. »Nein.«

»Ich meine, sie hat nie dort gelebt, aber ihre Eltern kamen aus Italien, dem ›alten Land‹. Sie haben es wirklich so genannt – das alte Land.«

Sie lächelte, woraufhin er ihr Lächeln erwiderte, weil es ihm plötzlich so leicht erschien, sich mit ihr zu unterhalten, auch über Persönliches.

»Möchtest du noch etwas Wein?« Ihm fiel auf, dass er sein Glas leergetrunken hatte.

»Ja, gern.«

Während sie nach der Flasche griff und einschenkte, verstummte das Gespräch, bis sie es wieder aufnahm. »Es tut … mir leid, dass du noch so lange arbeiten musst, dass die Arbeit dich so aufhält. Ich meine«, fügte sie rasch hinzu, »wegen der Bäume und der Rosen.«

Er schüttelte den Kopf. »In Wirklichkeit bin ich aus einem anderen Grund in Verzug.« *Ich bin in Verzug, weil ich gestern meine Hände nicht von dir lassen konnte. Und weil* – das konnte er ihr gegenüber nicht erwähnen … nein, eigentlich nicht. »Ich bin am Montag wegen einer Familienangelegenheit zu spät gekommen, außerdem bin ich früher gegangen, um mit meinem Bruder runter zum Hafen zu fahren.« Er blickte auf. »Er schaut gern zu, wenn die Fischerboote in den Hafen einlaufen.«

Als sie ihn wieder anlächelte, erkannte er, wie wenig er gestern davon wahrgenommen hatte. »Mir war nicht klar, dass du einen so jungen Bruder hast.«

»Davy ist neunundzwanzig.«

Sie schwieg, wirkte aber verständlicherweise verwirrt.

»Er … hatte als Kind einen Unfall«, erläuterte er. »Im Inneren ist er immer noch ein kleiner Junge.«

Mitgefühl lag in ihrem Blick – und da wurde ihm warm ums Herz.

»Es ist nicht schlimm«, log er, um sie zu beruhigen. Dann sagte er etwas, was keine Lüge war – das, woran Elaine ihn immer erinnerte. »Davy ist glücklich. Er betrachtet die Welt durch eine rosarote Brille.«

»Vielleicht ist es gar nicht so schlecht – Kind zu bleiben. In der Kindheit scheint alles einfach.«

Während sie einander zögernd anlächelten, dachte er an

die besseren Zeiten zurück, als die Welt noch hell und makellos ausgesehen hatte, als das einzig Wichtige Samstagmorgen-Comics waren, der Heilige Abend und Little-League-Spiele. »Ja«, sagte er schließlich. »Für Davy ist es so, nehme ich an.«

»Was für einen Unfall hatte er denn?«

Nick schüttelte leicht den Kopf. »Das ist eine lange Geschichte. Vielleicht ein anderes Mal.«

»Okay«, antwortete sie leise.

Da stießen sie unter dem Tisch mit den Knien zusammen, und auf einmal spürte er, wie sehr es ihn erregte, wenn sie ihn so anschaute – mit *diesem* Blick, dem unmissverständlichen, der besagte, *ich will dich.*

Ach, verdammt, dachte er.

Aber Lauren zog die Knie wieder zurück – er war erleichtert und enttäuscht zugleich – und blickte etwas unruhig auf ihr Weinglas, bevor sie danach griff und einen großen Schluck trank.

Ihm gefiel das alles nicht mehr – dass er sie beunruhigte. Spontan streckte er die Hand aus und schloss sie sanft um ihr Handgelenk; ihre Blicke trafen sich. Plötzlich wollte er nicht mehr so tun, als wäre zwischen ihnen nichts Ungewöhnliches geschehen, als verliefe alles ganz normal; er wollte ehrlich sein. »Hab keine Angst vor mir, bitte.«

»Nick, ich weiß, ich benehme mich in deiner Nähe ziemlich nervös, aber das liegt daran, dass ich die Sachen, die ich mit dir getan habe, normalerweise nicht tue. Ich bin meist sehr viel beherrschter.« Erst jetzt entzog sie ihm langsam den Arm, nahm Messer und Gabel zur Hand und konzentrierte sich wieder auf ihren Teller. »Hätte ich Angst vor dir, dann hätte ich dich nicht zum Essen eingeladen.«

»Wohl kaum.« Er verlor völlig das Interesse am Essen, wollte mehr wissen, wollte ihr die Wahrheit entlocken, auch wenn es eine gefährliche Art von Neugierde war. »Aber wenn du normalerweise alles im Griff hast – was ist denn passiert?«

Als sie aufblickte, sah er reine Aufrichtigkeit in ihrem Blick. »Du bist passiert«, bekannte sie leise, während ein Hauch Röte ihre Wangen überzog. »Ich gebe es zwar nicht gern zu, dass du mich so sehr berührst, aber es ist wohl besser, als dich in dem Glauben zu lassen, dass ich an jenem Abend am Strand gelogen hätte, besser, als dich in dem Glauben zu lassen, dass ich tatsächlich so wäre wie Carolyn.«

»Ich weiß, dass du nicht so bist. Ich habe es in deinem Blick gelesen. Habe es an deiner Stimme gehört.«

Da schien auch sie ihr Essen zu vergessen. »Und was hast du gesehen?«

Er seufzte und schüttelte den Kopf. »Ich kann es nicht richtig erklären. Aber ich weiß, dass du anders bist.« Ihn hatten immer die Frauen interessiert, die leicht rumzukriegen waren, die unkomplizierten, die, die einfach nur herumalbern und Spaß haben wollten; es machte ein kompliziertes Leben etwas weniger kompliziert. Trotzdem, seit jenem Abend am Strand wusste er, dass Lauren einzigartig war, anders als alle Frauen, denen er je begegnet war.

Und dennoch kam er immer wieder zu ihr zurück, um mehr von ihr zu bekommen. Mehr von dieser Frau, die ihn mit einem Blick fast um den Verstand bringen konnte. Mehr von dieser Frau, die es ihm so schwer machte, anschließend zu gehen. Es ergab keinen Sinn, jedenfalls nicht für ihn. Mehr noch, er musste den Verstand verloren haben, hier zu sitzen und so offen mit ihr zu reden. Wann, zum Teufel, war das passiert?

Er schaute sie immer noch an – und sie erwiderte seinen Blick. Er hatte ihre Augen wunderschön gefunden von dem Augenblick ihrer ersten Begegnung an, aber nie so schön wie in diesem Moment. Er sah, dass sie gegen ihre Leidenschaftlichkeit ankämpfte, so wie er. Sah, wie ihre Lippen zitterten, sah die Angst, sah, wie sehr sie es brauchte, hierzu Nein zu sagen, obwohl sie Ja sagen wollte. *Sag es, Prinzessin. Sag Ja. Sag irgendwas. Tu irgendwas. Lass mich wissen, dass du mich begehrst, dann kann mich nichts mehr zurückhalten.*

Ihre Hand zitterte, als sie ihr Glas austrank und auf den Tisch zurückstellte.

Er schüttelte den Kopf. »Sei doch nicht so nervös in meiner Gegenwart.«

»Ich kann nicht anders.« Sie stand auf. »Ich meine … Ich bin es nicht, okay? Ich bin's einfach nicht.« Dann hob sie den Teller an und stellte ihn auf den Küchentresen. »Bist du mit dem Essen fertig?«

»Ja.«

Sie beugte sich vor und nahm auch seinen Teller, wobei sie ihm gerade ausreichend Zeit ließ, den erdigen Duft ihres Parfüms zu riechen und einen kurzen Blick auf ihr Dekolleté zu werfen, bevor sie sich zum Tresen umwandte.

Er wusste nicht, was er tun sollte, deshalb saß er nur da, während sie die Reste ihres Essens in den Abfalleimer kratzte und anschließend die Teller in die Spülmaschine stellte.

»Hast du schon die Farbe für die Verzierungen gekauft?«, fragte sie.

Die Farbe für die Verzierungen? Was für eine Frage aus heiterem Himmel! »Nein. Warum?«

Sie stand auf der anderen Seite des Tresens, ihm gegenüber, wahrte jedoch deutlich Distanz zu ihm. »Ich habe in einer Zeitschrift ein Bild mit einer etwas helleren Farbe gesehen und frage mich, ob die Farbe, die ich ausgesucht habe, nicht vielleicht zu dunkel ist.« Ihr Blick wirkte noch immer ein wenig panisch.

Die neue Richtung des Gesprächs erstaunte ihn, aber er gab zu: »Die Farbe ist tatsächlich ziemlich dunkel. Etwas Helleres, näher an der Grundfarbe, brächte die Architektur des Hauses besser zur Geltung.«

Sie nickte rasch. Und er begehrte sie noch immer, aber irgendwie war sie wirklich erleichtert, dass sie sich getrennt hatten. *Es ist am besten so*, dachte sie immer wieder. *Definitiv am besten so.*

»Ich habe die Zeitschrift dabei – falls du dir die Farbe anschauen möchtest.«

»Ja, gern.«

»Sie ist oben.« Sie zeigte zur Decke. »Ich hole sie – bin gleich zurück.«

Fast lief sie aus dem Zimmer, Nick blieb am Tisch sitzen, hin- und hergerissen zwischen seinen Gefühlen. Es war ihm zuwider, dass er sie nervös gemacht hatte, zuwider, dass sie eben losgerannt war, als stünde sie in Flammen, und er sich verrücktes Zeug über Malerfarbe ausgedacht hatte. Aber er begehrte sie noch immer ungeheuer. Trotz ihrer Nervosität. Oder vielleicht *gerade deshalb*? Er war seit der Highschool-Zeit noch nie mit einer Frau zusammen gewesen, die ihn so angesehen hatte, die seine Berührungen so intensiv gespürt hatte, die sich von Sex so tief hatte berühren lassen, die so tief verletzt war, als er sie verlassen hatte.

Das gesamte Haus lag still und leise da. Die ersten eindringlichen Takte von Chris Isaaks »Wicked Game« erklangen aus den Lautsprechern und schienen den Raum zu verdunkeln. Sein Herz schlug schneller, während er dasaß, wartete und versuchte, sich im Griff zu behalten. Weil er weiter auf diesem Stuhl sitzen wollte. Im Augenblick nirgendwo anders sein wollte als dort, wo er war.

Er fuhr sich durchs Haar, holte tief Luft. Verdammt, er musste den Verstand verloren haben. Weil er nicht mehr wollte, dass es ihr schlecht ging, es wirklich nicht wollte. Aber wie gesagt, er konnte mit dieser Frau einfach keine Beziehung eingehen. Er war zwar ein Mann, der etwas *wollte*, aber er konnte es nicht mit *ihr* haben. Nicht mit Henry Ashs Tochter.

Aber wie auch immer – irgendetwas ließ ihn den Stuhl zurückschieben. Etwas führte ihn durch den Flur und zur Treppe.

Er legte die Hand aufs Geländer, hielt inne, lauschte, wurde sich des begehrlichen Sehnens zwischen seinen Schenkeln noch stärker bewusst. Durch die Musik hindurch hörte er die leisen Geräusche, während sie im Zimmer neben dem Büro hantierte. Ein Raum, in dem er noch nicht gewesen war. Ihr Schlafzimmer.

Langsam stieg er die Treppe hinauf, der seelenvolle Song über einen Mann, der sich nicht verlieben wollte, begleitete ihn. Und auf einmal ermahnte er sich, nicht an das Morgen zu denken, nicht einmal eine Stunde im Voraus zu denken. Denk einfach nicht. *Gib ihr einfach, was ihr beide so unbedingt braucht, da ihr keine zwanzig Minuten zusammen verbringen könnt, ohne übereinander herzufallen.*

Oben angekommen, drehte er sich um und ging leise auf den schwach erleuchteten Raum zu, während er mit der Hand über das Geländer oberhalb der Eingangshalle fuhr. Es erregte ihn schon, wenn er die Prinzessin nur sah, ihr zuschaute, wie sie ihre Lust zu beherrschen versuchte, schließlich aber nachgab, und ihrem leisen, erregten Stöhnen lauschte.

Vor ihrer Schlafzimmertür blieb er stehen und sah, wie sie auf dem Teppich über einem Stapel Zeitschriften kniete und diese rasch durchblätterte, eine nach der anderen, um ein Foto zu finden, das sie möglicherweise erfunden hatte, um seiner Gegenwart zu entkommen. Seine Erektion spannte unter der dünnen Arbeitshose. *Mach schon, Prinzessin, hör auf. Dreh dich um. Gib dich mir hin.*

Als sie sich erhob und zur Tür umwandte, hielt sie jäh inne.

»Entschuldigung«, sagte er leise. »Ich wollte dich nicht erschrecken.«

Sie rannte los und hielt ihm die Zeitschrift hin. »Hier ist das Foto.« Dass sie das Foto *nicht* erfunden hatte, schwächte jedoch keinesfalls sein Selbstvertrauen. Sie hätte ihm auch eine Zeitschrift unter die Nase halten können, doch das hieß ja nicht, dass sie ihn weniger begehrte als er sie.

Er schaute darauf und nickte. »Ja, die Farbe wäre besser. Sieht klassischer aus.«

Sie spähte zu ihm herauf und stand dabei so nahe neben ihm, dass er sie wieder riechen konnte. »Glaubst du wirklich?«

»Ja.« Er nahm ihr Gesicht in beide Hände, blickte ihr in die samtigen Augen und drückte seinen Mund auf ihren. Die Zeitschrift fiel zu Boden, ein vertrauter Lustschauer jagte durch seinen Körper.

Lauren versank – ja, so fühlte es sich an, als Nick sie küsste: als ginge sie unter, unfähig zu atmen, ohne Chance gegen das Gewicht seiner Leidenschaft. Als er dann mit Händen und Mund auf ihr war, versank alles um sie herum, und eine alles verzehrende Lust ergriff von ihr Besitz.

Er schob seine warme Zunge in ihren offenen Mund, und Lauren empfing sie, verblüfft, erschrocken, wie nahe sie sich diesem Mann fühlte, den sie kaum kannte, wegen der intimen Nähe, die sie teilten. Sie wünschte, es würde sich falsch, schmutzig anfühlen – aber das tat es einfach nicht, und sie kam einfach nicht dagegen an. Sie erwiderte seine Küsse mit der ganzen Sehnsucht ihrer Seele.

Langsam glitten Nicks Hände von ihren Wangen, über ihren Hals, ihre Brüste, folgten jeder Fläche und Rundung wie ein Blinder, der sie mit seinen Berührungen zu ertasten versuchte. Als die Hände schließlich an ihrer Taille ankamen, hörte er auf, sie zu küssen, und schaute sie mit jenem Verlangen an, das sie immer in seinen dunklen Augen sah. Er trat vor und drängte sie an die Wand, wobei er Lauren mit seiner Vorderseite streifte und seine Erektion gegen ihren Unterleib drückte.

»Oh, Nick!«

Er brachte sie mit weiteren Küssen zum Schweigen. Provozierend leckte er mit seiner Zunge über ihre, umfasste mit den Händen ihren Hintern, streichelte ihn durch den Rock hindurch, während sie die Arme auf seinen Hintern legte. Sie wollte nach unten greifen und seine Hose öffnen. Wollte auf die Knie sinken. Klammerte sich an ihn und küsste ihn leidenschaftlich, versuchte die äußerste Form des Begehrens zu vermeiden, und ermahnte sich, dass sie diesem Mann, der sich nichts aus ihr machte, schon viel zu viel von sich gegeben hatte. Dass sie gerade dabei war, erneut Sex mit ihm zu haben, war schlimm genug.

Seine Küsse zogen fort von ihrem Mund, strichen sanft über ihre Wange, ihren Hals. Die heißen, zarten Empfindungen lähmten sie geradezu. Er fasste ihren Rock, bis seine Hände darunter waren und seine Stimme rau an ihrem Ohr klang. »Trägst du keinen Slip?«

Ihre Lippen zitterten; flüsternd sagte sie: »Einen ganz knappen.«

Sanft näherte er sich mit seiner Hand, bis er das schmale Stoffband fand, das zwischen ihrer Mitte verlief. »Das ist sehr sexy«, flüsterte er, sein Atem warm an ihrem Hals. Er schob die Finger unter das Band, so dass sie bei der Berührung erschauerte.

»Weißer Rock«, stieß sie hervor und bemühte sich, noch etwas mehr zu sagen. »Andere Slips scheinen durch.«

Gepresst sagte er: »Du machst mich so scharf.« Dann glitten seine Fingerspitzen unter dem String hinab, strichen über jeden empfindlichen Zentimeter Haut, bis sie die Stelle erreichten, wo sie feucht war, und in sie hineinglitten. Sie schrie auf, ihr Herz jubelte; es war eine so intime Verbindung. Dann fand seine andere Hand ihre Brust, sein Mund bedeckte ihren, und sie spürte, wie die Hingabe sie langsam überkam, die Bereitschaft, alle seine Wünsche zu erfüllen. Sie würde sich ihm schenken, jeden intimen Bereich, jeden geheimen Winkel.

Aber – o Gott –, das wollte sie doch nicht wirklich. Oder? Sie wusste es nicht mehr, konnte weder richtig von falsch noch glücklich von traurig unterscheiden, wenn er in ihrer Nähe war. Warum fing sie das hier wieder mit ihm an? Weshalb war sie so aufrichtig gewesen, ihm zu sagen, wie sehr er sie berührte?

Sie durfte nicht zulassen, dass das weiterging, dass ihr Erstaunen über die Farbe einer Rose dies hier zu etwas machte, was es nicht war. Sie durfte sich nicht weiter in seinem Netz der Leidenschaft verstricken, nicht Nick Armstrongs Spielzeug sein, auch wenn es ungeheuer schmerzen würde, das Ganze zu beenden. Aber sie musste etwas tun, um sich zu retten, sich zu schützen, sich zu achten.

»Nick.« Verblüfft stellte sie fest, wie entschlossen das Wort klang.

»Ah, Baby«, raunte er. Seine Finger bewegten sich in ihr, sie keuchte bei jedem Stoß.

»Nick«, hauchte sie erneut. »Ich …«

»Schsch, Baby, sag nichts. Ich möchte, dass es schön für dich ist.«

»Ich muss mit dir reden.« Sie schob ihn weg.

Seine Finger verließen sie, sie hielt ihn auf Armeslänge von sich weg. Ihre Entschlossenheit hatte ihn sichtlich schockiert.

»Ich … kann das nicht.« Sie schüttelte ungläubig den Kopf.

»Was?«, flüsterte er.

»Es geht einfach nicht.« Sie war sich bewusst, dass ihre Augen feucht schimmerten. »Ich kann nicht Sex haben, wenn nicht mehr dahinter ist. Ich kann – will – mir das nicht mehr antun. Es zerreißt mich innerlich.« Sie hielt inne, holte tief Luft und versuchte nicht daran zu denken, wie *sehr* dies auch ihr wehtat, aber sie musste es beenden. »Wenn du also hinterher nicht bleiben willst, dann geh jetzt.«

Seine Augen veränderten sich. Er hatte jetzt diesen traurigen, besorgten Blick, den sie schon einmal gesehen hatte, nach dem ersten Mal, dass sie Sex miteinander hatten. Und als sie so dastand und ihn anschaute, in seine dunklen, grauen Augen sah, seinen kräftigen Griff an ihren Hüften fühlte – da dachte sie wieder einmal, was für ein schöner Mann er war. Und wie gut sie zusammenpassten, wenn auch nur in sexueller Hinsicht, aber als diese Anziehung mit Macht überhandnahm, schickte sie ihn fort. Sie musste mehr sagen, musste ihm wahrhaft zu verstehen geben, warum dies hier nicht weitergehen konnte. »Nick, es tut mir leid, ich bin einfach nicht …«

Er hob zwei Finger an ihre Lippen. »Schsch. Du musst nichts mehr sagen, ich verstehe dich.«

Seine Finger verharrten dort; sein Blick ruhte einen unendlich langen Augenblick auf ihr; Lauren wünschte, Nick würde einfach gehen, würde dies hier einfach beenden. Sie musste Ordnung in das Gefühlschaos bringen, das dieser Mann in ihr angerichtet hatte.

Dann glitten seine Hände ihre Seiten hinauf, bis sie ihre Brüste umfassten. *O Gott.* Zart strichen seine Daumen über ihre Brustwarzen, durchs Top und den BH, und schickten Lustblitze durch sie hindurch, so dass sie sich wieder von Neuem hingeben wollte.

Aber nein – sie ergriff seine Hände, hielt sie auf ihrer Brust fest. »Nick, was zum Teufel machst du da? Du kannst mir das doch nicht antun! Das darfst du nicht! Ich kann einfach nicht …«

»Ich bleibe«, flüsterte er. »Hier bei dir.«

11

Nick hatte selten bei einer Frau übernachtet – so blieben die Dinge einfacher. Aber Lauren hatte ihm keine Wahl gelassen. Er wusste nur eins: Er war nicht bereit, sie gehen zu lassen, nicht bereit, dies enden zu lassen, egal, was er sich anderes einzureden versucht hatte. Und er war nicht sicher, worauf er sich einließ, aber im Moment außerstande, es genau zu analysieren.

Er hatte sie noch nie so bestürzt gesehen – nicht einmal, als er ihr sagte, er habe einmal Sex auf einem Pferd gehabt, nicht einmal, als er ihr die pinkfarbene Rose schenkte. Er bedeckte ihren Mund mit seinem, begierig, ihren Schreck fortzuküssen, begierig, *alles* mit ihr zu tun.

Er schob ihr Top über den lavendelfarbenen BH, umfasste ihre Brüste und lauschte, während ihr Atem immer schwerer ging.

»Ist das der BH, den du am Strand getragen hast?«, flüsterte er in ihr Ohr und küsste sie unmittelbar darunter.

Sie schaute an sich herunter: »Ich glaube ja.«

»Ich konnte die Farbe im Dunkeln nicht erkennen. Heb mal die Arme«, flüsterte er.

Sie tat es, so dass er ihr das Top über den Kopf ziehen konnte.

Er schob die Finger in die tief ausgeschnittene Spitze jedes Körbchens und zog sie herunter, woraufhin ihre Brüste hervorkamen. Sie keuchte auf, als er auf die Knie sank, eine der perlharten Brustspitzen in den Mund nahm und die verlockende Knospe mit der Zunge umkreiste. Ihr stoßweiser Atem über sich, die Art, wie sie ihm durchs Haar fuhr, das alles spornte ihn an. Nachdem er ein letztes Mal über die straffe rosa Knospe geleckt hatte, ging er zu der anderen Brust über, sog sie tief in seinen Mund ein, spürte den Blutandrang weiter unten und genoss das Wissen, dass sie ihm zuschaute.

Während er auf die Knie sank, gab er fedrige Küsse auf ihren weichen Bauch, dann umfasste er die Rückseiten ihrer Schenkel und strich mit den Händen aufwärts. Ihr Atem ging noch rauer, während sie sich an ihn klammerte; er liebte es, sie so erregt zu sehen. *Aber dich erwartet noch viel mehr, Baby. So viel mehr.* Er wollte sich Zeit mit ihr lassen.

Er hakte seine Finger hinter das dünne Gummiband an ihrer Taille und zog den knappen lavendelfarbenen Slip herunter auf ihre Füße. Als sie aus ihm heraustrat, schob er ihren Rock hoch, bis das braune Haar zwischen ihren Schenkeln zu sehen war. Er küsste die weiche Haut knapp darüber, was ihr einen Lustschauer bereitete.

Er stand auf und ging zum Frisiertisch, dort nahm er einen kleinen, mit Brokat gepolsterten Stuhl und drehte ihn herum. »Setz dich mal hier drauf.« Sie gehorchte, er kniete vor ihr nieder und spreizte ihre Beine gerade so weit, dass er sich zwischen sie setzen konnte, dann küsste er ihren weichen Mund, knetete ihre runden Brüste.

Sie fuhr mit den Handflächen über seine Schultern, wieder zurück, zog ihm schließlich das Hemd über den Kopf. »Ich muss dich ansehen, deinen Körper. Ich habe dich noch nie richtig angeschaut.«

Sie hatte Recht – bislang war es immer um das Ausziehen gegangen, die hastige Befriedigung und dann das Weitermachen. »Keine Sorge, Prinzessin, du wirst jeden Zentimeter von mir gesehen haben, bevor die Nacht vorbei ist. Aber jetzt geht es nur um dich.« Langsam strich er mit der Zunge über eine ihrer Brustknospen, ließ sie dort verweilen, während er ihre Beine weiter spreizte.

Er hatte sie ein wenig necken, seinen Weg von den Innenseiten ihrer Knie hinauf küssen, sie überall küssen wollen, außer an der Stelle, an der sie sich am meisten danach sehnte. Doch weil er zwischen ihren gespreizten Schenkeln kniete, war er nicht in der Stimmung zu spielen. Begehrlich blickte er in ihre Augen und sagte: »Halt dich an den Stuhlbeinen fest. Und nicht loslassen.«

Ohne zu zögern umfasste sie die hinteren Stuhlbeine. Dann, außerstande, noch eine weitere Sekunde zu warten, strich er mit der Zunge ihre feuchte Mitte hinauf.

Das Beben, das ihren Körper erfasste, übertrug sich auf ihn, während er sie noch einmal leckte, und noch einmal, bis er sie mit einem Finger weiter öffnete. Über ihm wimmerte und stöhnte sie, und er genoss die Intensität ihrer Lust in vollen Zügen.

»Heb mal die Beine an«, sagt er, auch sein Stimme bebte jetzt ein wenig, und Lauren ließ zu, dass er sie genau so hinsetzte, wie er es wollte. Er hielt die Unterseiten ihrer erhobenen Schenkel, stützte sie, dann machte er die Zunge steif und drückte sie an das feuchte Fleisch, bis er sie hineingleiten ließ.

»Oh«, hauchte sie.

Er schloss die Augen und schob die Zunge in ihre glatte Nässe, gab sich den Empfindungen hin.

»Oh. *Oh.*«

Langsam zog er die Zunge heraus, zog sie aus ihr heraus, bis er fürchtete, dass keiner von ihnen es länger aushalten konnte, dann ließ er sanft ihre Beine herunter, bis sie mit den Füßen auf dem Teppich standen. Er gab ihr eine Sekunde zum Atmen, gab sich eine Sekunde Zeit, um zu verschnaufen, blickte zu ihr hoch und flüsterte: »Und jetzt bring ich dich zum Höhepunkt.«

Sie hielt sich noch immer am Stuhl fest, seufzte nur; Nick beugte sich hinunter. Zart leckte er den empfindlichen rosafarbenen Knopf, das Zentrum ihrer Lust. Ihr tiefes Stöhnen ging ihm durch und durch, und da leckte er sie noch einmal.

»Ja«, flüsterte sie.

Er schob zwei Finger in ihre enge Wärme und rieb mit der Zunge über sie, im selben erregenden, langsamen Rhythmus, der sie jedes Mal, wenn sie zusammen gewesen waren, in Ekstase versetzt hatte. Ihre Schreie wurden lauter, sie drängte sich fester an seinen Mund, und er empfand zutiefst die Lust, völlig von ihr verschlungen zu werden, als sie schluchzte: »O Nick! Oh!«, und in rasch aufeinanderfolgenden Spasmen zuckte.

Als es zu Ende war, glitt er mit den Händen zu ihren Hüften, während sie vor Erschöpfung keuchte, und betrachtete sie einfach nur, ihre Schönheit durchströmte ihn wie ein Fluss. Schließlich sagte er: »Ich möchte dich ins Bett tragen.«

Nachdem er ihr den hübschen BH und den Rock ausgezogen hatte, legte sie sich nackt auf die Überdecke des Himmelbetts. »Jetzt du. Zieh deine Hose aus.«

Er streifte sie hinunter, zusammen mit seiner Unterwäsche, und ließ sich von ihr betrachten, bis sie die Aufmerksamkeit schließlich auf seinen Phallus richtete.

»Nick?«

Er setzte sich neben sie aufs Bett. »Ja?«

»Versteh mich bitte nicht falsch. Ich liebe das Vorspiel, so wie jede Frau. Aber ich möchte ihn jetzt wirklich in mir haben.«

Sein Stöhnen kam aus der Tiefe seiner Seele. »Ich möchte auch in dir sein«, flüsterte er; und während er sich auf sie legte, ging ihm auf, dass sie es zum ersten Mal im Liegen taten.

Sie musste einen Hauch seiner Belustigung mitbekommen haben, denn kaum war er in ihre Wärme geglitten, stieß sie einen heißen Seufzer aus. »Was ist denn?«

Er schmunzelte. »Nichts. Ich bin nur … normalerweise kein Freund der Missionarsstellung.«

Sie schlang die Beine um ihn und zog ihn tief in sich hinein.

»Vielleicht bin ich's doch«, korrigierte er sich atemlos.

Langsam bewegte er sich hinein und heraus und genoss jeden süßen Stoß, während er sich bei ihren lasziven Zungenküssen in ihr verlor. Einmal dachte er daran, was sie füreinander bedeuteten, was sie da taten – denn dies war nicht nur Sex, sondern mehr –, aber dann schob er den Gedanken beiseite und drängte in Laurens aufnehmenden Körper, ließ sich von ihrem sexy Stöhnen ganz und gar erfüllen.

Nach einer Weile zog er sich schweigend zurück und drehte Lauren herum, legte sich hinter sie und drang von hinten in sie ein. Nach einigen sanften Stößen beugte er sich an ihr Ohr: »Ist das gut?«

Ihr gewimmertes Ja ging ihm durch und durch.

Bald verlor er sich wieder und pumpte härter und schneller, bis sie bei jedem leidenschaftlichen Stoß aufschrie. Er dachte gerade, dass er es nicht mehr lange zurückhalten konnte, dass der Himmel nur einige süße Stöße entfernt war, als Lauren ihn wahnsinnig erschreckte. Sie streckte die Hand aus, packte seine Hoden und zog sie an sich heran, zog ihn noch tiefer hinein, bis er sich nicht mehr zurückhalten konnte.

Er fluchte leise, und dann kam er, in blendenden Blitzen aus Hitze und Licht; er ergoss sich in sie, gab sich einer Erlösung hin, deren Gewalt ihm alle Gedanken, alle Energie raubte. »Du bist so gut«, flüsterte er nahe an ihrem Ohr, als er sich um sie schlang, und war mit einem Mal vollkommen ausgelaugt und bekam nicht einmal die Gelegenheit, sich aus ihr zu lösen, bevor der Schlaf sich über sie beide senkte.

Lauren erwachte mitten in der Nacht. Sie konnte einfach nicht widerstehen. Sie war zu erstaunt darüber, dass er in ihrem Bett lag, und nach der Art, wie er mit ihr geschlafen hatte – Nick würde es bestimmt niemals so nennen, aber so hatte es sich für sie angefühlt –, hatte sie fast befürchtet, alles wäre nur ein Traum gewesen.

Sie schob die Hand unter die Bettdecke und streichelte ihn, bis er wuchs und hart wurde – und aufwachte. »Was …«, murmelte er im Halbschlaf.

Sie bedeckte seine dunkel behaarte Brust mit winzigen Küssen und hielt ihn dabei unten fest umschlungen. Sie war erstaunt darüber, wie rasch sie es als angenehm empfand, ihn so intim zu berühren, neben ihm aufzuwachen. Es sah ihr gar nicht ähnlich, hätte sich eigentlich fremd, merkwürdig anfühlen müssen. Aber dass er geblieben war, hatte alles verändert.

»Mmm.«

»Ich möchte dich noch einmal haben«, flüsterte sie im Dunkeln.

»Dann nimm mich«, hauchte er.

Bald saß sie rittlings auf ihm. Nicht lange, und sie kamen gleichzeitig, heftig und ungestüm, und als sie gegen seine Brust sank, spürte sie, wie seine Arme sich um sie schlossen, unmittelbar bevor der Schlaf sie erneut überfiel.

Nick lag da, die Hände hinter dem Kopf verschränkt, und beobachtete den Deckenventilator, der sich in langsamen Kreisen drehte. Die Jalousien waren heruntergelassen, trotzdem fiel das Sonnenlicht durch das Halbkreisfenster.

»Du bist ja immer noch hier.«

Er verlagerte das Gewicht auf dem Kissen und sah, dass die schöne Blondine, die da neben ihm lag, ihn scherzhaft anlächelte. Sie sah gut aus am Morgen.

»Ja.«

»War es so schlecht?«

»Nicht so schlecht.« Er war sich nicht sicher, ob es *klug* gewesen war, aber es war sicherlich nicht *schlecht* gewesen. Ehrlich gesagt, aufzuwachen und ihren nackten Körper neben sich unter der Bettdecke zu spüren, das war noch besser, als er erwartet hatte.

»Möchtest du Frühstück?«

»Ah«, er legte den Kopf leicht in den Nacken, »über Nacht zu bleiben hat auch Vorteile.«

»Stimmt. Geh mal runter in die Küche und mach Frühstück.«

Er lachte und streckte die Hand nach ihr aus: eine unwillkürliche, ungeplante Geste. »Frau, ich habe mich sehr bemüht, dich letzte Nacht glücklich zu machen, und da erwartest du, dass *ich* Frühstück mache?«

Ihre Stimme wurde zu einem koketten Flüstern; ihre Gesichter waren nur Zentimeter voneinander entfernt. »Und ich habe mich ziemlich um dich bemüht – so ungefähr um drei Uhr morgens. Erinnerst du dich?«

»Mmm, dabei hast du tatsächlich die ganze Arbeit geleistet.«

»Schön, dass wir uns da einig sind«, sagte sie im gleichen, selbstbewussten Tonfall. »Im Kühlschrank sind ein paar Zimtrollen, du kannst sie in der Mikrowelle auftauen, die Saftgläser stehen im Schrank neben der Spüle.«

Er räumte die Niederlage ein. Langsam erhob er sich aus dem Bett. Er machte sich gar nicht erst die Mühe, sich anzuziehen – das Haus lag so geschützt, dass man nicht gesehen werden konnte. Und während er nackt durch ihre Küche ging, wurde ihm klar, dass er so etwas noch nie für eine Frau getan hatte. Nick war es gewohnt, sich von Frauen bedienen zu lassen. Und in gewisser Hinsicht umschmeichelte die Prinzessin ihn ja, aber mitunter erwartete sie auch Gegenleistungen. Er hasste solche Erwartungen – aber im Moment fragte er sich trotzdem, wie zum Teufel es so weit gekommen war, dass *er* Frühstück *für sie* machte.

Als er mit dem Tablett mit den Zimtrollen und dem Saft ins Schlafzimmer zurückkehrte, saß Lauren aufrecht im Bett, die Bettdecke um die Hüften geschlungen.

»Du siehst gut aus.«

»Was meinst du damit?«

»Oben ohne.«

Sie lachte. »Du siehst auch gut aus.«

»Nackt?«

Sie grinste. »Nackt und wie du mich bedienst.«

»Klingt so, als ob ich hier eine Fantasie erfüllte.« Er stellte das Tablett auf ihre Oberschenkel, dann ging er auf die andere Seite des Betts.

Ihre Züge bekamen einen sehnsüchtigen Ausdruck. »Jede Menge davon, ehrlich gesagt«, sagte sie leise, woraufhin sein Herz schneller schlug. Als er die Rose und weitere Anspielungen auf ihre Fantasien in die Beziehung eingebracht hatte, hatte er Lauren damit überraschen und erregen wollen, inzwischen erschien es ihm jedoch viel lustvoller, einfach zu tun, was er gerade gesagt hatte: ihre Fantasien erfüllen. Allein der Gedanke erregte ihn, aber er erinnerte ihn auch daran, dass nach wie vor ein riesiges Geheimnis zwischen ihnen bestand.

Er hob eine Zimtrolle vom Teller und fing mit dem Finger einen Tropfen warmen weißen Zuckerguss auf, damit er nicht auf die Bettdecke tropfte. Spontan beugte er sich vor, betupfte damit ihre rosafarbene Brustwarze und leckte sie ab.

»Mmm, noch mehr Vorteile.«

Sie seufzte wohlig. Als er anschließend in ihre schönen Augen schaute, musste er zugeben, dass es ihm viel leichter fiel, zusammen mit ihr aufzuwachen, als sie zu verlassen. Vermutlich glaubte sie, dass sein Bleiben etwas bedeutete, was aber nicht zutraf. Nicht zutreffen konnte. Einerseits war sie Henry Ashs Tochter und würde es immer bleiben. Zum anderen ging er keine *Beziehungen* mit Frauen ein. Sollte dies auf der Liste ihrer Erwartungen stehen, dann musste er sie enttäuschen.

Ungeachtet dieser Gedanken konnte er jedoch nichts dagegen tun, dass momentan alles auf das hinauslief, was sie beide wollten. Zumal er soeben gesehen hatte, wie sie ihre schmalen Finger in den Zuckerguss ihrer Zimtrolle getaucht und auf die andere Brustknospe gestrichen hatte. »Hier, noch ein Vorteil.«

Er beugte sich vor und leckte sie ab. Dabei ließ er die Zunge verharren und kreisen, bis Lauren leise aufstöhnte.

»Na, hat's dir geschmeckt?« Sie senkte provozierend das Kinn.

»Verdammt gut.« Wann war die Prinzessin eigentlich zu einem so verruchten Mädchen geworden?

Ein keckes Lächeln huschte über ihre Züge. »Aber nun verrate mir mal, Nick, schläfst du während der Arbeit mit vielen Frauen – oder nur mit mir?«

Wie kam sie denn darauf? »Warum?«

»War nur eine Frage.«

»Nun … Ich kann nicht behaupten, dass das nie passiert ist. Aber es kommt nicht oft vor.« Während ihm die Worte ausgingen, wurde ihm klar, dass es leichter gewesen wäre, zu lügen und völlige Unschuld vorzutäuschen, aber es war besser, ehrlich zu sein, besser, Lauren daran zu erinnern, was für eine Art Mann er war.

»Und das Kondom, das du neulich bei dir hattest … das hattest du, weil …«

»Weil ich immer auf der Hut bin, wie ich gesagt habe. Bis auf dich, meine ich.«

»Ich war die Einzige, bei der du nicht aufgepasst hast?«

Er nickte – und war froh, dass sie nicht weiter nach dem Warum fragte, da er keine Antwort darauf hatte. »Apropos, neulich in deinem Bad …«

»Ich hatte gehofft, wir könnten es vermeiden, den Vorfall im Bad anzusprechen.« Sie senkte den Blick, wurde etwas rot.

»Warum?«

Sie sah hoch. »Es war einfach … ein Novum für mich, mehr nicht. So, wie du kein Freund der Missionarsstellung bist, bin ich kein Freund des Waschbeckens.«

Ein Lächeln huschte über sein Gesicht. »Aber du hast dir eben Zuckerguss auf die Brustwarze gestrichen, für mich, und jetzt willst du die Unschuldige spielen?« Er spürte eine merkwürdige Wärme in seinem Blick, als er hinzusetzte: »Wie würdest du eigentlich Carolyns Frage beantworten? Wo ist der ungewöhnlichste Ort, an dem du es je getan hast?«

Sie lächelte. »Das Waschbecken.«

»Davor«, sagte er mit vorwurfsvoller Miene.

Ihre Wangen wurde noch einen Hauch roter. »Nichts Ungewöhnliches, fürchte ich. Carolyn hat übertrieben. In Autos, damals im College … und in einem Zelt, einmal.« Sie schüttelte den Kopf. »Das wär's ungefähr gewesen, vor dem Waschbecken. Ziemlich langweilig, nicht?«

»Glaub mir, du langweilst mich nie. Aber zurück zum Waschbecken … was hast du getan, als du dir den Daumen verletzt hast?«

Ein abrupter Themenwechsel, sicher, aber er ignorierte ihren fragenden Gesichtsausdruck, als sie antwortete: »Ich habe Rosen geschnitten.«

»Und davor?« Er wollte es nur wissen, stellte sich diese Frage seit ihrem ersten Treffen …

»Unkraut gejätet.« Sie lachte. »Wieso?«

Er lächelte sie an. »Kein besonderer Grund, wirklich nicht. Ich habe mich nur gefragt, ob reiche Mädchen überhaupt solche Arbeiten erledigen.«

Sie tat entsetzt. »Nick, nur weil ich Geld habe, kann ich doch auch ein Mensch sein.«

»Ja, da hast du Recht.« Und während er dasaß und sie anschaute, wie sie dort im Bett lag, wurde ihm klar, dass das vielleicht die ganze Zeit sein Problem gewesen war: Er hatte vergessen, dass sie bei all ihrem Geld und trotz des Namens Ash einfach nur ein Mensch war. Unter dem traumhaften Körper und den langen blonden Locken war Lauren gut und gütig, und manchmal wurde der Ausdruck in ihren Augen so lieb, dass in ihm, gegen seinen Willen, der Wunsch entstand, sie zu küssen. Das war auch jetzt so, und so beugte er sich zu ihr hinüber, hob eine Hand an ihren seidenweichen Nacken und zog sie zu sich hinunter, in einen langen, warmen, nach Zimt schmeckenden Kuss.

Als der Kuss zu Ende war, lächelte sie. »Es gefällt mir, wenn du so bist.«

»Wie?«

»Wenn du mit mir redest.«

Verdammt. Er hatte wohl wirklich viel geredet. Er hatte nicht einmal daran gedacht, hatte das Gespräch nicht auf einer so oberflächlichen Ebene gehalten, wie er es normalerweise bei Frauen tat. »Ich würde lieber küssen«, sagte er und legte den Mund abermals auf ihre süßen Lippen.

»Wir haben uns viel geküsst«, sagte sie hinterher. »Aber kaum miteinander geredet.«

Ihm wurde eng um die Brust. Die Vorstellung, dass er sich mit ihr über seine Gedanken und Gefühle austauschen sollte, behagte ihm gar nicht – zumal sie Henrys Tochter war. »Ich … spreche nicht gern viel.« Er schob sich unter die Decke, bis er mit dem Kopf auf dem Kissen lag.

Ihre blauen Augen leuchteten auf ihn herab. »Manchmal aber doch. Wenn ich es eben nicht angesprochen hätte, hättest du vielleicht den ganzen Tag mit mir geredet.«

Er schüttelte den Kopf. Warum wollten Frauen immer reden? »Worüber willst du denn so dringend mit mir sprechen?«

»Über alles. Dein Geschäft. Deine Familie.« Sie sah ihn nachdenklich an. »Du könntest mir ja verraten, was mit Davy passiert ist.«

Er schüttelte den Kopf und antwortete leise: »Nein.« Die Geschichte würde er niemals irgendjemandem erzählen können.

»Ich erinnere mich an ihn – wenngleich nicht so gut wie an dich. Ich glaube, er hat mir bei einem der Firmenpicknicks Sand in die Augen geworfen, und deine Mutter hat ihn ausgeschimpft.«

Nick lachte unbeschwert – typisch Davy in jenen Tagen. »Er war ein kleiner Unruhestifter, als wir Kinder waren. Es ist seltsam – er ist immer noch ein kleiner Junge –, so wie damals, aber heute würde er so etwas nicht mehr tun, er würde niemals jemandem wehtun. Er versucht ständig, etwas zu retten, bringt dauernd verletzte Tiere mit nach Hause und macht meine Schwester damit ganz verrückt.«

»Deine Schwester?«

»Elaine. Davy wohnt bei ihr.«

Lauren nickte. Offenbar erinnerte sie sich. »Ist Elaine verheiratet?«

Er schüttelte den Kopf; und obwohl er noch nie darüber nachgedacht hatte, kam es ihm traurig vor. *Er* würde eine solche Bindung niemals eingehen, sein ganzes Leben mit jemandem teilen zu wollen, aber Elaine würde es vermutlich gefallen.

»Was für Tiere bringt Davy denn mit nach Hause?«

»Er hat den Bogen raus, wie man Vögel mit gebrochenen Flügeln oder gebrochenen Beinen findet, und einmal, vor ein, zwei Jahren, hat er einen Hund entdeckt, der auf der Alternate 19 von einem Auto angefahren worden war. Er hat mir gesagt, ich soll anhalten und ihn mitnehmen, aber wir wussten nicht, was wir mit ihm anfangen sollten. Schließlich haben wir ihn zu einem Tierarzt gebracht und viel Geld ausgegeben, damit er wieder auf die Beine kam. Aber Elaine wollte ihn nicht behalten, deshalb haben wir ihn einem kleinen Mädchen in unserer Straße geschenkt.«

Lauren stellte das Tablett auf den Boden und schmiegte sich an Nick. »Der arme Davy. Wollte er denn einen Hund?«

»Ja. Elaine hat bezweifelt, dass er sich um den Hund kümmern würde, aber ich habe es ihm zugetraut. Er kann gut mit Tieren umgehen, kann vieles. Und er sieht vieles.«

»Was heißt das?«

Er dachte darüber nach, wie er es erklären könnte. »Er weist immer auf Dinge hin, die mir sonst entgangen wären. Ungewöhnliche Bäume oder Wolken, Tage, wenn die See kabbelig ist. Er hat meiner Firma den Namen gegeben.«

»Tatsächlich?«

»Eines Abends sind wir am Clearwater Beach spazieren gegangen und haben den Vögeln beim Tauchen nach Fischen zugesehen. Ich hatte gerade aufgehört, für James Staley zu arbeiten, um meine eigene Firma zu gründen, und da habe ich Davy gefragt, ob ihm ein Name einfalle. »So schnell« – er schnippte mit den Fingern – »hat Davy gesagt, ich soll die Firma ›Horizon‹ nennen. Weil es den Leuten sagen würde, dass ich die Dinge in sämtliche Regenbogenfarben umwandeln kann. Mir war der Sonnenuntergang gar nicht aufgefallen, aber als ich mich umgeschaut habe, strahlte der Himmel orange und violett und rosa, glühte praktisch. Wir haben uns dann in den Sand gesetzt und nur zugeschaut. Also habe ich die Firma Davy zuliebe ›Horizon‹ genannt.«

Sie beugte sich zu ihm herüber und gab ihm einen Kuss auf die Wange. Er ignorierte den Kuss, schlang aber zugleich den Arm um sie. Mist, wann hatte sie ihn dazu verführt, wieder so viel zu reden?

Lauren legte den Kopf auf seine Brust; sie konnte es immer noch nicht glauben, dass er *geblieben* war und sie ein richtiges Gespräch führten, so wie normale Menschen, echte Liebende und – oh, der *Sex*. Sie sehnte sich schon danach, wenn sie nur daran dachte, denn auch der Sex hatte sich gewandelt. Zwar war er mitunter genauso scharf und aggressiv wie bei ihren früheren Begegnungen, aber im Grunde war es mehr wie Liebe machen, miteinander schlafen. Sie hatte ja schon mit Männern geschlafen; wusste, wie es sich anfühlte, dass es rau und zärtlich sein konnte, aber seit gestern hatten sich die Dinge verändert. Nick hatte eine Seele, und er ließ zu, dass sie sie sah, wenn auch widerstrebend.

Da gingen ihr seine Worte vom Vorabend durch den Kopf. *Halt dich hinten am Stuhl fest. Und lass nicht los.* So nahe an ihren eigenen Worten – in ihrem Tagebuch. Kühle durchrieselte sie, wie gestern Abend, als er sie ausgesprochen hatte. Zufall? Vielleicht. Aber wenn man alles andere mit bedachte – nein, das glaubte sie einfach nicht. Außerdem wusste sie noch immer nicht, was es bedeutete, aber es vermittelte ihr das Gefühl, als könnte sie sich ihm anvertrauen.

»Soll ich dir mal etwas verraten?«, fragte sie leise.

»Nur zu.«

»Am Abend, bevor wir zum Fred-Howard-Beach gefahren sind, war es dort so dunkel und einsam, dass mir etwas bange wurde.«

»Ich wollte dir keine Angst machen. Sondern dich nur aus dieser Fleischbeschau auf der Party wegbringen.«

Sie wirkte einen Hauch belustigt. »Vielleicht beurteile ich dich ja falsch, Nick, aber du kommst mir vor wie einer, der eine gute Fleischbeschau *schätzt*.«

»So etwas ist okay, wenn man dabei mitmachen möchte. Du hast auf mich aber nicht so gewirkt.«

Sie senkte den Blick. »Ich gebe zu, dass ich auf Partys wie der von Phil unerwünschte Aufmerksamkeitsbezeugungen immer wieder abgewehrt habe.«

»Und warum gehst du dann hin?«

»Manchmal ist das nur die Folge … von Gruppendruck, nehme ich an.« Sie seufzte. »Carolyn piesackt mich und versucht mir das Gefühl zu geben, ich wäre langweilig, wenn ich lieber mit meiner Katze zu Hause bleibe, als auszugehen und dreißig Heiratsanträge zu bekommen. Aber manchmal, wie neulich abends, ist es so eine Art Geschäftstermin. Phil ist der Partner meines Vaters, ich arbeite regelmäßig mit ihm zusammen. Und wenn ich weiß, dass mein Vater und viele Führungskräfte von Ash dort sind, wird das zu einer geschäftlichen Angelegenheit.«

»Prinzessin«, sagte Nick schroff, »das war die am wenigsten geschäftliche Versammlung, bei der ich je zugegen war.«

Sie legte den Kopf aufs Kissen. »Findest du?«

Er nickte mit Nachdruck, woraufhin sie sich etwas begriffsstutzig vorkam.

»Ich habe wahrscheinlich nicht viele Vergleichsmöglichkeiten. Ich meine, die Partys meines Vaters sind immer so, deshalb habe ich angenommen …«

»Immer?«

»Ja.«

»Babe«, sagte er, »meine Firma ist vielleicht nicht so groß wie Ash, aber ich lade meine Mitarbeiter und ihre Familien jedes Jahr zu einem Weihnachtsessen ein. Wir gehen zu Leverock's, essen Fisch, trinken Bier und reden über die Arbeit, das Wetter oder die Footballsaison. Und niemand schleicht sich in die Toilette, um Sex zu haben. Alles ziemlich zahm, aber ein netter Abend. Bei Phil dagegen ist mir Carolyn über den Weg gelaufen, als sie mit diesem Typ, Jimmy, gerade aus dem Bad kam, und über Phil bin ich gestolpert, während er einer Frau an die Wäsche ging.«

Sie stützte sich auf einen Ellbogen. »Mit Jeanne?« Das sah Jeanne gar nicht ähnlich. Nicht auf einer Party, und nicht wenn sie so beschäftigt war wie als Gastgeberin an dem Abend.

Nick, unter ihr, schüttelte den Kopf. »Nein, nicht Jeanne. Jeanne habe ich gesehen. Sie war es nicht.«

»Aber …« Sie zog hörbar die Luft ein. »Wer war es …« Sie schüttelte den Kopf, gleichzeitig fuhr ihr ein großer Schreck in die Glieder. »Warte, das kann nicht sein. Phil hätte das niemals getan.«

»O doch. Er hat's. Ich hätte das Gespräch nicht darauf gebracht, aber mir war nicht bewusst, dass es sich um ein Geheimnis handelt. Ich meine, die Tür stand ja offen.«

Lauren war sprachlos. Klar, Phil war kein Chorknabe, aber … »Bist du sicher, dass er es war? Absolut sicher?«

»Ja.«

»Ich … fasse es einfach nicht.«

»Viele Leute tun es.«

»Deshalb muss es ja nicht richtig sein«, gab sie zurück, immer noch geschockt. »O Gott, die arme Jeanne.«

Nick zuckte die Achseln. »Vielleicht weiß sie ja Bescheid.«

»Nein.« Sie war mit Jeanne zwar nicht eng befreundet, aber gut genug bekannt, um zu wissen, dass Jeanne ihre Ehe für intakt hielt. Lauren setzte sich im Bett auf, fast außer sich vor Wut über das, was sie eben erfahren hatte. Was bildete Phil sich eigentlich ein? Wie konnte er seiner Frau nur so etwas antun?

»Hör zu«, sagte Nick unter ihr, »vergiss alles, was ich gesagt habe, wenn es dich wütend macht.«

Sie blickte auf ihn hinunter. »Du verstehst mich nicht. Ich betrachte Phil als Freund und habe geglaubt, ihn zu kennen. Ich habe ihn für einen moralischen Menschen und einen guten Ehemann gehalten. Ich weiß nicht, ob ich ihm verzeihen kann.«

Er schlang die Arme um sie und zog sie wieder zu sich herab. Seine sexy Stimme drang an ihr Ohr. »Komm, ich versuche, dich davon abzulenken.« Seine Hand schloss sich um ihre Brust, und … hmmm, zu ihrem Erstaunen brachte er sie tatsächlich auf andere Gedanken. Zwar blieb sie weiterhin besorgt, aber allmählich begann eine starke Lust sie einzunehmen.

»Denk an nichts anderes als an dich und mich, Babe. Denk an das hier.« Seine freie Hand fand ihre und zog sie unter die Bettdecke, bis sie zwischen seinen Beinen lag.

12

Lauren glaubte, so befriedigt zu sein, wie eine Frau überhaupt nur sein konnte, als sie in ihrem Cabrio mit offenem Verdeck in Richtung Büro brauste und der Wind in ihren Haaren wehte. Die letzten achtzehn Stunden kamen ihr vor wie geträumt.

Nun, wenn sie's geträumt hätte, hätte sie vielleicht einiges geändert. Nick war nicht so warmherzig wie ihre früheren Geliebten. Und da war auch nicht das Gefühl, dass beide Partner einander tief zugetan waren, dass es um etwas Echtes und Dauerndes ging. Aber sie hatte von ihm sicherlich viel mehr bekommen, als sie je erwartet hatte. Er hatte mit ihr geredet. Hatte sie im Schlaf gehalten. Und ihr gezeigt, wie zärtlich er sein konnte, wenn er wollte.

Gewisse unabweisliche Fragen huschten ihr durch den Kopf. Wohin würde das alles führen? Würde es weitergehen? Und die unvermeidliche Frage, die mit ihrem Vater zu tun hatte: Benutzte Nick sie vielleicht nur? Diente der Sex mit ihr dazu, es Henry Ash irgendwie heimzuzahlen?

Doch sie wollte sich mit ihren Zweifeln nicht abfinden. Sie hatte sich kopfüber in die Beziehung hineingestürzt im Wissen um die Risiken, jetzt musste sie sich ihnen stellen.

Sie beschleunigte, um sich in den Verkehr auf der Route 19 einzufädeln, stellte das Radio lauter und ließ sich von der Musik und der warmen Brise forttragen. Denn obwohl das Zusammensein mit Nick längst nicht perfekt war, fühlte es sich einfach … wunderbar an. Vielleicht gab es ja wirklich etwas Kosmisches, das sie verband und zueinander hinzog. *Du spinnst mal wieder*, schimpfte sie sich, dennoch schien es ihr mit jedem Tag eine plausiblere Erklärung für die bizarren Wendungen in ihrer kurzen, aber wilden Affäre zu sein.

Natürlich litt ihre Stimmung ein wenig darunter, dass sie ins Büro musste. Sie hatte jetzt keine Lust, sich mit geschäftlichen Dingen zu befassen, musste es aber, weil sie sich sonst nicht mehr im Spiegel betrachten konnte. Irgendwie wünschte sie, sie hätte nichts von Phils Treuebruch erfahren, doch seitdem sie davon wusste, musste sie darüber sprechen.

»Wow«, sagte Sadie, als Lauren im Leopardendruck-Mini durch die Eingangstür trat. »Ich würde meinen rechten Arm dafür geben, wenn ich so was tragen könnte.«

Lauren lachte. »Das wäre etwas extrem, Sadie.«

»Okay, ich würde meinen rechten Arm geben, um das tragen und mit diesem großen, sexy Nick Armstrong rummachen zu können.«

»Schsch!« Lauren riss die Augen auf. »Nicht so laut, bitte.«

Sadie grinste. »Du hast also wirklich eine Affäre mit ihm. Und das ist ein Geheimnis?«

Sie hielt es nicht gerade für ein Geheimnis, aber sie war nicht darauf vorbereitet, ihren Vater davon in Kenntnis zu setzen, dass sie mit John Armstrongs Sohn zusammen war. Das öffnete womöglich ein sehr altes Fass, das besser geschlossen blieb. Vorerst jedenfalls. »So was in der Art.«

Sadie neigte den Kopf. »Und wie läuft's so mit deinem attraktiven Anstreicher? Du wirkst viel glücklicher als beim letzten Mal, als wir miteinander sprachen.«

»Es läuft … besser.« Lauren konnte sich ein Lächeln nicht verkneifen. »Ich muss also keinen weiteren Ärger befürchten, weil ich ihn dir ins Haus geschickt habe?«, frotzelte Sadie.

»Dir ist völlig verziehen.«

»Das beruhigt mich.« Die ältere Sadie griff zum Telefon. »Also, mit wem möchtest du sprechen?«

»Mit Phil.« Aber noch während Lauren seinen Namen aussprach, hallte seine Stimme durch den Flur.

»Da ist er ja.« Sadie legte den Hörer auf die Gabel zurück, und Lauren war bereits in Richtung Phil gegangen, als sie hinzufügte: »Ach, noch etwas, Lauren.« Als sie sich umdrehte, blitzten ihre Augen schalkhaft. »Amüsier dich schön mit deinem Anstreicher, und gib ihm einen Kuss von mir.«

»Ich bitte dich, Sadie, du weißt doch, dass Nick mit Arthur nicht konkurrieren kann.«

Sadie dachte darüber nach. »Du hast Recht. Aber glaubst du, ich könnte Arthur davon überzeugen, sich ein Tattoo machen zu lassen?«

Lauren lachte und wandte sich ab, um Phil zu suchen, doch

ihre gute Stimmung verschwand, als sie an die unangenehme vor ihr liegende Aufgabe dachte. Sie traf Phil auf dem Gang, zusammen mit einem der Poliere.

»Hallo«, begrüßte er sie. Er trug wie üblich Freizeitkleidung – Khaki und Button-down-Hemd –, sah aus wie aus dem Ei gepellt.

Sie rang sich ein Lächeln ab. »Hallo, Phil. Craig.« Dann konzentrierte sie sich auf Phil. »Könnte ich dich mal kurz sprechen?«

Er öffnete die Arme in seiner spaßigen Art. »Ich habe gerade eine Minute Zeit. Was möchest du wissen?«

»Allein.«

Er hob eine Augenbraue. »Willst du mir einen Antrag machen, Kleines?« Er schickte ein Zwinkern hinterher, das sie unter den gegebenen Umständen fast krank machte; Craig stimmte in sein Lachen ein.

»Wohl kaum«, murmelte sie, worauf Phil das Lächeln nahezu verging.

»Oh, das klingt ernst.« Er streckte einen Arm in Richtung Tür zu seinem Büro aus, das ein, zwei Meter entfernt lag. »Nach dir.«

Er schloss die Tür, nahm hinter seinem Schreibtisch Platz und legte die Finger aneinander. Sie setzte sich ihm gegenüber, auch wenn sie nicht ganz glauben konnte, dass sie hier war, das hier tat.

»Nun, wo drückt der Schuh?«

»Du betrügst Jeanne.«

Sein ruhiger Gesichtsausdruck änderte sich nicht – aber er zögerte eine Sekunde zu lange. »Warum um alles in der Welt glaubst du das?«

»Weil ich dich gesehen habe«, log sie. »Auf deiner Party. Du hättest die Tür schließen sollen.«

Er stieß ein langen Seufzer aus und fuhr sich durchs Haar.

Es fiel exakt an den gleichen Platz zurück. »Du hast Recht. Ich hätte es tun sollen. Ich war viel zu sorglos.«

Das Eingeständnis brach ihr ein wenig das Herz. Vielleicht hatte sie wider besseres Wissen gehofft, dass Nick sich geirrt hatte. »Phil, wie konntest du nur?«

Er erwiderte ihren Blick. »Versteh mich bitte nicht falsch, Lauren, aber ich bin mir nicht sicher, ob dich diese Angelegenheit etwas angeht.«

»Ich betrachte dich und Jeanne als meine Freunde; wie kann es mich da nichts angehen?« Sie beugte sich vor, während ihr Herz allzu schnell schlug. »Weiß Jeanne davon?«

»Natürlich nicht«, sagte er schroff. »Das würde sie nicht verkraften.«

Lauren wusste nicht weiter; sie seufzte. »Warum machst du so was?«

Er erhob sich, ging um den Schreibtisch herum und setzte sich in den Bürostuhl neben sie. Rollte damit so auf sie zu, dass er ihre Hände umfassen konnte. »Du hast ein so gutes, reines Herz, Kleine …«

»Nenn mich nicht mehr so.« Jedes Mal, wenn er jetzt diesen Namen aussprach, ging es ein wenig tiefer, so dass sie sich mehr wie ein Gegenstand und weniger wie ein Mensch vorkam.

Seine Augen weiteten sich vor Unglauben. Er ließ ihre Hände fallen. »Du nimmst die Sache zu ernst.«

»Sie *ist* ernst. Und im Moment macht es mich schon krank, dich nur anzusehen.« Sie erhob sich, wollte gehen, fast bedauernd, mit ihm gesprochen zu haben.

Auch Phil stand auf. »Sieh mal, es ist nicht so, als wäre ich der einzige Mann auf der Welt, der ab und zu mal fremdgeht.«

Die Bemerkung brachte ihr Blut in Wallung. »Vielleicht nicht, aber ich habe nicht gewusst, dass du so schmierig bist wie alle anderen.« Zum ersten Mal, seitdem Nick ihr heute Morgen von Phil erzählt hatte, fragte sie sich, was Phil wohl dachte, wenn er sie anfasste oder sie Kleine nannte. Sie hatte geglaubt, sie hätten eine *neckende*, harmlose Beziehung – aber vielleicht traf das ja gar nicht zu. Aber sie wollte nicht daran denken, deshalb sagte sie abschließend: »Tu das nie wieder, Phil.« Und dann drehte sie sich um.

»Lauren, warte.«

Sie blieb stehen und blickte zurück.

»Du wirst es ihr doch nicht erzählen, oder?«

Sie schüttelte den Kopf. »Jedenfalls nicht sofort. Aber denk an deine Ehe, und wenn sie dir irgendetwas bedeutet, dann fange an, sie zu respektieren.«

Nach dem Gespräch mit Phil war Lauren innerlich extrem aufgewühlt, als sie an einem Drive-in-Restaurant hielt, um das Mittagessen zu besorgen, das sie Nick versprochen hatte. Sie glaubte es einfach nicht, dass das Phil gewesen war, derselbe Mann, für den sie seit sechs Jahren arbeitete. Auch fasste sie nicht, dass sie ihn so kühn zur Rede gestellt hatte – es sah ihr gar nicht ähnlich –, aber sie war froh, es getan zu haben. Zwar war das Gespräch nicht wirklich erfolgreich verlaufen. Doch sie hoffte, dass Phil sein Tun wenigstens überdachte.

Nach Hause zurückgekehrt, stellte sie fest, dass Nick mit den Malerarbeiten große Fortschritte gemacht hatte. Er bestand darauf, seinen Big Mac mit Pommes frites bei der Arbeit zu essen, und behauptete, er sei gerade gut in Schwung und wolle deshalb keine Pause machen. Allerdings nahm er sich die Zeit, beim Anstreichen mit ihr über die neue Farbe für die Verzierungen zu sprechen und ihr mitzuteilen, er werde am Nachmittag mit der Grundierung fertig sein und morgen früh mit den Verzierungen anfangen.

Sie zog sich ins Haus zurück, damit er sich auf die Arbeit konzentrieren konnte; sie wünschte, ihr Tag wäre so produktiv wie seiner, und nahm sich vor, einige Dinge zu erledigen, damit sie nicht ebenfalls in Verzug geriet. Dann ging sie ins Büro und holte die Rechungen für die laufende Woche heraus – aber es fiel ihr nach wie vor schwer, sich auf die Arbeit zu konzentrieren. Ihr gingen noch immer Erinnerungen an ihre Nacht mit Nick im Kopf herum, und sie war noch immer geschockt, dass Phil Jeanne betrog. Plötzlich war in ihrem Leben nichts mehr so wie zuvor.

Am Spätnachmittag, während sie sich immer noch bemühte, etwas zu Ende zu bringen, klopfte es an der Terrassentür; als sie die Treppe hinunterstieg, hörte sie Nicks Stimme.

»Lauren?«

Sie ging mitten durchs Wohnzimmer und sah ihn an einem der bodentiefen Fenster lehnen; seitdem er in der Nähe war, schloss sie die Tür nicht mehr ab. Wie üblich hatte sie Schmetterlinge im Bauch, wenn sie ihn nur sah. »Hi.«

»Hier ist die Farbe.« Er kam rein und hielt ihr ein Farbmuster hin. »Die Farbe heißt Porzellanpuppe.«

Sie warf einen kurzen Blick auf die Karte in seiner Hand. »Die ist gut. Danke, dass du sie mir herausgesucht hast.«

Nick zuckte nur mit den Achseln. »Das ist mein Job. Außerdem will ich gleich los, wir sehen uns dann morgen wieder.«

Sie konnte ihn im Grunde nicht gehen lassen, ohne zu fragen … »Nick, ich muss das einfach wissen … wenn du morgen wiederkommst, wie stehen dann die Dinge zwischen uns?«

Er blickte ihr in die Augen. »Du meinst, wird es so sein wie vorher? Werde ich einfach kommen, um dein Haus anzustreichen und dir den Rock hochzuschieben?«

Sie nickte.

Sein Zögern fiel kurz, aber offensichtlich aus, dann sagte er leise »Nein« und gab ihr einen Kuss auf die Stirn.

Trotzdem spiegelte Laurens Mimik Besorgnis wider, woraufhin er hinzufügte: »Vertrau mir.«

Er hatte sie schon einmal darum gebeten, und wieder sorgten die Worte dafür, dass sie ihm glaubte. Nicht, dass sie Nick Armstrong für den aufrichtigsten Mann der Welt hielt und auch nicht für den verlässlichsten, aber sie glaubte nicht, dass er sie anlog. Und nach der vergangenen Nacht meinte sie, endlich das zu haben, wonach sie sich sehnte: eine echte Beziehung zu ihm.

»Gute Arbeit heute Abend, Kumpel.«

Davy lächelte und winkte, als Nick durch die Fliegengittertür hinausging. Sie hatten in den vorhergehenden beiden Stunden das Gartentor vorm Haus wieder eingehängt, und obwohl Davy klar war, dass er kaum mehr geleistet hatte, als Nick die Werkzeuge zu reichen, gefiel es ihm, wenn sein Bruder so etwas sagte. Sie waren kurz vor Einbruch der Dunkelheit fertig geworden und hatten danach in der Küche Eistee getrunken. Jetzt ließ er sich, angenehm erschöpft, aufs Sofa fallen.

»Mach's dir nicht allzu bequem – du musst dich duschen.«

Er blickte auf und sah Elaine, die Hände in die Hüften gestemmt, einen Schmutzfleck auf der Wange. Sie hatte im Garten in den Blumenbeeten gearbeitet, und die Vorderseite ihres T-Shirts war schmutzig. »Sieht so aus, als müsstest eher du unter die Dusche«, sagte er grinsend.

Sie lachte, ihre Augen zwinkerten, als sie einen Gartenhandschuh nach ihm warf. Er fing ihn auf, als sie sagte: »Also gut, vielleicht gehe ich als Erste.« Sie riss ihm den Handschuh wieder aus der Hand und ging in den hinteren Bereich des

Hauses; er hörte, wie sie auf der Terrasse ihr Werkzeug in die Holzkiste legte, die Nick gezimmert hatte.

Froh über die Galgenfrist, wandte Davy sich wieder dem Fernseher zu und zappte durch die Kanäle, konnte aber nichts Gutes finden. In den vergangenen Tagen hatte er, offen gestanden, nichts gefunden, was seine Aufmerksamkeit gefesselt hätte. Und als er das Fernsehen aufgegeben und zu lesen versucht hatte, konnte er sich auch darauf nicht konzentrieren, obwohl er tatsächlich erfahren wollte, was mit Jim Hawkins und den Piraten passiert war. Er machte sich noch immer Sorgen wegen Dad, aber Nick hatte bestimmt Recht – war wohl alles okay jetzt. Vielleicht dachte er aber auch an Daisy Maria Ramirez aus der Blumenabteilung bei Albertson's.

»Ach, und Davy.« Er blickte auf, als Elaine noch einmal den Kopf ins Zimmer steckte, eine Zeitung in der erhobenen Hand. »Ich wollte dir das schon früher zeigen. Dachte mir, es würde dich interessieren.«

»Worum geht's?«

»Es ist ein Artikel über die Frau im Albertson's.«

Davy verschlug es den Atem; ein warmes Gefühl durchlief ihn.

»Du weißt doch, die im Rollstuhl.«

Er nickte. »Ja, natürlich.«

»Die Zeitung hat einen netten Artikel über sie gebracht.« Elaine runzelte die Stirn. »Sie leidet unter Spina bifida.«

»Was ist das?«

»Eine Erkrankung der Wirbelsäule, sie entsteht bei der Geburt. In dem Artikel wird es erklärt. Möchtest du ihn lesen?«

Er nickte, allzu eifrig, wie er fürchtete. Aber sie schien es nicht zu bemerken, warf die Zeitung nur neben ihn aufs Sofa. Er wartete, bis sie gegangen war. Als er die Zeitung dann aufhob, wurde ihm erneut wieder ganz warm ums Herz. Da war sie, Daisy Maria Ramirez, das Foto war sogar in Farbe. Sie saß an ihrem Tisch neben irgendwelchen Blumen und lächelte. Er hatte Daisy noch nie lächeln sehen – und wusste sofort, dass er alles geben würde, dass sie *ihn* so anlächelte.

Als er sich ungestört fühlte, sobald er die Dusche hinten im Flur hörte, betrachtete er Daisys Foto sehr lange und las den Artikel. Daisy war zweiundzwanzig Jahre alt und wohnte in Clearwater, zusammen mit ihren Eltern und ihrer jüngeren Schwester. Ihre Wirbelsäule war schon vor der Geburt nicht richtig gewachsen. So dass sie nie hatte gehen können. Vor Albertson's hatte sie drei Jahre lang in einem Blumenladen gearbeitet, aber das Geschäft hatte kürzlich dichtgemacht.

Der Reporter beschrieb sie als schüchterne, ruhige junge Frau mit schönem Lächeln. Davy war derselben Meinung, was das Lächeln betraf, und dass sie schüchtern und ruhig war, wunderte ihn auch nicht. Sie war genau wie er und Dad – anders.

Sie liebte es, Blumen zu arrangieren, so der Artikel, las gern und ging gern an den Strand. Sein Herz wurde weit, denn es bedeutete, dass sie etwas gemeinsam hatten. Ihm war, als würde er sie viel besser kennen, als tatsächlich der Fall war, und wenn sie beide ihre Schüchternheit überwinden würden, könnte er ihr Dinge sagen – wichtige Dinge.

Zum Schluss schrieb der Journalist: *Daisy bei der Anfertigung eines Blumenarrangements zuzusehen ist ein Fest fürs Auge.* Davy wünschte, *ihm* wäre das eingefallen, denn es war ja so wahr.

Er betrachtete noch immer ihr Foto, als Elaine aus ihrem Zimmer rief: »Das Bad ist frei, Davy. Du musst jetzt duschen und dich bettfein machen.«

»Alles klar«, rief er zurück, ging mit der Zeitung den Flur hinunter zu seinem Zimmer und bückte sich, um sie unter das Bett auf die dort liegende Spielesammlung zu schieben.

Als er sich einige Minuten später unter dem warmen Wasser die Brust einseifte, stand ihm noch immer Daisys Lächeln vor Augen. Wie konnte er sie nur dazu bringen, ihn so anzulächeln? Er ging in Gedanken mehrere Szenarien durch – von: *Ist es Ihnen nicht zu heiß?* bis zu Nicks *Sie sehen gut aus*, aber er wusste, dass nichts davon funktionieren würde. Nicht einmal *Hübsche Blumen* – dazu hatte er einfach nicht genug Mut. Zwar wollte er glauben, dass sie in ihm das sehen würde, was er in ihr sah. Dass sie nach einem Hallo verstehen würde, dass sie verwandte Seelen waren, dieselben Dinge kannten, die gleichen Gefühle hatten – aber was, wenn dem nicht so wäre? Was, wenn er den Mund aufmachte und sie ihm mit einem allzu bekannten Blick antwortete – dem Du-bist-komisch-Blick oder dem Schlafender-Welpe-Blick?

Er grübelte weiter über den Zeitungsartikel nach. Es ist etwas Besonderes, dachte er, wenn eine Zeitung dir eine halbe Seite widmet, und bestimmt war sie stolz darauf, vielleicht sogar etwas verlegen. So würde *er* sich jedenfalls fühlen.

Nachdem er den Pyjama angezogen und Elaine gute Nacht gewünscht hatte, ging er in sein Zimmer, zog die Zeitung unter dem Bett hervor und überlegte noch ein wenig, wie er Daisy zum Lächeln bringen konnte. Als er das Licht dann ausschaltete und sich schlafen legte, begann sich in seinem Hinterkopf ein Gedanke zu formen.

In der Schule hatte er einmal ein hübsches Mädchen namens Lucy gekannt und sich immer vorgestellt, dass sie von schwarzem Himmel und funkelnden Sternen umgeben war, wie in dem Lied »Lucy in the Sky with Diamonds«. Aber von Daisy dachte er nicht so – konnte es nicht –, denn Daisy war nicht schwarz wie die Nacht. Daisy war Sonnenlicht und Blumen. Selbst ihr Name, Daisy, *Margerite*, war eine Blume – eine der einfachsten, hübschesten Blumen. Daisy war Frühling und Sommer, Farbe und Form. Sie war wie der erste Augenblick, wenn die Sonne hinter den Wolken hervorkommt und dir ins Gesicht scheint.

Er würde ihr ein Geschenk machen, etwas, das alles ausdrückte, was er nicht sagen konnte. Er wusste zwar noch nicht recht, was, aber es musste vollkommen sein. Wenn er ihr zusah, wie sie ihre Blumen arrangierte, war das nämlich wirklich ein Fest fürs Auge, und darum wollte er ihr etwas Besonderes schenken.

Nick arbeitete am liebsten vormittags – in den wenigen Stunden, bevor die tropische Sonne mit voller Kraft vom Himmel brannte. Oft bekam er morgens mehr erledigt als den übrigen Tag.

Am nächsten Morgen fühlte er sich noch fitter als normalerweise. Die sommerliche Schwüle hatte noch nicht eingesetzt; in der Nacht hatte ein kurzer Regenschauer die Luft abgekühlt. Ihm gefiel die neue Farbe für die Verzierungen, mit der er Laurens Haus anstrich. Und es war Freitag.

Unwillkürlich fragte er sich, ob er wohl wieder in Laurens Bett landen würde oder ob sie bis Montag getrennte Wege gingen. Es gab plötzlich neue Entwicklungen, die erwogen werden wollten. Er hatte ihr niemals versprechen wollen, dass die Dinge jetzt anders zwischen ihnen stünden, aber als sie gefragt hatte, hatte er sie nicht enttäuschen können. Andererseits bedeutete dies wohl kaum, dass er nun eine feste Bindung einging. Vielleicht konnte er ja mit ihr schlafen, Spaß mit ihr haben, das Zusammensein genießen, ohne dass es allzu bedeutungsvoll würde. Das war jedenfalls sein Plan.

Er fuhr mit der Arbeit fort und konzentrierte sich darauf, die Farbe an einer der beiden Zwillingssäulen, die Laurens vordere Markise stützten, gleichmäßig aufzutragen; dabei versuchte er, nicht zu viel an die Dame des Hauses zu denken. Das heißt, bis sie die Haustür öffnete, mit einem Glas Limonade in der Hand. Das zurückgesteckte Haar unterstrich die zarten Wangenknochen, die weißen Shorts, die sie trug, brachten ihre sonnengebräunten Beine vorteilhaft zur Geltung. Wem machte er eigentlich etwas vor? Er hatte tatsächlich an sie gedacht, ob es ihm gefiel oder nicht.

»Ich habe das hier gerade zubereitet. Ich dachte, du würdest gern etwas anderes trinken als Wasser.«

Er senkte die Farbrolle. »Danke.« Er nahm das Glas entgegen, ihre Finger berührten sich leicht, dann trank er die Hälfte in einem tiefen Zug aus.

Unbehagliches Schweigen. Er fragte sich, ob seine kurz angebundene Art sie beunruhigte und ob sie glaubte, dass ihr Verhältnis tatsächlich wieder so war wie vorher, trotz der Dinge, die er gestern gesagt hatte.

»Also« – sie trat von einem Fuß auf den anderen – »wenn du mehr möchtest, der Saft steht im Kühlschrank. Ich lasse die Tür offen.«

»Danke«, sagte er, als sie sich zum Gehen wandte. »Warte.«

Sie sah ihn wieder mit ihren blauen Augen an, was ihn irgendwie lähmte. *Du hast mir gestern Nacht gefehlt.* Die Worte schossen ihm blitzartig in den Kopf, aber er brachte sie einfach nicht über die Lippen. Allerdings hatte er im Bett gelegen und sich gefragt, was sie wohl tat, und gewünscht, sie läge neben ihm.

Also nahm er stattdessen ihre Hand, trat auf sie zu und gab ihr einen weichen, langen Kuss. Es konnte ja sein, dass sie lieber redete, aber er fühlte sich nach wie vor wohler beim Küssen.

Als es vorbei war, blickte sie unsicher, und er versuchte, sich nichts anmerken zu lassen. Aber als sie sich erneut zum Gehen wandte, hörte er sich sagen: »Magst du Wasser?«

Sie sah ihn verdutzt an. »Wasser?«

»Das Meer? Segeln?«

Sie schaute immer noch unsicher drein. »Ja. Natürlich.«

»Hättest du Lust? Auf einen Sonnenuntergangstörn auf einem der Segelboote im Jachthafen.«

Das leise Lächeln, das ihre Züge erhellte, wärmte seine Seele auf völlig unerwartete Weise. »Das würde mir gefallen.«

»Gut«, sagte er, etwas perplex, wie leicht es war, sie glücklich zu machen.

Als die Tür sich hinter ihr schloss, trank er die restliche Limonade, stellte das Glas auf die Vorderveranda und machte sich wieder an die Arbeit. Was hatte er da eben getan?

Er hatte gerade Henry Ashs Tochter zu einem Date eingeladen!

Beim ersten Blick in Laurens Augen hatte er nur Henry darin sehen können – und die Privilegien der Ashs; Dinge, die ihm zustanden. Aber wenn er sie jetzt anschaute, war das anders – und in Wahrheit ging es hier ja um mehr als nur um Sex, seitdem … nun, seitdem er zum ersten Mal Sex mit ihr hatte. Er fasste es kaum, dass er sie eben zu einem Date eingeladen hatte – Lauren Ash, mit der er keinerlei Beziehung einzugehen gedachte –, doch gegen alle seine Vorsätze überkam ihn eine freudige Erwartung.

»Auf Sadie«, sagte Lauren, hob das Weinglas und blickte in Nicks sexy Augen.

»Sadie … bei Ash?«, fragte er.

Sie lagen quer auf dem langen, schmalen Bug eines schnittigen Schoners, der von der Bucht in die offenen Gewässer des Golfs kreuzte. Die Schreie der Seemöwen wetteiferten mit dem Geräusch der Wellen, die gegen den Rumpf des Schiffs schlugen.

Lauren nickte. Dann warf sie ihm ein schüchternes Lächeln zu. »Wenn Sadie dich nicht angerufen hätte, mein Haus anzustreichen, dann wären wir nicht hier.«

»Wahrscheinlich nicht«, stimmte er zu und stieß mit ihr an.

»Ich liebe das hier.« Sie ließ den Blick hinaus aufs Meer gleiten, das Boot schaukelte sachte durch die abendlichen Wellen. *Ich liebe diesen Abend* – hatte sie eigentlich gemeint. *Ich habe es geliebt, das Schiff hier mit dir zu betreten, liebe es zu wissen, ohne es gesagt zu bekommen, dass du es für uns allein gemietet hast, bis auf den Kapitän. Ich liebe es, in deine dunklen Augen zu schauen und zu wissen, dass wir beide hier sein wollen.*

Etwas in ihrer Welt hatte sich verändert, als er vor ihrer Tür erschienen war; er hatte umwerfend maskulin ausgesehen in seinem burgunderfarbenen T-Shirt und den Bluejeans. Erst als sie zu ihrem Date gestartet waren, wurde ihr klar, dass sich das Ganze zu einer echten Liebesbeziehung verwandelte, von der Art, die ihr Herz auf eine viel tiefere Weise berührte, als bloßer Sex es je vermochte. Sie wusste zwar nicht, ob die Romanze andauern würde, und hatte Angst, auch nur ansatzweise an die Zukunft zu denken, aber allmählich glaubte sie, dass der Schmerz, den sie wegen Nick erduldet hatte, es wert gewesen war, weil er sie irgendwie hierhergebracht hatte. Und hier war ein guter Ort, zumindest für den Augenblick.

»Übrigens, ich habe gestern mit Phil gesprochen. Wegen Jeanne.«

Nick riss die Augen auf; sie bereute sofort, die romantische Stimmung gestört zu haben. »Du machst Witze, oder?«

»Ja, aber keine Sorge, ich habe deinen Namen nicht erwähnt. Ich habe ihm gesagt, *ich* hätte ihn auf der Party mit einer anderen Frau gesehen.«

»Ich habe mir nicht meinetwegen Sorgen gemacht. Sondern *deinetwegen.*«

»Wieso?«

Er hob die Augenbrauen. »Na, ich wette, dass er es nicht

geschätzt hat, dass du die Nase in seine Angelegenheiten steckst.«

Da musste sie ihm Recht geben. »Stimmt. Aber ich konnte ja nicht wissen, dass er fremdgeht, und wollte da einfach nicht tatenlos zusehen.«

»Was hat er denn geantwortet?«

»Er hat versucht, es als Kleinigkeit hinzustellen, und gesagt, ich nähme das alles viel zu ernst.«

»Ich fand immer«, Nick hob das Glas, um etwas zu trinken, »dass das Leben kompliziert genug ist, ohne dass man sich in die Probleme anderer Leute einmischt.«

Ihre Blicke trafen sich, aber sie lächelte nur. »Manchmal«, gab sie zurück, »brauchen andere Menschen wirklich Hilfe, was sie vielleicht erst bemerken, wenn sich ein anderer einmischt.«

Ehe Nick darauf antworten konnte, kam der ruhige Kapitän mittleren Alters vom Heck des schnittigen weißen Schiffs auf sie zu und stellte einen Bastkorb mit Deckel vor ihnen ab. »Ihr Sonnenuntergangs-Picknick.« Dabei lächelte er auf eine Art, die Lauren verriet, dass er seinen Beruf wirklich liebte, vielleicht spürte er auch die Romanze, so wie sie. Wie auch immer, sie erwiderte sein Lächeln und sah dann wieder Nick an.

In dem Korb befanden sich Weintrauben, verschiedene Käsesorten, Finger-Sandwiches, frisches geschnittenes Obst und Teegebäck. Lauren platzierte alles zwischen ihnen auf dem mitgelieferten karierten Tischtuch, dann legte sie den Brie auf einen getoasteten Cracker. »Hmm. Lecker.«

»Was ist das?«, fragte Nick, während er den Weichkäse misstrauisch beäugte.

Sie grinste, als sie sah, dass er sich sofort an einem Stück billigem Cheddar bedient hatte. »Brie. Möchtest du einen Bissen?«

»Nein.« Er schob sich ein Stück von dem hellgelben Käse in den Mund, und Lauren musste unwillkürlich daran denken, dass er wohl lieber einen Burger gegessen hätte. Deshalb berührte es sie, zu wissen, dass er das alles für sie organisiert hatte.

Sie strich den Brie auf einen anderen Cracker, dann hielt sie ihn Nick hin. »Probier mal.« Er sah immer noch zweifelnd drein, bis sie ihn mit Blicken schalt und etwas zu ihm sagte, was er seinerseits schon einmal zu ihr gesagt hatte: »Sei doch kein Baby.«

Er grinste spielerisch und steckte sich ihren Cracker in den Mund. Sie sah zu, wie er kaute und ihn dann mit einem großen Schluck Wein hinunterspülte.

»Und?«

»Ich glaube, ich bleibe bei dem Zeug, das ich gewohnt bin.«

»Also, ich finde den Brie köstlich.«

Belustigung blitzte in seinen Augen auf. »Und deshalb solltest du ihn mal probieren.«

Der Segeltörn ging weiter mit Gesprächen über Vergangenes – kleine Dinge, an die sie sich aus ihrer gemeinsamen Kindheit erinnerten; Lauren erinnerte sich an den schlaksigen Jungen auf dem Basketballfeld, der inzwischen so kräftig und muskulös geworden war. Sie sprachen über Isadora, wobei Lauren Nick herausfordernd das Versprechen abnötigte, netter zu der Katze zu sein. Sie redeten über Davy, und er wollte immer noch nicht erzählen, wie Davy verletzt worden war, aber so wie bei jedem Mal, wenn sie über ihn gesprochen hatten, sah sie die Liebe in seinen Augen. Sicher war ihm, wie schon zuvor, nicht bewusst, dass er sich ihr öffnete, denn sonst hätte er aufgehört, und sie würde den Teufel tun und ihn darauf hinweisen. Sie leerten die Flasche Chardonnay und öffneten noch eine, dann ließ der angenehme

Schwips sie so kühn werden, ihm spielerisch Weintrauben in den wartenden Mund zu stecken.

Der Seewind fuhr in ihr weites Hemd, sie hatte die Arme locker um die Knie gelegt. Schweigend blickte sie auf den breiten, leeren Strand rechts von sich, dann auf den Horizont zu ihrer Linken. Die Sonne versank, so dass sich der prachtvolle Florida-Sonnenuntergang über den sonst ruhigen Himmel erstreckte.

»Ist es jetzt so wie damals, als Davy deiner Firma den Namen gegeben hat?«

Nick betrachtete einen Augenblick lang den Horizont, dann wandte er sich mit trauriger Miene zu ihr um. »So ungefähr.«

Sie schwiegen, während der glühend orangefarbene Ball hinter dem Horizont versank, und als er verschwand, nahm der Himmel einen Hauch von Malve und Pulverblau an. Sie blickte hoch in seine Augen, die im schummrigen Licht dunkler wirkten, lehnte sich leicht an ihn, er legte ihr sanft einen Arm um. »Nick, die letzten Tagen waren für mich … wirklich schön.« Normalerweise war sie wortreicher, aber sie wusste nicht, wie sie sonst ausdrücken sollte, was sie fühlte.

Er sah sie an, senkte aber rasch den Kopf. »Ja.« Kaum mehr als ein Flüstern. Bestimmt war er solche Geständnisse nicht gewohnt, desto mehr bedeuteten sie ihr, wegen der Mühe, die sie ihn kosteten.

Als das Segelboot eine Stunde später an den Liegeplatz zurückkehrte, hätte sie sich von dem Wein eigentlich schläfrig fühlen müssen, aber sie war noch immer beunruhigt über das, was als Nächstes kommen würde. Der Wein hatte sie entspannt, aber nicht die sinnliche Energie verringert, die in ihr strömte, wann immer sie in Nicks Nähe war.

Bevor sie von Bord gingen, tauschten sie einen langen Kuss miteinander aus, der Lauren mit altvertrauten Sehnsüchten erfüllte. »Willst du mich jetzt nach Hause, ins Bett bringen?«, flüsterte sie, kaum dass sie sich voneinander gelöst hatten. Der Kapitän vertäute das Boot ein paar Meter hinter ihnen.

»O ja«, sagte er leise, und schon bald dankten sie dem Kapitän und gingen durch die Hafenanlage dem Parkplatz entgegen, Hand in Hand.

»Oder« – sie drehte sich um und sah ihn mit einem spielerischen Lächeln an – »ist dir das Bett zu langweilig?«

In seinen Augen spiegelte sich ein Hauch Erregung. »Nicht, wenn du darin liegst.«

Lauren hatte eine märchenähnliche Vorstellung entwickelt, wie der Sex wohl aussehen könnte. Nach ihren sanften Küssen auf dem Boot, nach dem unbeschwerten Gespräch, das sie beim Picknick geführt hatten, stellte sie sich den Sex so vor, wie sie ihn sich als naives junges Mädchen ausgemalt hatte: langsam und sanft, während irgendwo im Hintergrund romantische Musik spielte.

Aber es sollte nicht sein. Als Nicks Jeep schließlich in ihre Auffahrt einbog, liefen sie beide zur Tür, und sie hantierte mit ihrem Schlüssel, während er sie von hinten in die Arme schloss.

»Himmel, wie sehr ich dich begehre«, hauchte er ihr zu, während sie kurz darauf auf ihr Bett fielen. Dann wurde es wild und ungestüm, ihr Stöhnen erfüllte den Raum, und in diesem Augenblick war sie ganz Gefühl, ganz Empfindung – Nicks Mund, Nicks Hände, Nick in ihr.

Erst hinterher kam der ruhige, sanfte Teil, als sie am wenigsten damit gerechnet hatte. Er lag auf ihr, ihre Körper noch immer vereint. Langsam strich er mit der Hand über ihre Schulter, Brust, Hüfte, Oberschenkel und wieder zurück. Dann fasste er ihr ins Haar und küsste sie – sanft und zärtlich.

Minuten später stieg er aus dem Bett und sagte dabei irgendetwas von Bad. *Und jetzt geht er womöglich*, warnte sie sich. *Spaziert womöglich wieder hier herein, greift nach seinen Jeans und geht nach Hause.*

Und das wäre auch okay. Und zwar, weil ich von ihm nicht erwarten kann, jede Nacht zu bleiben, und was auch immer von nun an geschieht, die heutige Nacht war etwas Besonderes.

Sie schloss die Augen und wappnete sich. Dann aber spürte sie, wie er wieder unter die Decke schlüpfte und sich an sie drückte, unmittelbar bevor er ihr zuflüsterte: »Morgen früh machst *du* uns Frühstück.«

»Was machst du uns?«, fragte Nick, während das Sonnenlicht durchs Halbkreisfenster strömte. »Ich hab Hunger.« Er ließ sich aufs Bett fallen, knabberte an einer ihrer Brüste, erfreut, als Lauren ein sexy Stöhnen entfuhr.

»Für jemanden, der Frühstück möchte«, hauchte sie, »gibst du mir nicht unbedingt einen Anreiz, zu gehen.«

Ein letzter Kuss auf ihre gerunzelte Brustwarze, dann schaute er ihr ins Gesicht. »Du hast Recht. Ich sterbe vor Hunger. Hol uns doch mal etwas zu essen.«

Sie lachte über seine Beharrlichkeit. »Was hältst du von einem Croque?«

»Prima.«

»Könnte eine Weile dauern. Bist du sicher, dass ich dir nicht zu sehr fehlen werde?«

»Ich werde dich vermissen, aber für einen Croque lohnt es sich.«

Sie erhob sich nackt vom Bett und tappte zu einer der Schiebetüren der Ankleide, aus der sie den beigefarbenen Hausmantel aus Seide holte, in dem er sie zum ersten Mal gesehen hatte. Er dachte daran, wie sehr sich ihre Beziehung gewandelt hatte.

Er döste ein, während sie weg war, und ehe er sich's versah, stellte sie das Tablett über ihn hinweg aufs Bett und kroch zu ihm zurück unter die Decke. »Sieht gut aus«, sagte er und setzte sich auf, wobei er verschwieg, wie gut es ihm gefiel, sie so nahe neben sich zu haben. Er hatte noch nie im Bett gefrühstückt – bis Lauren kam, aber jetzt sah er den Vorteil: Es verlängerte die Nähe und Intimität der vorherigen Nacht. Natürlich schrillte ein Alarmsignal in seinem Kopf – *viele* Dinge, die im Laufe ihres Dates geschehen waren, hatten Warnsignale in ihm ausgelöst. Aber das hier zu mögen, ja, *sie* zu mögen, hatte keinerlei Bedeutung, sagte er sich. Dies war einfach Spaß, Sex und besser, als allein zu schlafen – das war alles.

»Na ja, ich treffe mich heute Mittag mit Carolyn zum Essen, vorher gehe ich noch ein wenig einkaufen ... sosehr ich es also hasse, mich aus dem Bett zu erheben, ich muss mich langsam auf den Weg machen.«

Ihre Pläne erinnerten Nick daran, dass Samstag war und er auch etwas vorhatte. »Ich muss heute meinen Arbeitsplan für die nächste Woche zusammenstellen und meinen Jungs sagen, wo sie arbeiten sollen. Außerdem habe ich Davy versprochen, mit ihm zu einer Matinee zu gehen, und Elaines Garagentor muss auch noch gestrichen werden.« Er hoffte, dass sie ihn nicht bat, heute Abend wieder zu ihr zu kommen. Er hatte wirklich viel zu tun, außerdem war es definitiv Zeit, die Botschaft auszusenden, dass er keine feste Größe in ihrem Leben spielen würde.

Zum Glück antwortete sie nur: »Scheint ja ein voller Tag zu werden.«

Sie beendeten das Frühstück, dann bot Nick ihr an, sie könne zuerst duschen. Als er sie das nächste Mal sah, stand sie in einem hübschen Sommerkleid über ihm. »Ich muss mich beeilen, aber bleib so lange, wie du möchtest. Du sieht müde aus.«

»Na ja, die heiße Blondine, die ich da kenne, raubt mir in letzter Zeit eine Menge Schlaf.«

Er sah ihr zu, während sie zur Tür ging und das Kleid um ihre wohlgeformten Beinen schwang. »Ich werde …« Was? Was würde er tun? »… bald mit dir reden«, endete er.

Nachdem sie gegangen war, blieb er liegen und wollte noch ein wenig dösen, aber sein Geist war inzwischen zu wach, zu aufmerksam. Er hörte, wie das Garagentor sich öffnete und wieder schloss. Er lauschte in die Stille des Hauses hinein. Gestern Abend war es im Haus allerdings gar nicht ruhig gewesen, denn Laurens und sein Stöhnen hatte die Stille durchdrungen. Verdammt, sie verstanden sich gut im Bett.

Und vielleicht auch in anderer Hinsicht, wie er widerstrebend einräumen musste. Er hatte ihren Segeltörn gestern Abend sehr genossen – obwohl er froh gewesen war, das Thema Phil hinter sich zu lassen. Er hatte ein schlechtes Gewissen, weil er ihr davon erzählt hatte. Er hatte es immer vermieden, sich in die Probleme andere Leute hineinziehen zu lassen, denn er wollte ja auch nicht, dass andere sich in sein Leben einmischten. Und obwohl er wusste, dass Lauren sich nur einmischte, weil sie sich um Phil und Jeanne Sorgen machte, dürfte sie wohl am Ende enttäuscht sein. Er kannte Phil nicht gut, aber er war ihm nicht wie jemand vorgekommen, der etwas bereute. Außerdem waren Männer, die fremdgingen, meistens ziemlich gut darin, es irgendwie zu rechtfertigen.

Das darauf Folgende war besser gewesen: Sie hatten jene Tage Revue passieren lassen, bevor seine Mutter starb, dann hatte er einen Sonnenuntergang mit dem kleinen Mädchen geteilt, das zu einer wunderhübschen Frau herangewachsen war. Es war wie eine gelungene Rückkehr in die Kindheit. Er hatte sich immer wieder ermahnt, besser die Kontrolle über die Situation zu übernehmen, Lauren lieber mitzuteilen, wo sie standen. Es hatte Augenblicke gegeben, in denen alles so gut lief, das Gespräch so leicht war, dass er wünschte, er hätte ihr sagen können, dass er von ihren Fantasien wusste. Das war natürlich absolut unmöglich, aber er sehnte sich trotzdem danach, ihr seine Fantasien anzuvertrauen, und zwar nicht nur auf einsame, indirekte Art.

Plötzlich überkamen Nick gigantische Schuldgefühle, als er in Richtung Schlafzimmertür blickte. Er war allein, und das Buch mit ihren erotischen Fantasien stand noch immer in ihrem Büro, weiter hinten im Flur.

Aber er durfte das einfach nicht. Er wollte ihr nicht mehr wehtun, und ein solches Buch … na ja, vom ersten Blick darauf war ihm klar gewesen, dass es dem tiefsten, geheimsten Punkt ihrer Seele entsprang und er sich auf unverzeihliche Weise versündigt hatte.

Und doch – er sehnte sich danach, mehr über ihre geheime Seite zu erfahren. Er wollte mehr über ihre erotische Gedankenwelt erfahren, wissen, was sie im Innersten antrieb. Er sehnte sich danach, über die Macht zu verfügen, diese Fantasien auch weiterhin zum Leben zu erwecken, ihr Dinge zu schenken, wie kein anderer Mann es wollte oder vermochte, zu sehen, wie sich ihre Augen von dem Zauber erhellten, dass sie die geheimsten Fantasien ausleben konnte. Die Verlockung des Verbotenen ließ ihn nicht mehr ruhen, ließ nicht mehr zu, dass er widerstand.

Manchmal konnte er mühelos vergessen, dass er heimlich in ihrem Journal las, war es leicht zu fühlen, dass ihre Fantasien einfach etwas waren, was sie miteinander teilten. In diesen Augenblicken redete er sich ein, dass sie ihm, wenn sie davon wüsste, nicht Einhalt gebieten würde, es sogar *wollte*, dass er ihre Fantasien las, genau wusste, wie er sie am besten befriedigen konnte.

Vielleicht gehörte er aber auch zu den Männern, die ihre Frau betrogen, denn je länger er hier lag und darüber nachdachte, desto mehr Gründe fand er zu seiner Rechtfertigung …

Bis er der Verführung einfach nicht mehr widerstehen konnte. Bis er schließlich die Decke zurückschlug und aus dem Bett stieg.

13

Ich liege nackt auf einem Bett in einem Kokon aus violettem Samt, mein Kopf ruht auf einem dicken amethystfarbenen Kissen. Durchscheinende weiße Stoffe bilden das Himmelsdach über mir, aus dem hier und da Efeuranken sprießen. Das Zimmer ist voll satter Farben und luxuriöser Möbel, doch das Bett ist eine Welt für sich, ein privates Refugium, ein geheimer Garten.

Ein Mann betritt das Zimmer durch eine hohe, zweiflügelige Tür mit vergoldetem Rahmen. Wie ich ist auch er nackt – seine Brust ist muskulös, die Schultern breit, die Haut sonnengebräunt. Er geht wie jemand, der nichts fürchtet.

Er setzt sich neben mich, legt ein Päckchen in meine Hände, ein Geschenk. Ich ziehe an der lila Samtschleife, bis sie sich löst, dann hebe ich den weißen Deckel von der Schachtel. Darin befinden sich drei seidene, dunkelviolette Schals, so samtweich, dass ich erschauere. Ich schaue nach unten und sehe, dass mein Gefährte voll erigiert ist, während er mir zusieht, wie ich seine Gabe öffne.

Ich strecke den Arm aus und nehme ihn langsam in die Hand. Unter meinen Fingern ist er wie Stahl, umhüllt von Seide. Seine Augen schließen sich in stummer Lust, und ich möchte ihm mehr geben, deshalb schlinge ich einen der Schals um ihn und wickle Seide auf Seide ganz um ihn herum, bis er stöhnt.

»Nicht weitermachen«, sagte er schließlich, und ich ziehe mich weiter aufs Bett zurück, denn ich spüre eine Macht, deren ich mich nicht erwehren kann.

Er setzt sich rittlings auf mich, sein Glied liegt flach und hart auf meinem Bauch; er greift in die Schachtel und zieht einen weiteren Schal heraus, hebt dann meine rechte Hand sanft ans Bettgeländer über meinem Kopf. Während er mein Handgelenk festbindet, rast mein Herz im Bewusstsein meines Gefangenseins, und als beide Handgelenke in Seide gewandet und ans Bett gebunden sind, weiß ich, dass ich alle Kontrolle aufgegeben habe. Vielleicht sollte ich Angst empfinden, doch mein Körper pocht vor Erregung, begleitet von einem tiefen, durchdringenden Vertrauen.

Er kniet und greift nach einem dritten Schal, der in einem kleinen Haufen zwischen uns liegt. Er zerknüllt ihn in seiner Faust und sieht mich an, so dass ich mich frage, was er vorhat.

Er betrachtet mein Brüste und zieht den Schal zwischen seinen Händen straff, dann streift die straffe Seide über die empfindliche Knospe, macht sie noch steifer, während mich Empfindungen durchzucken wie kleinere Erschütterungen nach einem Erdbeben.

Er beobachtet meine Reaktion, und erst als alle Schauer der Lust nachgelassen haben, zieht er langsam die violette Seide in ganzer Länge zwischen meinen Beinen hindurch. Ich erschauere unter der seidigen Liebkosung, und diesmal sind die kleinen Erschütterungen noch stärker.

Der Seidenschal bleibt gespannt zwischen uns, wie eine Drohung und ein Versprechen zugleich; er kommt näher und verbindet mir die Augen, bis ich nichts mehr sehe. Völlig unter seiner Kontrolle jetzt, außerstande zu sehen, was als Nächstes kommen, erfasst mich eine leichte Furcht – aber ich löse mich schnell daraus, immer noch vertrauend, voraussehend, mein Körper bebend vor Verlangen.

Und dann spüre ich alles auf einmal – meine Brustwarzen prickeln vor feuriger Hitze, während er sie benetzt, daran saugt und die Hand zwischen meine Beine taucht, mich dort streichelt, wo ich nass bin. Ich schreie auf, habe mich aber noch nicht der auf mich eindringenden Lust angepasst, als er tief in mich eindringt. Während er in mich hineinstößt, bleibt sein Mund die ganze Zeit auf meinen Brüsten. Ich erbebe, werde geschüttelt von einer so intensiven Lust, dass ich sie bis ins Innerste fühle und mich völlig hingebe. Als wir gemeinsam zum Höhepunkt kommen, beide stöhnen, klingt die letzte, gewaltigste Welle in mir ab. Dann ist alles ganz still.

Und mit einem Mal sind seine Hände da und lösen sanft meine Handgelenke, ehe er mir den Schal vom Kopf zieht. Er wirft sie alle zur Seite und legt sich neben mich auf den Samt, nimmt mich in die Arme, so dass ich nur noch von meinen Gefühlen gefangen bin.

Schuldgefühle rangen mit Lustgefühlen, als Nick sich vorstellte, er wäre der Mann in dieser Szene. Aber nachdem er seinen Kitzel erlebt hatte, vertrieb das schlechte Gewissen die Lust. Verdammt, er hätte das nicht lesen sollen. Er hatte es von Anfang an gewusst – und verfluchte sich, weil er nicht aufhören konnte. Jetzt, da die Versuchung vorüber war, verschwanden alle Rechtfertigungen, und er konnte nicht ermessen, wie sehr es sie verletzen würde, wenn sie davon erfuhr. Das Gefühl der Scham war riesengroß.

Er ging zum Bücherregal zurück. Er wollte das Buch zurückstellen, irgendetwas blockierte jedoch den Platz. Er schaute nach – die verwelkte rosafarbene Rose, die er ihr geschenkt hatte, die Blätter gepresst zwischen Seiten aus Wachspapier. Sein Herz schwoll an. Die Rose musste aus dem Tagebuch gefallen sein, als er es herausgezogen hatte. Lauren hatte sie aufbewahrt. Und zwar *hier*, an dieser Stelle.

Er nahm die Rose und redete sich ein, dass der Kloß in seinem Hals einfach nur von den neuen Schuldgefühlen oder Befürchtungen herrührte. Was, wenn sie die Rose nun zwischen zwei besondere Buchseiten gelegt hatte, so wie seine Mutter, und merkte, dass sie herausgenommen worden war? Im Inneren aber war ihm klar, dass er lediglich seine tieferen Gefühle leugnete, denen er sich nicht offen stellen wollte. Er setzte sich wieder, klappte das Buch auf und blätterte darin, bis er die Fantasie fand, bei der es am meisten Sinn ergab, die Rose aufzubewahren – diejenige *über* die Rose. Er legte die Blume in die Mitte und schloss das Buch; als er aufstand und es für immer zurückstellen wollte, versuchte er nicht allzu viel zu empfinden. Versuchte sich nicht zu fragen, warum sie die Rose aufbewahrt hatte – nach der schnöden Art, wie er sie in jener Nacht allein gelassen hatte. Versuchte sich nicht zu fragen, was sie damals in ihm gesehen hatte, darauf vertrauend, dass er etwas Besonderes war. Versuchte nicht das sonderbare Gefühl von Dankbarkeit – und etwas Tieferes – zu fühlen, das ihn durchströmte.

Nachdem er sich wieder im Griff hatte, trat er an Laurens Schreibtisch und wollte gerade die Lampe ausschalten, als sein Blick auf seinen Namen auf einem Blatt Papier fiel. Er nahm es in die Hand und fand den Namen seiner Firma, seine Adresse … und irgendwelche Zahlen, die keinen rechten Sinn ergaben. Es handelte sich um eine Rechnung – mehr noch: die aufgelisteten Aufträge, die er in der vergangenen Woche bei Hanlon's ausgeführt hatte –, aber es waren nicht *seine* Rechnungen, und die Rechnungsbeträge stimmten nicht überein.

Er grübelte darüber nach und setzte sich auf den Stuhl. Sah sich das Blatt genauer an. Auf der Rechnung stand sein Firmenlogo, aber die Rechnungsdaten waren getippt, wohingegen er sie handgeschrieben verschickt hatte. Die Rechnung war allerdings auf die vergangene Woche datiert, so wie es sein sollte, und deshalb glaubte er, dass vielleicht jemand bei Ash seine Rechnung in ein Computerprogramm übertragen hatte, um sie leichter bearbeiten zu können, weil er zeitlich stark im Rückstand war.

Doch er musste gar nicht nach Laurens Taschenrechner greifen, um zu erkennen, dass diese Rechnungsbeträge bei jedem Auftrag um einige Prozentpunkte höher lagen als seine tatsächlichen Stundensätze. »Was zum Teufel …«

Zunächst wollte er Lauren suchen und sie fragen, woher die Rechnung stammte, ihr sagen, dass es sich nicht um seine handelte, dass es da irgendeinen Fehler geben musste. Aber je länger er dasaß, desto klarer wurde ihm alles, zum Teil auch wegen der Bemerkungen, die Lauren hatte fallen lassen.

Als sie einander zum ersten Mal begegnet waren, hatte sie ihm gesagt, sie wisse, dass er nicht billig sei, weil sie seine Rechnungen gesehen habe. Auf dem Weg zum Hafen gestern Abend hatte sie die steigenden Kosten seitens der Subunternehmer erwähnt, die für Ash arbeiteten, aber er hatte angenommen, dass sie andere Subunternehmer, nicht *ihn* damit meinte. Plötzlich fragte er sich, wie lange die Horizon-Rechnungen schon zu hoch ausgefallen waren.

Er verfolgte den Weg, den seine Rechnungen nahmen. Er schickte sie an Sadie, und von dort gingen sie an Phil. Von Lauren wusste er, dass die Rechnungen, die sie bezahlte, von Phil kamen, dass er oder seine Sekretärin ihr die Rechnungen alle paar Tage zustellten. Phil war der gemeinsame Nenner – und ein Mann, dem er aus gutem Grund nicht mehr über den Weg traute.

Er sah sich die Rechnung noch einmal an und dachte daran, wie viel Mühe der Betreffende aufgewendet haben musste, damit die Sache funktionierte, aber andererseits war es nicht so simpel. Nick kannte sich nicht aus mit Computern, aber er nahm an, dass es, sobald Phil die gefälschten Formulare mit seinem Firmenlogo und seiner Adresse versehen hatte, wahrscheinlich eine Kleinigkeit war, hier und da ein paar Zahlen zu ändern. Und wenn er mit allen Rechungen so verfuhr – Lauren hatte ja gesagt, dass fast alle höher ausgefallen waren –, sahen die ja vielleicht gar nicht so ungewöhnlich aus, dass Lauren oder jemand anderer sich höchstens gelegentlich wunderten.

Demnach betrog Phil Ash Builders. Genauer: Henry Ash. »Ich fass es nicht«, murmelte er in der Stille von Laurens Büro. Wieder war sein erster Impuls, sie aufzusuchen und ihr zu berichten, was er herausgefunden hatte. Irgendwie fühlte er sich als Opfer, seinen Namen auf einer gefälschten – und manipulierten – Rechnung zu sehen. Doch dann atmete er tief durch und legte die Rechnung auf den Schreibtisch zurück. Phil betrog ja schließlich nicht *ihn* – er bekam seinen Scheck pünktlich jede Woche, exakt die Summe, die er in Rechnung gestellt hatte.

Nein, je länger er darüber nachdachte, desto mehr begriff er, dass es nur eine einzige Person gab, die daran Schaden nahm: Laurens Vater. Und während er das Licht ausschaltete und ruhig den Flur zurückging, wusste Nick, dass er Henry Ash, endlich, ein wenig Gerechtigkeit widerfahren lassen konnte.

»Schmirgel weiter, Davy«, sagte Nick und sah seinem Bruder zu, der unter der heißen Mittagssonne die abblätternde Farbe vom Garagentor entfernte.

»Okay, Nick.«

Nick ging zur Eingangstür und durch das kleine Haus in die Küche, wo er den Eimer zurückgelassen hatte, den er vorhin geholt hatte, um Elaine die Farbe zu zeigen. Während er dort war, nahm er auch noch ein paar Dosen Softdrinks aus dem Kühlschrank.

»Verflixt, wo ist denn die Zeitung?«, sagte Elaine, als sie hinter ihn trat.

»Wie bitte?«

Er hörte, wie sie den Stapel Zeitungen durchsah, den sie neben der Küchentür aufbewahrte. »Ach, nichts. Ich kann nur die Zeitung vom Donnerstag nicht finden – dort war ein Coupon drin, den ich haben wollte. Wie geht's denn mit dem Garagentor voran?«

Er drehte sich um und sah, dass seine Schwester Jeans und ein rotes Tank-Top trug, das ihre Figur mehr als sonst betonte, und dass er sich bis zu diesem Moment nicht einmal bewusst gewesen war, wie wohlproportioniert seine Schwester war. »Das Abkratzen und Schmirgeln war aufwändig, aber wir fangen gleich an zu streichen.«

»Gehst du hinterher immer noch mit Davy ins Kino?«

Er nickte. »Wir essen wahrscheinlich auch irgendwo kurz zu Abend.«

»Könntest du mir einen Gefallen tun?« Sie lehnte sich neben ihn an den Küchentresen. »Kannst du bei Dad vorbeifahren und nach ihm sehen?«

Sein scharfer Blick bedurfte keiner Worte.

»Tut mir leid, Nick« – sie schüttelte den Kopf –, »aber ich bin seit der Notaufnahme jeden Tag im Krankenhaus gewesen, außerdem habe ich ihn in die Herzklinik und zum Arzt gefahren, ich bin einfach ein bisschen erschöpft.«

Nick seufzte; er machte sich Vorwürfe. Sicher, sein Dad hatte jetzt ein »Leiden«, und sie mussten ein Auge auf ihn haben, aber er hatte, zugegeben, nicht daran gedacht, dass Elaine bereits damit begonnen hatte. Und er hatte ihr versprochen, sie dabei zu unterstützen.

Damit verlangte sie also wohl nicht zu viel, vor allem, als

sie hinzufügte: »Du musst ja nicht bei ihm bleiben. Schau nur, ob es ihm gut geht, und erinnere ihn daran, dass er die Medikamente nehmen soll. Sie liegen auf dem Küchentisch.«

»Kein Problem, Lainey«, sagte er und riss den Verschluss seines Softdrinks auf. »Ich kümmere mich darum.«

Sie lächelte. »Danke, Nick. Ich weiß das sehr zu schätzen.«

Je länger er sie betrachtete, desto mehr fiel ihm auf, dass ihr Haar weicher, hübscher als sonst wirkte; er hätte schwören können, dass sie auch einen Hauch Lippenstift aufgetragen hatte. »Hast du … ein Date heute Nachmittag, oder so?«

Sie errötete – und senkte den Blick. »Nein. Warum?«

Er bereute seine Äußerung und versuchte sie herunterzuspielen. »Hab nur gedacht, weil du hübsch aussiehst, mehr nicht.«

Sie hob den Blick, sah ihn an. »Danke, ich … ich kümmere mich wohl nicht mehr viel um mein Aussehen. Du hast mich nur an einem meiner besseren Tage erwischt.«

Was sollte er darauf antworten? Er bezweifelte, dass er sich mit Elaine seit ihrer Teenagerzeit über etwas so Banales wie ihr Aussehen unterhalten hatte. Einerseits wollte er ihr sagen, sie müsse besser auf sich Acht geben, denn heute sah sie wirklich gut aus, andererseits fürchtete er, dass er schon zu viel gesagt hatte, also entschied er, dass es klüger wäre, den Mund zu halten.

»Außerdem gehe ich nicht oft mit Männern aus.«

Darüber hatte er noch nie nachgedacht, höchstens neulich einmal den flüchtigen Gedanken gehabt, als Lauren gefragt hatte, ob Elaine verheiratet sei. »Ist wohl schwer mit Davy, was?«

Sie nickte, aber er las die Schuldgefühle in ihrem Blick. Sie hatte sich ihr ganzes Erwachsenenleben lang um den Bruder gekümmert, und sie war sich nicht sicher, ob es richtig war, etwas mehr zu wollen.

»Hör zu, Lainey, wenn du einmal ausgehen möchtest, und wenn nur mit einer Freundin oder so – Davy kann bei mir wohnen. Ich meine, wenn du … etwas Privatsphäre haben möchtest.«

Wieder wurde sie rot. »Danke, Nick. Aber ich glaub, das wird nicht passieren.«

Er sammelte die Farbe und das Mineralwasser zusammen, balancierte dabei die Dosen aufeinander und ging zur Haustür. Auf seinem Weg zurück in die sengende Hitze erinnerte er sich an Elaine, als sie strahlende Augen hatte und ein schönes Lächeln.

Im letzten Jahr an der Highschool hatte sie ihn in ihr Zimmer gezogen und ihm einen Brief von der Universität von Miami gezeigt, in dem ihr ein Teil-Stipendium angeboten wurde. Sie hätten sich beide glücklich schätzen sollen, aber nachdem er den Brief gelesen hatte, hatten sie einander nur angeschaut. »Ich habe mich nur beworben, weil Mr. Hayes darauf bestanden hat«, hatte sie erklärt und sich auf ihren Lehrer berufen, als wollte sie sich entschuldigen. »Ich hatte nie daran gedacht, dass die Uni mir tatsächlich Geld anbieten würde.«

»Lainey, das ist doch klasse«, hatte er gesagt. »Wirklich super.« Aber seine Sorge hatte wohl durchgeklungen, und heute wünschte er, er hätte sie besser verborgen. Er war bereits von der Schule abgegangen, um sich eine Anstellung zu suchen, nachdem das Geld aus dem Verkauf der Double-A-Anteile aufgebraucht war. Damals wusste er nicht, wie er hätte zurechtkommen sollen – wie er genug Wände hätte anstreichen sollen, um alle zu unterstützen und sich gleichzeitig um ihren Dad und Davy zu kümmern –, aber er hätte wohl einen Weg finden können.

Am Ende hatte Elaine allerdings beschlossen, dass sie Davy nicht verlassen konnte. Nick hatte nie auf seine Sorgen angespielt, hatte aber gesagt, wenn er arbeite, um sie alle zu ernähren, könnte *sie* zumindest zu Hause bleiben und sich um ihren Bruder kümmern.

»Vielleicht könntest du ja irgendwo in der Nähe Abendkurse belegen«, hatte er ihr gesagt, wie er sich erinnerte, »während ich auf Davy aufpasse.«

»Ja, vielleicht«, hatte sie geantwortet. Aber sie hatte es nie getan.

Während Nick zusah, wie Davy erste Kreisbewegungen mit dem Sandpapier ausführte, sagte er sich noch einmal, dass Henry verdiente, was Phil ihm antat. Henry hatte Nicks Vater betrogen, und jetzt betrog Henrys neuer Geschäftspartner *ihn*. Das schien nur recht und billig; es kommt, wie es kommen muss. Henrys Handeln in den vielen Jahren hatte zu einem alkoholkranken Vater mit einem Herzleiden geführt und einer Schwester und einem Bruder, deren Leben nie wurde, was es hätte werden können. Dass Henry etwas Geld verlor, schien verglichen damit unbedeutend, wenn auch irgendwie befriedigend. Und schließlich war ja nicht Nick der Betrüger. Eigentlich ging es ihn nichts an.

»Sieht gut aus, Dave«, sagte er schließlich und befreite sich von seinen Gedanken. »Komm, fangen wir an zu streichen, damit wir rechtzeitig ins Kino kommen. Ich weiß doch, du kannst es nicht ausstehen, die Vorschau zu verpassen.«

Lauren saß im kurzen Seidenpyjama gemütlich auf dem Sofa, sah sich einen alten Kinofilm an und knabberte am letzten Chocolate-Chip-Cookie, den sie und Carolyn sich nach dem Essen im Einkaufszentrum gekauft hatten. Sicher, die meisten Leute fanden es langweilig, so den Samstagabend zu verbringen, aber sie war rundum zufrieden.

Natürlich beruhte ihre innere Zufriedenheit größtenteils auf Nick und der neuen Hoffnung, die sie in Bezug auf ihre

Beziehung hegte. Sie hatte keine Ahnung, wie lange es mit ihm gehen würde – eigentlich war sie sich so unsicher, dass sie Carolyn gegenüber nichts davon erwähnt hatte –, aber sie war einfach dankbar für das, was Nick und sie im Augenblick teilten. Und als sie sich wegen der Zukunft Sorgen zu machen begann, sich vorstellte, dass er die ganze Sache vielleicht beenden könnte, dachte sie an die Rose, die sie in ihrem erotischen Tagebuch aufbewahrte, weil sie einfach zu besonders war, als dass sie sie hätte wegwerfen können. Sie dachte an die unergründliche Art, wie die Rose Fantasie und Wirklichkeit verband, ihn und sie. Ihr war zwar unklar, was sie bedeuten und wie Nick davon wissen konnte, und sicherlich war es gefährlich, sich auf eine Beziehung mit Nick Armstrong einzulassen. Doch wenn sie miteinander im Bett waren, wenn sie seine Zärtlichkeit spürte oder wenn er ihr spontan etwas über Davy oder eine Erinnerung an seine Mutter erzählte, dann fühlte sie, dass er dies nicht jeder Frau schenkte.

Es klopfte; sie erschrak, was Izzy aufweckte. Die Katze hob den Kopf, öffnete die Augen, Lauren stand auf und ging an die Tür. *Aber – o verdammt, sieh dich an. Wieso bist du eigentlich nie angezogen, wenn jemand spät an deine Tür klopft?*

Barfüßig eilte sie über die glatten Bodenfliesen und blickte durch den Spion, völlig überrascht, Nick auf der anderen Seite zu sehen. Das Herz ging ihr auf, als sie öffnete, aber sie bemühte sich, das volle Ausmaß ihrer Freude zu verbergen. »Nick.«

Er legte den Arm gegen den Türrahmen, kam sich völlig frei, ehrlich vor. Er lächelte nicht. »Ist es in Ordnung, dass ich hier bin?«

»Natürlich. Wieso?«

Er blickte in ihre blauen Augen und versuchte darin zu lesen, sorgte sich sogar ein wenig; er wusste nicht, warum er gekommen war. »Weil wir nicht verabredet waren.«

»Das macht nichts. Ich habe nichts vor.«

»Und weil ich heute Abend nicht hierherkommen wollte – ich habe andere Dinge zu erledigen, eine Firma zu leiten.«

»Wieso … bist du dann also gekommen?«

Gute Frage. Er bemühte sich, noch ehrlicher zu sein. »Weil ich ein bisschen Papierkram erledigt und Elaines Garagentor gestrichen habe und mit Davy ins Kino gegangen bin, aber die ganze Zeit … an dich gedacht habe.« *Dich begehrt habe.* Er versucht gar nicht erst, den Ausdruck in seinen Augen zu verbergen. Offenbar konnte er sich nicht an sie gewöhnen; nichts ließ sein Begehren auf ein normales Maß abklingen.

»Komm rein.« Sie klang ein wenig atemlos.

Aber das bedeutete ja nichts. Denn er hatte heute auch über vieles andere nachgedacht – Elaine, Davy, seinen Vater. Es bedeutete nur, dass man nach einem sorgenvollen Tag zur Abwechslung einmal eine liebe, erotische Frau seine Gedanken beherrschen lassen konnte.

Natürlich fühlte er sich ein bisschen schuldig, weil er Phils Geheimnis vor ihr verbarg, aber er fand, es wäre in Ordnung, da es ein Verbrechen ohne Opfer war – anders als bei Henry, dem Mann, den er bestraft sehen *wollte*. Hinzu kam: Die Fantasien, die er in Laurens Tagebuch gelesen hatte, hatten seine Schuldgefühle irgendwie überlagert. Den ganzen Tag über hatten ihn ihre handgeschriebenen Sätze verfolgt, als Bilder im Kopf, als Vorstellungen, wie sie mit violetten Schals gefesselt war. Allein der Gedanke, dass sie so etwas wollte, erfüllte ihn mit einem so tiefen Verlangen, dass er es kaum verarbeiten konnte. Weil es inzwischen mehr war als nur Bilder im Kopf; mit diesen Vorstellungen war verbunden, dass er *sie kannte* – wusste, dass sie intelligent, mitfühlend und ungeheuer verständnisvoll war. Deshalb war er, ohne es eigentlich geplant zu haben, nachdem er bei der Wohnung seines Vaters vorbeigefahren war und anschließend Davy zu Hause abgesetzt hatte, hierhergekommen. Kein kluger Schachzug, falls er nicht mehr von ihr wollte – etwas, was *sie*, wie er wusste, sich wünschte. Trotzdem, jetzt war er hier.

Während er sie in die Arme schloss, atmete er ihren herrlich frischen Duft ein und flüsterte ihr zu: »Ich fühle mich irgendwie total beschissen.«

Sie entzog sich ihm, schaute ihm in die Augen. »Warum?«

»Ich …« Er wusste nicht, wie er es sagen sollte, wusste nicht einmal, ob er die Gedanken ausdrücken wollte, die in ihm rumorten. »Ich … bin nicht hergekommen, nur um mit dir ins Bett zu steigen, sondern …« Sein Blick fiel auf ihre Brüste, die Brustwarzen, die sich unter der Seide abzeichneten. »Jetzt, da ich hier bin, will ich nicht mehr warten.«

»Nick …« Sie legte die Hände an seine Brust und blickte mit ihren samtenen Augen zu ihm hoch. »Es ist in Ordnung. Weil ich es weiß.«

»Was weißt du?«

Ihre Worte kamen leise. »Ich weiß, was du nicht sagen kannst. Ich weiß, es geht nicht mehr nur um Sex.«

Er wollte widersprechen – ein fast automatischer Impuls –, aber Lauren hob zwei Finger an seine Lippen. »Schsch.« Dann trat sie zurück, griff nach unten und zog sich das Top über den Kopf, so dass sie nackt bis auf das kleine Seidenhemdchen vor ihm stand. Er fand es toll, dass sie nicht war wie Carolyn. Noch mehr liebte er es allerdings, dass sie *für ihn* wie Carolyn war.

Minuten später wälzten sie sich in Laurens Bett, ihre Körper ineinander verschlungen, der Ventilator über ihnen drehte seine langsamen Kreise, um sie zu kühlen, während sie sich gemeinsam bewegten. Irgendwie entwand sie sich ihm, drehte sich um und hielt ihm ihren Hintern hin. Die Schatten des Mondlichts, das ins Zimmer fiel, schufen eine perfekte

Silhouette ihrer Rundungen, aber er streckte die Hand aus, damit sie sich wieder unter ihn legte.

»Nein.« Sie entzog sich ihm, dann blickte sie ihn über die Schulter an. »So. Von hinten.«

Aber er hatte andere Dinge im Sinn. »Bald, Baby, jetzt noch nicht.« Wieder streckte er den Arm nach ihr aus, aber sie sträubte sich.

»So, wie ich es will«, sagte sie im Dunkeln.

Seine Erregung wuchs mit ihren Befehlen, wurde dann größer mit der Erinnerung an ihre Schlaf-Fantasie. Sie nahm noch zu, als er sich entschied, sie nicht die Oberhand behalten zu lassen. Ohne ihr eine Wahl zu lassen, rollte er sich zu ihr und legte sich auf sie, sein Schwanz ruhte in dem weichen Haar zwischen ihren Schenkeln. »Nein«, sagte er in der Hoffnung, dass sie das abgründige Glitzern in seinen Augen sah, »so, wie ich es will.« Auf meine Art.

Sie wehrte sich leicht gegen seinen Griff, aber ihre Augen waren voll der Glut, die auch in seinen Adern brannte. Als er ihre Handgelenke über ihrem Kopf festhielt, funkelte sie ihn in einer Mischung zwischen Trotz und Lust an, dann wölbte sie sich ihm entgegen, noch während sie sich ein wenig mehr wand. »Oh, Baby«, sagte er leise, bedrängt durch ihren neckenden Widerstand.

In diesem erregenden Augenblick war er versucht, ihr zu beichten, was er am Morgen gelesen hatte, versucht, sie zu fragen, ob sie sich mit Schals fesseln lassen würde …

Aber natürlich konnte er das nicht. Das konnte er sie *niemals* fragen.

Und doch griff er immer wieder auf das Buch zurück, um mehr über ihre tiefsten Begierden zu erfahren, mehr darüber, was nur er ihr geben konnte – wenn er ihr nur sagen könnte, was er wusste. Er schloss die Augen, als er vor Frust stöhnte, und lockerte den Griff.

»Was ist denn?«, flüsterte sie. »Was ist denn los?«

Mist. So hatte er nicht reagieren wollen. »Nichts, Schatz.« Er ließ ihre Handgelenke los, strich mit den Fingerspitzen langsam ihre Arme hinunter, bis er schließlich sanft ihre Brüste umfasste. »Nichts.«

Dann küsste er sie – langsam, tief, zärtlich –, nur um sie einen Augenblick lang auf eine Art zu spüren, die nichts mit ihren Fantasien zu tun hatte. Trotzdem: Diese Fantasien zum Leben erwecken zu können war eine unwiderstehliche Versuchung, also küsste und berührte und koste er sie und hielt sie dabei fest, gerade so sehr, dass sie seine Kontrolle spürte, genug, dass sie sich unterwarf. So, als wüsste er, was sie wünschte. Dann rollte er sie schließlich zur Seite, gab ihr, was sie zuvor verlangt hatte, und drang von hinten in sie ein.

Aber noch während er mit wachsender Hingabe in ihren begierigen Schoß pumpte, nahmen ihm andere Gedanken die Lust, sosehr er sie zu vergessen versuchte.

Das rote Buch.

Phils Veruntreuung.

Doch warum störte ihn Phils Geheimnis? Er verdrängte den Gedanken.

Zumindest erlaubte ihm das geheime Buch, ihr Lust zu spenden – Lust, die weit über das normale Maß der Sinnlichkeit hinausging, Lust, die nur *er* ihr geben konnte, weil nur *er* davon wusste.

Und während er sich darauf konzentrierte, griff er um sie herum und drückte die Finger in die warme Spalte zwischen ihren Schenkeln, lauschte ihrem Stöhnen und brachte sie schließlich zum Höhepunkt. Das riss alles andere mit sich fort.

Am nächsten Tag trieb Lauren auf einem aufblasbaren aquablauen Floß im Pool, im Blümchen-Bikini, von dem sie erst ein paar Tage zuvor gedacht hatte, dass sie ihn vor Nick nie tragen würde. Sie lag da und blickte in den wolkenlosen Himmel, völlig entspannt, wissend, dass auch er irgendwo in der Nähe im Wasser trieb. Sie hatten eine Zeit lang nicht miteinander gesprochen, aber selbst dann spürte sie seine Nähe.

Als ein Schubser ihr Floß erschütterte und Tropfen kalten Wassers herabregneten, riss sie die Augen auf und sah ihn zu ihren Füßen, schimmernd nass, während er sich das Haar aus dem Gesicht strich.

Ihre Blicke trafen sich, und die Welt stand still.

Er musste kein Wort sagen, musste sie nicht einmal berühren – sie wusste, was ihr Meeresgott wollte. Und jetzt begriff sie instinktiv, dass Nick irgendwie, auf irgendeine Weise ihre innersten Gedanken kannte oder fühlte, dass er irgendwie ihre geheimen Fantasien zum Leben erwecken, Wirklichkeit werden lassen konnte.

Ihr logischer Verstand sagte ihr zwar noch immer, dass das nicht möglich war, sie ahnte aber zugleich, dass es doch sein konnte. Weil es nämlich geschah.

Kämpfe nicht dagegen an, daran zu glauben. Lass dich los, lass die Logik, glaub an diesen Zauber. Die Magie bedeutete mehr als die Vergangenheit, mehr als Nicks Widerstreben, mehr als seine eigenen Zweifel. Magie war alles.

Ohne dass sie den Blick auch nur eine Sekunde von ihrem prachtvollen Meeresgott ließ, spreizte sie die Beine und ließ den Zauber wirken.

14

Stunden später – sie lagen zwischen zerknüllten Laken auf Laurens Bett, küssten und berührten einander, lachten sogar – ging ihnen auf, dass sie fast vergessen hatten, etwas zu Mittag zu essen. »Möchtest du eine Pizza?«, fragte er.

»Da gibt's nur ein Problem – einer muss sich anziehen und zur Tür gehen, um sie in Empfang zu nehmen.«

»Kein Problem. Das kannst du übernehmen.«

Sie neigte den Kopf aufs Kissen. »Und warum ich?«

»Weil ich heute Morgen Frühstück gemacht habe.«

Sie lachte. »Du hast heute Morgen das Frühstück *zubereitet?*«

»Ich habe das Weißbrot getoastet, gebuttert, die Milch in Schälchen gegossen. Das war harte Arbeit.«

Ohne Vorankündigung wälzte sie sich zur Seite und drückte ihn tief ins Kissen, rieb ihre Brust an seiner und flüsterte ihm ins Ohr: »Da gebe ich dir Recht – du hast heute hart gearbeitet, aber das meiste davon hat lange nach dem Frühstück stattgefunden.«

»Dein Sexsklave hat dir also Freude bereitet?«

Sie sah ihn aus großen Augen an. »Sexsklave?«

»Du bist ziemlich herrisch gewesen. *Nein, so. Mach schneller. Lass mich nach oben.*«

Sie akzeptierte den spielerischen Seitenhieb, und sie lagen träge lächelnd da, als sie sagte: »Ich hatte noch nie mit einem Mann Spaß im Bett.«

Die Antwort verblüffte ihn, er stützte sich auf einen Ellbogen und blickte auf sie hinab. »Wirklich nicht?«

»Ich meine … solchen Spaß. Spaß wie … zum Beispiel zu lachen.«

»Ach so.« Er verstand, was sie meinte – auch er hatte schon

mal mit Frauen im Bett gelacht, aber vielleicht war es nicht … echt, mühelos gewesen, so wie mit ihr.

Da sprang Isadora, die weiße Katze, aufs Bett. »Hey, Iz«, sagte Lauren und kraulte Isadora hinterm Ohr. Isadora spazierte über Nick und rollte sich auf der anderen Seite von ihm zusammen.

»Du bist ja so ein Aas, Izzy«, sagte Lauren.

Er lachte. »Wieso?«

»Hör doch, sie schenkt dir ihr verführerischstes Schnurren und kuschelt sich ganz eng an dich. Sie war von Anfang an scharf auf dich.«

»Da kannst du wohl von Glück reden, dass ich dich gewählt habe«, frotzelte er und küsste sie auf die Stirn. Dann wurde er ernst. »Du weißt, was das bedeutet, oder?«

»Was?«

»Dass du jetzt aufstehen musst, um die Pizza zu bestellen. Wenn *ich's* täte, würde ich Isadoras Schlaf stören.«

Sie grinste. »Du bist unmöglich.«

Sie setzte sich auf und griff nach dem Telefon. Derweil genoss er den Anblick – wie sie telefonierte, die Telefonschnur halb um den nackten Oberkörper geschlungen. »Ich hoffe, du magst Zwiebeln«, frotzelte sie, während sie auflegte, »der Lieferant darf nämlich aussuchen, was draufkommt.«

»Ich mag keinen Brie, aber zum Glück für dich habe ich gegen Pizza nichts einzuwenden. Und übrigens«, fügte er hinzu, »solltest du mal deinen Buchhalterjob verlieren, könntest du als Aktmodell arbeiten.«

»Ach ja?« Sie nahm eine Pose ein, eher albern als sexy, dann ging sie zur Frisierkommode, von wo aus sie ihm mit dem Hintern zuwackelte und gleichzeitig in einer Schublade kramte. »Tja«, sie schlüpfte in ein kleines pinkfarbenes Höschen, »ich fürchte, das ist nicht sehr wahrscheinlich, also kommst nur du in den Genuss, mich nackt zu sehen.«

»Ja, ich nehme an, dein Job ist ziemlich sicher.«

»Meine gesamte Zukunft, im Grunde genommen.« Sie streifte ein kurzes Sommerkleid über, verzichtete auf den BH. »Eines Tages werden alle Anteile meines Vaters an der Firma mir gehören. Deshalb habe ich mit so viel Führungskram zu tun – Dad hat es zwar nie gesagt, aber ich weiß, er will mich aufbauen, damit ich in die Geschäftsleitung eintrete.«

Während er über ihre Worte nachdachte, legte sie die Hand vor den Mund und sah dabei aus, als hätte sie eben etwas Blasphemisches gesagt. »Tut mir leid, Nick. Ich habe nicht nachgedacht. Du möchtest von diesem Teil in meinem Leben vermutlich nichts hören.«

Doch zu seinem Erstaunen machte es ihm nichts aus. Irgendwann hatte er aufgehört, Lauren zu verübeln, dass sie das Leben führte, das seines hätte sein sollen. Und hätte er sie oder Henry nie gekannt, bevor die ganze Geschichte begann, wäre er verdammt beeindruckt gewesen, dass sie eines Tages die Ash-Gruppe leiten sollte. »Ist schon in Ordnung.« Geistesabwesend streichelte er Isadora.

»Wirklich? Denn ich weiß, wie sehr es dich gekränkt hat, als …«

»Das geht schon in Ordnung, Prinzessin, wirklich. Es ist dein Leben. Was passiert ist, ist passiert. Du kannst nichts dafür. Ich … freue mich für dich.«

Als sie an seine Seite des Betts trat, sich vorbeugte und ihm rasch einen Kuss gab, der sich schnell in etwas anderes verwandelte, wurde ihm klar, dass er es aufrichtig meinte. Er freute sich, dass sie ein schönes Leben hatte und ihre Zukunft gesichert war.

Als die Türglocke ihre Küsse unterbrach, löste sie sich und eilte mit schwingendem Kleid aus dem Zimmer.

»Verdammt noch mal, Izzy«, sagte er, ohne dass er wirklich mit ihr reden wollte. Plötzlich nagte ein völlig neues Schuldgefühl an ihm. Er hatte nicht an das künftige Schicksal von Ash-Builders gedacht, an Laurens lebenslange Bindung an die Firma, als er Phils Veruntreuung für sich behalten wollte. Was Phil Henry antat, das tat er selbst Lauren an.

»Scheiße«, murmelte er angewidert. Er musste es ihr sagen. Es war erst vierundzwanzig Stunden her, dass er davon erfahren hatte, aber jetzt durfte er es ihr einfach nicht mehr verschweigen.

Weil sie ihm am Herzen lag. Wenngleich er verzweifelt so getan hatte, als ginge ihn die ganze Sache nichts an. Doch auf einmal war es nicht mehr zu bestreiten. Nichts in der Welt konnte ihn davon abbringen, etwas zu tun, was letztlich Henry Ash helfen würde.

Fest entschlossen, seinen früheren Vorsatz aufzugeben, seufzte er tief und dachte: Also, wie stelle ich das an? Wie sage ich es ihr? Er konnte ihr schließlich nicht erklären, *wie* er entdeckt hatte, dass Phil Ash Builders betrog. Soweit sie wusste, war er nie in ihrem Büro gewesen, und er war sich verdammt sicher, dass er nicht *so* offen sein wollte. Er wünschte sich wahnsinnig, er könnte ihr die *ganze* Wahrheit sagen, aber sie würde ihn dafür hassen. Aber bei der Sache mit Phil hätte er zumindest *teilweise* ein reines Gewissen.

»Unglaublich«, sagte er und blickte auf Isadora. Endlich hatte er die Gelegenheit für Gerechtigkeit gefunden, auf die er sein Leben lang gewartet hatte. Und er würde sie durchsetzen – für Lauren Ash.

Sie aßen im Bett und hielten dabei die Pizzastücke über den Karton, damit nichts aufs Bett tropfte. Izzy davon abzuhalten, durch die Pizza zu laufen, war allerdings schon schwieriger. »Wenn ich in diesem Haus rote Pfotenabdrücke sehe, Isadora Ash«, schalt Lauren, »dann bekommst du Schwierigkeiten.«

Als sie aufgegessen und den Karton beiseitegestellt hatten, verriet ihnen ein Blick auf den Wecker, dass es nach drei Uhr nachmittags war. »Also«, fragte sie mit neckendem Lächeln, »bereit für einen Quickie?«

Er tadelte sie gut gelaunt: »Denkst du eigentlich nur an Sex?«

Sie neigte herausfordernd den Kopf und klapperte schüchtern mit den Wimpern. »In letzter Zeit.«

Nicht nur in letzter Zeit, dachte Nick. Doch das konnte er natürlich nicht sagen, konnte nicht darauf anspielen, dass er ihre sexuellen Fantasien kannte – bestenfalls dadurch, dass er gelegentlich eine zu ihnen ins Bett holte. Fast fürchtete er, dass das, was er vorhin im Pool getan hatte, zu viel gewesen war, ihren Argwohn erregt hatte, aber er hatte einfach nicht widerstehen können.

»Andererseits«, sagte er, »es ist ein wunderschöner Tag, und morgen müssen wir beide wieder arbeiten, vielleicht sollten wir deshalb rausgehen, an den Strand.«

Nichts hätte ihm mehr gefallen als Sex, aber er musste ihr sein Geheimnis verraten. Und nun war vermutlich die beste Gelegenheit, die sich ihm bieten würde. Jetzt, da er seine Entscheidung getroffen hatte, wollte er sie nicht mehr hinauszögern. »Apropos Arbeit, ich habe den Rest deines Hauses gesehen, aber noch nie dein Büro, obwohl ich ständig an der Tür vorbeigehe.«

Als sie kurz blinzelte, dachte er: *hübscher Einfall, Armstrong.*

»Es ist nur ein Büro«, sagte sie. »Schreibtisch, Stuhl, Computer. Nichts Besonderes.«

»Ich habe in meiner Wohnung ein extra Schlafzimmer – das ich eventuell in ein Büro für Horizon umwandeln möchte. Es interessiert mich, das Büro zu sehen, weil ich nicht weiß, was ich für meins benötige.«

»Ich könnte dir helfen«, sagte sie sofort.

Himmel, sie ist so süß. »Das wäre schön.« Und das war es wirklich, aber momentan musste er ihr beibringen, dass ein Mann, dem sie vertraute, ihr Familienunternehmen um einen ordentlichen Batzen Geldes betrog. Er hatte bis jetzt noch nicht einmal daran gedacht, wie die Nachricht auf sie wirken würde.

»Komm«, sagte sie. »Sehen wir uns das Zimmer mal an.«

Er erhob sich vom Bett, dann zog er die Jeans an und folgte ihr den Flur hinunter, aber weil er wusste, was sie in ihrem Büro erwartete, hatte er plötzlich doch ein schlechtes Gewissen.

»Da wären wir.« Sie breitete die Arme aus, blieb mitten im Zimmer stehen und schaute ihn an.

Er sah sich um und versuchte so zu tun, als hätte er niemals in dem Stuhl neben dem Bücherregal gesessen oder die Schreibtischlampe angeschaltet. Sein Blick streifte den Rücken des roten Buchs, wobei er darauf achtete, rasch wieder wegzusehen. »Hübsch«, sagte er. Die Kirschholzmöbel mit Klauenfüßen, dazu Burgunder- und Jagdgrüntöne machten es zum förmlichsten Zimmer im Haus.

»Ich würde einen Schreibtisch mit mehr Schubläden empfehlen«, sagte sie. Ihrer besaß nur ein flaches Bleistiftschubfach. »Und du brauchst definitiv einen großen Aktenschrank, weil du bestimmt jede Menge Papierkram unterbringen musst.«

»Ja.« Er sah ihr zu, wie sie im Zimmer umherging, um ihm Dinge zu zeigen. Und er kam sich noch mehr vor wie ein Schuft, weil er ihr nicht die Wahrheit sagen konnte, ohne sie zu hintergehen.

Aber jetzt reichte es; er hielt es nicht mehr aus. Während Lauren über ihren Computer sprach, trat er einen Schritt näher und beugte sich vor, wobei er die Hand absichtlich auf einen Stapel von Rechnungen legte, die er gestern entdeckt hatte.

Dann blickte er hinunter und sah seinen Namen.

Er zog seine Hand weg, dann betrachtete er das Blatt Papier, genauso, wie er's zuvor getan hatte.

Langsam, reagiere nicht zu schnell.

»Was ist denn?«, fragte sie.

»Die Rechnung.«

»Was ist damit?« Sie blickte hinunter. »Ach, das ist deine.«

»Nein, das ist es ja gerade. Es ist nicht meine.«

»Wie bitte?« Sie sah hoch. »Was meinst du damit?«

»Prinzessin, auf der Rechnung steht zwar mein Name, aber sie stammt nicht von mir. Ich stelle meine Rechnungen handschriftlich aus. Ich besitze keinen Computer.«

»Aber dann ...« Wieder blickte sie auf die Rechnung.

Er musterte sie weiter. »Das sind meine Aufträge aus der vergangenen Woche, aber ...« – er schüttelte den Kopf – »... die Beträge stimmen nicht. Sie sind zu hoch.«

Lauren atmete tief durch. Sie hatte einen Kloß im Hals und brachte kaum einen Ton heraus. »Nick, nur um das klarzustellen – willst du damit sagen, dass die Rechnung hier nicht die ist, die du eingereicht hast, und dass auch die Beträge nicht die sind, die du eingereicht hast?«

Er nickte knapp. Langsam wurde ihr ein wenig schwindlig.

»Was zum Teufel ...?« Sie ließ sich auf den Lederschreibtischsessel sinken, völlig verdutzt. »Und was heißt das?«

Nick seufzte. »Das heißt vermutlich, dass jemand meine Rechnung geändert hat, nachdem ich sie eingereicht habe.«

In ihrem Kopf drehte sich alles. Sie versuchte die Teile, die nicht zusammenpassten, zusammenzufügen. Sie besaß keine anderen Rechnungen von Nick – alle gingen zurück an Phil, nachdem sie die Beträge eingegeben und das Geld aufs

Verrechnungskonto überwiesen hatte. Aber dann schaltete sie den Computer ein und sagte: »Ich zeige dir mal ein paar andere Zahlen aus früheren Rechnungen. Glaubst du, du könntest die Beträge wiedererkennen, die du in den vergangenen Wochen in Rechnung gestellt hast?« Sie hatte feuchte Hände bekommen.

»Kann sein. Ich bin mir nicht sicher.«

»Verdammt, mach doch schneller«, herrschte sie den Computer an, während die Programme geladen wurden. Sie klickte die Datei mit den Zahlungsverpflichtungen an, dann tippte sie *Horizon Painters* ein. Ein paar weitere Klicks, und Nicks Rechungsdaten des vergangenen Quartals erschienen auf dem Bildschirm. »Hier«, sagte sie, zitternd jetzt. »Stimmen diese Zahlen? Kannst du das erkennen?«

Eine kleine Ewigkeit verstrich, während sie auf seine Antwort wartete. »Sie kommen mir zu hoch vor«, sagte er schließlich. Er zeigte speziell auf zwei Beträge. »Ich erinnere mich nicht an die genauen Zahlen, aber ich bezweifle, dass ich jemals so hohe Schecks erhalten habe.«

»Verdammt nochmal!« Sie schlug mit der Handfläche auf den Schreibtisch.

»Liebes, alles in Ordnung?«

Sie erhob sich. »Nein.« Dann ergriff sie seine Hand und begab sich zur Bürotür, zog ihn hinter sich her. »Gehen wir.«

»Wohin?«

»Zu Ash Builders. Es ist Sonntagnachmittag – es wird niemand da sein. Ich muss ein paar Nachforschungen anstellen.«

Auf der Fahrt ins Büro in Nicks Jeep brachte Lauren ihren Verdacht zur Sprache. Es fiel ihr nur eine Person ein, die die Sache durchgezogen haben konnte: Phil. »Aber das ergibt doch keinen Sinn«, sagte sie, während Nick bei Gelb über eine Kreuzung fuhr. »Er ist doch Anteilseigner. Warum sollte er sich selbst beklauen?«

»Wie groß ist sein Anteil an der Firma?«

»Fünfundzwanzig Prozent.«

»Und Henrys Anteil?«

»Einundfünfzig.« Sie sah nachdenklich drein. »Er wollte nie … du weißt schon, die Kontrolle aufgeben.«

Nick bewegte nur zustimmend den Kopf, packte das Lenkrad aber fester; sie bedauerte, dass sie ihn daran erinnert hatte.

Schließlich sagte er: »Vielleicht betrachtet Phil es nicht so sehr als Diebstahl, sondern als eine Art Verschiebung von Henrys Reichtum. Schließlich kann er nie so viel verdienen wie Henry, oder? Ganz gleich, wie schwer er arbeitet oder wie gut es der Firma geht. Vielleicht passt ihm das nicht.«

Lauren atmete tief durch. »Vielleicht.« Vermutlich wusste Nick sehr viel mehr über diese Art von Groll als sie. Es war zwar kaum zu glauben, aber nach dem, was sie erst vor ein paar Tagen über Phil entdeckt hatte … nun ja, er war eindeutig nicht der Mann, für den sie ihn gehalten hatte.

Beim Ash-Gebäude angekommen, rannte Lauren die Treppe hinauf, schloss die Tür auf und ging geradewegs zu Phils Büro. Nick folgte.

»Er schließt sein Büro nicht ab?«, fragte Nick, als er ins Zimmer stürmte.

»Vielleicht sieht er ja keinen Grund dafür«, sagte sie, um Phil nicht gleich zum Schuldigen zu stempeln.

Als sie Phils Computer hochfuhr, forderte dieser ein Passwort, und sie probierte es mit mehreren, die ihr logisch vorkamen, aber keines funktionierte. Dann suchte sie, mit Nicks Hilfe, nach Ausdrucken. Nachdem sie einige Minuten lang in Schubläden und Aktenschränken gekramt hatten, fand Nick seine echte Rechnung und sagte: »Lauren, sieh mal.«

Sie las die Rechnung und erinnerte sich dabei an ältere *Horizon*-Rechnungen, die ähnlich ausgesehen hatten. Im selben Stapel fand sie andere Rechnungen, die sie nicht kannte; von Trockenbauern, Maurern, Zimmerern, Elektrikern. Obwohl sie ihre Namen und Logos und sogar einige ihrer Aufträge wiedererkannte, die Ash in jüngster Vergangenheit bezahlt hatte, waren die Rechnungen anders; man hatte sie neu geschrieben, bevor sie an sie weitergeleitet worden waren.

Doch nicht alles in den Rechnungen war gefälscht worden, wie sie feststellte. Die Rechnungen der größeren Unternehmen – die überregionale Teppichbodenfirma, mit der sie zusammenarbeiteten, die große Installationsfirma, die die meisten Klempnerarbeiten erledigte – waren nicht angetastet worden. Es waren die kleineren Firmen, wie Nicks, die dazu benutzt worden waren, Geld von den Ash-Konten abzuziehen. Und es gab so viele kleinere Firmen …

Sie sah sich jede einzelne Rechnung an. Sehr viele waren handgeschrieben, zerknittert, verschmutzt – sie kamen von Subunternehmern, die, wie Nick, nicht den ganzen Tag am Computer saßen und keine Sekretärinnen oder Assistentinnen hatten, die die Buchhaltung für sie erledigten. Warum war ihr nichts aufgefallen, als nicht mehr diese handgeschriebenen, zerknitterten Rechnungen auf ihrem Schreibtisch landeten? Wieso hatte sie nicht bemerkt, dass sie irgendwann sauberer, glatter ausgesehen hatten? Sie kam sich wie eine Idiotin vor. Und als sie bei der letzten Rechnung in dem Stapel ankam, blieb ihr fast der Mund offen stehen.

»Was ist denn?«, fragte Nick.

Es handelte sich um eine Rechnung von *PH Construction*. P. H. – Phil Hudson. Die unerhörte Summe, die unten auf der Seite stand – über fünfundzwanzigtausend Dollar in der betreffenden Woche –, entsprach, wie sie annahm, genau der Differenz zwischen den echten Rechnungen und den gefälschten, die er an Lauren weitergereicht hatte. Sie legte das Blatt in Nicks Hand und sagte:

»Das ist der Beweis.«

Nick hatte, mehr als einmal, geglaubt, dass Lauren zusammenbrechen, in Tränen ausbrechen, sich in seine Arme werfen würde, aber das tat sie nicht. Stattdessen wusste sie genau, was zu tun war. Sie hatte ihn angewiesen, Phils Computer in den Jeep zu laden, und auch den Stapel regulärer Rechnungen mitgenommen. Alles zusammengenommen, hatte sie gesagt, reiche das, um Phil festzunageln. »Die Rechnung von *PH Construction* – damit hat er die Sache richtig versiebt«, hatte sie ihm auf der Nachhausefahrt erklärt. »Es gibt keine solche Firma, zumindest nicht auf unserer Gehaltsliste. Es handelt sich offenkundig um eine Briefkastenfirma, mit deren Hilfe Phil das Geld abgeschöpft und auf seine eigenen Konten umgelenkt hat.«

»Aber warum hat er sich die ganze Mühe gemacht?«, hatte Nick gefragt. »Wieso hat er nicht einfach den Rest der gefälschten Rechnungen eingereicht und das verbliebene Geld behalten?«

»Er muss eine Vorlage haben, die auf den ersten Blick korrekt aussieht, muss für alles Geld, das ich ausgebe, um die Subunternehmer zu bezahlen, einen Beleg haben. Die Gesamtsumme seiner Unterlagen muss mit meiner übereinstimmen. Meine Beträge sind die, die wir wirklich zahlen, aber er muss die Möglichkeit haben, das Konto mit einem anderen Betrag zu belasten, ohne dass ich es bemerke. Jetzt aber, da ich beide Rechnungen besitze, darunter die gefälschten, ist er geliefert.«

»Und was machen wir jetzt?«, fragte Nick. »Ich meine als Nächstes?« Er hatte noch nie mit irgendeiner Art Wirtschaftsverbrechen zu tun gehabt – es sei denn, man zählte dazu, was Henry mit seinem Dad angestellt hatte – und keine Ahnung, wie Lauren nun weiter vorgehen wollte.

»Ich werde es Dad sagen müssen. Aber er ist übers Wochenende nicht in der Stadt, zu irgendeinem Treffen auf den Cayman-Inseln, ich muss also warten, bis er zurück ist.«

»Und wann ist das?«

»Morgen früh.« Sie wandte sich zu Nick um. »Zum Glück ist morgen Montag, und Phil besucht montags immer die Baustellen, deshalb wird er nicht im Büro sein und erst am Dienstag sehen, dass etwas fehlt. So bleibt uns etwas mehr Zeit, um herauszufinden, was zu tun ist.«

Nick hatte ihre Stärke bewundert. Er wusste, dass Lauren unter der ganzen Sache litt, desillusioniert war, ganz zu schweigen davon, dass sie vor einem Berg beruflicher Probleme stand, doch sie hatte alles wie ein Profi geregelt.

Inzwischen war es dunkel geworden, sie lagen auf Laurens Sofa und sahen sich das Leihvideo an, das er vorgeschlagen hatte, in der Annahme, sie damit auf andere Gedanken bringen zu können. Vorher war Lauren ungewohnt schweigsam gewesen, aber er hatte sie nicht zum Reden gedrängt. Außerdem: Seit wann interessierte es ihn, ob jemand Konversation machte? Seit wann dachte er darüber nach, mit einer Frau zu reden? Ganz klar. Seit Lauren.

Wenn ich dir doch nur sagen könnte, dachte er und zog sie näher an sich, *dass ich von deinem privaten Tagebuch weiß. Dann würde es überhaupt keine Geheimnisse mehr zwischen uns geben*. Natürlich, es gäbe da immer noch Henry und die Riesenunterschiede zwischen ihren Familien – deren Wohlstand und wahrscheinlich eine Million anderer Dinge –, aber wenigstens nicht noch mehr Geheimnisse. Trotzdem, wenn er Lauren von dem Buch erzählte, würde sie ihm niemals verzeihen, das stand fest. Sie war die verständnisvollste Frau, der er je begegnet war, aber diese Art Übergriff – er konnte sich kaum etwas Kränkenderes vorstellen.

Sein banges Gefühl ließ erst nach, als die Katze aufs Sofa sprang und ihn ablenkte.

»Hey, Iz, komm mal her«, sagte Lauren ruhig und zog sie in ihre Arme.

Doch nur Sekunden später riss Izzy sich los, drängte sich zwischen sie beide und rollte sich auf Nicks Schoß ein.

»Siehst du, was hab ich gesagt?«, sagte Lauren über die Schulter. »Sie ist schwer in dich verliebt.«

Er beugte sich hinab an ihr Ohr. »Eifersüchtig?«

Sie wandte den Kopf und blickte auf, ein kleines, wehmütiges Lächeln im Gesicht. »Ein bisschen.«

Er stieß die Katze an, bis sie auf den Teppich sprang, dann schlang er von hinten beide Arme um Lauren. »Besser?«

Als sie sich diesmal umdrehte, lächelte sie breiter. »Ich erzähle es dir zwar nur höchst ungern, aber ich habe gemeint, dass ich auf *dich* eifersüchtig bin. An *mich* kuschelt sich Izzy kaum einmal so.«

Ein paar Tage zuvor hätte er sich möglicherweise wie ein Dummkopf gefühlt, jetzt aber frotzelte er nur: »Vielleicht sollte ich gehen, dann hättest du mit Izzy das Sofa ganz für dich allein.«

»Sei still«, flüsterte sie, »du gehst nirgendwohin.« Sie legte die Arme auf seine; er setzte sich und versuchte, sich wieder auf den Film zu konzentrieren, als Lauren plötzlich sagte: »Ich fühle mich so unfähig.«

Sie setzten sich beide auf, er griff nach der Fernbedienung und stoppte das Video. »Worüber möchtest du sprechen?«

»Mir ist aufgefallen, dass die Rechungen aller Subunternehmer höher als üblich ausgefallen sind, ich habe das sogar mehr als einmal in Frage gestellt. Aber wieso habe ich nicht erkannt, dass die Rechnungen sich verändert hatten? Ich bearbeite sie doch schon seit Jahren.« Sie seufzte. »Im Hinterkopf habe ich wohl geglaubt, dass sich endlich alle Kleinunternehmer einen Computer angeschafft hatten, aber ich bin überzeugt, dass ich, wenn ich genauer nachgefragt hätte, mehr bemerkt hätte …«

»Hey, du hast dem Kerl vertraut. Du hast geglaubt, dass ihr beide im selben Team seid. Du hattest keinen Grund, sein Geschäftsgebaren anzuzweifeln. Außerdem …« – Nick schüttelte den Kopf, noch immer beeindruckt, wie entschlossen sie heute Nachmittag agiert hatte – »wusstest du genau, was du heute tun musstest, als du dahintergekommen warst.«

»Na ja, nicht *genau*. Keine Ahnung, was passiert, wenn ich Vater morgen davon erzähle.«

»Trotzdem, du hast den Computer mitgenommen. Und du hast die Ausdrucke gefunden und die Briefkastenfirma aufgedeckt. Und du bist nicht zusammengebrochen.«

»Fast wäre ich's«, gab sie leise zu.

»Aber du bist es nicht, Prinzessin.«

In den letzten Tagen hatte Nick des Öfteren nicht wenig über sich selbst gestaunt – im Moment darüber, dass er sie beruhigen konnte, dass ihm die Worte so leicht über die Lippen kamen, als spräche er mit Davy oder Elaine, nicht mit der Frau, die er seit endlosen Jahren beneidete. Und obwohl ihm die Worte ausgingen, fand er, dass er ihr doch zeigen sollte, was er in anderer Hinsicht empfand. Er hob eine Hand an ihre Wange und beugte sich vor, um sie zu küssen.

Ihre Zungen umspielten einander und weckten die ersten Anzeichen sexueller Erregung, dann aber hielt Lauren inne. »Würdest du mich verachten, wenn ich dir sagte, ich bin nicht wirklich in Stimmung?«

Er überspielte seine Enttäuschung. »Überhaupt nicht.«

»Allerdings hätte ich nichts dagegen … wenn du mich in die Arme nehmen würdest.«

Er zog sie in seine Arme, presste ihren Rücken gegen seine Brust, drückte einen winzigen Kuss auf ihre Schläfe; sie griff nach der Fernbedienung und startete das Video von Neuem. Während die Geräusche des Films das Zimmer erfüllten, beugte er sich nahe an ihr Ohr und sagte: »Ich glaube, Ash Builders wird eines Tages in verdammt guten Händen liegen.«

Lauren betrachtete Nick, der neben ihr im Bett schlief, das ihr, wie sie allmählich fürchtete, ohne ihn leer vorkäme. Am Vorabend war sie vor dem Fernseher eingeschlafen, und als sie aufwachte, hatte sie ihn angestoßen und gesagt: »Komm, gehen wir nach oben, ins Bett.« Er war ihr wortlos gefolgt, hatte sich bis auf die Unterwäsche ausgezogen und sich neben sie gelegt, so behaglich, als wären sie ein altes Ehepaar.

Sie schüttelte den Kopf, um den letzten Gedanken aus ihrem Kopf zu vertreiben. Sie waren etwas mehr als eine Woche zusammen, weshalb der Gedanke an Heirat und Ehe nicht weniger als verrückt war. Außerdem hatte sie weiß Gott über andere Dinge nachzudenken – sie war nur froh, dass Nick gestern Abend bei ihr gewesen war, froh, dass er geblieben war. Nach dem Aufwachen hatte sie sich angriffslustig gefühlt, wenngleich noch nicht ganz wiederhergestellt. Vor ihr lag ein schwerer Tag, aber sie war bereit, sich ihm zu stellen.

»Hey«, sagte Nick leise und öffnete die Augen.

Sie brachte ein Lächeln zustande – für ihn. »Hey.«

»Wie geht's?«

Sie nickte nochmals. »Ganz gut. Ich bin bereit, die Sache durchzustehen.«

Seine Mimik verriet seine Bewunderung. »Klingt wie eine Frau mit einem Plan.«

»Offen gestanden, ich bin es. Dads Flieger kommt erst gegen Mittag, ich habe deshalb entschieden, als Erstes zu Phil nach Hause zu gehen und Jeanne auf den neuesten Stand zu bringen, und zwar über alles.«

Nick blickte ein wenig überrascht, also sprach sie weiter.

»Nicht um ihr oder Phil wehzutun, sondern um sie zu schützen. Sie muss wissen, dass dieser Mann gerade dabei ist, ihr Leben zu vermasseln. Und was immer mit Phil jetzt passiert, er wird in große Schwierigkeiten kommen, darum möchte ich Jeanne eine faire Warnung geben. Ich möchte ihr die Gelegenheit geben, einen Teil des Geldes von ihren Konten zu nehmen und herauszufinden, wie sie *ihr* Leben vor dem Absturz bewahren kann, wenn die Unterschlagung ans Licht kommt.«

»Aber was ist, wenn sie es ihm verrät? Bevor du es deinem Vater sagst? Ich weiß zwar nicht, wie viel Geld weg ist, aber wenn es viel ist, könnte es doch sein, dass er flüchtet.«

Sie holte tief Luft. Natürlich hatte sie auch schon daran gedacht, aber wenn sie an Jeannes Unschuld in der ganzen Sache dachte, konnte sie die Dinge einfach nur so angehen. »Ich muss einfach glauben, dass sie es nicht tut. Ich muss glauben, dass sie sich selbst und nicht ihn schützt. Außerdem müsste Dad zu Hause sein, wenn ich von Jeanne zurückkomme, also wird es nicht lange dauern, bevor die ganze Sache ans Licht kommt. Ich werde sie bitten, es Phil über Nacht zu verschweigen.«

»Du gehst ein verdammt großes Risiko ein – nur um Phil festzunageln.«

Sie nickte. »Ja, aber ich bin nicht sicher, was wichtiger ist: Phil festzunageln oder die Fürsorge für eine Unschuldige.«

Ich sitze in einer Badewanne mit Klauenfüßen voll Schaum in einem hellweißen Zimmer. Über mir lassen Fenster die Sonne herein, aber von der Decke hängen Farne, was dem Raum eine kühle, schattige Atmosphäre verleiht.

Ein Mann beobachtet mich. Ich kann ihn nicht sehen, aber ich weiß, er ist da, knapp außerhalb meines Gesichtfelds. Während ich den Schaum über meine Schultern und Arme verteile, dann über meine Brüste, pulsiert zwischen meinen Schenkeln ein tiefes Verlangen. Jede Bewegung, die ich ausführe, erregt mich, weil ich weiß, dass ich nicht allein bin.

Schließlich lehne ich mich zurück und schließe die Augen in der Hoffnung, dass er sich mir zeigen wird. Als ich einzuschlummern beginne, werde ich von Händen geweckt, die meine Schultern massieren. Ich schaue zur Seite, um den Mann anzusehen, aber er flüstert: »Nein. Nicht.« Seine Stimme ist tief, kräftig.

Er greift um mich herum, taucht einen Kristallkelch in das Wasser. »Schließ die Augen und leg den Kopf in den Nacken«, sagt er. Er beginnt, becherweise Seifenwasser über mein Haar zu gießen, bis es ganz nass ist.

Als ich seine Hände – seine Finger – spüre, die meine Kopfhaut massieren, wird mir klar, dass er mir das Haar wäscht. Ich genieße die exquisiten Empfindungen, die eine solch zarte Geste hervorruft. Jedes Mal, wenn er die Finger ausstreckt, dann zurückzieht, schießen prickelnde Pfeile der Lust durch meinen Hals, meine Arme, meinen Rücken. Hinterher gießt er mehr Wasser über mein Haar, bis es sauber und weich ist.

»Danke«, flüstere ich.

Zwar habe ich ihn immer noch nicht gesehen, doch sein Atem ist warm an meinem Ohr. »Es gibt noch mehr. Aber du musst versprechen, die Augen geschlossen zu halten.«

»Ich verspreche es.«

»Ich glaube dir nicht«, sagt er.

»Was kann ich tun, damit du mir glaubst?«

Die Antwort kommt in Form eines Streichelns von Seide auf meiner Haut, meinem Gesicht – er bindet mir irgendetwas über die Augen.

Als seine Hände mein gebeugtes Knie finden, weiß ich, dass er hinter mich getreten ist, an die Seite der Wanne. Seine Berührung streicht hinab an der Seite meines glatten, glitschigen Schenkels, ununterbrochen, immer kosend, während seine Hand rasch in die Mitte meines Begehrens taucht.

Ich schreie auf ob der jähen Lust und packe die Seiten der Wanne, schnell breitet sich die Hitze durch meinen Körper aus, bis sie alles ist, was ich spüre, alles, was ich bin. Ich höre kaum mein eigenes Schreien und Wimmern, mein Körper ist gefangen in einem langsamen, sinnlichen Kampf. Ich höre ihn tief atmen, während ich mich gegen seine Finger bewege; höre das Wasser in der Wanne im Rhythmus unserer Bewegungen schwappen. Plötzlich wird aus der Glut Feuer, es verzehrt mich, ich schreie auf, und während ich komme, breche ich mein Versprechen – ich öffne die Augen unter der Seidenbinde.

Ich sehe nur Schatten, den dunklen Umriss eines Mannes mit breiten Schultern, muskulösen Armen, aber es genügt, um ihm eine Identität zu verleihen, ihn wirklich erscheinen zu lassen, genügt, dass wir uns in einer neuen, tiefen Art verbinden, auch wenn ich nichts davon weiß.

»Komm, lass mich dich halten«, sagt er, als alles ruhig, das Wasser glatt ist.

»Lass mich dich sehen«, verlange ich.

Sein Daumen gleitet unter die Seide an meiner Wange, dann hebt er sanft meine Augenbinde an.

Nick erschauerte, teilweise aus Erregung, teilweise aus Scham, und schloss das Buch, wobei er diesmal darauf achtete, die gepresste Rose nicht herausfallen zu lassen. Lauren war fort, um eines der schwierigsten Dinge hinter sich zu bringen, das sie je getan hatte, und *er* war hier, unfähig, nach Hause zu gehen, zu seinen Farben und seinem Lieferwagen, ohne sich zunächst einen morgendlichen Schuss zu verabreichen.

Ihre Worte von vorhin hallten ihm durch den Kopf: *Ich bin nicht sicher, was wichtiger ist: Phil festzunageln oder die Fürsorge für eine Unschuldige.* Nie hatte er etwas besser verstanden, denn es war genau der Grund, warum er Lauren überhaupt die Sache mit Phil erzählt hatte. Die Sorge um sie war wichtiger gewesen, als Henry zu schädigen. Auch wenn es ihm schwergefallen war, sich dies einzugestehen, er hatte sich edelmütig, stolz gefühlt, weil er das Richtige getan hatte.

Ja, dachte er jetzt, während er dasaß und ihre tiefsten Gefühle in Händen hielt, *du bist ein edler Mistkerl, echt.*

Fakt aber war: Er *brauchte* jetzt diesen Teil von ihr. Er konnte es nicht leugnen, auch wenn er beinahe widerstanden hätte. Er brauchte diesen Teil von ihr, den sie ihm nie auf andere Weise schenken würde. Es war verachtenswert. Aber so war es nun einmal. Er hatte sich in seine eigene Täuschung verstrickt.

Jeanne saß im übergroßen Nachthemd am Küchentisch und starrte Lauren schockiert an. Schmutziges Frühstücksgeschirr umgab sie. Wegen des süßlichen Geruchs von Sirup wurde Lauren noch flauer im Magen, als ihr ohnehin schon war.

Ihr Herz schlug wie verrückt, wie während der ganzen Zeit, in der sie Jeanne alles erzählt hatte, was sie über Phil wusste: von der Unterschlagung bis zu dem, was Nick auf der Party gesehen hatte. Sie kam sich vor wie der Sensenmann. »Es tut mir so leid, Jeanne. Ich habe dir das alles nicht erzählt, um dir wehzutun. Ich habe nur gedacht, dass du darüber Bescheid wissen solltest.«

»Dieser Mistkerl«, murmelte Jeanne mit blassem Gesicht. »Dieser scheiß Dreckskerl.« Sie erhob sich und ging durch die Küche, dann griff sie in eine Schublade, holte eine Packung Zigaretten hervor und steckte sich eine an.

Lauren war überrascht. »Ich wusste gar nicht, dass du rauchst.«

»Wenn ich nervös bin«, antwortete Jeanne und stieß eine lange Rauchfahne aus, die die Luft zwischen ihnen vernebelte. Sie wandte sich kurz um, legte die Hände auf die Tischplatte, dann drehte sie sich plötzlich wieder zu Lauren um, die Zigarette zitternd zwischen den Fingern. »Was zum Teufel soll ich tun?«

»Die Bank anrufen und überall dort, wo du Geld hast, herausfinden, wie viel du abheben kannst, ohne seine Unterschrift zu benötigen, dann hebst du es ab.«

Jeanne drückte die Zigarette auf der halb gegessenen Waffel auf dem Teller aus, dann sank sie auf ihren Stuhl zurück. Langsam hob sie den Blick. »Ein Teil des Geldes könnte dir gehören.«

Lauren schüttelte den Kopf. »Spielt keine Rolle. Es geht hier nicht nur um Geld. Aber du musst trotzdem so viel wie möglich in die Finger bekommen.«

Jeanne nickte, ließ den Kopf hängen, während die Tränen zu fließen begannen; Lauren kämpfte die Feuchtigkeit zurück, die sich hinter *ihren* Augen bildete. Sie konnte es sich nicht leisten, emotional zu werden; sie hatte noch zu viel zu tun und konnte kein verheultes Gesicht gebrauchen. Anstatt zu weinen, legte sie eine Hand fest auf Jeannes Schulter. »Was immer du brauchst, Jeanne, ich bin für dich da.«

Jeanne schniefte und nickte, dann hob sie plötzlich den Kopf. »Ich bin ihm neulich abends gefolgt.«

Lauren zuckte zusammen. »Wie bitte?«

»Ich wusste, dass da was läuft – er fasst mich seit Monaten nicht mehr an. Derselbe unbekümmerte Phil wie immer, aber er hat mich nicht mehr angerührt, nicht einmal … eine Umarmung oder ein Küsschen auf die Wange. Wie auch immer, er geht abends viel aus und kommt spät nach Hause. Er sagt, er geht ins Büro, aber tief im Inneren war mir klar, dass er nicht so viel Arbeit hat. Selbst wenn er Henry ausplünderte, konnte es nicht *so* lange dauern. Also bin ich ins Auto gestiegen und ihm gefolgt. Er ist zu den Wohnungen am Südende von Clearwater Beach gefahren, kennst du sie?«

Lauren nickte.

»Er hat an eine der Türen geklopft, eine Frau hat geöffnet – hübsch, jung, brünett. Ich hatte sie auf unseren Partys gesehen und angenommen, sie wäre eine von Ashs Angestellten. Er ist erst nach drei Stunden wieder herausgekommen.« Sie schüttelte den Kopf, als fasste sie es immer noch nicht.

»Ich habe mir noch nicht überlegt, was ich tun soll.« Sie blickte zu Lauren hoch. »Ich bin mit Phil mein ganzes Erwachsenenleben zusammen gewesen.« Stumme Tränen rollten ihr weiter über die Wangen. »Sicher, er ist ein Mistkerl, aber ich weiß nicht, wie ich ohne ihn leben soll.«

Nachdem Jeanne die Fassung wiedergewonnen hatte, stellte Lauren die Frage, die ihr jetzt am meisten Sorge bereitete. »Kannst du das alles für dich behalten, nur für heute Abend? Kannst du so tun, als wäre alles normal, so tun, als ahntest du nichts?«

Sie blickte ungläubig drein. »Warum sollte ich?«

»Weil ich ein bisschen Zeit brauche. Ich muss meinen Dad informieren. Wir müssen festlegen, was als Nächstes zu tun ist, und ich bin mir nicht sicher, was das alles mit sich bringt.« Während sie deren Hände nahm, sah Jeanne zu ihr auf wie ein verlorenes kleines Mädchen. »Ich weiß, es ist ziemlich viel verlangt – ich weiß, dass du ihn im Moment liebst und hasst und alles dazwischen, und vielleicht wirst du sogar versucht sein, ihm zu helfen, aber ich bitte dich, es nicht zu tun. Ich bitte dich, mir eine Nacht Zeit zu geben.«

Jeanne holte tief Luft und zog ihre Hände weg. Sie blickte auf das Chaos in ihrer Küche, in dem Haus umher, das

Phil für sie gebaut hatte – auf ihr gemeinsames Leben, nahm Lauren an. »Ich weiß nicht recht«, sagte sie schließlich, kaum hörbar. »Ich bin mir nicht sicher, dass ich es vor ihm verbergen kann, dass nicht alles nur so aus mir heraussprudelt, sobald ich ihn sehe.«

Lauren verließ der Mut. Sie hatte sich geirrt; das hier war ein Fehler gewesen.

Doch dann richtete Jeanne wieder den Blick auf sie, und plötzlich wirkte sie gefasster, vielleicht sogar ein klein wenig entschlossen. »Ich verlass das Haus«, sagte sie. »Ich übernachte in einem Hotel oder bei meiner Schwester in Sarasota. Phil wird es egal sein; für ihn bedeutet es nur, dass er den ganzen Abend mit seiner Hure verbringen kann. Ich hinterlasse ihm eine Nachricht, schreibe ihm, ich bin bei einer Freundin, lass *ihn* sich zur Abwechslung mal fragen, wo *ich* bin.«

Lauren hoffte, dass Jeanne die tiefe Dankbarkeit in ihrem Blick lesen konnte, denn Worte erschienen ihr unangemessen. »Danke.«

Aber Jeanne schüttelte nur den Kopf. »Du musst dich nicht bedanken, Lauren. Ich tue es nicht für Ash, nicht einmal für dich. Sondern weil ich möchte, dass er bekommt, was er verdient.«

Danach hatte Lauren Jeanne noch um einen weiteren Gefallen gebeten, den sie ihr, ohne mit der Wimper zu zucken, erfüllte. Gemeinsam durchsuchten sie Phils Arbeitszimmer und entdeckten dabei Bankauszüge für *PH Construction*. Es war der letzte Beweis, den Lauren benötigte.

Auf der Fahrt nach Hause rasten ihre Gedanken. Sie spürte kaum den Wind in den Haaren, die Sonne im Gesicht. Jeanne war jetzt praktisch allein in der Welt, nach dem Bruchteil einer Sekunde, den es gedauert hatte, um ihr Leben zu zerfetzen. Sie hatte Jeannes Existenz zerstört, mit so wenig Planung, so wenig Gedanken oder Rücksichtnahme. Sicher, sie hatte getan, was ihrer Ansicht nach am besten für Jeanne war, indem sie ihr einen Tag Vorsprung gegeben hatte, dennoch empfand sie Schuld, die sie zuvor nicht empfunden hatte.

Aber es blieb ihr kaum Zeit, darüber nachzudenken. Sie hatte alles in ihrer Macht Stehende für Jeanne getan, jetzt musste sie weitermachen, um etwas ebenso Schwieriges zu erledigen – sie musste ihren Vater darüber aufklären, dass sein Geschäftspartner und Vertrauter ihn betrog.

Reiß dich zusammen. Erledige es so, wie du alles andere bisher auch erledigt hast. Nicks Lob gestern Nacht hatte ihr geholfen, mit einem Gefühl der Stärke aufzuwachen. Mit einer Stärke, wie sie sie heute brauchte. Er hatte Recht gehabt, sie hatte die ganze Sache tatsächlich gut geregelt. Sie hatte nicht einmal darüber nachgedacht – sie hatte einfach nur gewusst, dass sie taff sein und kluge, rigorose Maßnahmen ergreifen musste.

Na ja, nicht zu rücksichtslos. Sie hatte alles riskiert, wegen Jeanne. Vielleicht hatte sie ja etwas gelernt aus dem, was ihr Vater Nicks Familie angetan hatte; vielleicht hatte sie sich daran erinnert, dass hier Mitgefühl geboten war. Immerhin hatte sie dabei über ihren Schock und ihre berufliche Demütigung hinweggesehen, und genau so musste sie damit weitermachen.

Als sie in die Auffahrt bog, machte sie sich gar erst nicht die Mühe, das Garagentor zu öffnen oder in die Garage zu fahren. Nick stand auf der Leiter, er strich die Verzierungen unter ihrem Schlafzimmerfenster. Und als er sich umwandte und zu ihr hinunterblickte, gab es nichts Wichtigeres, als zu ihm zu gehen, mit ihm zusammen zu sein. Während sie den Wagen parkte, kam er ihr entgegen und traf sie am Springbrunnen.

»Wie ist es gelaufen?«

»Es war hart.« Sie wollte etwas reden und dachte gleichzeitig an Jeannes Zusammenbruch, und da brach ihre Stimme; sie war den Tränen näher, als ihr bewusst gewesen war.

Nick hob beruhigend eine Hand an ihre Wange, aber im Moment brauchte sie Wichtigeres von ihm. »Würdest du mitkommen?«, fragte sie, atemlos.

»Wohin?«

»Zu meinem Vater, ich will ihm alles erzählen.«

Er versteifte sich. Sagte kein Wort; musste es auch nicht. Sie las alles in seinem Blick.

»Ich weiß, worum ich dich bitte. Ich weiß, es ist eine Riesenbitte, ich weiß, es ist furchtbar, ich weiß, es ist egoistisch.« Ihre Stimme zitterte, als sie fortfuhr. »Aber es ist auch für mich irrsinnig schwer … auf eine andere Weise, und ich … möchte nicht allein sein. Ich könnte wirklich jemanden gebrauchen, an den ich mich anlehnen kann.« Dann schüttelte sie entschlossen den Kopf. »Nein, nicht jemanden. *Dich*, Nick. Ich brauche dich, damit ich mich dort an dich anlehnen kann. Willst du das für mich tun?«

Er holte tief Luft. Sie konnte es fast selbst spüren. Er hatte allen Grund, alles Recht, Nein zu sagen. Und sie verstand nicht einmal ganz, warum sie ihn dabei so sehr brauchte, aber so war es. Vielleicht, weil sie fürchtete, in den Augen ihres Vaters wie eine Versagerin dazustehen, und wusste, dass Nick sie nie als solche betrachten würde. Vielleicht, weil sie sich so oft wie ein hilfloses kleines Mädchen gefühlt, durch Nick aber begonnen hatte, sich sehr viel mehr wie eine Frau zu fühlen, als ganz *eigene* Frau. Vielleicht war es sogar noch einfacher. Als ihre Mutter gestorben und die Zeit gekommen war, ans Grab zu treten und auf den Sarg hinabzublicken, hatte sie Carolyns Arm gegriffen und sie mit sich gezogen, weil sie sich einfach nicht allein in dieser Welt fühlen wollte.

Trotzdem … es war zu viel. Nick war die falsche Person, und sie konnte selbst nicht glauben, dass sie ihn gefragt hatte.

Sie versuchte, die richtigen Worte zu finden, die Gedanken zu formen, zu sagen, dass ihr das Ansinnen leidtue, dass sie es allein erledigen werde – alles, um ihm zu versichern, dass sein Glaube an sie berechtigt war, dass sie das hier regeln konnte wie ein Profi – als er ihre Hände in seine nahm.

»Ja, Prinzessin. Ich begleite dich.«

15

Nick spürte eine Enge in der Brust, als Lauren ihn durch den Vorgarten führte und um die hohe, verputzte Mauer herum, die ihr Haus von Henrys trennte. Ein vertrautes Gefühl überfiel ihn – er war wieder Kind, derselbe Junge, der zugesehen hatte, wie Henry das Leben seiner Familie zerstört hatte, zugleich der erwachsene Mann, der zu viel gesehen und zu viele Grollgefühle gehegt hatte.

Als sie durch das schmiedeeiserne Tor in der Mauer auf der Straßenseite traten, kam er sich vor wie ein Eindringling. Der Boden unter seinen Füßen hätte sich nicht unvertrauter anfühlen können, wenn er soeben einen fremden Erdteil betreten hätte. Er hatte Laurens Haus luxuriös gefunden, aber es war unscheinbar im Vergleich mit diesem. Nun sah er plötzlich, wie geradezu lässig sie im Vergleich mit Henry wohnte. An der Rückseite seines Hauses erstreckte sich ein Labyrinth aus Holzterrassen, mit Naturstein ausgelegten Innenhöfen und Blumengärten, zehnmal größer als das Grundstück, in dem er aufgewachsen war, auf dem Elaine und Davy noch immer wohnten. Das Herzstück war der riesige, nierenförmige Pool, der Laurens sowohl an Größe wie Ausstattung in den Schatten stellte. Am gegenüberliegenden Ende ergoss sich ein kleiner Wasserfall aus einem höher gelegenen Garten. Während die Rückseite des Hauses über die gleichen Terrassentüren verfügte wie Laurens, besaßen die oberen Stockwerke zahlreiche Balkone mit Markisen, von denen man auf das weitläufige Paradies hinunterblickte.

Lauren zog ihn an alldem vorbei; er war ziemlich nervös, aber sie schritt schnell aus, und ihr Griff an seiner Hand fühlte sich entschlossen an. Er fragte sich, warum sie glaubte, ihn zu brauchen, und überlegte, ob er sie danach fragen sollte; aber wenn dies der Augenblick war, in dem er Henry Ash von Angesicht zu Angesicht gegenübertreten sollte, dann sollte es so sein.

Vor Henrys Haus befand sich eine gepflasterte Auffahrt, identisch mit der von Lauren, nur etwas länger; sie führte zu einer großen Garage und bei einer Gabelung an der Haustür vorbei und um den Springbrunnen herum. »Er ist zu Hause«, sagte sie. In der Auffahrt stand ein jadegrüner Jaguar XJS, ebenso majestätisch wie die hohen Lebenseichen und die hohen griechischen Säulen, die weiß und stoisch in der vormittäglichen Sonne glänzten.

Gier. Das Wort kam ihm ungewollt in den Sinn. Wer brauchte es, so zu leben? Wer brauchte all diesen Luxus? Seine Brust weitete sich, straffte sich wie ein Gummiband, als Lauren ihn die Steinstufen auf Henrys Vorderveranda hinaufzog.

Sie umfasste seine Faust, als die Tür sich öffnete, er hielt den Atem an – und sah eine kleine, dunkelhäutige Frau in schlichtem, schiefergrauem Baumwollkleid. Die Hausangestellte. Er hatte nicht einmal daran gedacht, dass Henry ein Hausmädchen haben könnte. »Bonita«, sagte Lauren und klang so angespannt, wie er sich fühlte, »ich muss mit Dad sprechen. Können Sie ihn bitte holen?«

»*Sí*, Lauren. Kommen Sie bitte herein.« Nick wurde von ihr nur mit einem flüchtigen Blick bedacht.

Sie kamen in eine riesige Eingangshalle, Bonitas Schritte hallten über die vertrauten italienischen Bodenfliesen. Doch auch das Innere stellte Laurens Haus in den Schatten. Die Eingangshalle war riesig, erfüllt von hellem Sonnenlicht aus entsprechend platzierten Dachfenstern. Wieder plätscherte ein kleiner Springbrunnen vor einer Spiegelsäule.

Nick fragte sich flüchtig, was Henry wohl von ihm halten, ob er ihn überhaupt wiedererkennen würde, was sie einander sagen würden. Aus einem Impuls heraus streckte er den Arm aus und drehte Laurens Kinn zu sich, um zu sehen, ob er ihr Gesicht vielleicht versehentlich mit Farbe beschmiert hatte, als er es angefasst hatte. »Was ist denn?«, flüsterte sie, mit großen, schreckgeweiteten Augen.

»Nichts«, sagte er leise, als er sah, dass ihre seidige Haut makellos war. Er hatte das Gefühl, nicht lauter sprechen zu dürfen, weil seine Stimme diese Opulenz sonst gestört hätte.

Er hörte nicht, wie Henry näher kam – der Mann tauchte einfach auf wie ein großes Gespenst, bekleidet mit weißen Shorts und einem weißen Pullover – Kleidung, in der alte Männer Golf spielten. »Bonita sagt, dass du aufgebracht gewirkt hast«, sagte Henry. Seine blauen Augen verengten sich, ehe sein Blick zu Nick huschte: Nick starrte zurück und dachte: *Erkennst du mich, alter Mann?* Aber dann sprach Lauren, und Henry richtete seine Aufmerksamkeit wieder auf sie.

»Dad, ich muss dir etwas berichten, und ich möchte, dass du dich auf etwas gefasst machst. Ich kann es auch nicht langsam machen, sonst kriege ich nicht alles heraus, also hör mir einfach zu, okay?«

Henry wirkte etwas verdattert. »Worum geht's denn?«

Sie holte tief Luft. »Phil betrügt uns, Dad. Betrügt Ash Builders. Bestiehlt uns.«

Nick beobachtete die verschiedenen Gefühle, die über

Henrys faltiges Gesicht huschten – Verwirrung, Unglaube, Schock. Während Lauren eilig weitersprach und Phils Unterschlagung erklärte, verdunkelten sich seine Augen, schienen in seinen Kopf zurückzutreten. Dieser Horror war natürlich nichts verglichen mit dem, was Henry Nicks Vater angetan hatte – Henry würde nach wie vor Geld haben, weiter das Leben führen, das er gewohnt war –, aber allein um dieses einen Moments willen war Nick froh, dass er mitgekommen war, froh, dass er Zeuge des Augenblicks geworden war, als Henry entdeckte, wie es sich anfühlt, beraubt worden zu sein.

Während sie alles erklärte, drückte sie Nicks Hand enorm fest, und ihre Fingernägel bohrten sich in seine Haut, aber er hätte sie um nichts in der Welt unterbrochen. Laurens Erregung wuchs, bis sie schließlich zu dem Teil kam, der – er ahnte es – kommen musste. »Es tut mir so leid, Dad. Ich habe das Gefühl, dass alles meine Schuld ist. Ich hätte es bemerken, die höheren Rechnungen eher hinterfragen, zwei und zwei zusammenzählen müssen. Und weil ich das nicht getan habe, hat Ash Builders viel Geld – wer weiß wie viel – an Phil verloren.«

Henrys lauschte betroffen, während seine Tochter sich selbst bezichtigte. »Lauren, Liebes, es ist nicht deine Schuld«, sagte er und trat einen Schritt vor, das erste Mal, seit sie zu reden begonnen hatte. Lauren lockerte schließlich den Griff um Nicks Hand und nahm die Umarmung ihres Vaters an, weshalb Nick sich umso mehr als Außenseiter fühlte, wie jemand, der nicht dazugehörte und hier nichts zu suchen hatte.

Henry trat einen Schritt zurück und schüttelte den Kopf. »Ich … es fällt mir schwer, das alles ganz zu verstehen … zu fassen …«

»Ich weiß«, antwortete sie. »Ich konnte es selbst auch nicht glauben.«

»Aber mach dir keine Sorgen, Kleines. Wir werden schon

sehen, was zu tun ist, und dann stehen wir die Sache gemeinsam durch.«

Henry Ash wirkte angemessen erschüttert, hinabgestoßen vom unerschütterlichen Sockel seiner Macht – bis er schließlich Nick bemerkte, der es kaum fasste, so lange unbemerkt geblieben zu sein – als wäre seine Kleidung nicht mit zahllosen Farbflecken übersät. »Ist das dein Freund?« Henry lächelte nicht. Nick wunderte sich nicht.

Lauren packte wieder seinen Arm. »Ich … wollte jemanden dabeihaben, an den ich mich anlehnen kann, wenn ich mit dir spreche, Daddy.«

Henry hob die Brauen, als wollte er sagen: Weiter.

»Er ist … ich … wir sind …« – Lauren blickte nervös zu Nick, wahrscheinlich mehr um seinet- als um ihretwillen – »… befreundet.«

»Hat er auch einen Namen?«, fragte Henry, fast sarkastisch.

»Nick Armstrong.«

Nick hätte schwören können, der Springbrunnen hätte aufgehört zu fließen, die Zeit hätte stillgestanden, als er sah, dass Henrys Haut weiß wie sein Pullover wurde. Die Männer sahen einander an, Nick stählte seinen Blick; er sah, dass Henry ihn maß, abwog, herauszufinden versuchte, ob es wirklich stimmte.

Schließlich sagte Nick: »Ja, dieser Nick Armstrong.«

Henry sagte noch immer nichts, starrte ihn einfach nieder, sein Blick jetzt ebenso frostig, aber Nick fühlte sich stark, weil er den Mann aus der Fassung gebracht hatte.

»Sie scheinen nicht sehr glücklich zu sein, mich wiederzusehen, Henry.«

Henry neigte kritisch den Kopf. »Wie haben Sie Lauren denn kennen gelernt?«

Nach der Art zu schließen, wie Henry ihn ansah, hätte man

annehmen können, Nick wäre ein Vergewaltiger oder Drogendealer. Aber das ging in Ordnung – wenn Henry so rasch über ihn urteilen wollte, es machte ihm nichts aus, den Outlaw zu spielen. Er senkte das Kinn, versuchte gefährlich auszusehen. »Kein hinterlistiger Plan oder dergleichen. Habe nur zufällig ihr Haus gestrichen.«

»Daddy, Nick streicht für uns an. Für Ash. Er ist der Inhaber von *Horizon Painters*.«

Henrys offensichtlicher Schock erfüllte Nick mit widerstreitenden Gefühlen. Genugtuung, weil er trotz allem etwas aus sich gemacht hatte. Wut über Henrys Verwunderung darüber, dass ihm eine Firma gehörte und er nicht nur ein Gelegenheitsarbeiter war, der irgendwie über die Runden zu kommen versuchte. Eine noch größere Wut, dass er, wie jeder andere Mann, der an Ash-Wohnungen arbeitete, von Henry als bloßer Tagelöhner behandelt wurde. »Ich hatte keine Ahnung«, sagte Henry schließlich.

»Natürlich nicht.«

Er hatte Nicks durchaus verächtlichen Ton mitbekommen. »Was soll das heißen?«

Schließlich riss Nick der Geduldsfaden, und er wollte einen Schritt vortreten, aber Lauren hielt ihn zurück. »Das heißt, dass die vielen kleinen Leute, die diese Firma für Sie am Leben erhalten, alter Mann, Sie einen feuchten Dreck scheren. Sie wissen nicht einmal, dass John Armstrongs Sohn jeden Tag in den vergangenen sieben Jahren Ihre Wohnungen gestrichen hat.« Er senkte die Stimme, sein Blick durchbohrte Henry wie ein Dolch. »Sie wissen sicher nicht einmal, was sie meiner Familie angetan haben, oder?«

»Nun halten Sie mal den Mund«, sagte Henry, ballte die Hände zu Fäusten, sein eben noch blasses Gesicht wurde puterrot.

»Nein, jetzt halten *Sie* mal den Mund …«, er trat einen

Schritt vor, »… und lassen mich ausreden, Sie räuberischer Bastard.« Es war ein Kampf, aber Nick weigerte sich, zurückzuweichen; dies war der Augenblick, auf den er sein Leben lang gewartet hatte. »Ihretwegen hat sich mein Vater nie mehr vom Tod meiner Mutter erholt – *nie.*«

Plötzlich siegte bei Henry Neugier über die Abwehrhaltung. »Ist er immer noch …«

»… am Leben? Hängt davon ab, wie man's betrachtet. Er atmet noch, geht noch herum, jedenfalls an seinen guten Tagen. Er verkauft Angelköder an der Schnellstraße in Dunedin, wenn er nicht gerade seinen Rausch ausschläft. Was den Rest von uns betrifft – mein Bruder und meine Schwester wohnen in demselben Häuschen, in das wir einzogen sind, nachdem Sie unsere Hälfte von *Double A* gestohlen haben, und ich reiße mir jeden Tag den Arsch auf, um die Rechnungen für alle zu bezahlen.«

»Schauen Sie«, sagte Henry, »es tut mir leid, wie sich die Sache damals entwickelte, aber ich kann nichts dafür, dass Ihre Familie sich nicht um sich selbst kümmern kann …«

»Doch, es ist Ihre Schuld«, sagte Nick selbstzufrieden. Er hatte keine Lust zu erklären, wie oder warum sich alles so entwickelt hatte, aber weil er nicht antwortete, musste Henry ihm irgendwie geglaubt oder einfach so viel Verstand besessen haben, es nicht weiter in Frage zu stellen.

Stattdessen legte er die Hand fest auf Nicks Schulter und zog ihn beiseite.

»Hören Sie«, sagte Henry leise, »ich weiß zwar nicht, wie Sie sich in das Leben meiner Tochter eingeschlichen haben, aber wenn Sie ihr in irgendeiner Weise wehtun …«

Nick schnitt ihm das Wort ab. »Das werde ich nicht.« Und er meinte es auch so. Klar, es gab noch immer Geheimnisse zwischen ihnen – das Tagebuch, die Tatsache, dass er anfangs nur hatte sehen wollen, was er nach eigenem Dafürhalten für sein Eigentum gehalten hatte, aber er dachte nicht daran, das je zur Sprache zu bringen. Inzwischen lag sie ihm am Herzen, und das war alles, was zählte. Manchmal verkomplizierte die Wahrheit, eine *alte* Wahrheit, die Dinge, die einfacher hätte bleiben können. Und Nick fand, dass seine Anwesenheit hier, sein Bedürfnis, Henry zur Rede zu stellen, das bewies.

»Ich werde Ihre Anwesenheit in Laurens Leben dulden«, sagte Henry und funkelte ihn böse an, »aber nur, weil sie es möchte.«

»Ich bin mir nicht sicher, ob Sie eine Wahl haben.«

»Blut ist dicker als Wasser.«

Nick dachte an seine schlechte Beziehung zu seinem Vater und sagte: »Manchmal.«

»Nick«, unterbrach Lauren und trat zwischen sie, »hat mir geholfen, die Sache mit Phil aufzuklären.«

Henry blickte zwischen ihnen hin und her.

»Er hat in meinem Büro eine von Phils Rechnungen entdeckt, eine von den gefälschten, und mich darauf hingewiesen. Ohne Nick wüssten wir noch immer nicht Bescheid.«

Henry blickte wieder zu Nick. »Warum interessiert es Sie eigentlich, die Sache aufzuklären, wenn Sie mich so sehr hassen?«

Das war nicht schwer zu beantworten. »Weil es am Ende Lauren genauso wehtun würde wie Ihnen.«

Als Lauren in jener Nacht vor Sonnenuntergang in den Bayview Drive bog, war sie noch nie so froh gewesen, zu Hause zu sein. Sie hatten den Nachmittag und den Abend im Büro verbracht, mit ihrem Vater und Sadie, sich in die Arbeit gestürzt und Phils Daten durchsucht, auf Papier und im Computer – Henry war der einzige Mensch in der Firma mit der Befugnis, den IT-Experten zu holen und ihn anzuweisen, den Rechner eines Mitarbeiters zu knacken. Das Ergebnis: eine mühselig erarbeitete Zusammenstellung dessen, was Phil gestohlen hatte – über eine halbe Million Dollar im vergangenen halben Jahr. Eine beträchtliche Summe, aber Sadie hatte gemeint: »Wenn man ein solches Risiko eingeht, dann muss es sich wohl auch lohnen.«

Henry hatte sich die Haare gerauft und gesagt: »Gott sei Dank, dass wir ihn jetzt und nicht erst Jahre später dabei ertappt haben.«

Im selben Moment, als sie nach Hause zurückkehrte, hielt Henry eine Eilkonferenz mit den anderen Teilhabern ab, ohne Phil, aber zu Laurens Verblüffung hatte er ihr gesagt, dass sie vermutlich keine Strafanzeige erstatten würden. »Eine solche Publicity ist der Tod eines Unternehmens«, hatte er ihr erklärt. »Wir werden mit Phil verhandeln müssen, ihn wahrscheinlich rauswerfen und Schadenersatz verlangen – als Gegenleistung dafür, dass wir auf juristische Schritte verzichten.«

»Und dann wird er … ungeschoren davonkommen?«, hatte sie ungläubig gefragt. Sie hatte geglaubt, Phil würde hinter Gittern landen.

Henry hatte genickt. »Aber er wird eine große Summe Geld verlieren, und er wird niemals Ash Builders als Referenz angeben können, also denke ich, es wird ihm schwer fallen, eine neue Stellung zu finden, die der bei uns auch nur annähernd entspricht.«

Lauren hielt das für eine geringe Strafe, aber das Wichtigste war wohl, Ash Builders wieder auf den richtigen Weg zu bringen.

Sie steuerte den Wagen in die Auffahrt und hätte dabei fast Nicks Lieferwagen gerammt. Dann ging ihr das Herz auf, als sie sah, dass er noch da war. Sie hatte nicht gewusst, was sie nach seiner Konfrontation mit ihrem Vater heute Morgen erwartete, und bereute, dass sie es nicht vorhergesehen hatte, als sie ihn um seine Begleitung bat. Am liebsten wäre sie im Boden versunken, als sie den beiden Männern bei ihrem Streit zuhörte, den heftigen Zorn in ihren Blicken sah. Dass sie die beiden aber auch zu einem so emotionalen Zeitpunkt zusammengeführt hatte!

Natürlich hatte sie dabei auch einiges über Nick erfahren. Er hatte seine Familie durchgebracht all die Jahre, und sein Vater war Alkoholiker. Sie hatte verstanden, dass sich die Familie vom Verlust des Familienunternehmens nie mehr erholt hatte, was deren Verlust auf eine Weise vergrößerte, die sie sich gar nicht vorstellen konnte. Nick hatte also ihren Vater all die Jahre gehasst, und da fragte sie sich schon, wie er das alles unter dem Druck eines solch starken Grolls durchgestanden hatte.

Leise betrat sie das Haus und fand ihn auf der Couch – er sah fern, Izzy zufrieden neben sich eingerollt. Er trug Jeans und ein T-Shirt, sein Haar lag locker auf den Schultern. Er hatte sie nicht gehört.

»Hi«, sagte sie leise.

Er stand auf, um sie zu begrüßen, auch wenn Izzy, in ihrer Ruhe gestört, daraufhin auf den Teppich sprang. Er durchquerte das Zimmer, nahm sie in die Arme und hüllte sie in eine Wärme, die ihr den ganzen Tag über gefehlt hatte.

»Nick, hasst du mich?«, flüsterte sie.

Er wich ein wenig zurück. »*Dich?* Wieso?«

Sie blickte zu ihm hoch. »Weil ich so schlecht bin wie mein Vater. Ich habe nichts über deine Familie gewusst, darüber, dass du sie finanziell unterstützt, und ich habe auch nicht gewusst, dass er …«

»Du kannst nichts dafür, Baby«, unterbrach er sie mit seiner tiefen, besänftigenden Stimme, »gar nichts. Es tut mir nur leid, dass ich eine so unpassende Zeit gewählt habe, meinen

Gefühlen Henry gegenüber freien Lauf zu lassen.« Er gab ihr ein paar Trostküsse auf ihre Stirn, dann zog er sich zurück. »Wo stehen wir also, was Phil betrifft?«

Sie seufzte und erklärte ihm, dass man bei Ash Builders, trotz Phils Unterschlagung, keine Anzeige erstatten wolle. Er pfiff leise, als sie ihm sagte, wie viel Phil entwendet hatte, und sie musste daran denken, wie viel mehr Geld das vermutlich für Nick als für ihren Vater war. »Die Teilhaber sitzen im Moment zusammen«, schloss sie. »Dad will mich anschließend anrufen und mich darüber informieren, was entschieden wurde, egal, wie spät es ist.«

Nick strich ihr eine Locke aus dem Gesicht. »Du siehst müde aus.«

»Ich fühle mich völlig ausgelaugt.«

»Ich habe Pizza bestellt – sie ist im Ofen.«

Ihr Herz tat sich auf vor Zuneigung, als sie in seine dunklen Augen schaute. »Danke, Nick. Dafür, dass du hier bist. Fürs Essen.« Sie lachte leise. »Es ist nur … wirklich schön, zu dir nach Hause zu kommen.«

Er schaute kurz zur Seite, dann wieder zu ihr hin, und da fragte sie sich, ob sie eben wohl zu viel gesagt hatte, zu ehrlich gewesen war, ihn zu nervös gemacht hatte, was sie beide betraf, aber sie war zu erschöpft, als dass sie sich darüber Sorgen machen konnte. Sie nahm ihn einfach fest in die Arme und sagte dann: »Essen wir.«

Lauren lag unter der Decke und genoss die kühle Luft, die der Deckenventilator spendete, nachdem sie mit Nick geschlafen hatte.

Er war während des Essens still, aber aufmerksam gewesen, und sie hatte gespürt, dass er sie von ihren Sorgen ablenken wollte. Das hatte funktioniert, als er sagte: »Komm, ich schenke dir eine Dusche.«

Ihr erschöpfter Körper war zu neuem Leben erwacht. »Mir eine Dusche *schenken*?«

Er hatte nur genickt. Einfach gesagt: »Vertrau mir«, ohne den Hauch eines Lächelns. Er war nur ihr dunkler, verführerischer Meeresgott gewesen, der sie in ein weiteres heißes Netz der Leidenschaft zog.

Als sie zusammen in die Dusche traten, erinnerte sie sich an den ersten Tag, als sie sich kennen gelernt hatten, und an die lasziven Gedanken, die ihr in den Sinn gekommen waren, als sie sich gewaschen und die Fantasie beschrieben hatte.

»Woher weißt du das?«, flüsterte sie, als das Wasser auf sie herabprasselte und sie ihre gespreizten Hände auf seine Brust legte. »Wieso kennst du die Dinge, die du mit mir tun sollst?«

Sein Blick erinnerte sie an die knisternde, *stumme* Leidenschaft, die sie damals empfunden hatte, und sie hatte geglaubt, dass er vielleicht nicht antworten würde, aber schließlich hörte sie ihn mit rauer Stimme sagen: »Warum? Sind die Sachen, die ich mit dir mache … so besonders?«

»Es ist wie ein Déjà-vu-Erlebnis«, versuchte sie zu erklären. »Aber besser.«

Er hatte nichts weiter gesagt, sondern sie nur in der Duschkabine von sich weggedreht. Und dann wartete sie, wappnete sich, dachte, er würde sich an sie drängen, tief in sie eindringen, *diese* Fantasie zum Leben bringen – aber stattdessen griff er mit den Händen in ihr Haar. Zunächst genoss sie es, wie er es ihr aus dem Gesicht strich und dann zur Seite trat, damit das Wasser es benetzen konnte. Das fühlte sich an wie … aber besser, so viel besser, weil es wirklich war. Weil sie wusste, was kommen würde. Und nicht einmal mehr überrascht darüber, legte sie den Kopf in den Nacken und wartete, während Nick nach dem Shampoo griff.

Er ließ sich Zeit, massierte den Schaum tief in ihre Kopfhaut, shampoonierte das Haar bis zu den Enden auf ihrem Rücken. Sie hielt die Augen geschlossen wegen der Seife und verlor sich noch mehr in den schönen, zärtlichen Gefühlen, die nicht mehr nur Worte in einem Tagebuch waren.

Erst als er ihr Haar gespült hatte, dreht er sie noch einmal von sich weg, legte die Hände auf ihre Hüften und drang in sie ein, wobei es sich – wie immer – anfühlte, als gehörte er dorthin. O ja, auch diese *Fantasie* – wenn auch ungeschrieben – wurde Wirklichkeit.

Es gab Momente, da sie ihn fragen wollte: *Fühlst du es auch? Spürst du dieses seltsame mystische Band, das uns aneinanderbindet, fester und fester?* Sie durchlebte sogar einen langen, frustrierenden Moment, als sie daran dachte, ihn den Flur hinunterzuführen, wenn sie zu Ende waren, das rote Buch aus dem Regal zu ziehen und ihm zu zeigen, auf welche Weise ihr Liebesspiel ihren privaten Fantasien entsprach. Aber das konnte sie noch nicht; es war trotz allem zu persönlich, zu intim. Jeder Mensch, fand sie, sollte zumindest ein Geheimnis haben, das er ganz für sich behielt.

Jetzt drehte sie sich auf die Seite, sah ihn an, das Zimmer erhellt vom schwachen Schein der Nachttischlampe. Seine Augen waren geschlossen, aber er war offenbar wach.

»Ich liebe dich«, flüsterte sie.

Er schlug die Augen auf, erwiderte ihren Blick, betrachtete sie, wie sie so auf dem Kissen neben ihm lag.

Er war verblüfft, aber sie lächelte nur. »Ich weiß, ich hätte es nicht sagen sollen, hätte die Worte nicht aussprechen sollen. Aber ich habe es nicht gesagt, um zu hören, dass du es auch sagst – sondern weil ich es fühle. Und ich möchte es dir zeigen, Nick.«

Sie erwiderte seinen Blick, schob die kühle Decke bis zu seinen Schenkeln hinunter und begann, ihn sanft zu streicheln.

»Zu früh«, sagte er.

»Wie bitte?«

»Zu früh. Später.«

Woraufhin sie nur schelmisch lächelte und sich nicht im Geringsten abhalten ließ. Sie setzte sich auf die Knie und schwang ein Bein über seine Hüfte, so dass sie über ihm war, dann beugte sie sich vor und küsste ihn auf die Brust. Sie hatte sich in ihrem Leben noch nie so selbstbewusst, so gefasst gefühlt. Sie hatte ihre Liebe nicht bekennen wollen, aber es war echt und befreiend. »Ich glaube, es kann gar nicht zu früh sein.«

Während die Berührung langsam seinen gesamten Körper erfasste, sah Nick ihr zu. Sie war so schön, wie sie sich auf ihm wand, hellhäutig und nackt, und mit ihren Brustspitzen über seine Brust strich. Als sie erhitzt in seine Augen schaute, spürte er es unten. »Du bist so heiß, Baby.«

»Du hast ja keine Ahnung«, gurrte sie mit der erotischsten Stimme, die er je gehört hatte. Sie rieb sich noch immer an ihm, jetzt auch mit ihren Brüsten, Hüften, ihn mit ihrer Feuchtigkeit zwischen ihren Beinen benetzend.

»Vielleicht«, murmelte er, »ist es *doch nicht* zu früh.«

Ihr Blick wurde immer verführerischer. »Das hatte ich mir gedacht.«

Sie küsste sich seine Brust hinunter, die Bewegungen und Berührungen so langsam und leicht, dass er rasch mehr wollte. Aber er wusste, was folgte, wusste ohne Zweifel, was seine Prinzessin für ihn parat hielt, und er wollte sie nicht drängen. Er beobachtete jede ihrer Bewegungen, froh, dass das Licht angeschaltet war; er wollte nichts verpassen.

Dann rutschte sie weiter nach unten; ihre Küsse tanzten über seinen Bauch, während ihre vollen Brüste, rund und warm, seine Erektion umgaben, als wären sie füreinander geschaffen. Als sie aufblickte, glaubte er zu kommen, so schnell. »Nicht.«

Sie seufzte. »Hab ich's mir doch gedacht, dass dir das gefällt.«

Er strich ihr durchs Haar. »Baby, ich *liebe* es. Das ist das Problem. Ich möchte nicht kommen, noch sehr lange nicht.«

»Aber ich will Sachen mit dir machen, alles tun …«

Er unterbrach sie, indem er ihr zwei Finger auf die Lippen legte – und sie reagierte, indem sie sie langsam in den Mund nahm und so daran saugte, dass er es bis in seiner Mitte spürte.

»Verdammt«, murmelte er. Sie ließ seine Finger los, dann rutschte sie ein wenig tiefer, gab ihn frei aus ihren bergenden Brüsten, bis ihr Gesicht einige Zentimeter über seinem erigierten Glied schwebte. Sein ganzer Körper straffte sich vor vorweggenommener Lust – da sah er kurz Isadora, die auf der anderen Seite des Zimmers auf einem pinkfarbenen Samtschemel hockte.

»Bist du bereit?«, fragte Lauren, die Lippen provozierend geöffnet.

»Verdammt. Warte.«

»Wie bitte?«

»Deine Katze ist hier drin.« Wieder warf er einen Blick durchs Zimmer. »Sie beobachtet uns.«

Lauren, die nach wie vor über ihm war, stieß ein angenehmes Lachen aus. »Ich glaube nicht, dass Izzy weiß, was hier abläuft, Nick. Auch wenn ich wirklich glaube, dass du ihr erster nackter Mann bist.« Sie warf einen spielerischen Blick auf Izzy. »Na, was meinst du, Izzy?«

Er versuchte seinen Frust über die hinausgezögerte Lust zu besänftigen.

Lauren schaute auf sein erigiertes Glied, dann zeigte sie ein sexy Lächeln. »Sie sagt, du bist prachtvoll.«

Noch mehr Blut sammelte sich zwischen seinen Schenkeln.

Er war so weit, weiterzumachen, aber erst … Er schwang die Beine aus dem Bett, stand auf, nahm die weiße Katze von ihrem Schemel und ließ sie vor dem Zimmer sanft zu Boden. »Sorry, Izzy, das hier ist privat. Du wirst dir selbst einen Mann suchen müssen.« Er schloss die Tür, kehrte zum Bett zurück und legte sich flach auf den Rücken, legte die Beine wieder um Lauren. »Also, wo waren wir?«

Sie kniete sich zwischen seine Beine, legte einen Finger an die Lippe und lächelte kokett. »Ich kann mich nicht erinnern.«

»Ich helfe dir. Du wolltest mich gerade zum glücklichsten Mann auf Erden machen.«

Sie legte den Kopf schief. »Ist es so einfach, dich glücklich zu machen, Nick?«

Die Frage traf ihn härter, als sie es wahrscheinlich hätte sollen, machte ihm aber klar, dass er in letzter Zeit tatsächlich glücklich gewesen war. Glücklicher, als er seit langer Zeit gewesen war. »Es ist leicht.«

»Und genau das will ich«, sie beugte sich über ihn, »dich glücklich machen,« sie kam näher, näher, »… dafür sorgen, dass du dich gut fühlst.« Sie schlang ihre warme Hand fest um sein steifes Glied, hob es an ihren Mund. »Damit du alles vergisst – nur mich nicht.«

Ihre Zunge huschte über seine Spitze. *Bitte, Baby, mehr.* Ihre Blicke trafen sich, als sie ihn in den Mund nahm und die Lippen über ihn stülpte, ihn in einem so vollkommenen Glücksgefühl umschloss, dass er einen Augenblick lang vergaß, wo er war – und nur noch eine intensive, einhüllende Lust wahrnahm. Dann aber kam er wieder zu sich und beobachtete sie, so schön und wild, woraufhin ihn ein derart heftiges Zittern erfasste, dass er wusste, sie hatte es gespürt.

Sie liebte ihn. Sie hatte es gesagt. Andere Frauen hatten es ihm zwar auch gesagt, aber bei ihr war es anders. Zuzusehen, wie sie ihn mit ihrem süßen Mund bearbeitete, war anders. Nur in ihre Augen zu schauen, so zart und leidenschaftlich und sehnsuchtsvoll, war anders.

Verdammt, verdammt, verdammt. »Baby, ich komme.«

Sie erhob sich von ihm, als es geschah, hielt ihn aber weiter in der Hand, als er auf ihren glatten Bauch spritzte. Ihre Blicke trafen sich, als es zu Ende war, ihr heftiger Atem durchdrang die Stille.

»Prinzessin«, flüsterte er, »lass mich dich küssen.« Er zog sie zu sich herunter, Bauch an Bauch, Brust an Brust, und barg seine Hände in ihrem Haar, während er fiebrige Küsse auf ihr Gesicht regnen ließ. Er spürte die warme Nässe zwischen ihnen und dachte daran, was sie wohl gefühlt hatte, als er ihr Haar wusch, und noch früher, als sie ihn fragte, woher er eigentlich wisse, was er tun müsse. Er empfand jetzt wohl das Gleiche und kam zu dem Schluss, dass die Lektüre ihres Tagebuchs vielleicht weniger mit der Erfüllung ihrer Fantasien zu tun hatte, als er gedacht hatte. Vielleicht hatte er es ohnehin gewusst, sie trotzdem befriedigt, ihre unausgesprochenen Wünsche gespürt, so wie sie es gerade eben für ihn getan hatte. Es war einer seiner allerersten Gedanken über sie, dass sie ihn in den Mund nahm. Und wie alles andere mit Lauren war es viel süßer, viel schärfer, viel bewegender gewesen, als er es sich je in seinen Träumen vorgestellt hatte.

16

Zwar hatte er sich redlich bemüht, trotzdem war Davy keine andere Möglichkeit eingefallen, Daisy sein Geschenk zu überreichen, als Elaine davon zu erzählen.

Aber vielleicht war das ganz gut so, denn sie hatte Verdacht geschöpft. Hauptsächlich, weil er sie gebeten hatte, kurz am Papierwarenladen zu halten. Er hatte ihr aber nicht erlaubt, ihn zu begleiten, und ihr nicht den Grund dafür verraten, nicht einmal, als er sie um das Geld für die benötigten Utensilien gebeten hatte. Sie hatte fast wütend gewirkt, als er sich gestern Abend in seinem Zimmer eingeschlossen hatte, um daran zu arbeiten. Als er das Geschenk fertig gestellt hatte und auf dem Fußboden saß und es bewunderte, war ihm klar geworden, dass er sich nicht einfach bei Albertson's zu ihr schleichen konnte, während Elaine nicht hinschaute.

Schließlich war er ins Wohnzimmer gegangen, wo sie sich im Nachthemd die Elfuhrnachrichten angesehen hatte. »Ich wollte dir nur zeigen, was ich gemacht habe«, sagte er und kam sich dumm dabei vor, während er es an sich drückte.

Sie blickte auf, ihre Augen funkelten vor Erwartung, und er holte tief Luft, obwohl sich in seinem Magen alles drehte, wie in einem dieser großen Wäschetrockner. Dann wandte er sich zu ihr um.

»Oh«, sagte sie, und ihre Augen wurden größer, runder. »Ohhh. Davy, es ist wunderschön.«

Erst hatte er den ganzen Zeitungsartikel über Daisy, mit dem Bild von ihr in der Mitte, sorgfältig ausgeschnitten. Dann hatte er es zwischen zwei große Platten aus durchsichtiger Folie aus dem Papierwarengeschäft gepresst und die Platten an den Rändern zusammengeklebt. Das Schwierigste war der nächste Schritt. Er hatte Seiden-Margeriten – hundert oder mehr – über die zusammengefügten Ränder geklebt und so einen Rahmen geschaffen. Unten hatte er Platz für einen Titel gelassen, in Goldlamé auf dunkelgrünem Bastelpapier. »Daisys Garten«.

»Ich habe es für *sie* gemacht«, hatte er zu Elaine gesagt. »Um es ihr zu schenken. Glaubst du, es wird ihr gefallen?«

Elaine hatte gelächelt, wenn auch merkwürdig, so dass er fast geglaubt hatte, sie würde weinen. »Ich glaube, sie wird es ganz toll finden. Und ich finde, es ist das süßeste Geschenk der Welt.«

Jetzt saßen sie im Auto vor Albertson's, den Rahmen auf dem Schoß in einer Einkaufstüte – Elaine hatte ihn gefahren und auch eingewilligt, dass er allein hineinging. Es war erst acht Uhr morgens, aber in dem Artikel stand, dass Daisy dann mit der Arbeit begann, weshalb er beschlossen hatte, es hinter sich zu bringen, bevor er noch nervöser wurde. Jetzt war er froh, dass er es Elaine gesagt hatte, denn es wäre nicht schön gewesen, in dieser Sache ganz allein zu sein.

»Bereit?«, fragte sie ihn.

Nein. Trotzdem sagte er: »Ja.«

Beim Betreten des Ladens nahm er sich vor, sich ganz so wie Nick zu verhalten, selbstbewusst, einfach zu ihr hinzuschlendern und etwas zu sagen wie: *Hallo, ich habe das für Sie gemacht*, oder vielleicht: *Hallo, ich habe das gemacht, weil Sie die hübscheste Blume hier sind.* Er würde es einfach tun, komme, was wolle.

Er trat an die Tür und kam sich mutig vor, obwohl er wieder Schmetterlinge im Bauch hatte. Er entdeckte Daisy an ihrem Tisch und ging in Richtung Garten-Center. Und dann ging er direkt an ihr vorbei. Er atmete zu schwer. Er schaffte das nicht.

Er blieb am Zeitschriftenständer stehen und blickte lässig zu ihr hinüber, nicht sicher, was er als Nächstes tun sollte, und halb bedauernd, das er dies hier tun musste. Was würde Nick tun?, fragte er sich. Aber das spielte keine Rolle – er war nicht Nick.

Da fing sie an zu arbeiten, arrangierte ihre Blumen. Rote Rosen und Gladiolen und … Margeriten. Gegen seinen Willen lachte er, sah zu, genoss den Augenschmaus.

Er hatte wohl mindestens fünf Minuten dagestanden, als sie plötzlich zu arbeiten aufhörte und davonrollte. Er hörte, wie sie einer der Kassiererinnen sagte, sie wolle auf die Toilette.

Also war die Blumenabteilung leer. Aber an den Kassen herrschte reger Betrieb – so viel, dass ein Mann in der Blumenabteilung hoffentlich nicht allzu sehr auffiel. Ängstlich ging er auf Daisys Tisch zu. Er stellte die Papiertüte darauf ab und zog sich hinter die Zeitschriften zurück. Sein Herz klopfte wie wild.

Er schlug ein Fitness-Magazin auf, steckte die Nase hinein und wartete. Er schaute auf die große Uhr: fünf Minuten verstrichen, dann zehn. Elaine würde wahrscheinlich bald nach ihm suchen, vielleicht sollte er einfach gehen.

Aber gerade als er gehen wollte, kam Daisy an den Kassen vorbeigerollt.

Das Herz schlug ihm bis zum Hals, und plötzlich war er froh, dass er nicht so dumm gewesen war, ihr das Geschenk persönlich zu überreichen, da sie es vermutlich verachten und in den Müll werfen würde.

Trotzdem, er würde abwarten. Er war auf das Schlimmste gefasst.

Zuerst beugte sie sich hinunter und spähte unsicher in die Tüte. Dann griff sie hinein und holte den Margeriten-Rahmen hervor; er war gespannt.

Sie musterte den Rahmen – ihre Augen waren wie Sterne, funkelten so wie manchmal Elaines, wenn sie ihn anschaute, und dann breitete sich das wunderschöne Lächeln von dem Bild auf ihrem Gesicht aus, und ihm wäre fast das Herz geplatzt.

»Mary Beth«, rief sie einer Frau am Service-Tresen auf der anderen Seite zu. »Hast du gesehen, wer das hier hingelegt hat?«

Die ältere Dame schüttelte den Kopf. »Nein, Schätzchen. Was ist es denn?«

»Komm, schau mal.« Sie lächelte immer noch, was ihn ungeheuer stolz machte.

Als Mary Beth zu ihr hinüberging, begab er sich zum Ausgang. Hinter sich hörte er Mary Beth sagen: »Oh, Schätzchen, wie schön.«

»Sieh dir mal die vielen Margeriten an«, sagte Daisy Maria Ramirez gerade, als er, zitternd vor Freude, den Laden verließ.

Vielleicht würde er eines Tages mutiger sein. Vielleicht würde er ihr eines Tages sagen, dass das Geschenk von ihm kam. Aber fürs Erste musste dies genügen.

Noch immer erhellte das schummrige Licht das Zimmer, als das Telefon an diesem Morgen klingelte und Lauren aus dem Schlaf riss. Die Teilhaber hätten, wie ihr Vater zu ihrer Erleichterung erklärt hatte, sie nicht dafür verantwortlich gemacht, dass Phils Unterschlagungen erst so spät entdeckt worden war. Sie hatten beschlossen, eine Entschädigung von einer halben Million Dollar zu verlangen und Phil zu entlassen, als Gegenleistung dafür, dass sie keine Strafanzeige erstatteten. Lauren fand noch immer, dass er damit zu leicht davonkam, aber laut Frank Maris, dem Firmenanwalt, wurden die Dinge im Allgemeinen so geregelt.

Jetzt stand sie neben ihrem Vater in Phils Büro und wartete auf Phils Eintreffen. Sie trug ein maßgeschneidertes marineblaues Kostüm – ein strenges Outfit für einen Dienstagmorgen, das sie aber stets aus dem Kleiderschrank holte, wenn sie glaubte, am Arbeitsplatz besonderen Respekt einfordern zu müssen. Es war erst das dritte Mal, dass sie das Kostüm trug, und sicher die aufregendste Gelegenheit bisher. Aber sie wollte nicht, dass Phil sie heute für sein kleines Spielzeug hielt.

Weil ihnen beiden unbehaglich zumute war, hatten seit einer Weile weder sie noch Henry miteinander gesprochen, und obwohl sie erst seit zwanzig Minuten hier waren, kam es ihr wie Stunden vor. Trotz der Stille spürte sie allerdings, dass die Gefühle ihres Vaters den ihren ähnelten. Phil war ein vertrauter Kollege, mehr als das, ein Freund gewesen. Für Lauren war er kein enger Freund oder Vertrauter gewesen, aber immer hatte sie eine gewisse Zuneigung für ihn empfunden, die, wie sie jetzt merkte, wohl ein wenig tiefer gereicht hatte, als ihr bewusst gewesen war. Für ihren Vater, das wusste sie, war es viel schlimmer.

Die Gegensprechanlage auf Phils Schreibtisch summte. Sadies Stimme ertönte durch den kleinen Lautsprecher. »Er ist hier.« Sie und ihr Vater tauschten Blicke miteinander, dann holte sie tief Luft. *Zieh das durch, und der Rest des Tages, der Woche, des Monats, wird prima sein.*

Einen Augenblick später hallte Phils fröhliches Pfeifen über den Flur; sie straffte sich. Er betrat, ein Arm beladen mit Geschäftsunterlagen, das Zimmer in Sommer-Sakko und Khaki-Hose. Er blieb abrupt stehen, sein Pfeifen erstarb, dann zwinkerte er und schaute verwirrt drein.

Lauren bekam einen Kloß im Hals – und war froh, dass sie übereingekommen waren, dass ihr Vater die ersten Worte sprach.

»Phil, es ist vorbei«, sagte Henry.

Phil zwinkerte noch einmal. »Äh … was ist vorbei?« Er versuchte zu lächeln, aber es wirkte gequält.

»Wir wissen, dass du Geld aus der Firma unterschlagen hast.«

Beide Männer standen wie angewurzelt da; Phils Mund stand leicht offen. Während die Sekunden verstrichen, sammelte sich eine unerwartete Energie in Lauren, und ohne dass sie es geplant hatte, übernahm sie das weitere Gespräch. »Ich habe endlich herausgefunden, dass du die Rechnungen neu geschrieben und die Honorare der Subunternehmer erhöht hast. *PH Construction*, Phil? Hättest du nicht etwas origineller sein können?« Dann teilte sie ihm ihre Erkenntnisse im Einzelnen mit, bis zu dem Betrag, für dessen Verlust sie ihn verantwortlich machten.

Sein Blick war mit jedem Wort ein wenig betrübter geworden. Irgendwie machte sie das mutiger, stärker, weniger emotional. Sie hatte sich vorgestellt, dass Phil auf seine höflich-lockere Art antworten, vielleicht versuchen würde, sich zu verteidigen oder die Sache herunterzuspielen, als wäre sie gar nichts. Stattdessen aber stand er da, mit gesenktem Kopf, und schien kurz vor dem Zusammenbruch zu stehen.

»Allerdings«, sagte Henry, »haben wir nicht vor, Anzeige zu erstatten, solange du das Geld zurückerstattest und, natürlich, deine Position im Unternehmen räumst.«

Phils Stimme zitterte, als er sich zum ersten Mal äußerte. »Ich ... habe das Geld nicht. Ich meine, es ist investiert oder ausgegeben.«

Lauren trat einen Schritt vor, sie wartete nicht einmal die Antwort ihres Vaters ab. Sie ließen Phil so leicht davonkommen, und er hatte den Nerv, zu winseln und sich zu sträuben? »In diesem Fall betrachte das Angebot als offiziell zurückgenommen. Dann übernehmen wir stattdessen deinen Anteil an Ash.«

Phils Augenbrauen senkten sich vor Sorge. »Wie viel?«

»Alles.«

Phil trat, ungläubig, einen Schritt zurück. »Lauren, wir alle wissen, dass fünfundzwanzig Prozent der Firma verdammt viel mehr wert sind als das, was ich genommen habe. Das ist nicht fair.«

Sie blitzte ihn empört an. »Nicht *fair*? Du bestiehlst uns seit Monaten, du sorgst dafür, dass ich wie ein Trottel dastehe, und da findest du, es ist zu viel, deine Teilhaberschaft aufzukündigen? Tja, dann lass mich mal eines klarstellen, Phil. Du hast hier nichts mehr zu sagen. Und wenn du deinen Anteil an der Firma nicht aufgibst, werden wir Anzeige erstatten und dich durch alle Instanzen gerichtlich zur Rechenschaft ziehen. Und das bedeutet Gefängnis, für eine sehr lange Zeit. Also, was ziehst du vor?«

Phil zögerte und sah Henry tatsächlich an, als glaubte er, ihr Vater würde ihn raushauen; aber Lauren trat noch einen Schritt vor, ausgestattet mit einem Mut und einer Energie, die ihr bislang unbekannt waren. »Du hast fünf Sekunden Zeit, um dich zu entscheiden. Danach werden die Einsätze noch höher. Verärgere mich also nicht noch mehr, als du es bereits getan hast.«

Wieder zitterten seine Lippen, als er sagte: »Gut, verdammt nochmal. Okay, ich verzichte auf mein Teilhaberschaft.«

Sie nickte ernst. »Frank Maris wird gleich hier sein und die Verträge aufsetzen.«

Zwei Stunden später war von allen erforderlichen Parteien eine Vereinbarung unterschrieben. Lauren und ihr Vater hatten zwar keine Zeit gehabt, darüber zu sprechen, aber sie konnte trotzdem die Bewunderung in seinem Blick ablesen. Sie hatte es nicht getan, um seine Zustimmung zu bekommen, aber zu wissen, dass sie diese Anerkennung verdient hatte, verlieh ihr noch mehr Kraft. Sie hatte sich gefragt, ob sie wohl die Persönlichkeit besaß, ein erfolgreiches Unternehmen zu leiten; plötzlich aber wusste sie, dass sie es konnte, wusste sie, dass die Fähigkeit in ihr geschlummert und nur auf den richtigen Zeitpunkt gewartet hatte, um ans Licht zu treten.

»Henry, kann ich mal im Flur mit dir sprechen?«, fragte Frank, woraufhin die beiden Männer aus dem Büro gingen und Lauren und Phil allein zurückließen.

Sie sah ihn nicht an, spürte jedoch seinen Blick. »Es tut mir ungeheuer leid, Kleines. Ich wollte dich keinesfalls …«

»Wie oft muss ich dir das denn noch sagen, Phil? Ich bin nicht dein Spielzeug. Und ich bin auch keine leichte Beute mehr, du kannst es dir also genauso gut sparen, was immer du sagen wolltest.«

Ihr Mangel an Mitgefühl, selbst jetzt noch, da sie allein waren, bestürzte ihn offenbar. Er starrte sie mit offenem Mund an, aber sie schaute ihm nicht ins Gesicht. Schließlich erhob er sich und ging durchs Zimmer, wobei er den Kopf voll Verzweiflung in den Nacken warf. »Zum Teufel«, murmelte er und seufzte. »Wie soll ich das nur Jeanne erklären? Wir werden das Haus verlieren. Wir werden alles verlieren. Sie ist momentan bei ihrer Schwester, aber …«

»Sie weiß Bescheid.«

Phil drehte sich blitzartig zu ihr um.

Und schließlich schaute sie ihn an. »Warum, glaubst du wohl, ist sie plötzlich zu ihrer Schwester gefahren? Nur weil du sie betrogen hast? Sie weiß auch darüber Bescheid, aber sie ist von allein dahintergekommen. Wie auch immer, es musste noch etwas mehr dazukommen, dass sie dich verlassen hat. Ich wollte ihr eine faire Warnung zukommen lassen, eine Chance, sich zu schützen.«

Phils meist sonnengebräunter Teint wurde bleich. »Wie konntest du nur so etwas tun, Lauren?«

Offenbar glaubte er, sie hätte die Grenze zwischen professioneller Verfolgung und privatem Terrain überschritten, aber es war ihr egal. *Sie* hatte nichts Unrechtes getan. Und tief im Inneren taten ihr Phil und Jeanne leid, weil ihr einst so perfektes Leben zusammenbrach, aber sie durfte ihre Pflichten nicht von ihren Gefühlen beherrschen lassen. Endlich hatte sie zweifelsfrei begriffen, dass sie für den Rest ihres Lebens die Verantwortung trug, Ash Builders zu schützen.

»Mach dir keine Sorgen, Phil. Du hast ja immer noch die andere Frau.« Lauren neigte den Kopf. »Oder nicht? Könnte nur sein, dass du jetzt auf sie sehr viel weniger anziehend wirkst.«

Sie war nach Hause zurückgekehrt, um Nick stolz davon zu berichten, wie sie die Sache mit Phil geregelt hatte, dann hatte sie Carolyn angerufen. Sie wollte sie auf den neuesten Stand bringen, aber vor allem musste sie sich, nachdem sie so taff und standhaft mit Phil umgegangen war, einfach eine Weile beruhigen; sie brauchte einen Nachmittag voll mit Mädchenkram, und genau das sagte sie auch zu Carolyn, als sie sie am Telefon erreichte.

»Kommen, fahren wir an den Strand«, schlug Carolyn vor. »Das volle Programm: Sonnenschirm, Radio, Junkfood, Sonnenöl.«

Lauren lächelte. Allein schon der Gedanke versetzte sie zurück in die Schulzeit, in eine Zeit, als der Strand ihr Refugium war, der Ort, an dem sie stundenlang träumten und redeten.

Carolyn war Geschäftsführerin eines schicken Haar- und Nagelstudios in Palm Harbor, aber weil ihre reiche Familie außer diesem noch mehrere andere besaß, konnte sie sich ihre Zeit meistens frei einteilen, also nahm sie sich den Nachmittag frei. Sie trafen sich am Clearwater Beach, jede bewaffnet mit Snacks und Badelaken und im Bikini.

Nachdem sie sich in die Strandliegen unter einem der gelben Sonnenschirme gelegt hatten, erzählte Lauren die ganze Geschichte über Phil. Carolyn reagierte angemessen schockiert. Außerdem berichtete Lauren ihr von ihrem Kummer wegen Jeanne; und obwohl sie nicht wusste, ob Carolyn in diesen Tagen wirklich die Ehe oder die Liebe heilighielt, erzählte sie auch von Phils außerplanmäßiger Affäre, ohne ihren Abscheu zu verbergen. Carolyns Gesichtsausdruck wurde traurig, und Lauren konnte nur raten oder hoffen, dass Carolyn sich daran erinnerte, dass sie vor langer Zeit auch einmal solche Ideale gehegt hatte.

Dann aber erzählte Lauren triumphierend vom Ende der Geschichte, davon, wie sie Phil viel stärker zur Kasse gebeten hatte, als die Teilhaber das gewollt hatten. Sie habe seine Angst gesehen, erklärte sie, und dass sie außerstande gewesen sei, mit der Vorstellung zu leben, dass Phil weiterhin einen Teil von Ash Builders besaß.

Als sie zu Ende erzählt hatte, war Carolyn baff. »Wow, ich bin beeindruckt«, sagte sie und griff erneut in die Tüte Kartoffelchips, die zwischen ihnen lag.

»Also, ich glaube, ich kann das jetzt«, verkündete Lauren und nahm sich einen Kartoffelchip aus der Tüte auf Carolyns Schoß. »Ich glaube, ich kann die Firma leiten, wenn es so weit ist.«

Ihre Freundin erwiderte das Lächeln. »Da rede ich ein paar Tage nicht mit dir, und auf einmal wird dein Leben komplett auf den Kopf gestellt.«

Jetzt musste sie Carolyn den Rest erzählen. »Da ist noch mehr.«

Carolyn neigte neugierig den Kopf.

»Du erinnerst dich an meinen Anstreicher? Nick?«

»O ja.« Ein Hauch von Laszivität färbte Carolyns Stimme.

»Tja … wir haben eine wilde Affäre.«

Trotz des Sonnenschirms brannten Lauren die Wangen, Carolyn fiel vor lauter Staunen die Kinnlade herunter. »Sag das noch mal.«

»Wir haben eine Affäre. Ein verrücktes, hedonistisches sexuelles Abenteuer.«

Carolyn zwinkerte. »Und ich dachte, die Sache mit Phil wäre der Hammer.«

»Die Sache mit Phil *ist* der Hammer« – Lauren lachte –, »aber ja, die Sache mit Nick ist ein größerer Hammer.«

»Ich dachte, man könnte keine bedeutungslose sexuelle Beziehung haben, aber du beweist vermutlich, dass man's doch kann. Du klingst fröhlich wie eine Lerche.«

»Ich bin es«, gab Lauren zu. »Aber ich kann noch immer keine bedeutungslose sexuelle Beziehung eingehen. Ich bin verliebt in ihn.«

Der Kartoffelchip zwischen Carolyns Fingern fiel in den Sand. Sie sagte kein Wort, aber Lauren wusste, dass sie nur darauf wartete, den Rest zu hören.

»Ich weiß nicht, ob er meine Liebe erwidert, aber er ist nicht schreiend aus dem Zimmer gerannt, als ich es ihm gestern Abend gesagt habe, also deute ich das als ein gutes Zeichen.«

Carolyn schluckte sichtlich. »Sei mir nicht böse, Laur, aber … ist er der Typ Mann, in den du dich verlieben solltest? Ich meine, er ist total scharf, aber ist er …«

Sie wusste, was Carolyn sagen wollte, denn sie hatte ja von Anfang an die gleichen Befürchtungen gehegt. Sie hatte nicht vergessen, dass sie ihn für einen Weiberhelden mit grobem Charakter gehalten hatte. »Er ist anders als damals, als du ihn kennen gelernt hast«, erklärte sie. »Vielleicht merkst du es ja nicht, selbst wenn du ihn noch einmal treffen würdest, aber wenn wir allein sind, ist er … lässt er mich in seine Seele blicken. Und nein, ich bin mir gar nicht sicher, ob es klug ist, in ihn verliebt zu sein, aber es war keine Entscheidung, die ich bewusst getroffen habe. Es ist ganz einfach passiert. Und ich bin glücklich«, fügte sie hinzu und lächelte. »Es ist schon lange her, dass ich verliebt gewesen bin.«

»Mir geht's ähnlich«, sagte Carolyn leise und brachte Lauren dazu, sich an die lange zurückliegende Liebe zu erinnern und daran, wie unschuldig Carolyn damals gewesen war.

Wehmütig sah sie Lauren an. »Es kann also immer noch passieren, ja?«

»Was? Sich zu verlieben?«

Carolyn nickte und griff nach einem Kartoffelchip.

»Natürlich«, antwortete Lauren. »Und darum erinnere ich mich an vieles, was ich wohl vergessen habe. Du weißt schon – du willst mehr als alles andere, dass er deine Liebe erwidert, bist aber gleichzeitig so erfüllt von Gefühlen, dass es fast zu viel ist, dich ganz ausfüllt und alles durchdringt, was du tust, jeden Gedanken, den du denkst.«

»Wow«, sagte Carolyn leise. »Ja, irgendwie erinnere ich mich. Vielleicht …« Sie blickte aufs Meer hinaus, an den Kindern vorbei, die in der Brandung spielten, den Segelbooten, die vorbeifuhren, dem Horizont entgegen. »Vielleicht habe ich aufgehört zu glauben, dass so etwas möglich ist.«

Ein überwältigendes Mitgefühl für Carolyn ergriff Lauren. »Es ist möglich«, flüsterte sie.

Carolyn warf ihr einen Seitenblick zu. »Soll ich dir mal ein Geheimnis verraten, Laur?«

»Na klar.«

Der Blick ihrer Freundin kehrte zum Wasser zurück. »Ich rede nicht gern darüber« – sie hielt inne, um sich zu räuspern, und wirkte tatsächlich nervös, ein seltener, längst vergangener Zustand bei Carolyn –, »aber ich sage es dir nur einmal, weil ich möchte, dass du es weißt.«

»Okay«, sagte Lauren, so leise, dass sie ihre Stimme inmitten der Schreie der Seemöwen und der donnernden Wellen kaum hörte.

»Wenn ich mit einem Mann zusammen bin, geht es mir hinterher nicht so toll, aber es ist das trotzdem wert, weil … ich dann wohl das Gefühl habe, dass ich eine Weile ein wenig geliebt werde.«

Carolyn schaute sie immer noch nicht an, deshalb erwiderte Lauren den Blick ihrer Freundin nicht. Sie hätte am liebsten den Arm ausgestreckt und sie tröstend berührt, aber eine so enge Freundschaft hatte sie nie miteinander verbunden. Schließlich beschloss sie, nichts zu sagen, nichts zu tun, einfach nur durch Schweigen mitzuteilen, dass sie verstand.

»Wärst du mir böse«, fragte Carolyn und drehte sich schließlich zu ihr um, »wenn ich dir sagte, wie eifersüchtig ich im Moment auf dich bin? Ich meine, selbst wenn er deine Liebe nicht erwidert, dass ich neidisch darauf bin, was du fühlst?«

Ihre Blicke trafen sich. Lauren schüttelte leicht den Kopf. »Nein. Ich wollte nur sagen, dass ich weiß, dass auch du eines Tages wieder so etwas fühlen wirst.«

Carolyn gab ihr keine Antwort, rollte nur den oberen Teil der Tüte Kartoffelchips ein, griff dann nach dem einzelnen Kartoffelchip im Sand und warf ihn einer fliegenden Möwe zu, die ihn aufschnappte und davonflog.

Nicks Herz schlug wie wild, als er die Treppe in Laurens Haus hinaufstieg. Seltsam, jetzt, da er hier willkommen war, kam er sich mehr wie ein Eindringling vor als am Anfang ihrer Beziehung. Aber ihr Tagebuch war seine Droge, und zu seiner Schande war es Zeit für einen neuen Schuss.

Es erinnerte ihn an die Zeit, als er vierzehn war und den kleinen Stapel *Penthouse*-Magazine seines Vaters, versteckt in dessen Unterwäschefach, gefunden hatte. Sein erster Gedanke war, ob Vater die Hefte damals gekauft hatte, als Nicks Mutter noch lebte, oder ob es eine neue Gewohnheit war. Sein zweiter: sich die Bilder anzusehen. Noch lange danach hatte er jedes Mal, wenn er allein zu Hause war, nicht widerstehen können, zu dem Wäschefach seines Vaters zu gehen. Zum Teil wegen der nackten Frauen, zum Teil aber auch nur, weil es verboten war und er eine günstige Gelegenheit ergreifen wollte, weil er es sonst bereuen würde.

Aber diese Sache hier war viel schlimmer, weil er in die Privatsphäre eines Menschen eindrang, der ihm am Herzen lag, und zwar mit jedem Tag mehr. Aber der Zwang war derselbe. Noch während er sich ermahnte: *Tu's nicht*, wusste er tief im Inneren bereits, dass er es doch tun würde. Er war den Lockungen ihrer Fantasien hilflos ausgeliefert.

Er trat an das Bücherregal heran und zog das rote Tagebuch vorsichtig heraus, vergewisserte sich, dass die gepresste Rose nicht herausfiel, dann setzte er sich in den Sessel, in dem er sich stets an Laurens geheimen Begierden ergötzte.

Er wollte gerade das Buch aufschlagen, hielt aber inne, betrachtete nur den samtenen Einband, strich mit der Hand darüber.

Die letzte Nacht schien ihm so lange zurückzuliegen; das Schlafzimmer so nahe. Weder die eine noch das andere war näher als zu den anderen Zeiten, in denen er hierhergekommen war, doch irgendwie fühlte er diese Zeiten mehr. Lauren liebte ihn. Das hatte sie gesagt. Und dann hatte sie es ihm bewiesen. Für manche Frauen bedeutete es nicht viel, einen Mann mit dem Mund zu befriedigen, aber für Lauren, das wusste er – hatte er gespürt –, war es die höchste Form der Zuneigung.

Er fragte sich kurz, bei wie vielen Männern sie das schon getan hatte. *Ich liebe dich. Und ich will es dir zeigen, Nick.* Ach, zum Teufel, es spielte keine Rolle, wie viele es waren – er fühlte sich wie der Einzige.

Warum willst du das Buch eigentlich nochmal aufschlagen?, fragte er sich und warf einen Blick darauf. *Sie hat dir ihr ganzes verdammtes Herz geschenkt; was willst du mehr?*

Eine vertraute nagende Verführung pulste durch seine Adern. Logik und Gefühl waren kaum ausreichend, etwas zu unterdrücken, was ihm mittlerweile als ein unwiderstehliches Verlangen des Körpers wie des Geistes erschien. Es wäre so einfach. Nie würde sie davon erfahren. Und wenn er das Erstaunen spürte, das sie jedes Mal zeigte, wenn er irgendein Element aus ihren Fantasien in ihr Liebesspiel übertrug, fragte er sich, ob sie in ihm wohl auch ohne das etwas Besonderes sah.

Wie auch immer. Er stand auf und ging zum Bücherregal. Immer noch kribbelnd vor Erwartung, stellte er das rote Tagebuch zurück an seinen Platz, drehte sich um und verließ das Zimmer.

»Bleibst du?«, fragte Lauren und blickte mit ihren schönen, leuchtenden Augen zu ihm auf. Ihre Handflächen drückten sich flach und warm durch das T-Shirt, während sie im Haus an der Terrassentür standen.

»Ich … wollte heute Abend nach Hause fahren.« *Ich wollte abhauen, dich in Ruhe lassen,* uns *in Ruhe lassen.* Das ergab Sinn, fand er. Schließlich hatte sie ihm in den letzten vierundzwanzig Stunden gesagt, dass sie ihn liebte, sie hatte es ihm mit ihrem Körper gezeigt, ihn tief berührt, und er hatte tatsächlich die Kraft gefunden, ihre intimen Gedanken nicht zu lesen. Und als ob das alles nicht schon beunruhigend genug wäre, hatte sie darüber hinaus auch noch jemanden gefeuert und dessen millionenschwere Teilhaberschaft gekündigt, den sie vor zwei Tagen noch als Freund betrachtet hatte. Es war wohl klug, einen Schritt zurückzutreten, ehe das Ganze noch enger wurde. »Ich dachte mir, du könntest etwas Zeit brauchen, um … ich weiß nicht … allein zu sein.«

Sie neigte den Kopf, halb spielerisch, halb bittend. »Die Wahrheit ist, nach der Sache mit Phil … na ja, ich könnte was gebrauchen, um es aus meinem Kopf zu bekommen.«

Er hob die Augenbrauen. »Heißen Sex?«

Sie löste sich aus seiner lockeren Umarmung. »Würde wahrscheinlich helfen.«

»Prinzessin«, sagte er, und seine Mundwinkel verzogen sich zu einem Lächeln, »benutzt du mich nur für Sex?«

Er blieb. Sie taute Koteletts auf, er legte sie auf den Grill, und sie aßen am Pool, während die Sonne hinter den Bäumen versank. Stunden später lagen sie Seite an Seite im Bett, nackt und erschöpft, und er war froh, nicht nach Hause gefahren zu sein.

»Verrate mir ein Geheimnis«, sagte er. Das einzige Licht spendete der Mond, der durch das halbkreisförmige Bogenfenster fiel. Er malte ein Gitter, wie ein halbes Wagenrad, das auf Laurens Beine fiel, dort, wo sie die Bettdecke hinuntergeschoben hatten. »Etwas, was niemand sonst über dich weiß«, fügte er hinzu und hoffte nur, betete, dass sie ihm vielleicht von ihrem roten Buch erzählen würde. Vielleicht würde sie ihm vertrauen, ihn so sehr lieben.

Sie ließ einen koketten Blick im Dunkeln aufblitzen. »Okay. Bist du bereit?«

»Ja.«

»Mein Hintern«, begann sie, »ist eine bedeutende erogene Zone.«

Es war nicht die Antwort, auf die er gewartet hatte, trotzdem beugte er sich nahe an ihr Ohr und flüsterte: »Erzähl mir mehr.«

Sie zögerte nur kurz. »Es fühlt sich gut an, wenn …«

»Ja?«

Ihre Gesichter lagen so nahe nebeneinander, dass er sah, wie sie innehielt, bevor sie ihm ins Ohr flüsterte: »Würdest du mich dort küssen, Nick? Kleine Küsse?«

Sie drehte sich auf den Bauch, verschränkte die Arme unter dem Kopf, während die schattige Landschaft ihres Körpers lockte. *Das ist zumindest ein Anfang*, dachte er, während er sich vorbeugte, um den ersten zarten Kuss auf ihren Hintern zu drücken. Sie seufzte, und er küsste sie dort noch einmal. *Der Anfang ihrer Geheimnisse, ihrer* sexuellen *Geheimnisse. Wenn ich geduldig bin, wird sie mir, vielleicht, mehr davon erzählen.*

Der dunkle Raum war erfüllt von ihren lustvollen Seufzern, während er ihren Hintern mit zarten Küssen bedeckte, bis sie sich ihm entgegenhob, sich von ihrem Bett hochwölbte. Bald konnte er nicht widerstehen, tauchte die Finger in ihre Feuchte und küsste sie auch dort. Jeder Laut, den sie von sich gab, klang in seinen Ohren wie süße, heiße Musik, und als er schließlich in ihr war, sich in ihr bewegte, schaute er in ihre Augen. Er konnte sie in dem dunklen Zimmer nicht deutlich erkennen, aber das Glitzern darin genügte ihm; er konnte ihren Blick fühlen, konnte die ungeheure Bindung spüren, die sie aneinanderfesselte, wenn sie auf diese Weise zusammenkamen.

Er hatte keine Ahnung, wie viel Zeit verstrichen war, in der sie reglos nebeneinanderlagen, als sie sagte: »Jetzt du. Verrate mir ein Geheimnis. Etwas, was niemand sonst weiß.«

Er war froh, im Dunkeln zu liegen. Was für ein Spiel hatte er da ungewollt begonnen? Denn wenn er an Geheimnisse dachte, *seine* Geheimnisse, dann waren sie … »Meine Geheimnisse sind nicht schön.«

»Verrate sie mir trotzdem.«

Ihre Blicke trafen sich im Dunkeln. Er konnte nicht sagen, warum, aber ein unsichtbares Gewicht lastete auf ihm, wie aus dem Nichts. Geheimnisse. Dinge, an die er die meiste Zeit nicht dachte. Dinge, die er einzupacken und wegzulegen gelernt hatte. Das Wort brachte sie zurück, er wusste nicht wieso, aber auf einmal hörte er sich sagen: »Mein Vater hat uns geschlagen.«

Der Satz war sorglos hingeworfen und hing wie ein

schwerer Anker in der Luft, der ihn unter sich begraben könnte, falls er herabfiel. Lauren legte ihre Hand sanft auf seine, und sein erster Impuls war, sie fortzuziehen – er hatte nie jemandes Mitgefühl gewollt, noch nie. Nur ein Leben, das fair war.

Doch er zog seine Hand *nicht* zurück. Er ließ sich von ihr berühren. Und er wusste nicht, warum, aber er redete weiter. »Nachdem meine Mutter gestorben war, war er nicht mehr derselbe. Er war spät nach Hause gekommen, betrunken, in Rage. Er drehte das Licht in meinem Zimmer an, kam herein und zerrte mich aus dem Bett.«

Er spürte Laurens Anspannung. Sie hatte nie einen solchen Horror gekannt. So etwas kannte man aus Filmen, wusste man aus Berichten, dass es Fremden geschah. Er hasste es, ihre vollkommene Welt mit dieser hässlicheren Seite zu verunstalten, doch sie drückte seine Hand, und er wusste, es ist gut.

»Meistens hat er mich geschlagen«, sagte er. Zum ersten Mal seit Jahren fühlte er es wieder, spürte, wie er gegen die Wand geschleudert wurde, wie die Faust seines Vaters auf sein Kinn traf. Spürte, wie der Frieden des Schlafs in das Chaos der Schreie, der Furcht und des Schmerzes verwandelt wurde. »Manchmal Davy. Elaine einmal, als sie versuchte, sich zwischen uns zu stellen. Aber hauptsächlich mich. Ich war rebellisch – verloren, nehme ich an – und erledigte nicht meine Arbeiten im Haus. Ich glaube, ich habe ihn geradezu herausgefordert. Habe ihn fast herausgefordert, mich noch einmal zu schlagen. Schau, ich hatte immer vorgehabt, ihn zurückzuschlagen. Aber ich konnte es nie. Ich konnte es einfach nie.«

Seine Augen wurden feucht, während Laurens Arme sich um ihn legten, ihr Kopf auf seiner Schulter lag. Er konnte nicht wissen, wie merkwürdig befreiend es sich anfühlen würde, ihr davon zu erzählen. Er hätte es nicht verstehen können, wie einzigartig gut ihre Umarmung sich anfühlen würde nach einem solchen Geständnis. Nein, nicht *gut*. Nichts von dem hier war *gut*. Sondern tragisch. Doch es war eine der alten Narben, die sich geöffnet hatten, weil er hierhergekommen war, in Laurens Haus, in Laurens Leben, und was er sich niemals vorgestellt hätte: dass sie ihn besänftigen konnte.

»Ich bin nur ein einziges Mal auf ihn losgegangen«, fuhr er fort, »nachdem er Davy was angetan hatte.« Ein Bild blitzte in seinem Kopf auf. »Ich bin in die Garage gegangen und habe meinen Bruder auf dem Boden liegend vorgefunden. Meine Baseballmütze lag blutverschmiert neben ihm.«

17

»Zuerst konnte ich nicht erkennen, was passiert war, dann aber habe ich Dad ein paar Schritte entfernt gesehen, er hielt Davys Kopf, und da wusste ich es.

Ich habe nach ihm geschlagen, ihn von den Beinen geholt, und dann habe ich auf ihn eingeschlagen, immer wieder. Ich habe auf ihn eingeprügelt, bis mir die Arme müde wurden, bis ich nicht mehr zuschlagen konnte, und er hat kein einziges Mal zurückgeschlagen, nur dagelegen und meine Schläge eingesteckt. Dann hat er mich schließlich weggeschoben und gesagt, wir müssten Davy ins Krankenhaus bringen.«

»Und … was hast du den Leuten im Krankenhaus *gesagt*?« Zum ersten Mal brachte Lauren die Kraft auf, etwas zu sagen, ihre Stimme klang wie die eines kleinen Mädchens.

Er schüttelte den Kopf, auf dem Kissen. »Ich weiß es nicht. Nur dass es wohl eine Art Unfall war. Damals konnte man mit solchen Sachen noch durchkommen. Ich bin mir sicher, dass Dad gelogen hat. Vielleicht hat er auch mir die Schuld zugeschoben. Ich war so außer mir, dass ich nicht darauf geachtet habe.«

»Oh, Nick«, flüsterte sie und klammerte sich an ihn, bis er die Arme um sie legte und sie genauso fest umarmte. Das Herz wurde ihr schwer. Was für ein Mensch war dieser John Armstrong eigentlich? Wie hatte sich der freundliche, gutmütige Mann, den sie aus ihrer Kindheit kannte, nur in ein solches Monster verwandeln können? Und zu wissen, dass Nick *ihren* Vater für die Veränderungen *seines* Vaters verantwortlich machte ... nun, kein Wunder, dass er so heftige, tiefe Hassgefühle gegen Henry hegte.

Sie wollte Nick eine Million Dinge sagen; wie sehr sie wünschte, irgendwie in der Zeit zurückgehen und alles ändern, ihm auf wundersame Weise den Schmerz nehmen, alles zurückgeben zu können, was Davy verloren hatte. Aber ihre besänftigenden Worte würden sicher hohl klingen, und irgendwie glaubte sie auch, dass Nick es schätzte, wenn sie einfach den Mund hielt.

»Hör zu«, sagte er schließlich und schien noch angespannter. »Ich weiß nicht, warum ich dir das alles erzählt habe, aber ...«

»Ich bin froh, dass du es getan hast.«

»Wie auch immer, lass uns nicht mehr darüber sprechen, ja?«

Zu einem anderen Zeitpunkt hätte sie ihn vielleicht dazu gedrängt – denn sie hatte ja gelernt, dass es einem besser ging, wenn man Dinge zur Sprache brachte. Aber wie schon mit Carolyn heute am Strand war sie gut beraten, nicht nachzubohren, und sie war einfach dankbar, dass er ihr so weit vertraut, ihr davon erzählt und sich alles von der Seele geredet hatte, zumindest ein wenig. »Also gut.«

An diesem Tag waren viele Geheimnisse ans Licht gekommen. Zuerst Phils, dann Carolyns, dann Nicks. Nicks, dessen

Geheimnis viel schlimmer war als alles, was sie sich hatte vorstellen können. »Ich liebe dich«, sagte sie im Dunkeln.

»Danke.« Dann drückte er ihr einen Kuss auf die Stirn, und sie blieben still liegen, bis sie einschliefen.

Als Nick am nächsten Morgen nach Hause fuhr, um sich rasch frische Kleidung zu holen, fand er eine Nachricht von Elaine auf dem Anrufbeantworter vor. Es hörte sich zwar nicht dringend an, aber er ärgerte sich trotzdem, dass er sein uraltes Autotelefon mit dem Pieper noch nicht gegen ein Handy ausgetauscht hatte, das er ständig bei sich tragen konnte. Anscheinend trat ihm die Technik mal wieder in den Hintern. Wahrscheinlich ärgerte er sich aber auch, weil er bei Lauren übernachtet hatte, obwohl etwas in ihm widerstrebt hatte. Er fasste es immer noch nicht, dass er ihr diese Seite von sich gezeigt hatte, die er normalerweise mit aller Macht verbarg.

Er griff nach dem Telefon und wählte Elaines Nummer. Als sie abhob, schläfrig klingend, sagte er: »Lainey, ich bin's. Ist alles in Ordnung?« Wie immer machte er sich Sorgen um Davy, wenn sein Anrufbeantworter blinkte, inzwischen hing aber auch noch die Herzerkrankung seines Vaters wie ein Damoklesschwert über ihnen.

»Alles in Ordnung.« Sie hörte sich fast belustigt an. »Ich wollte dich nur zum Abendessen einladen.«

»Wann? Gestern Abend?«

»Nein, ich habe Steaks gekauft und dachte, ich könnte sie morgen Abend grillen.«

»Kommt Dad auch?«

»Ich wusste ja, du würdest nicht kommen, wenn er hier ist, darum habe ich ihn nicht gefragt.«

Normalerweise hätte Nick automatisch zugesagt, und ein Steak vom Grill klang verlockend, aber …

»Trotzdem, ich weiß nicht recht. Vielleicht bin ich beschäftigt.«

»Womit?«

»Eine Frau.«

Kein Wunder, dass Elaine jäh verstummte; so wie sie nie über Elaines Liebesleben sprachen, sprachen sie auch selten über seines. »Was für eine Frau?«, fragte sie schließlich.

»Nur eine Frau, mit der ich ausgehe.«

»Bring sie doch mit.«

Mit der Antwort hatte er nicht gerechnet. Er hatte nie eine Frau mit nach Hause gebracht, aber die Vorstellung, ausgerechnet Lauren Ash mitzubringen, war schwer zu fassen.

»Wir beißen nicht«, sagte Elaine.

»Das ist mir klar«, antwortete er schroff. Und er wusste auch, dass Lauren über Elaines und Davys bescheidenes Häuschen nie die Nase rümpfen, sondern sich wahrscheinlich freuen würde, seine Familie kennen zu lernen. Aber wollte er sie so tief in sein Leben hineinlassen, und so schnell?

Ach, zum Teufel, was redete er da? Schließlich hatte er gestern Nacht die Fluttore seiner Seele geöffnet, nicht sie. Aber jetzt fühlte er sich verletzbar, und Verletzbarkeit war etwas, was er schon sehr lange nicht mehr bei sich zuließ.

»Also gut, bringst du sie mit?«

Er saß einfach da, noch immer nach einer Antwort suchend.

»Komm schon, Nick«, stichelte Elaine schließlich. »Hör auf, dich wie ein Kind aufzuführen.«

Gegen seinen Willen musste er lächeln, denn er dachte daran, dass sie in letzter Zeit nicht die Einzige war, die den Nerv hatte, ihm so etwas zu sagen. »Also gut, Lainey. Ich bringe sie mit.«

»Gut. Also, wie heißt sie?«

»Lauren Ash«, sagte er, ohne zu zögern.

Beinahe hätte er durch die Telefonleitung hindurch gesehen, wie Elaine die Kinnlade herunterklappte. »Du machst Witze.«

Nick bereute ebenso sehr seine Zustimmung, Lauren zum Abendessen mitzunehmen, wie den Umstand, dass er ihr die Wahrheit über seinen Vater und Davys Unfall erzählt hatte. Was dachte er sich eigentlich in letzter Zeit? Er schimpfte mit sich, während er die Westseite ihrer Gartenmauer anstrich – deshalb befand er sich momentan in *Henrys* Garten. Als ob er nicht schon genug Ärger hatte.

Als er sich umdrehte, um die Rolle aufzufüllen, sah er, wie sich etwas bewegte, und warf einen Blick über die Schulter. *Verdammt, wenn man vom Teufel spricht …* niemand anderes als Henry Ash durchquerte da mit langen Schritten den hinteren Bereich seines riesigen Gartens. Er trug eine Freizeithose und ein Polo-Hemd und einen grimmigen, entschlossenen Gesichtsausdruck.

»Ich möchte mit Ihnen sprechen«, sagte Henry und blieb einige Schritte entfernt stehen.

»Worum geht's? Ich habe zu tun.« Er wandte sich um, rollte Elfenbeinfarbe über die pinkfarbene Mauer.

»Was zwischen mir und Ihrem Vater geschah, ist eine alte Geschichte, Sie müssen darüber hinwegkommen.«

Nick arbeitete weiter, den Blick auf die Mauer gerichtet. »Wird nicht passieren.«

»Liegt Ihnen meine Tochter wirklich am Herzen?«

Woraufhin Nick tief durchatmete und zu streichen aufhörte. Der alte Knabe kam schnell zur Sache, das musste man ihm lassen. »Ja.«

»Deshalb müssen Sie darüber hinwegkommen.« Henrys Stimme klang jetzt etwas weniger grob. »Nicht Lauren hat

Ihrer Familie Schaden zugefügt, sondern ich. Ich kann die Uhr nicht zurückdrehen und es ändern. Ich …«

»Würden Sie's, wenn Sie es könnten?«

Henry zögerte. »Ehrlich gesagt, ich bin nicht sicher, aber ich habe wegen der Art, wie die Dinge gelaufen sind, weiß Gott gelitten.«

»Reden Sie mir gegenüber nicht von Leiden.«

Henry, der verblüffend zerknirscht wirkte, seufzte und senkte den Blick, dann hob er ihn wieder. »Ich bin nicht zu Ihnen gekommen, um über damals zu sprechen, sondern über heute. Wenn Ihnen wirklich etwas an Lauren liegt, dann dürfen Sie die Vergangenheit nicht zwischen sich und ihr stehen lassen – Sie dürfen nicht zulassen, dass Ihr Hass auf mich zwischen Ihnen beiden steht. Und das wird er, früher oder später, wenn es Ihnen nicht gelingt, den Hass aus Ihrem Kopf zu bekommen.«

Nick überlegte, was er darauf antworten könnte. Er könnte Henry von leidvollen Erfahrungen erzählen, so wie er es gestern Abend Lauren gegenüber getan hatte. Er könnte darauf beharren, dass Henry die Sache zwischen ihm, Nick, und Lauren zu ernst nahm, zu weit in die Zukunft dachte – aber zum Teufel, er hatte dem Mann soeben gesagt, dass seine Tochter ihm am Herzen lag, und zwar sehr. Zu sehr. Welche Gedanken ihm auch durch den Kopf gingen, keiner schien die Mühe wert zu sein. Schließlich sagte er nur: »Okay.«

Henry Ash nickte abrupt und wandte sich zum Gehen, blieb nach ein paar Metern aber stehen und schaute zurück. »Danke, dass Sie Lauren durch dieses Chaos mit Phil begleitet haben. Und die gefälschten Rechnungen aufgedeckt haben. Es wäre ein Leichtes gewesen, das nicht zu tun.«

Nein, alter Mann, wie sich gezeigt hatte, war es kein *Leichtes gewesen.* »Wie gesagt: Ich habe es nicht für Sie getan, sondern für Lauren.«

»Dann danke ich Ihnen *dafür.*«

Nick reagierte nicht, nicht einmal mit einem Nicken. Vielleicht hätte er mehr sagen sollen, aber von einem solchen Hass, wie er ihn verspürte, abzulassen ging nicht in zwei Minuten. Vielleicht beim nächsten Mal, dachte er, während sie dastanden und einander anstarrten. Wenn er das nächste Mal mit Henry sprach, wollte er versuchen, ein wenig loszulassen – um Laurens willen. Diesmal aber wartete er nur, bis Henry sich umwandte und davonging, und machte sich wieder an die Arbeit.

Während Nick im Jeep zu Elaine fuhr, saß Lauren neben ihm, in einem Sommerkleid, in dem sie so hübsch aussah, dass er schon jetzt seine Schwester bedauerte. Ihm fiel das Gespräch ein, das er mit Lauren über die Einladung geführt hatte.

»Hör zu, Elaine hat uns zum Abendessen eingeladen, aber ich denke mir etwas aus, um da rauszukommen.« Nach seinem Gespräch mit Henry hatte er immer mehr das Gefühl, dass die Dinge zu schnell vorangingen und außer Kontrolle gerieten.

»Nein, tu's nicht«, bat sie. »Ich möchte Elaine gern kennen lernen. Davy auch.«

»Natürlich.« Sie hegte offenbar keinerlei Zweifel, dass er etwas anderes denken konnte.

Jetzt bogen sie in die Auffahrt; Nick stellte den Jeep dicht hinter Elaines Wagen und sagte, wohl etwas grob: »Da wären wir.« Zumindest sah der Rasen frisch gemäht aus, und Davy hatte sein Fahrrad weggestellt.

»Hier hast du deine Kindheit verbracht?«, fragte Lauren, als sie ausstiegen.

Er nickte. »Wir sind nach dem Tod meiner Mutter hierhergezogen.«

Ob Lauren wohl je in einem Viertel wie diesem aus einem

Auto gestiegen war? Es war eher ein trauriges als ein übles Viertel, machte aber trotzdem den riesengroßen Unterschied in ihren Lebensverhältnissen sinnfällig.

Beim Haus angelangt, tat er etwas, was er sonst nie tat – er klopfte an den Metallrahmen der alten Fliegengittertür. »Wir sind da«, rief er fast und hielt Lauren die Tür auf. Er folgte ihr nach drinnen, einen Augenblick geblendet vom grellen Sonnenlicht, und merkte, dass er unsicher war – sich ebenso viel Sorgen machte, was seine Familie von Lauren halten würde, wie umgekehrt.

»Komme, Nick«, rief Elaine aus dem rückwärtigen Teil des Hauses. »Ich lege nur eben die Steaks auf den Grill.«

Er fasste Lauren bei der Hand und führte sie geradewegs in die Küche, als Elaine durch die Schiebetür eintrat. Er erkannte seine Schwester kaum wieder: langer, fließender Rock. Davy folgte ihr, er wirkte schlaksig und schüchtern, die Schultern gebeugt.

»Elaine, Davy, das ist Lauren.«

Während sie vortrat, verfolgte Nick den Blickaustausch sehr genau. »Freut mich, Sie kennen zu lernen.« Sie schüttelte Elaine die Hand mit beiden Händen, was eine an sich steife Geste freundlich und ehrlich gestaltete. »Danke, dass Sie mich eingeladen haben.«

Zu seiner Erleichterung lächelte Elaine, und es sah auch nicht gekünstelt aus. Er hatte Elaine versprochen, dass Lauren ganz anders war, als sie erwarten würde, aber er wusste nicht recht, ob sie ihm geglaubt hatte.

Elaine trat einen kleinen Schritt zum Küchentisch zurück und bedeutete Davy, näher zu kommen. »Er ist etwas schüchtern, wenn er neue Gesichter sieht«, erklärte sie.

»Hi, Davy.« Lauren lächelte ihn an. »Schön, dass wir uns endlich einmal treffen. Nick spricht ständig von Ihnen.«

Davy sah sie an. Nick konnte sich nur fragen, welche

Ängste und Begierden wohl im Kopf seines Bruders herumschwirrten, jetzt, da er in seinem Zuhause neben einer so schönen Frau stand. »Tut er das?« Davy warf Nick einen raschen Blick zu.

»Natürlich tue ich das.«

»Was erzählst du ihr denn so?«

Er hatte jetzt Davys volle Aufmerksamkeit und nahm an, dass es seinem kleinen Bruder lieber war, ihn anzuschauen. »Ich habe ihr erzählt, dass du mir geholfen hast, das Garagentor zu streichen und den Zaun zu reparieren. Und dass du mir in der Firma hilfst. Erinnerst du dich?«

Davy lächelte. »Ja.«

»Außerdem, dass du immer Tiere mit nach Hause bringst. Und was für ein großer Reds-Fan du bist.« Er warf Lauren einen raschen Seitenblick zu, da er das in Wahrheit nie erwähnt hatte.

»Kein Fan der Devil Rays?«, fragte Lauren.

Davy schüttelte den Kopf, schaute sie wieder an. »Die Devil Rays haben's nicht drauf.«

Alle lachten leise. An Lauren gewandt, sagte Nick: »Das habe ich ihm beigebracht.«

Sie lächelte. »Warum bloß überrascht mich das nicht?«

Er sah, dass der Tisch für vier gedeckt war. »Ich dachte, wir würden im Garten essen«, sagte er zu Elaine. »Es ist so schön draußen.« Verglichen mit Laurens war ihr Garten natürlich klein, aber zumindest war er eingezäunt und nicht einsehbar.

Elaine lächelte kurz und fasste ihn am Ärmel, um ihn zur Seite zu ziehen, aber Lauren hatte es wohl nicht mitbekommen, denn Davy fragte sie, ob sie sich seine Fische im Wohnzimmer anschauen wolle.

»Der Tisch muss gestrichen werden«, sagte Elaine, zu dem alten Gartenmöbel aus Metall gewandt, während Lauren

Davy aus der Küche folgte. »Ich hatte keine Zeit, musste immer nach Dad sehen, außerdem hatte er heute einen Arzttermin, der den halben Tag gedauert hat.«

Nick rechnete im Kopf die Arbeit zu seiner Zu-erledigen-Liste hinzu. »Geht's Dad gut?«

Elaine nickte. »Waren nur jede Menge Formulare auszufüllen für den Herzspezialisten, und natürlich hat sich der Mann auch noch zwei Stunden verspätet.«

»Du siehst gut aus«, sagte er, und es stimmte – noch hübscher als beim letzten Mal. »Ich wusste gar nicht, dass du Röcke trägst.«

»Ich habe heute einen bei Wal-Mart gekauft, weil wir ja Gäste haben.« Sie warf einen Blick ins Wohnzimmer. »Sie macht einen netten Eindruck.«

Er nickte. »Sie ist es.«

Sie blickte auf den Tisch, unsicher. »Ich hatte überlegt, ob ich eine Flasche Wein kaufen soll, aber ich wusste nicht, welchen, und wir haben auch nur Papierservietten.«

»Elaine, es ist alles in Ordnung.«

Sie blickte zu ihm hoch. »Sie benutzt wohl keine Papierservietten, oder?«

Er seufzte. »Manchmal. Manchmal nicht. Aber ich esse oft mit ihr, und manchmal isst sie sogar einen Big Mac, entspann dich also, okay?«

»Wirklich? Einen Big Mac? Das hätte ich nicht gedacht. Ich wollte nur, dass alles nett ist.« Sie sah wieder zum Tisch, er war gedeckt mit demselben Geschirr, von dem sie schon als Kinder gegessen hatten. Nick machte sich noch eine Notiz im Kopf: Elaine zum nächsten Weihnachten neues Geschirr schenken.

»Du hast den Tisch sehr schön gedeckt.« Dann, ohne nachzudenken, beugte er sich vor und gab ihr einen Kuss auf die Wange.

Sie sah ihn an, als hätte er den Verstand verloren, und offen gestanden war er genauso schockiert; er ließ es sich nur nicht anmerken. »Ich werde schwören, dass es nie passiert ist«, sagte er, dann begab er sich ins Nachbarzimmer, wo Davy Lauren zeigte, wie man die Fische fütterte.

Zwanzig Minuten später nahmen alle Platz, während Nick einen Teller mit Steaks mitten auf den Tisch stellte. Elaine hatte Baked Potatoes und Maiskolben gegrillt und einen Makkaroniauflauf gemacht, Davys Lieblingsessen. »Das sieht alles köstlich aus, Elaine.« Lauren nahm sich eine der Folien-Kartoffeln. »Ich mag Essen vom Grill sehr gern; ich nehme mir nur kaum die Zeit dafür.«

Nick blickte kurz zu Elaine, als wollte er sagen: *Siehst du, sie ist ganz normal*, dann erinnerte er Lauren an die Schweinekoteletts, die sie kürzlich gegrillt hatten, was zu einer Diskussion über Grillen und Lieblingsspeisen führte.

»Ich habe Brownies zum Dessert gemacht«, sagte Davy.

»Wow«, sagte Nick. »Du wirst ja zu einem echten Brownie-Gourmet.«

»Ich wollte etwas Ausgefalleneres kochen«, erklärte Elaine, »aber Davy wollte unbedingt die Brownies backen.«

Lauren schenkte beiden ein freundliches Lächeln. »Es gibt nichts Besseres als einen guten Brownie.« Hätte Nick sie in diesem Moment küssen können, er hätte es getan.

Ein Klopfen an der Eingangstür unterbrach ihre Mahlzeit. Bevor Elaine aufstehen konnte, hallte die Stimme ihres Vaters durchs Haus. »Ich bin's nur. Rieche ich da den Grill, Elaine?«

Er war sichtlich betrunken. Nicks Brust verengte sich. Er und Elaine tauschten Blicke, und er sah, dass sie ebenso erstaunt war wie er.

Lauren verstand sofort, was er dachte. »Ist schon in Ordnung, Nick.« Sie legte ihm ihre Hand auf den Arm.

»Nein, ist es nicht. Ich wollte, dass der Abend schön wird.«

»Er wird es sein. Er ist es.«

Er stand auf und stellte sich seinem Vater, den er um fast einen Kopf überragte, in der Tür zur Küche entgegen. »Wir essen gerade zu Abend.«

Sein Vater blickte mit einem irren Lächeln zu ihm auf. »Nicky, da komme ich ja gerade rechtzeitig.«

Sein erster Impuls war, den alten Mann rauszuschicken, ihm zu sagen, dass er nicht eingeladen war. Seit wann fuhr er betrunken im Auto in der Gegend rum? Zumindest war er normalerweise so vernünftig, zu Hause zu bleiben oder sich fahren zu lassen. Aber die Vorstellung, dass John Armstrong jemanden in seinem zerbeulten alten Skylark überfuhr, genügte, dass Nick kaum etwas anderes übrig blieb.

»Wir haben Gäste«, sagte er und warf seinem Vater einen strengen, warnenden Blick zu. »Elaine hat Steaks gegrillt.«

Elaine hatte einen der Metall-Stühle bereits ins Haus getragen, als Nick ihren Vater in die Küche hereinließ; zum Glück stand er am anderen Ende des Tisches. Als er Lauren sah, schämte John sich allerdings wegen seines unordentlichen Aussehens.

»Das ist Lauren«, sagte Nick und setzte sich wieder. Er hatte absichtlich ihren Nachnamen nicht genannt. »Lauren, mein Vater«, fügte er knapp hinzu.

»Hallo«, sagte sie, und er war erfreut, dass ihre Begrüßung nicht besonders freundlich klang. Vermutlich dachte sie an das Familiengeheimnis; seltsam, denn manchmal fragte er sich, ob es alle wohl vergessen hatten – außer ihm selbst. Zeit, Verdrängung und Schmerz führten oft dazu, dass Hässliches unter den Teppich gekehrt wurde. Seltsam, je schlimmer das Verbrechen, desto leichter vergaß man es, weil man es vergessen *wollte*; man ging einfach weiter durchs Leben, als wäre es nie passiert.

»Hi«, sagte Nicks Vater, auch wenn er offenbar Angst hatte, sie anzuschauen. Entweder weil sie zu hübsch war, als dass sie an ihrem Tisch sitzen konnte, oder weil er irgendwie spürte, dass sie miteinander schicksalhaft verbunden waren, Nick wusste es nicht.

Nachdem ihr Vater seinen Teller bekommen hatte, brachte Elaine das Gespräch auf etwas, was sie in den Nachrichten gesehen hatte; ihr Vater aß schweigend, während die anderen sprachen. Nicks Herz schlug noch immer zu schnell, aber er gab sein Bestes, zu vergessen, dass sein Vater hier war, unmittelbar rechts neben ihm sitzend. Er versuchte, an Elaine und Davy und Lauren zu denken, sich am Gespräch zu beteiligen.

Während Lauren Nicks Unbehagen nach John Armstrongs Eintreffen spürte, bemühte sie sich zugleich, sich wieder auf das Gespräch am Tisch zu konzentrieren. Obwohl er bis jetzt ein ruhiger Mann zu sein schien – er war vermutlich eine Art Pulverfass, das jederzeit in die Luft fliegen konnte. Als die Pausen im Gespräch zu lang wurden, suchte sie nach einem Thema – irgendeinem – und fand auch rasch eines. Ihr war etwas aufgefallen, kurz bevor sie den Raum betreten hatte, hatte sich jedoch nicht dazu geäußert, weil sie mit der Vorstellungsrunde beschäftigt gewesen war.

»Das ist ein schönes Bild.« Sie zeigte auf das gerahmte Seestück an der Wand hinter Davy und Elaine. Die Grün- and Brauntöne fügten dem Zimmer eine beruhigende Note hinzu. Lauren war erstaunt, dass die Pinselstriche zu sehen waren; es war also kein Druck.

Elaine warf einen Blick über die Schulter. »Wissen Sie, es ist eins von diesen Dingen, die schon so lange dort hängen. Ich nehme es wohl gar nicht mehr wahr. Nick hat es gemalt.«

Lauren spürte auf einmal ein hohles Gefühl in der Brust, denn es war eine weitere verblüffend sanfte Seite des Mannes, in den sie sich verliebt hatte. Plötzlich ging ihr ein Wort aus ihrer gemeinsamen Vergangenheit durch den Kopf – Monet. Jetzt ergab es einen Sinn. »*Du* hast das gemalt?«

Er hob die Achseln und wischte sich den Mund mit einer Serviette ab, sah sie dabei aber nicht an. »In der siebten Klasse.«

»In der siebten?«, wiederholte sie, immer noch verdutzt. »Mein Gott, Nick. Du warst in dem Alter schon so begabt?«

Wieder hob er die Schultern. »Ist keine große Sache. Ist schon lange her.«

»Wir haben danach ein paar Jahre versucht, ihn zum Malen zu bewegen«, sagte Elaine, »aber er wollte einfach nicht.«

Nicks Augen verengten sich, er schüttelte leicht den Kopf, schließlich verstand Lauren sein Unbehagen. »Mein Leben war damals etwas zu kompliziert, um Seestücke zu malen …«

Davy komplettierte den Satz für ihn. »Das war, als Mutter starb.«

Betretenes Schweigen; keiner rührte sich. Lauren wusste am allerwenigsten, was sie tun oder sagen sollte, und bereute es, das Bild erwähnt zu haben. Da war eine ganze Welt in diesem Haus, eine ganze Geschichte, von der sie nur wenig Ahnung hatte. Kein Wunder, dass Nick nicht herkommen wollte. Zwar freute sie sich noch immer, dass sie hier waren, wusste nun aber, dass Nicks Familie an diesen einen Augenblick von vor zwanzig Jahren – dem Tod von Donna Armstrong – festgebunden geblieben waren. Denn trotz allem, was danach geschehen war, waren sie nicht weitergegangen im Leben.

Schließlich streckte Elaine den Arm aus und tätschelte Davy die Hand. »Ja, Davy, das stimmt. Nick, würdest du die Brötchen herumreichen?«

Nick tat, wie ihm geheißen, aber John Armstrong schob schweigend seinen Stuhl zurück und trat durch die Schiebeglastür nach draußen. Ein paar Minuten später drang ein tiefes, verzweifeltes Wehklagen ins Zimmer. Lauren brauchte einen Augenblick, um zu begreifen, dass es von John kam; Nick und Elaine unterhielten sich weiter. Nick erzählte, dass er gestern Abend lange an seinen Rechnungen geschrieben habe. Elaine fragte, ob jemand den letzten Maiskolben wolle.

Langsam wurden die Schluchzer lauter, herzzerreißend. Lauren glaubte es kaum, dass sie hier saßen und so taten, als würde das nicht geschehen, bis Nick sich schließlich mit beiden Händen durchs Haar fuhr und es nach hinten strich. »Mein Gott! Man könnte meinen, nur er hätte sie verloren.«

»Nick«,sagte Elaine tadelnd, aber statt weiterzusprechen, blickte sie zu Lauren. »Dad ist über den Tod von Mutter nie wirklich hinweggekommen. Manchmal weint er immer noch, wenn jemand sie erwähnt.«

Lauren nickte nur; Davy sagte kleinlaut: »Tut mir leid.«

»Das muss dir nicht leidtun, Davy«, sagte Nick schroff. »Du darfst über sie sprechen.« Dann drehte er sich zu Lauren um, ihre Blicke trafen sich, und wie schon zuvor wünschte sie, sie könnte ihm irgendwie helfen. »Es tut mir leid, dass die Dinge sich so entwickelt haben.«

Sie fasste seine Hand. »Nick, du brauchst dir keine Sorgen machen. Es ist in Ordnung. Ich verspreche es.«

Er hob ihre Hand an seinen Mund und küsste sie.

Allerdings hatte Lauren nach der Begegnung mit Nicks Vater fast noch mehr Verständnis für die einstige Entscheidung ihres Vaters, vor allem, weil sie wusste, dass sie hinsichtlich John Armstrong nur die Spitze des riesengroßen Eisbergs gesehen hatte. Aber das sagte sie Nick natürlich nicht, als sie von Elaine nach Hause fuhren. Sie nahm sich vor, kein Urteil zu fällen. Das alles lag so lange zurück, und es spielte keine

Rolle, was sie darüber dachte. Es tat ihr leid, wie sehr John seinen Kindern wehtat, damals *und* heute.

Nick hatte sich nochmals entschuldigt, als sie in den Wagen gestiegen waren, jetzt fuhren sie schweigend auf den Straßen an der Golfküste, das einzige Geräusch war Bruce Springsteens leises »Brilliant Disguise« aus Nicks Autoradio.

»Ich bin froh, dass du mich mitgenommen hast«, sagte sie.

Ihre Blicke trafen sich kurz im Dunkeln, dann sah Nick wieder auf die Straße. »Das kann nicht dein Ernst sein.«

»Doch. Ich habe Davy und Elaine kennen gelernt. Das Essen war toll. Und ich habe gelernt, wie man Fische füttert.«

Sein Blick wurde weicher, auch wenn die übrige Mimik grimmig blieb. »Ist das deine ehrliche Meinung?«

»Ja.«

»Sogar das mit den Fischen?«

Sie lächelte über seinen amüsierten Tonfall. »Ja. Warum?«

»Prinzessin, hast du noch nie Fischfutter in ein Aquarium geschüttet?«

»Nein.«

Er lachte; sie war sich nicht sicher, was daran so komisch war, aber es machte ihr nichts aus. Die letzten beiden Tage waren so emotional gewesen. Die Klärung der Situation mit Phil, die damit verbundenen juristischen Fragen; außerdem hatte sie eine Nachricht von Jeanne auf ihrem Anrufbeantworter vorgefunden, in der diese ihr mitteilte, sie habe die Scheidung eingereicht und werde zu ihrer Schwester nach Sarasota ziehen. Und dann Nick, der ihr die furchtbare Wahrheit über Davys Unfall anvertraut hatte, und die unschöne Szene mit seinem Vater heute Abend.

Während sie wieder schwiegen, spürte sie, dass Nick allerdings noch immer genervt war, trotz ihrer Versicherungen, dass die Ereignisse während des Abendessens keine große Sache seien. Als sie in ihre Auffahrt einbogen, sah sie den Kummer in seinem Blick. Der Anblick erregte in ihr den Drang, sich an John Armstrong zu rächen, weil er in den vergangenen zwanzig Jahren so egoistisch gewesen war, alles bei den Kindern abzuladen. Sie hätte alles dafür gegeben, Nick den Schmerz nehmen zu können.

»Kommst du mit rein?« Manchmal war das nicht mal eine Frage; sie wusste einfach, dass er's tun würde. Dann wieder, wie heute Abend, wusste sie es nicht.

Er antwortete nicht gleich. »Ich bezweifle, dass ich sehr unterhaltsam wäre.«

»Das ist mir egal.«

»Aber mir nicht.«

Erst als sie die Hand auf seinen Oberschenkel legte, drehte er sich um und schaute sie an. Er las Leidenschaft und Liebe und Verzweiflung in ihrem Blick. Sie wollte ihn daran erinnern, dass er sehr viel mehr war als sein Vater, als seine Familie; wollte ihn retten. »Nick, ich möchte so sehr, dass du mich jetzt liebst – ich möchte dir alles nehmen, was dich schmerzt.«

Meist brauchte es nicht mehr als diese Leidenschaft, aber heute Abend zögerte Nick. »Es ist nicht so, dass ich es nicht möchte, Schatz, aber … ich hatte schon viel von solchem Sex. Sex, um mich von dem Elend abzulenken.« Er versuchte, höflich zu sein. Was ein, zwei Wochen doch ausmachten.

»Er wird anders sein«, versprach sie. »Besser.«

»Wieso?«

»Weil du ihn mit mir haben wirst.«

Sein Lächeln blieb von Traurigkeit geprägt, aber er griff über den Schaltknüppel hinweg, zog sie an sich und küsste sie, dass es sie bis in die Fußspitzen durchfuhr. »Du hast Recht«, sagt er und lächelte nicht mehr. »Es wird anders sein.«

Eine Stunde später lagen sie unter dem Deckenventilator.

Sie trugen noch immer ihre Kleidung, weil sich die Dinge schnell entwickelt hatten und keiner von ihnen sich die Mühe gemacht hatte, viel auszuziehen. Laurens Kleid war hochgeschoben, ihr Slip nach unten gezogen, seine schwarzen Jeans aufgeknöpft. Es erinnerte sie an die ersten Male, dass sie Sex hatten – die hektische Ungeduld, die verrutschte Kleidung –, aber es war anders. Weil in Nicks Augen ebenso viel Zuneigung wie Leidenschaft lag. Weil sie seitdem so viel gemeinsam durchgemacht hatten. Weil sie *Ich liebe dich* sagen konnte, wenn sie zu Ende waren, und es meinte. Er sagte es immer noch nicht, und es war ihr noch immer nicht wichtig. Sie wollte einfach, dass er es wusste.

Jetzt lag ihr Kopf auf seiner Brust, und sie malte mit zarten Bewegungen Achten auf seinen Bauch. Noch während sie sich aneinanderschmiegten, fühlte sie allerdings die Anspannung in seinen Muskeln; der Sex mochte seinen Vater einige Minuten aus seinen Gedanken vertrieben haben, aber er hatte ihn nicht entspannt.

»Nick, du willst vermutlich nicht darüber reden, aber … hast du schon mal mit deinem Dad gesprochen, ich meine, richtig geredet, über den Schmerz, den er dir und Elaine und Davy in all den Jahren bereitet hat?«

»Er ist immer betrunken.« Er klang gereizt, ablehnend.

»Immer?«

Er zögerte. »Nein, nicht immer. Aber ich habe keine Lust, die Vergangenheit aufzuwühlen. Welchen Sinn hätte das? Was passiert ist, ist passiert. Nichts wird es wieder richten.«

»Entscheidend ist, dass du dich hinterher besser fühlst, weil du es dir von der Seele geredet hast.«

»Du denkst so, ich nicht. Du wolltest Phil zur Rede stellen, als er seine Frau betrog, sprichst mit Carolyn, wenn du sauer auf sie bist. Und das ist in Ordnung für dich, aber ich sehe die Dinge anders. Ich sage mir: Was soll's.«

»Aber warum willst du nicht mit ihm reden? Was hast du zu verlieren?«

»Nichts, was er sagen würde, würde mich dazu bringen, ihm zu verzeihen.«

»Natürlich nicht, aber tu's für dich. Deshalb stelle ich Leute zur Rede, wenn ich sauer auf sie bin; es geht mir besser, wenn ich die Dinge ans Licht hole. Das ist zwar nicht leicht, aber ich habe erkannt: Wenn ich die Dinge nicht ausspreche, dann zerfressen sie mich innerlich. Dein Vater zerfrisst dich innerlich, Nick.«

Ihre Blicke trafen sich im Dunkeln, aber er antwortete ihr nicht. Lauren fürchtete, einen Schritt zu weit gegangen zu sein.

»Hab kein schlechtes Gewissen, weil du dich mir anvertraut hast, ja? Ich versuche nur zu helfen. Vergiss, dass ich etwas gesagt habe.«

Sie spürte sein düsteres Nicken, noch bevor sie es sah, dann schmiegte sie sich etwas enger an ihn, weil sie wollte, dass er sich geliebt fühlte. Aber zwanzig Jahre waren eine lange Zeit, um etwas wiedergutzumachen, und sie hatte das Gefühl, dass er sich sperrte, sich abschottete von ihr in einer Weise, wie er es schon eine ganze Weile nicht mehr getan hatte.

Als er aufstand und ins Bad ging, wunderte sie es deshalb kaum, als er bei der Rückkehr sagte: »Ich fahre jetzt nach Hause.«

Und so hatte sie in mehr als nur einer Hinsicht das gleiche Gefühl wie bei ihren ersten sexuellen Begegnungen. Er ließ sie allein. Eigentlich sollte sie inzwischen so taff sein, dass es sie nicht mehr aus der Fassung brachte, aber dem war nicht so. »Okay.« Sie versuchte, stark zu wirken und ihre Gefühle zu verbergen. Sie sah ihn zur Schlafzimmertür gehen und bemühte sich, ihre ängstliche Traurigkeit zu ignorieren.

Er war schon fast aus der Tür, als sie seine Schritte hörte. Sie schlug die Augen auf, entdeckte, dass er auf sie heruntерschaute. »Es hat nichts mit dir zu tun, okay? Ich muss einfach nur … mit ein paar Dingen klarkommen.«

Er gab ihr einen kurzen, aber festen Kuss auf die Lippen, dann wandte er sich zum Gehen. Und obwohl Lauren einige Tränen vergoss, nachdem er gegangen war, war ihr klar, dass sie nicht ihr, sondern ihm galten.

Nick hatte bis zur Mittagspause Laurens Gartenmauer gestrichen, als er bemerkte, dass sie nicht zu Hause war. An der Terrassentür fand er eine Notiz, dass sie heute im Büro arbeitete, um einige von Phils Aufgaben zu übernehmen, bis man jemand anderen eingearbeitet habe. *Wenn du ins Haus musst – die Tür steht offen. Ich hoffe, es geht dir heute besser. In Liebe, L.*

Nick schüttelte nur den Kopf und nahm sich vor, sie zu schelten, weil sie so vertrauensvoll gewesen war, mitzuteilen, dass die Tür unverschlossen war. Natürlich wollte er sie tadeln, weil sie *anderen* vertraute, aber als er das Haus betrat, die Kühle des Inneren ihn umgab, fiel ihm ein, dass sie *ihm* ja auch nicht vertrauen konnte.

Am Nachmittag wollte er das Haus zu Ende gestrichen haben. Was gut war, wie er fand, als er das Bad benutzte, denn es war ein ziemlich anstrengender Auftrag gewesen, so ganz ohne Hilfe. Trotzdem wäre es merkwürdig, nicht mehr jeden Tag hier zu sein, sie nicht mehr so nahe um sich zu haben. Inzwischen bereute er es, dass er gestern Abend gegangen war, obwohl es ihm als das einzig Vernünftige erschienen war. Er war ungenießbar, wenn er schlechte Laune hatte.

Laurens Rat, er solle mit seinem Vater reden, ging ihm noch immer im Kopf herum. Das ist das Problematische an meinem Beruf, dachte er, als er sich in die Küche begab: zu viel Zeit zum Nachdenken. Zu viel Zeit, um Dinge zu bereuen. Zu viel Zeit, so dass Wut in einem entstehen konnte.

Aber Laurens Worte – *die Gedanken an deinen Vater zerfressen dich innerlich* – hatten so lange in ihm widergehallt, bis ihm klar geworden war, dass es stimmte. Es war *immer* wahr gewesen, seit dem Todestag seiner Mutter. Und er hatte vermutlich auch viele Jahre lang anderen die Schuld gegeben, zumindest ungerecht über sie geurteilt. In Wahrheit jedoch war es nicht Henrys Schuld gewesen, dass sich das Leben seiner Familie so entwickelt hatte. Er hatte sein Leben lang der Illusion nachgehangen, dass mit der Teilhabe an *Double A Construction* alles wieder normal geworden, ihr Vater wieder auf die Füße gekommen und sie alle wohlhabend und glücklich geworden wären – aber verdammt nochmal, das stimmte einfach nicht. Gestern Nacht hatte er im Dunkeln im Extrazimmer gesessen und aufs schwarze Meer hinausgeschaut, bis er es schließlich eingesehen hatte.

Da streifte etwas seine Wade; er beugte sich hinunter und kraulte Izzy hinter den Ohren, dann genehmigte er sich ein Glas Wasser. Als er Lauren von Davy erzählt hatte, hatte es sich tatsächlich gut angefühlt, die Geschichte ans Licht zu holen und sich von der Seele zu reden, selbst wenn er erst später so darüber dachte. Und sobald dieses Gefühl der Verletzlichkeit erst einmal verklungen war und er gemerkt hatte, dass es an Laurens Gefühlen für ihn nichts änderte, war es gar nicht mal so schlecht gewesen, sich ganz offen auszusprechen. Wie kam es eigentlich, dass ihm diese Frau, der er fast sein Leben lang gegrollt hatte, Dinge so deutlich vor Augen führen konnte?

Er ging zur Terrassentür zurück, die sie für ihn offen gelassen hatte. Aber als er die Hand auf den Türgriff legte, hielt er inne. *Heute ist der letzte Tag deines Auftrags, wahrscheinlich das letzte Mal, dass du hier bist, wenn sie nicht zu Hause ist.*

Wenn du ihr Tagebuch lesen und ihr helfen willst, noch eine Fantasie auszuleben, ist das jetzt deine letzte Gelegenheit.

Nick wollte es. Er wollte es so sehr, wie er es noch nie gewollt hatte, vielleicht noch mehr, jetzt, da sich seine Gefühle für Lauren so sehr vom Groll zu … Sorge entwickelt hatten. Er wollte sehen, wie ihre Augen leuchteten, wenn er einen Teil ihrer Fantasien in ihr gemeinsames Liebesspiel einbrachte; wollte wissen, ob sie glaubte, dass sie etwas Mystisches und Magisches teilten; wollte, dass sie ihn weiterhin liebte.

Irgendwie fürchtete er, dass er diese Liebe riskierte, wenn er die Finger von ihrem rotem Tagebuch ließ, aber dann holte er tief Luft und drehte den Griff, seine Willenskraft war – jedenfalls auf diesem Gebiet – noch intakt.

Ein frische Meeresbrise blies Nick ins Haar, als er an Tür Nummer sieben der Sea-Shanties-Apartments klopfte; sah so aus, als würde mit dem Sonnenuntergang auch ein Sturm von See kommen. Es war Freitagabend, er wusste also nicht, ob sein Vater zu Hause sein würde. Wahrscheinlich hockte er oben im Angelshop mit den anderen alten Herren und betrank sich. Nick erinnerte sich, sie alle mal getroffen und es für den idealen Job für seinen Vater gehalten zu haben: ein Haufen älterer Alkoholiker, die herumsaßen und über ihr Leben klagten, während sie Würmer und Fischchen an die Einheimischen verkauften.

Er machte wieder kehrt und dachte, dass es wohl am besten so wäre – er hätte gar nicht erst hergekommen sollen. Vielleicht konnte er ja noch bei Lauren vorbeifahren; er hatte sie heute noch nicht gesehen. Er wollte wissen, was sie von dem Anstrich hielt, jetzt, da er fertig war, und sich auch entschuldigen, dass er sich gestern wie ein Scheißkerl benommen hatte.

Er hatte den schmalen Weg, der zu dem mit Schlaglöchern übersäten Parkplatz führte, fast verlassen, als er hörte, wie hinter ihm eine Tür aufsprang. »Ist da jemand?«, fragte eine knurrige alte Stimme.

Sollte er wirklich stehen bleiben? Sein Vater hätte ihn nicht entdeckt. Aber verdammt – warum das hier nicht tun? Vielleicht hatte Lauren ja Recht, möglicherweise nahm es ihm eine Last von den Schultern. Deshalb war er schließlich hergekommen, oder?

»Ich bin's, Dad«, sagte er und ging wieder zu der Tür.

Sein Vater trug die ewig gleiche blaue Arbeitshose und ein dünnes weißes T-Shirt, das um den Bauch spannte. »Nicky«, sagte er, während sich seine glasigen Augen aufhellten. »Komm doch rein.«

Nick betrat das niedrige Apartment, der scharfe Geruch von Schimmel stach ihm unangenehm in die Nase. Aus einem alten Fernseher in der Ecke, den er noch aus der Jugendzeit kannte, plärrte eine Game-Show, auf dem Resopal-Beistelltisch anno 1960 standen eine offene Bierdose und eine Packung Brezel. Bei einem Blick zu dem angrenzenden Küchenbereich fiel ihm ein Haufen Pillen auf dem Tisch auf, der seit seinem letzten Besuch größer geworden war. Elaine hatte erwähnt, dass der Herzspezialist noch ein paar mehr verschrieben hatte. »Nimmst du auch deine Pillen?«

John schaute ebenfalls dorthin. »Meistens. Deine Schwester hat in letzter Zeit ein ziemlich genaues Auge auf mich.«

»Sie liebt dich«, sagte Nick, ohne es ganz zu meinen.

Sein Vater nickte, schien aber nicht bereit, Nick in die Augen zu schauen. Es war beinahe so, als hätte er eben gesagt: *Ich liebe dich* nicht.

»Hör zu, Dad, ich bin hier, weil ich dir etwas zu sagen habe, dich um etwas bitten muss.« Nick hatte keine Ahnung, wie er anfangen sollte, hatte es nicht einmal durchdacht, verdammt – was er aber hätte tun sollen. »Ich komm also gleich zur Sache.«

Sein Vater wirkte einigermaßen besorgt, fast so, als wüsste er bereits, was gleich kommen würde. Vielleicht, dachte Nick, weiß er ja, dass er nicht den Rest seines Lebens verbringen kann, ohne dass ihn eines seiner Kinder daran erinnerte, was an jenem Nachmittag in der Garage geschah. Vielleicht ahnte er, dass der Tag der Abrechung gekommen war.

»Du musst mir sagen, warum es passiert ist«, sagte Nick.

»Warum?«

»Warum hast du Davy mit dem Baseballschläger geschlagen?«

Ein Schatten der Scham huschte über die Züge seines Vaters, plötzlich wirkte er kleiner als noch vor einem Augenblick.

Die Frage, die eine Wahrheit aussprach, die seit zwanzig Jahren nicht mehr zwischen ihnen ausgesprochen wurde, machte Nick kühner und wütender – und ebenso fassungslos, wie er immer gewesen war. Er ballte die Fäuste. »Welcher Teufel hat dich geritten, so etwas zu tun? Dein eigener Sohn, Dad! Ein kleiner Junge. Du hast ihn mit einem scheiß Baseballschläger geschlagen, um Gottes willen. Warum hast du das getan?«

Sein Vater sah ihn weiter an, aber er hatte den Gesichtsausdruck eines Verlorenen, sein Atem ging stoßweise, sein Gesicht bekam noch mehr Falten.

»Sag's mir einfach, Dad«, sagte er leiser. »Erzähl mir, was passiert ist. Was hast du dir dabei gedacht? Ich frage mich seit zwanzig Jahren, warum du Davy so verletzt hast, und muss es jetzt wissen.«

John Armstrong sah jetzt fast so aus wie ein verängstigtes, in die Ecke getriebenes Tier. Nick rechnete fast damit, dass er aus dem Zimmer lief, als er schließlich herausplatzte: »Du hast ihn draußen gelassen.«

»Was? Wovon redest du?«

»Du hast deinen Baseballschläger draußen gelassen. Ich hab dir immer gesagt, du sollst ihn wegschließen. Jeden Tag hab ich dich ermahnt, aber als ich an dem Abend in die Garage ging, bin ich über das verdammte Ding gestolpert und habe mir dabei fast das Genick gebrochen.«

Nick kniff die Augen zu. Er hatte den Schläger draußen gelassen, na und; es war damals einer der vielen ständigen Anlässe für Streit zwischen ihnen gewesen. »Deswegen hast du Davy geschlagen?« Es ergab keinen Sinn, was ihn kaum verwunderte, aber er fragte trotzdem.

»Ich habe ihn nicht schlagen wollen.« Sein Vater schüttelte vehement den Kopf, Tränen strömten ihm über die Wangen. »Davy war ein guter Junge. Ich habe ihm nicht wehtun wollen. Niemals.«

Nick stand da und schüttelte ebenfalls den Kopf, verwirrt. »Warum dann, Dad? Wieso zum Teufel hast du das getan?«

Die Lippen seines Vaters zitterten. Als er Nick nochmals anschaute, wirkten seine Augen offen und unendlich traurig. »Als ich hörte, wie er hinter mir in die Garage trat …«, sein Vater hielt inne, schluckte nervös und holte tief Luft, »… habe ich gedacht, du wärst es.«

18

Es war wie ein Faustschlag in den Magen. Nick blieb die Luft weg.

Sein Vater stand weinend da und redete weiter, aber Nick konnte weder klar hören noch verstehen, noch denken.

»Ich wusste nicht, was ich tat, Sohn. Ich war wütend, außer mir. Ich habe nicht gedacht, nicht geplant. Ich habe … es einfach getan. Und dann …«

Nick hörte sich selbst sagen: »… hast du geglaubt, ich wäre es.« *Mich wolltest du schlagen, mir wolltest du wehtun, mich hast du nicht geliebt. Davy war unschuldig. Und ich war schuldig. Mir galt der Angriff.*

»Bitte vergib mir, bitte verstehe mich. Ich war wie von Sinnen, ich habe nur nach dem nächsten Etwas geschlagen. Ich habe nicht darüber nachgedacht, was ich tue …«

Die Worte verklangen. Irgendwann war sein Vater dann auf die Knie gesunken, das Gesicht mit Tränen bedeckt. Nick fühlte sich fehl am Platz, wie aus der Zeit gefallen, als würde dieser Augenblick nicht existieren, als gehörte sein Körper nicht zu ihm. Er konnte nicht mehr bleiben, konnte es nicht ertragen, diesen kriecherischen Mann auch nur eine Sekunde länger anzuschauen. Er hatte alles gehört, was er hören musste, alles, was er ertragen konnte. Er drehte sich um und verließ das Apartment.

Lange, schnelle Schritte führten ihn den Weg hinunter, hinaus in strömenden Regen, den er kaum spürte. Er war mit dem Motorrad gefahren, hatte aber den Helm nicht aufgesetzt. Am liebsten hätte er ihn auf den rissigen Asphalt geschleudert und wäre davongebraust, aber sogar jetzt fiel ihm ein, dass der Helm teuer gewesen war und die Armstrongs gelernt hatten, nichts zu vergeuden, nichts wegzuwerfen, dass Geld kostbar und knapp war.

Kurz raste er die Straße hinunter, ohne auf die Geschwindigkeitsbegrenzung zu achten, kaum bewusst, dass er einen Wagen überholt hatte, dass er eine Hupe gehört hatte, als er den Parkplatz der Sea Shanties verließ. Der heftige Regen stach ihm in die nackten Arme wie winzige Nadeln, aber er ignorierte es, raste auf der glänzenden, glatten Straße ins Nirgendwo.

So wie damals, als sie aus dem Krankenhaus gekommen waren. Davy lag nach wie vor auf der Intensivstation, aber sie waren nach Hause gefahren, um ein wenig Schlaf zu bekommen. Nick hatte die Tür des Wagens geöffnet und war, ohne ein Wort zu irgendjemandem, losgerannt durch die milde Florida-Nacht, die Straße hinunter, auf die Hauptstraße. Er musste wohl fünf Meilen gelaufen sein, ohne ein einziges Mal stehen zu bleiben, ohne zu wissen, warum. Er war sehr spät nach Hause zurückgekommen, nachdem er den ganzen Weg nach Hause zu Fuß zurückgelegt hatte. Es war still gewesen, sein Vater und Elaine hatten geschlafen, und keiner hatte ihn je danach gefragt.

Niemand hatte jemals jemanden zu Hause etwas gefragt, und so hatte Nick zwanzig Jahre lang nicht gewusst, dass *er* die Zielscheibe gewesen war, nicht gewusst, dass Davy nur ein unschuldiger Unbeteiligter gewesen war. Davy hatte Nick das Leben gerettet – dadurch, dass er in die Garage gekommen war. Und er, Nick, hatte Davy verloren, weil er einen Baseballschläger nicht weggeräumt hatte.

Die hellen Lichter eines Schnapsladens erhellten die regnerische Nacht und lockten ihn auf den leeren Parkplatz. Der Laden war eine Bruchbude; kein Wunder, dass er ihm noch nie aufgefallen war, kein Wunder, dass niemand sonst heute Abend Schnaps hier kaufte. *Ich wette, Davy wäre er aufgefallen. Ich wette, ich könnte ihn übermorgen fragen, könnte sagen: »Hey, kennst du den kleinen Schnapsladen an der Alternate 19, gelbes Schild, rote Schrift?«, und Davy hätte prompt geantwortet: »Ja!«*

Er trat, nass bis auf die Haut, aus dem Regen, nahm den Helm ab und sah hinter dem Tresen eine rothaarige Mittdreißigern, die ihn ausgiebig musterte. Pearl Jams »Jeremy« plärrte aus einem Radio rechts von ihr, die schrillen Klänge gingen Nick durch und durch, als er es am wenigsten brauchen konnte. Die Frau hob eine Zigarette an die Lippen und schenkte ihm einen fragenden Blick. »Keine gute Nacht, um da draußen auf der Harley rumzufahren, Cowboy.«

Er gab ihr keine Antwort, ging an die Regale, die von ihr nicht einzusehen waren, und schnappte sich eine Flasche Jack Daniels. Er stellte sie auf den Tresen, griff nach der Brieftasche und legte einen durchweichten Zwanziger neben die Flasche. Zigarettenqualm mischte sich mit dem Moschusduft ihres Parfüms, während sie die Registrierkasse betätigte.

Sie drückte ihm bedächtig das Wechselgeld in die Hand. Er bemerkte lange, rote Fingernägel. »Alles in Ordnung mit dir?«

Widerstrebend hob er den Kopf und fragte sich, wie kaputt er wohl aussah, ob er wohl geweint hatte und ob man das sehen konnte, oder ob es so aussah, als ob ihm Regentropfen das Gesicht hinunterliefen. »Prima.«

»Du siehst gar nicht gut aus, Schätzchen.« Sie legte den Kopf schief und blitzte ihn aus ihren verheißungsvollen grünen Augen an. »Brauchst du Gesellschaft? Außer der Flasche, meine ich?«

Blitzartig ging ihm durch den Kopf, was er vergangene Nacht zu Lauren gesagt hatte – über Sex, um den Schmerz zu vergessen. Manchmal ließ er sich tatsächlich darauf ein, auf eine verfügbare Frau, wenn es ihm psychisch schlecht ging, eine namenlose, gesichtslose Frau, die er dann einfach sitzen ließ. Dann wieder war es nicht so tragisch – irgendein Mädchen, das er kannte, kein besonderer Schmerz als der allgemeine, der immer in ihm war, um irgendwas zu tun, irgendwo zu sein, etwas zu haben, was ihn eine Zeit lang aus der Wirklichkeit entführte.

Er hielt den Blick die ganze Zeit auf die Rothaarige gerichtet, die jetzt vermutlich annahm, dass er über ihr Angebot nachdachte. Aber er gab ihr keine Antwort, sondern nahm nur die braune Tüte und ging zur Tür hinaus.

Er setzte sich aufs Motorrad, schraubte die Whiskyflasche auf und trank einen großen Schluck. Der Whisky brannte in der Kehle und wärmte ihn tief im Inneren, breitete sich in der Brust, den Armen, dem Bauch aus. Hitze, Leidenschaft … das teilten er und Lauren jedes Mal, wenn sie sich anschauten, einander begehrten, einander haben mussten. *Diese* Hitze war so viel leerer.

»Schätzchen.« Er blickte auf – und sah die Rothaarige, die zur Tür hinausschaute. »Komm aus dem Regen raus, hier rein.«

»Kann nicht.« Dann blickte er auf die Flasche in seiner Hand und stellte sie auf den rissigen schwarzen Asphalt. Nachdem er den Helm aufgesetzt hatte, startete er das Motorrad, fuhr in Richtung von Laurens Haus und ließ den Jack Daniels hinter sich – ein weiteres Opfer einer impulsiven Entscheidung. Lauren war die bessere Lösung, als in den Alkohol zu fliehen, so wie sein Vater es immer getan hatte. Die Rothaarige hatte Recht; er brauchte Gesellschaft. Nur eben nicht ihre.

Er raste den ganzen Weg bis zum Bayview Drive, fuhr sogar bei Rot über eine Kreuzung, als er niemanden kommen sah. Der Regen prasselte auf ihn nieder, aber er spürte ihn nicht mehr. Als er vor Laurens Tür ankam, lehnte er sich gegen die Klingel, bis er hörte, wie Lauren zur Tür gelaufen kam.

Sie machte ein entsetztes Gesicht; er wollte sich lieber nicht vorstellen, wie er aussah. Ihre wunderschönen Lippen zitterten. »Was ist denn los, Nick? Was ist passiert?«

Er schluckte den Kloß im Hals runter. »Er hat gedacht, ich bin's.«

»Wie bitte?«

Es fiel ihm schwer zu sprechen. »Als er Davy geschlagen

hat, hat er geglaubt, ich wäre es. *Mich* wollte er zusammenschlagen.«

Laurens blaue Augen weiteten sich, sie schlug die Hand vor den Mund. »O Gott. Komm rein.« Sie griff nach seinem Arm und zog ihn aus dem Regen.

Am nächsten Morgen wachte Nick in Laurens Armen auf. Sie lagen in ihrem Bett, er trug nur Unterwäsche. Sie hatten nicht miteinander geschlafen, er erinnerte sich aber, dass sie ihm die nassen Sachen ausgezogen und ihn in ein dickes Badetuch gewickelt hatte. Sie hatte ihn geküsst, seine Wangen, seine Brauen, und er erinnerte sich, wie er den Kuss erwidert hatte, warm und tief und hart, weil ihm das Reden noch immer schwerer fiel als das Küssen, aber jeder Satz hatte ihn ein wenig weiter aus dem Apartment seines Vaters geführt.

Er war *froh*, dass sie nicht miteinander geschlafen hatten, denn Sex mit Lauren hatte nie dazu gedient, einem Schmerz zu entfliehen, kein einziges Mal. Es war immer Ausdruck von Gefühl gewesen. Immer!

Inzwischen schien die Sonne durch das Halbkreisfenster, und er ahnte, dass Lauren ihn die ganze Nacht in ihren Armen gehalten hatte. Der glatte Seidenpyjama rieb gegen seine Haut, als sie sich bewegte und ihm in die Augen sah. »Hey«, sagte sie leise. Es weckte die Erinnerung an seine Mutter, an den weichen, liebevollen Tonfall, den sie anschlug, wenn er krank oder traurig war.

»Hey.« Er erwiderte ihren Blick – aber es fiel ihm nicht leicht. Er war noch nie gut darin gewesen, seine Verletzbarkeit zu zeigen.

»Gut geschlafen?«

Er nickte.

»Pfannkuchen zum Frühstück?« Sie lächelte hoffnungsvoll. »Eigentlich bist du dran mit Frühstück machen, aber ich springe für dich ein.«

»Nein, geh noch nicht.« Von der Verletzbarkeit einmal abgesehen, fühlte es sich verdammt gut an, dass sie so eng an ihn geschmiegt dalag. Als sie ihn fragend anschaute, sagte er: »Ich würde lieber verhungern, als dich jetzt gehen zu lassen.«

Alle Belustigung verschwand aus ihren Augen. »Kannst du mir jemals verzeihen, Nick?«

»Was, Prinzessin?«

»Ich hätte nie vorschlagen sollen, dass du mit deinem Vater sprechen sollst.«

»Nein, ich bin froh, dass ich endlich die Wahrheit kenne. Es war, weiß Gott, an der Zeit.«

Sie strich ihm übers Haar. »Wie geht's dir?« Ihre Miene war forschender als ihre Worte, und da erinnerte er sich an andere Dinge, die er gestern Abend zu ihr gesagt hatte – dass er sich wegen Davys Leben die Schuld gab, dass er sich nie vergeben werde und warum er den verdammten Baseballschläger nicht einfach weggeräumt hatte? Bei dem Tobsuchtsanfall seines Vaters war es natürlich um viel mehr gegangen als um einen Baseballschläger, der hatte den Ausraster nur ausgelöst. Lauren hatte ruhige, beruhigende Worte gefunden, aber er wusste nicht mehr, welche, hatte sie nicht richtig gehört. Aber er erinnerte sich, dass sie geweint hatte, er ebenfalls, und dass er immer wieder gesagt hatte: »Ich weine nicht, niemals«, weil er nicht glauben konnte, dass er vor ihr in Tränen ausgebrochen war.

Er versuchte eine Antwort zu formulieren. »Besser als gestern Abend.« Eine bessere fiel ihm nicht ein.

»Das ist immerhin etwas.« Sie lächelte.

»Es ist nur eine alte Verletzung, die eine neue Wendung genommen hat, mehr nicht. Sie stürzt mich tiefer hinab als vorher, vielleicht wird sie das nun immer – aber ich werde das schon überleben.«

»Ich möchte, dass du mehr als nur überlebst, Nick.« Sie klang besorgt.

»Komm her.« Er schloss sie in die Arme und drückte einen Kuss auf den Rand ihres Busens, dort, wo er ein wenig aus dem Seidenpyjama hervorschaute. »Ich komm schon klar.« Sie würde ihm dabei helfen. Was er zwar nicht sagte, aber wusste. Allein, dass er sich an sie wenden konnte, dass sie ihn in den Armen hielt – sie sah Dinge in ihm, brachte *ihn* dazu, Dinge in sich zu sehen, die er allein nicht wahrgenommen hätte.

Lauren zog sich an, dann packte sie Nick an den Handgelenken und zog ihn vom Bett. Es war fast Mittag, und er hatte sich nicht gerührt, was verständlich war, aber sie fand, es war Zeit. »Wir gehen zum Brunch.«

»Brunch?« Er schaute sie skeptisch an.

»Du weißt doch, spätes Frühstück, frühes Mittagessen. In der Gelben Henne ist es sehr lecker.«

»Gelbe Henne, ja?«

Er fuhr, wie sie wusste, jeden Tag an dem Restaurant in dem alten viktorianischen Gebäude vorbei, war aber vermutlich kein einziges Mal hineingegangen. Sie nickte, dann zog sie ihn in Richtung Dusche. »Ich hol deine Sachen aus dem Trockner, danach können wir gehen.«

Während Nick unter der Dusche stand, klingelte das Telefon; ihr Vater rief an, um sie am Abend zu einer spontanen Party zu sich nach Hause einzuladen. »Ich finde es klug, nach diesem Desaster mit Phil alle wieder in gute Laune zu versetzen, allen zu zeigen, dass bei Ash Builders alles in Ordnung ist.«

»Gute Idee, aber ich kann nicht kommen, Dad. Tut mir

leid.« Sicher, ihre Antwort würde ihm missfallen, aber sie hatte nicht einmal in Erwägung gezogen, sie anzunehmen.

»Du kannst Nick mitbringen, ihn allen vorstellen«, antwortete er. Hübsche Idee – die sie sich allerdings aufsparen wollte, wenn sie und Nick in besserer Stimmung wären. »Ich glaube, es ist wichtig, dass du erscheinst«, fügte er hinzu. »Schließlich nimmst du eine Schlüsselposition für unsere Zukunft ein und wirst mit jedem Tag wichtiger.«

Sie seufzte. »Ich fürchte, an diesem Wochenende passt es nicht so gut. Ein anderes Mal, ja?«

Selten hatte die Stimme ihres Vaters verdutzter geklungen als jetzt, da er fragte: »Was ist denn so wichtig, dass es nicht warten kann?«

Puh! Sie beschloss, dass es Zeit war, ihrem Vater die Wahrheit zu sagen und die Sache in die Hand zu nehmen. »Dad, du weißt, wie wichtig mir die Firma ist, und du weißt auch, dass ich hart arbeite und mein Bestes gebe für Ash Builders, aber …«

»Ja?«

»Ich fürchte, deine Partys sind manchmal ein wenig zu wild für meinen Geschmack, genauso wie Phils. Und offen gesagt, finde ich, wir sollten mal überlegen, die Treffen im Zusammenhang mit Ash in Zukunft ein wenig professioneller zu gestalten. Aus demselben Grund, weshalb wir nicht wollten, dass die Sache mit Phil in die Medien kommt. Es ist wichtig, dass wir unseren Ruf schützen, auch gegenüber unseren Angestellten.«

Ihr Vater schwieg einen Moment, ehe er schließlich einräumte: »Wahrscheinlich hast du Recht.«

»Das glaube ich auch. Außerdem kannst du von niemandem erwarten, auch nicht von mir, dass er sich verpflichtet fühlt, so kurzfristig zu einer Party zu kommen. Deshalb glaube ich zwar, es ist toll, dass du die Moral stärken willst, und ich liebe dich und die Firma so sehr wie immer, aber ich werde heute Abend nicht kommen.«

Nach kurzem Zögern lachte ihr Vater. »Ich glaube, du hast mich soeben auf Rang zwei versetzt, Kleines.«

»Dad, so habe ich es nicht gemeint. Es ist nur … Zeit, dass ich meine Meinung äußere, sage, was ich denke. Wie soll ich denn sonst je die Firma leiten?«

Henry Ash am anderen Ende der Leitung lachte. »Eins zu null für dich, Schätzchen, ich rechne nicht mit dir auf der Party und … na ja, wenn wir beim nächsten Mal zusammenkommen, kannst du mir vielleicht erläutern, wie deiner Ansicht nach ein professioneller Abend auszusehen hat.«

Sie lächelte. »Nur zu gern.«

Zum Schluss ihres Telefonats sagte Lauren: »Dad, noch eine Sache. Wegen Nick. Danke, dass du … ihn als Teil meines Lebens akzeptierst.«

»Wie er mir gegenüber deutlich gemacht hat: Ich glaube nicht, dass ich eine große Wahl hatte.« Sein Ton war nach wie vor unbeschwert, allerdings unterlegt mit der langen, traurigen Geschichte, die John Armstrong und ihn verband.

»Trotzdem hättest du ihn nicht zu deiner Party einladen müssen, aber du hast es, und beim nächsten Mal, das verspreche ich dir, nehme ich dich beim Wort. Übrigens«, sagte sie und dämpfte ihren Ton, »habe ich Nicks Vater kennen gelernt.«

Sie spürte förmlich, wie ihr Vater erschrak. »Wie geht es ihm?«

Sie überlegte, wie viel sie ihm mitteilen sollte. Vieles davon, beschloss sie, ging Henry nichts mehr an. »Nicht gut. Und nur damit du es weißt …«, sie achtete darauf, nicht verletzend zu klingen, »… ich habe ein Problem damit, wie du ihm seinen Teil der Firma abgenommen hast.«

»Ich auch«, gab er leise zu.

»Aber das liegt lange zurück, und wahrscheinlich ist es auch Zeit, die Sache auf sich beruhen zu lassen«, versicherte sie ihm. Sie hoffte, Nick konnte das auch. Es gab tatsächlich keine andere Möglichkeit, wenn er glücklich werden sollte.

Nach dem Brunch überredete Lauren Nick, bei Davy und Elaine vorbeizufahren; sie sagte, sie wolle die beiden besser kennen lernen, und sie wollte es wirklich; aber sie fand, dass es im Moment für ihn gut wäre, Menschen um sich zu haben, die ihn liebten, zu sehen, dass das Leben weiterging, sich nichts verändert hatte, sich zwischen gestern Abend und heute nichts verändert hatte. Sie und Elaine saßen auf der Terrasse an einem schweren, alten Metalltisch und tranken Eistee, während Davy und Nick im Garten einander einen Baseball zuwarfen, und Nick sagte mindestens dreimal, dass er weiße Sprühfarbe für Elaines Tisch und Stühle geholt habe. Elaine wirkte zunächst ein wenig nervös, was sich aber rasch legte, als sie sich über Nicks Arbeit unterhielten und darüber, wie schön er Laurens Haus gestrichen hatte, und Lauren sogar die Gelegenheit nutzte, zu sagen, sie sollten doch einmal alle zum Essen zu ihr kommen. Am wichtigsten jedoch war, dass Nick zum ersten Mal seit Tagen entspannt wirkte.

Später am Nachmittag schwammen sie dann in Laurens Pool. Als Nick ihr gestand, dass er, Davy und Elaine immer von einem solchen Pool geträumt hätten, antwortete sie schnell: »Wir machen aus der Einladung zum Essen eine Poolparty.«

»Einladung?« Er trieb auf einer Luftmatratze am Rand des Pools, sie kniete und reichte ihm eine Dose Mineralwasser.

»Ja, ich habe Elaine und Davy eingeladen, mal vorbeizukommen.«

Sie war sich nicht sicher, ob ihm die Idee gefiele, aber er setzte sich auf, fasste hinter ihren Nacken und gab ihr einen kleinen Kuss. »Du bist so unglaublich lieb zu mir«, sagte er in leisem, sanftem Tonfall.

Sie lächelte ihn an. Sein Kuss und der Teil seines Lebens, den sie gestern Abend und heute erlebt hatte, erfüllte sie mit einer *neuen* Art von Wärme – die ebenso behaglich und geborgen wie schwül war. Sie gehörte jetzt zu seiner Welt – auf eine Weise, wie es bis jetzt nicht der Fall gewesen war. »Von der Sorte kommt noch mehr«, frotzelte sie.

»Tatsächlich?«

»O ja.« Sie nahm die Dose Mineralwasser zurück und stellte sie neben sich auf den Boden, dann sprang sie auf die Luftmatratze, auf ihn drauf. Die Luftmatratze kippte mit lautem Platschen um. Lachend tauchten sie auf, und Nick jagte sie zum flachen Ende, wo er sie in eine nasse Umarmung zog.

Ihr Blick war ganz erregt, als er schließlich hinter ihren Nacken griff, um das Bikinioberteil zu lösen. Es fiel auf Laurens Bauch, so dass ihre Brüste der heißen Sonne und seinen besitzergreifenden Händen ausgesetzt waren. Er umfasste sie, drückte, knetete sie, so dass sie aufstöhnte.

Er küsste ihre Halsbeuge, ein wenig tiefer – bis er ihre Brustwarzen leckte, saugte, zärtlich biss; dann griff er unter Wasser, um ihr die Bikinihose abzustreifen. Sie schob ihm ebenfalls die Badehose herunter und schlang ihre Hand um sein erigiertes Glied. Er stöhnte, die Glut in seinem Blick verwandelte sich in reines Feuer, während er sie an den Beckenrand drückte und seine Arme auf beiden Seiten dagegenstemmte.

Er beugte sich vor, drückte seinen harten Schaft zwischen ihre Beine wie eine Verheißung – bis sie die Beine spreizte und er langsam in sie eindrang, das Versprechen erfüllte. Auch die Lagune aus ihrer Fantasie hatte er Wirklichkeit werden lassen.

Sie legte den Kopf in den Nacken und gab sich der sanften

Liebkosung der Sonne hin, während Nick sie auf eine viel rauere Art unten liebkoste. Sie genoss den Augenblick, die stets unglaublichen Empfindungen, als sie ihn in sich spürte, die Sonne, das Wasser und ihr perfektes Leben. Und wie er sie so leidenschaftlich liebte, fiel ihr plötzlich ein, was er vorhin beim Brunch gesagt hatte. *Es tut mir leid, dass ich dich gestern Abend allein gelassen habe. Ich tue es nie wieder.*

Es war zwar nicht *Ich liebe dich*, aber irgendwie fast genauso schön, und die Erinnerung daran, während ihres Liebesspiels, war noch schöner.

»Wie findest du eigentlich Nicks Freundin?«, fragte Elaine Davy, während sie in Richtung Albertson's fuhren. An einem Samstagmorgen werde es dort zwar voll sein, hatte sie vorhin gesagt, aber sie müsse noch einige Dinge besorgen, die sie am Vortag nicht bekommen habe. Beim letzten Teil hatte sie gezwinkert.

»Hübsch«, sagte er. Lauren war so hübsch wie jede Frau, die er je gesehen hatte; gesprochen hatte er natürlich noch nie mit so einer. Sie erinnerte ihn an eine makellose, lebensgroße Puppe. »Und nett.« Nett genug, dass er sich in ihrer Gegenwart gleich wohl fühlte, genug, um ihr seine Fische zu zeigen, ohne dass jemand sonst das vorgeschlagen hatte. Sie hatte ihn nicht angegafft, als wäre er anders, und darum hatte sie ihm sofort gefallen.

»Find ich auch«, sagte Elaine.

Während sie fuhren, dachte er, dass seinem Gefühl nach der Sturm in Nick schwächer geworden war. So etwas merkte nicht jeder – wahrscheinlich sah es nicht einmal Elaine –, aber er kannte Nick wie niemand sonst, und deshalb war das leicht für ihn. Den Großteil seines Lebens hatte er die selbstbewussten Schritte seines Bruders verfolgt, seine bestimmende Art und die dunklen Augen, die nur für ihn weicher wurden. Doch etwas in seinem Blick hatte sich in letzter Zeit verändert. Nick war sanfter geworden, und zwar auf eine Weise, von der er ahnte, dass sie nichts mit ihm zu tun hatte. Und es war auch keine vorübergehende Sache. Eher so, als hätte Nick so eine Art Schönheits-OP gehabt – aber im Inneren. Vielleicht im Herzen. Vielleicht lag es an Lauren, zumal er inzwischen besser denn je verstand, dass Frauen einen auf solche Weise berühren konnten.

Er dachte immer noch über Nick nach, als er mit Elaine an seiner Seite einen Einkaufswagen ins Einkaufscenter schob und – plötzlich – Daisy sah. Sie schaute hoch, sofort stellten sie Augenkontakt her, und er lächelte. Er hatte das eigentlich nicht gewollt, nicht geplant, sondern einfach getan.

Und sie erwiderte sein Lächeln.

Er hatte das Gefühl, als wäre soeben eine Weihnachtslichterkette in ihm angegangen, als hätte sich soeben der Himmel vor ihm aufgetan und als säße inmitten dieses Paradieses eine Frau namens Daisy.

Elaine fasste ihn am Handgelenk, nachdem sie an Daisy vorbeigegangen waren. »Hast du gesehen?«

Er hatte keine Ahnung, wovon sie sprach – er war noch immer damit beschäftigt, zu lächeln, und hoffte, dass sein Herz ihm nicht in der Brust schmolz. »Wie?«

»Hast du deinen Rahmen gesehen? Er hängt an der Wand hinter dem Blumentresen.«

»Tatsächlich?«

Sie nickte, aufgeregt. Dann wurde ihr Griff um sein Handgelenk fester. Sie blieben stehen, und Elaine schaute ihn aus großen Augen an. »Du solltest zurückgehen. Du solltest mit ihr reden. Sofort.«

»Wie?«, sagte er wieder. Allein der Vorschlag erzeugte einen Kurzschluss in all den Weihnachtslichtern, die in ihm leuchteten. Schließlich hatte er soeben bekommen, wovon er immer geträumt hatte – das Lächeln von Daisy Maria Ramirez. Er wollte nicht riskieren, einen so perfekten Augenblick mit etwas so Unwichtigem oder – in seinem Fall – Riskantem wie Worten zu vermasseln.

Elaine blickte geradezu irre. »Hör zu, sicher, es macht dir Angst, aber wenn du das jetzt tust, ohne nachzudenken, wenn du zu ihr hingehst und sie begrüßt, dann wird alles gut. Ich verspreche es.«

Der letzte Satz, der brachte es. So wie Nick hatte auch Elaine ihn nie angelogen. »Wirklich? Du versprichst es mir?«

Sie nickte, langsam, ernst. Eine so feste Zusage seiner Schwester machte ihn irgendwie mutig. Sie hatte Recht. Er wusste es.

Und so holte er tief Luft und ging, ohne ein Wort zu sagen, in die Blumenabteilung zurück. Mit raschen Schritten, ohne etwas zu planen oder zu denken, nur das laute Pochen seines Herzens hörend. Kurz darauf stand er vor Daisy Maria Ramirez, doch als sie erwartungsvoll zu ihm hochschaute, wünschte er, nie geboren worden zu sein. Dann aber erinnerte er sich an das Lächeln, das sie ihm eben geschenkt hatte und das ein wenig von seiner neu gefundenen Courage wiederherstellte. »Hallo.«

»Hi.« Ihre Stimme war so weich und hübsch wie ihre zarten Gesichtszüge. Und sie schaute ihn auch nicht komisch an – zumindest noch nicht.

Er zeigte auf sie, auf den Margeriten-Rahmen. »Das habe ich für Sie gemacht.«

Sie warf einen Blick darauf, dann wandte sie sich wieder zu ihm um, mit leuchtenden Augen, als hätte er die Seiden-Margeriten selbst gewebt. »Sie haben *Daisys Garten* gemacht?«

Er wurde irrsinnig unsicher, weil sie ihn so anschaute. Er hatte das Gefühl, im nächsten Moment zusammenzubrechen, also bemühte er sich, ruhig zu bleiben, sich zusammenzureißen. Dann nickte er.

Sie blickte nachdenklich drein, ihre Augen wurden größer und runder. »Es ist wunderschön.«

Sie sind wunderschön. »Ich … bin froh, dass es Ihnen gefällt.«

Plötzlich schweifte Daisys Blick über den breiten Vordergang hinweg zu einer ernst dreinschauenden Frau, die sie beobachtete. Sie senkte die Stimme. »Ich kann jetzt wirklich nicht reden. Ich muss arbeiten.«

Zum ersten Mal fielen Davy die Blumen auf, die auf dem Tisch vor ihr ausgebreitet lagen. Und er musste nicht einmal die Sätze durchprobieren, die er im Kopf geübt hatte. »Darf ich zuschauen? Ich sehe gerne zu, wie Sie Blumen binden.«

Sie schenkte ihm noch ein Lächeln, das ihm bis in den Bauch fuhr. »Ja, natürlich.«

Und als sie dann die Blumen unter seinem begeisterten Blick zu einem kleinen Kunstwerk arrangierte, wurde ihm weh ums Herz, aber auf eine wirklich schöne Weise, weil sie ihn immer noch nicht angeschaut hatte, als wäre er komisch oder ein Hündchen, und weil er wusste, dass er von Anfang an Recht gehabt hatte. Dass es ihr nichts ausmachte, dass er anders war.

Als Nick am Sonntagmorgen aufwachte, stand Lauren schon neben dem Bett, geduscht und angezogen, zu einer viel zu frühen Stunde. »Ich muss ins Büro.«

Er schüttelte den Schlaf ab und erhob sich auf einen Ellbogen. »Was ist denn los?«

»Mir ist eben eingefallen, dass die Schecks für die Subunternehmer am Freitag nicht in die Post gegangen sind, nachdem ich gegangen war. Der Drucker ist kaputtgegangen und erst gestern repariert worden. Andrea, die Frau, die normalerweise die Post bearbeitet, kann nicht kommen.«

»Kann das nicht bis morgen warten?«

Sie schüttelte den Kopf; ihre blonden Locken glänzten auf ihren Schultern. »Ich möchte die Schecks heute in den Briefkasten vor der Post einwerfen. Auf diese Weise bekommt jeder die Schecks nur einen Tag verspätet anstatt zwei. Ich weiß, dass die meisten Leute ihre Schecks wirklich brauchen.«

Wohl wahr – er konnte seine Leute erst bezahlen, wenn er den Scheck von Ash Builders bekam. »Soll ich mitkommen? Wenn es nur darum geht, Briefe einzutüten, kann ich dir helfen.«

Sie lächelte schwach. »Danke, aber Sadie kommt auch ins Büro. Wir beide kennen die Abläufe, zusammen sollten wir das also in ein, zwei Stunden erledigt haben. Schlaf weiter, und ich bin im Nu zurück bei dir.«

Nachdem sie aus der Tür verschwunden war, konnte Nick jedoch nicht mehr schlafen. Er duschte und zog sich an, froh, dass er inzwischen einige Kleider in ihrem Haus aufbewahrte, dann suchte er in der Küche nach etwas zum Frühstück, das er am Pool einnahm.

Er hatte ein wenig nachgedacht – und das nicht nur über seine Familie. Bis auf Davy und vielleicht seine Mutter kannte er niemanden, der seine Liebe so freigiebig, so vertrauensvoll schenkte wie Lauren. *Und schau an, hier sitzt du an ihrem Pool und isst von ihren Lebensmitteln, als ob du hier wohnst.* Sie hatte ihn zu einem festen Bestandteil ihres Lebens gemacht, ohne ihn je danach zu fragen, wie lange er hier sein, was er ihr dafür geben würde. Nur um eins hatte sie ihn gebeten: dass er über Nacht blieb, wenn sie miteinander geschlafen hatten.

Und Gott, was hatte er schon alles von dieser Frau bekommen. Nicht nur Sex, sondern auch ihr Mitgefühl, ihre Geduld, ihren Glauben an ihn … einen Glauben, der – zum Teufel, er wusste nicht mal, woher der kam, nur dass sie ihm so viel gab und er ihr so wenig. Denn er hatte auch etwas anderes von ihr genommen, etwas, was er niemals zurückgeben konnte. Er hatte die intimen Gedanken aus ihrem Tagebuch gestohlen. Mehrmals hatte er ihre Geheimnisse, ihre Fantasien gestohlen. Und die hatte er dazu benutzt, um sie zu umgarnen und, später dann, um sie im Glauben zu wiegen, dass sie beide zusammen etwas Besonderes wären.

Und wenn Nick etwas von Lauren gelernt hatte, dann dies: dass es nicht gut war, Geheimnisse voreinander zu haben. Selbst nach dem, was er am Freitagabend von seinem Vater erfahren hatte, war er froh, ihn zur Rede gestellt zu haben, auch wenn er am Ende nur gesagt hatte: *Ich weiß, was du getan hast, Dad. Ich erinnere mich. Es ist geschehen.*

Und so, wie die Wut auf seinen Vater ihn innerlich zerfressen hatte, zerfraß es ihn, von Lauren etwas zu nehmen. Selbst als er gestern im Pool mit ihr Sex hatte, schien es ihm, als nähme er nur, als wäre er unter falschen Voraussetzungen hier, als hielte sie ihn für jemanden, der er nicht war. Er fürchtete, immer nur von ihr zu nehmen – bis er ihr die Wahrheit sagte.

Er nahm das Frühstücksgeschirr und trug es ins Haus, dann stieg er die Treppe hinauf. Oben angekommen, betrat er den dunklen, ruhigen Raum, in dem sie arbeitete, die Atmosphäre erinnerte ihn an Sex und Fantasien und den verbotenen Kitzel, dass er ihre Gedanken kannte. Er war mit einem Plan hierhergekommen.

Es war sicher nicht der klügste Schachzug, aber die einzige Möglichkeit, die ihm einfiel, Lauren die Wahrheit wissen zu lassen. Schließlich hatte er schon einmal überlegt, es ihr zu sagen, aber nicht die Worte finden und über die Lippen bringen können. Vielleicht konnte er ihr die Wahrheit also mit einer *eigenen* Fantasie sagen. Wenn er *seine* Fantasie in ihr Tagebuch notierte, eine Fantasie über ihre erste Begegnung, eine Fantasie, die sie Wirklichkeit hatte werden lassen, würde sie diese in ihrem Journal finden. Vielleicht würde ihr das ja helfen, die Anziehungskraft zu verstehen, die das Tagebuch auf ihn ausübte, und ihr zugleich zeigen, dass sie sich nicht schämen und auch nicht … zu unversöhnlich sein sollte.

Er ging ein enormes Risiko ein. Aber die Art, wie sie ihn gestern Nacht im Arm gehalten hatte, nach der tiefen Liebe, mit der sie ihn überschüttet hatte, als er sie am meisten brauchte … jede Berührung, jede Liebkosung hatte ihn weiter vom Abgrund fortgezogen, hatte ihn vor dem Zusammenbruch bewahrt: Er hatte einfach das Gefühl, keine andere Wahl zu haben, als mit der Wahrheit herauszurücken – und zwar jetzt, auf diese Weise.

Wenn er zu Ende geschrieben hätte, würde er die Seite mit der gepressten Rose kennzeichnen und das Tagebuch auf ihrem Schreibtisch zurücklassen, wo sie es finden und wissen würde, dass jemand es dort für sie hingelegt hatte. Dann würde sie seine Fantasie entdecken und erkennen, dass es in Ordnung war, dass sie beide Fantasien hatten, und er nicht wollte, dass sein einseitiges Wissen um ihre Fantasien weiterhin zwischen ihnen stand.

Er nahm einen blauen Kugelschreiber zur Hand, ging zum Bücherregal und zog das rote Buch heraus. Sorgfältig legte er die Rose in Wachspapier zur Seite, setzte sich und schlug das Tagebuch auf den leeren Seiten auf, die er schon einmal gesehen hatte – im hinteren Teil. Er blickte auf die erste leere Seite und wusste nicht genau, wie er beginnen sollte. Dann blätterte er eine der beschriebenen Seiten zurück, auf der Suche nach Inspiration – auch wenn dies einer letzten Sünde gleichkam.

In dieser Fantasie lag sie an einem Strand, und ein Mann kam aus dem Meer, er schlief mit ihr, während die Flut um sie herum anstieg. Jedes erotische Detail erfüllte seine Sinne, und wie immer erregte es ihn, ihre Worte zu lesen. Außerdem half es ihm herauszufinden, wie er die eigene Fantasie zu Papier bringen konnte.

Schließlich blätterte er zur leeren Seite zurück und begann zu schreiben.

Ich betrete ihr Haus, wir stehen uns von Angesicht zu Angesicht gegenüber, während ich ihr den Bademantel von den Schultern streife. Sie löst den Gürtel an ihrer Taille und lässt den Mantel zu Boden gleiten. Darunter trägt sie ein grünes Satin-Nachthemd, das ihr bis zu den Schenkeln reicht und ihre Brüste umschmeichelt, Brüste, die ich sogleich küssen möchte.

Ich strecke die Hand nach den schmalen Trägern aus, lasse sie herunter. Das Nachthemd gleitet hinunter bis zu ihrer Taille, dann fällt es auf ihre Füße, so dass sie nackt ist, ihr Körper noch unglaublicher, als ich mir vorgestellt habe. Ich hebe ihre Brüste in meinen Händen, dann küsse ich sie, sanft zunächst, dann sauge ich daran, während sie stöhnt und anfängt, meinen Ständer durch meine Hose hindurch zu reiben.

Dann liegen wir im Bett, beide nackt, und sie schwebt über mir, kost mich mit ihren Händen, Brustwarzen, Zähnen. Ich begehre sie stärker, als ich je eine Frau begehrt habe. Ich wusste es vom ersten Augenblick, als sich unsere Blicke trafen.

Ihre Lippen sind wie Seide, als sie über mich gleiten, und ich kann nicht klar denken, kann kaum atmen. Sie sieht mich an, während …

»Nick? Was machst du da …?«

Das Blut gefror ihm in den Adern.

Er schaute gerade noch rechtzeitig auf, um zu sehen, wie Laurens Augen sich vor Schreck weiteten, als sie erkannte, was er in den Händen hielt.

19

Es gibt Augenblicke im Leben, die schmerzlich langsam verlaufen. Meist, wenn man einen großen Schock erleidet; manchmal, wenn uns sehr wehgetan wird. Für Lauren war es beides, und so wirkte alles um sie herum verschwommen, und jede Nanosekunde erstreckte sich unerhört lang für sie.

Nick sah genauso aus wie ein Mann, der bei etwas Furchtbarem ertappt worden war. Er klappte das Tagebuch zu. »Ich … habe das Garagentor nicht gehört.«

Er hatte das Garagentor nicht gehört? Das brachte er zu seiner Entschuldigung vor? Noch ein Schock durchfuhr sie, als ihr der noch größere Horror aufging – er hatte das *schon einmal* getan, hatte ihr Tagebuch *schon einmal* gelesen. Und gleichzeitig hatte er sich darauf verlassen, dass das Garagentor ihm signalisieren würde, wenn sie nach Hause kam.

Sie stand einfach nur da, mit offenem Mund, ihre Lippen zitterten, alles in ihr wurde schwach. Sie machte sich gar nicht die Mühe zu erklären, dass sie draußen geparkt hatte, weil sie nur kurz ins Haus laufen und fragen wollte, ob er mit ihr zu Mittag essen wolle; ihre fröhliche, sorglose Art war jetzt allerdings ferne Vergangenheit.

Er stand auf. »Lauren, ich …« Sie wich einen Schritt zurück, wollte ihm nicht so nahe sein. Kannte ihn nicht einmal mehr.

»O Gott.« Sie vernahm ihre geflüsterten Worte, und dann trat ihr Verstand an die Stelle des Schocks, bis sie alles verstand. Die Rose, die Haarwäsche, die Art, wie er ihr im Pool die Beine gespreizt hatte, all das …

Sie hatte es für Magie, eine Verbindung der Seelen gehalten, aber es war nur *das hier*, ein Mann, der sie belog, die ganze Zeit, in ihre Gedankenwelt, ihre ganz private Welt eindrang.

Dann fiel ihr noch etwas ein. *Ich habe es mal auf dem Rücken eines Pferdes getan.* Und sie hatte ihm geglaubt! Das hier ging sehr weit zurück, in die Zeit, bevor sie einander überhaupt berührt hatten.

»Lauren, Liebling …« Wieder trat er vor, streckte die Hand nach ihrer Wange aus, aber sie wandte sich ab. Sie verließ das Zimmer, unsicher auf den Beinen, wanderte ziellos umher, ob schnell oder langsam – sie wusste es nicht. Schließlich fand sie sich in ihrem Schlafzimmer wieder. *Folg mir nicht, bleib, wo du bist,* dachte sie, aber sie fühlte ihn hinter sich, nahe genug, dass er sie berühren oder schlagen konnte, doch sie wollte einfach nur weg von ihm.

Sie warf sich aufs Bett, mit dem Gesicht nach unten, und wollte auf keinen Fall in Tränen ausbrechen, aber sie kamen. Sie schloss die Augen und versuchte so zu tun, als stünde er nicht über ihr und bäte sie um Verzeihung – sie wollte nur, dass er einfach ging, wollte allein sein, wollte weinen und trauern. »Hau ab.«

»Prinzessin …«, das Kosewort schnitt ihr mitten ins Herz. »… bitte, Baby, hör mich an.«

Nach einem langen, tränenreichen Augenblick, in dem sie versuchte, seine Stimme auszublenden, merkte sie schließlich, dass er bleiben würde, deshalb drehte sie sich im Bett um und sah ihn an. Er stand über ihr, sein dunkles Haar fiel ihm ins Gesicht – ihr Meeresgott; jetzt so viel mehr – und so viel weniger.

Nick schaute ihr in die Augen, erblickte darin den Hass und das Gefühl, getäuscht worden zu sein, und wusste, er war verloren. Es war die Art, wie er seinen Vater ansah. Nichts, was er je sagte, würde genügen, dass sie ihm verzieh, vielleicht, weil ihm nicht vergeben werden sollte.

Aber jetzt gab sie ihm eine Chance, deshalb musste er versuchen, völlig ehrlich sein, einen Weg zu finden, seine Gefühle in Worten zu fassen. Trotzdem schlug ihm das Herz wie eine Trommel in der Brust, denn die Wahrheit würde vernichtend und furchtbar sein. »Als ich hierherkam, Schatz, wollte ich … dein Leben sehen – ein Leben, auf das ich ein Anrecht zu haben glaubte. Aber das alles hat sich verändert, als ich dich kennen lernte. Ich konnte nicht mehr so fühlen, und der ganze alte Kram verschwand ganz einfach.

Als ich dein Tagebuch fand, wurde mir klar, dass es unrecht war, darin zu lesen« – aus einer Regung heraus strich er ihr übers Haar, denn der Schmerz, der in ihren Augen lag, durchbohrte ihn –, »aber in Wahrheit konnte ich nicht aufhören, darin zu lesen, weil ich diese Seite an dir geliebt habe, es geliebt habe, deine Fantasien Wirklichkeit werden zu lassen, geliebt habe, wie sexy du warst und wie gut wir zusammenpassten.«

Er betete, dass seine Worte zu ihr durchdrangen, einen Sinn ergaben – auch dann noch, als ihm klar wurde, dass das nicht möglich war. Sie sah ihn böse an und schob seine Hand weg. »Du bist also hierhergekommen, weil du neidisch auf mich warst. Du wolltest mir wehtun.« Ihre Stimme bebte.

Nein, ich wollte dir niemals wehtun. Das war die Antwort, die sie hören musste, die einen Sinn ergeben würde. *Aber sag einfach die Wahrheit, verdammt nochmal.* Seiner Meinung nach war die Wahrheit alles, woran er sich im Moment klammern konnte, so abgeschmackt sie auch war. »Ich hatte nicht die Absicht, dir wehzutun … bis zu dem Zeitpunkt, an dem du mich wie einen Diener behandelt hast, wie jemand, der unter dir steht«, sagte er, erfüllt von Scham. »Und selbst da hatte ich nicht vor, dir wehzutun, konnte nicht damit weitermachen, weil du mir nicht gleichgültig warst. Habe ich das nicht bewiesen?«

Ungläubig antwortete sie: »Bewiesen? Dadurch, dass du mein geheimes Tagebuch gelesen hast?«

»Dadurch, dass ich für dich da war. Dir Phils Unterschlagung aufgedeckt habe, zu deinem Vater mitgekommen bin, dich hinterher im Arm gehalten habe.« Dann wurde seine Stimme weich. »Dadurch, dass ich mit dir geschlafen, dich geliebt habe.«

Das hätte Lauren nun fast umgehauen; Nick war keiner, der Ausdrücke wie »dich lieben« benutzte. Doch die Wunde klaffte so frisch und offen, und sie dachte daran, wie lange das schon so ging und dass Nick jedes Mal, wenn sie miteinander geschlafen hatten, ihr etwas derart Falsches vorgespielt hatte. Sie dachte daran, für wie dumm er sie gehalten haben musste, für wie töricht. Sie dachte daran, wie viel Lust er daraus gezogen haben musste, dass sie sich ihm ergab, und das alles nur, weil er genau wusste, was sie wollte – weil sie es ihm Schwarz auf Weiß mitgeteilt hatte.

»Was du bewiesen hast, Nick, ist, dass alles, wovon ich geglaubt habe, dass wir es miteinander teilten, eine Lüge war. Lüge über Lüge über Lüge.«

Und um ihre Traurigkeit noch zu vergrößern: Hatte er ihr nicht eben die Antwort gegeben, die Erklärung? *Ich wollte dein Leben sehen, auf das ich ein Anrecht zu haben glaubte.* Sie setzte sich auf im Bett, schaute ihm in die dunklen Augen – Augen, die so gut darin waren, Dinge zu verbergen, die Wahrheit zu verschleiern. Betont langsam sagte sie: »Du bist hierhergekommen, um dir zu nehmen, was deiner Meinung dir gehört, ja? Du bist gekommen, um mir Ash Builders zu stehlen. Hast du geglaubt, du könntest mich heiraten und dir damit die Firma sichern, Nick? Ging es dir darum? War das der große Plan?«

Nick starrte sie fassungslos an. »Lauren, nein. Ich habe nie daran gedacht …« Er schüttelte den Kopf.

So entgeistert hatte sie ihn noch nie gesehen, aber Nick Armstrong hatte bewiesen, dass er ein guter Schauspieler war, und sie fiel nicht mehr auf ihn herein. »Hör auf zu lügen, Nick.«

»Liebling, wenn wir zusammen im Bett sind, wenn ich in dir bin – Himmel, du weißt, dass das keine Lüge ist. Du *weißt* es.«

»Ich weiß gar nichts mehr.« Sie schüttelte vehement den Kopf. »Außer dass ich noch nie im Leben so gedemütigt wurde. Noch nie so belogen. Noch nie stärker missbraucht.« Ach, verdammt – wieder schimmerten Tränen in ihren Augen, während die gnadenlose Wahrheit ihr wieder bewusst wurde. Jeder Sex, den sie miteinander geteilt hatten, war so bedeutungslos gewesen wie der erste. Und selbst das war, bis eben, auf eine eigene Art etwas Besonderes gewesen, und zwar wegen der verdammten Rose. Jetzt jedoch bedeutete jedes einzelne Mal, dass sie einander berührt, sich ineinander bewegt, einander in die Augen geschaut hatten, weniger als nichts. »Verschwinde aus meinem Haus, Nick.«

Er war wütend. »Du hörst mir gar nicht zu. Du bemühst dich nicht, mich zu verstehen.«

Sie schüttelte den Kopf; sie war absolut standhaft, fühlte sich völlig im Recht. Unfassbar, dass er den Nerv hatte, so zu tun, als ob sie ihm *irgendetwas* schuldete, von verstehen ganz zu schweigen. »Geh. Sofort. Ich will dich nie mehr wieder sehen. Hast du das verstanden?«

»Das wär's dann also, ja? So willst du unsere Beziehung beenden?«

»Ja, das war's.«

Nicks Augen verengten sich. Langsam trat er einen Schritt zurück. Seine Stimme klang leise, traurig. »Ich wusste ja, dass ich nie gut genug für dich sein würde.«

»Darum geht's doch gar nicht, und das weißt du genau.«

Er schüttelte den Kopf. »Ich habe das wirklich nicht gedacht, aber jetzt bin ich mir da nicht mehr so sicher. Ich habe etwas in dein Tagebuch geschrieben, um reinen Tisch machen und dir die Wahrheit sagen zu wollen. Und irgendwo tief im Inneren habe ich wohl wirklich gemeint, du würdest mir verzeihen, denn ich glaubte dich zu kennen. Ich dachte, deine Güte würde ausreichen, die Kluft meiner Fehler zu überbrücken. Aber du bist momentan so übel wie ich – du siehst in die Vergangenheit anstatt in die Zukunft. Beurteilst mich als den, der ich damals war, als ich hierherkam, anstatt als den, der ich heute bin.«

Nick drehte sich um und ging hinaus; sie ließ sich auf das Bett zurückfallen. Sie konnte seinen Worten keinen Sinn abgewinnen, konnte sie absolut nicht begreifen. Sie wusste nur eines: Das Gefühl der Zerstörung hatte alle anderen Gefühle verschlungen. Hatte er tatsächlich geglaubt, sie könnte ihm vergeben? Das? Im Grunde hatte sie sich wieder einmal als ziemliche Närrin erwiesen.

Den übrigen Sonntag verbrachte Lauren wie in Trance. Sie döste mehr als einmal ein, aß Junkfood und verbrachte viel Zeit auf dem Sofa, Izzy im Arm haltend, die es ausnahmsweise einmal zuließ. Sie konnte nur vermuten, dass die Katze irgendwie ihre Verzweiflung spürte und so klug war, sie jetzt nicht im Stich zu lassen.

Als Lauren am Montagmorgen aufwachte, fühlte sie sich augenblicklich einsam. Niemand lag neben ihr im Bett oder benutzte ihre Dusche, während sie dem Plätschern lauschte; keiner war draußen und strich ihr Haus an. Der Auftrag war erledigt. *Alles* war vorbei. Das Alleinsein, das sie früher einmal geschätzt hatte, kam ihr nun fast unerträglich vor.

Die notwendigen Arbeiten erledigte sie lustlos. Sie machte sich nicht einmal die Mühe, den Pyjama auszuziehen. Als sie das Büro betrat, räumte sie rasch die Erinnerungen an Nicks letzte Anwesenheit fort. Sie nahm das Buch in die Hand, fand die Rose in Wachspapier auf dem Boden und warf beides in den Papierkorb. Dann erledigte sie bis zum Mittag Buchhaltungsarbeiten, bis sie sich gefasst genug fühlte, den restlichen Tag frei zu nehmen.

Aber sosehr sie sich auch dagegen wehrte, die Trennung von Nick bedrückte sie sehr. Sie konnte nicht so tun, als wäre nichts passiert, als wäre dies ein ganz normaler neuer Tag. Sie rief Carolyn im Salon an, die ihr versprach, ein kalorienreiches Lunch und irgendetwas mit Schokolade zum Nachtisch mitzubringen.

Bei ihrem Eintreffen runzelte sie die Stirn, weil Lauren immer noch im Pyjama war, marschierte in den ersten Stock und verlangte, dass sie eine Shorts anzog. Lauren seufzte nur und sagte: »Ich bin froh, dass du hier bist.«

Sie setzten sich mit Izzy aufs Sofa und aßen Big Macs und Pommes. Anstatt Carolyn die ganze grässliche Geschichte über Nick zu erzählen, wobei sie notgedrungen ihr Sex-Tagebuch hätte erwähnen müssen, berichtete Lauren nur von den Ereignissen bei *Double A Construction*: »Wie sich gezeigt hat, war er nicht der, für den ich ihn gehalten habe. Er ist nur hierhergekommen, um in meinem Leben herumzuschnüffeln und mich zu benutzen – und zwar wegen etwas, was mein Dad seinem Dad vor zwanzig Jahren angetan hat.«

Carolyn starrte sie nur mit offenem Mund an. »Was für ein Arsch. Hier, iss den Rest von meinen Pommes.«

Lauren nahm sie und stopfte sich ein paar davon in den Mund.

»Hör zu«, sagte Carolyn und offerierte ein hoffnungsvolles Lächeln, »Mike und paar andere Typen treffen sich heute in Howard Park. Volleyball, Windsurfen, Burger vom Grill. Warum gehen wir da nicht hin? Es wird dich aufmuntern, dir helfen, deine Gedanken an diesen dämlichen Idioten von Anstreicher loszuwerden.«

Sicher, Carolyn meinte es gut, und sie mochte Mike mehr als die meisten von Carolyns Freunden, aber: »Keine Partys für mich, danke.«

Carolyn blickte völlig entgeistert drein. »Heißt das, du willst dich den Rest deines Lebens zurückziehen, nur wegen eines Mannes?«

»Nein, es geht hier nicht um Nick. Es ist nur … Ich habe festgestellt, dass ich wirklich keine Partys mag – ist nicht mein Ding. Deshalb will ich mich nicht mehr dazu zwingen.«

»Aha.«

Carolyn runzelte die Stirn, deshalb fügte Lauren rasch hinzu: »Aber geh du nur. Du musst nicht hier bei mir bleiben, ehrlich. Nur essen und eine Weile reden, das hat mir sehr geholfen.«

Ihr Freundin seufzte und zuckte – untypisch für sie – mit den Schultern. »Ich gehe nirgendwohin, Laur.«

»Wird Mike dich nicht vermissen und er dir nicht fehlen?« Lauren neigte den Kopf.

»Wahrscheinlich.« Carolyn lächelte. »Nur dass du es weißt, er und ich … wir sind jetzt eine Art … Paar. Ich … mag ihn wirklich, und er mag mich auch. Ich glaube, er ignoriert irgendwie den Teil von mir, den die anderen sehen – du weißt schon, was ich meine.«

Lauren erwiderte das Lächeln. »Das ist wundervoll, Carolyn, wirklich. Ich freue mich so für dich.«

»Aber …«, Carolyn zeigte ein tröstendes Grinsen, »… du brauchst mich jetzt mehr als er, also lass uns ein bisschen Mädchenkram unternehmen.«

Lauren hob fragend die Brauen.

»Wir kaufen ein paar Frauenzeitschriften«, sagte Carolyn, »dann legen wir uns an den Pool, versuchen die Parfümproben und machen gegenseitig die neuesten Mode-Tests. Anschließend können wir uns die Nägel anmalen, uns gegenseitig Locken wickeln und ein paar Filme ausleihen.«

Lauren musste lachen. Zu ihrem Erstaunen erschien ihr das wie ein absolut herrlicher, kindischer, therapeutischer Tag.

Nachdem Carolyn Mike angerufen hatte, sagte Lauren: »Weißt du, bevor ich Nick kennen lernte, fühlte sich mein Leben ein wenig leer an, so als wünschte ich mir immer Dinge, die unerreichbar waren, und als würde ich bei anderen finden, was mir fehlte. Aber als ich mich dann in ihn verliebt und etwas über seine Familie und sein Leben erfahren hatte, habe ich erkannt, wie glücklich ich mich schätzen kann, wie viel ich als selbstverständlich hinnehme. Der Umgang mit ihm hat mein Leben einfach … erfüllter gemacht.«

»Weil du verliebt warst.«

Lauren nickte und erschrak zugleich. »Ich war so dumm.«

»Nein, du hattest sehr viel Glück«, korrigierte Carolyn. »Ich bin immer noch eifersüchtig, weißt du. Sogar jetzt noch. Ich würde alles geben, um so etwas zu erleben – und wenn auch nur vorübergehend.«

»Vielleicht wirst du es ja bald, mit Mike.«

Es war später Abend, als Carolyn schließlich ging, und Lauren konnte nicht bestreiten, dass das Zusammensein mit Carolyn ihr tatsächlich geholfen hatte. Ihr Leben war in unterschiedliche Richtungen gedriftet, aber ihre Freundschaft nicht.

Nachdem sie Carolyn verabschiedet, die Tür geschlossen und sich vorgebeugt hatte, um Isadora zu tätscheln, blickte Lauren zur Treppe hinauf in Richtung Bürotür. Sie hatte nach Nicks Weggang, nach gestern Nacht und heute Morgen, nicht hinsehen wollen – sie hatte sich zu leer und zu wütend und alles dazwischen gefühlt; aber sie erinnerte sich daran, was er ihr gesagt hatte. Dass er etwas in ihr Tagebuch geschrieben hatte.

Allmählich wurde sie neugierig darauf, was es wohl war.

Also holte sie tief Luft und stieg die Treppe hinauf.

Sie zog ihr rotes Journal aus dem Papierkorb, setzte sich und wappnete sich, dann schlug sie es hinten auf, dort, wo eine unbekannte Schrift die Seite füllte, und begann zu lesen.

Schultern … Brüste … Mund … *seine* Fantasie?

Sie las die Zeilen wieder und wieder und versuchte zu verstehen, warum er das geschrieben hatte. In einer Hinsicht kam es ihr wie die größte Übertretung vor – ihr seine Fantasien aufzuzwingen, wo nur ihre hingehörten. Gewiss, aus vielerlei Gründen könnte sie niemals auch nur ein weiteres Wort in das Buch schreiben. Dennoch, dass er etwas in ihr erotisches Journal notiert hatte, war ein Eingeständnis seiner Schuld, er sagte damit: *Ich bin hier gewesen, in der Welt deiner Geheimnisse.*

Das alles zu verstehen, sich zu erinnern, wie glücklich sie mit ihm gewesen war, so voller Vertrauen, dass sie in seine Augen geschaut und mit ihm geschlafen hatte, was wie Magie gewesen war, ob nun mit oder ohne zartrosa Rose und Meeresgott – es trieb ihr wieder Tränen in die Augen. Er war durchaus nicht perfekt gewesen, aber sie hatte darüber hinweggesehen, auf den Mann im Inneren. Er jedoch hatte ihr Vertrauen so sehr verletzt, und jetzt tat es einfach weh, in ihn verliebt zu sein. Sie hatte nie viel von ihm verlangt; hatte ihn nie gebeten, sie zu lieben. Sie hatte geglaubt, nicht verletzt werden zu können, wenn sie um nichts bat, nicht viel erwartete. Sie hatte sich ja so getäuscht.

Sie las den Eintrag nochmals und fühlte sich wie eine Idiotin, weil sie so lange gebraucht hatte, um zu verstehen, dass es am Morgen ihrer ersten Begegnung begonnen hatte, als er an ihrer Tür erschienen war. Er erinnerte sich offenbar daran, was sie getragen hatte, bis zum Detail des grünen Nachthemds, das er nicht ganz gesehen hatte. Sie seufzte, blickte zurück, wie sie sich gefühlt hatte an diesem Morgen, nachdem ihr Blick auf ihren attraktiven neuen Maler gefallen war; insgeheim hatte sie den Schwur geleistet, sich nicht mehr mit sexy Kerlen einzulassen, die nur das Eine wollten.

Vielleicht hatte Nick am Ende ja mehr gewollt, aber sie hätte sich treu bleiben sollen. Die jüngsten Ereignisse hatten ihr bewiesen, dass sie viel kompetenter, viel unabhängiger war, als sie je gedacht hatte. Aber der Verlust von Nick – auf diese Weise –, da fragte sie sich schon, wann sie sich wohl von diesem Schlag erholen würde.

Nick hatte Montagnacht seine Rechnungen geschrieben und deshalb Dienstagabend Gelegenheit, im Eisenwarenladen vorbeizufahren, etwas Sprühfarbe zu kaufen und bei Elaine vorbeizuschauen.

Wenn er sich weiter beschäftigt hielt, so sein Gedanke, würde er nicht mehr so viel an Lauren denken, sich nicht so leer fühlen bei der Erinnerung daran, dass sie nicht mehr Teil seines Lebens war. Er konnte nicht mehr bei ihr reinschauen, wenn ihm danach war, nicht mehr mit ihr über seinen oder ihren Tag sprechen, ihr keinen Begrüßungs-, Abschieds-, Gutenachtkuss geben. *Hör auf damit*, befahl er sich, schüttelte den Eimer weißer Farbe und setzte sich auf Elaines Hinterterrasse neben einen Stuhl.

Das Problem ist, dachte er, als er zu sprühen begann, dass ich bei meiner Arbeit zu viel Zeit zum Nachdenken habe, einfach zu viel Zeit, verdammt nochmal. Gestern Abend war gar nicht so schlecht gewesen – er hatte im O'Hanlon's gesessen und Zahlen aufgeschrieben, hatte sie addiert, dann alles noch einmal durchgerechnet; das erforderte Konzentration und ließ weniger Raum im Kopf für umherschweifende Gedanken.

Nicht, dass er *nicht* an sie gedacht hätte. Er hatte daran gedacht, dass die Rechnungen bald durch *ihre* Hände gehen würden, und sich gefragt, was sie wohl empfand, wenn sie seinen Namen, seine Schrift sah. Wehmut und Verlangen, oder doch nur Verrat? Noch seltsamer war ihm zumute, als er die Rechnung für den Auftrag an *ihrem Haus* schrieb, ihren Namen und ihre Adresse schrieb und die Rechnung in einen Fensterumschlag steckte in dem Bewusstsein, dass die vergangene Woche lediglich auf eine Rechnung in der Post hinausgelaufen war. Fast hätte er ihr keine Rechnung geschickt, aus irgendeiner verrückten Anwandlung heraus, alles wiedergutzumachen, aber er entschied sich dagegen. Sie würde die Geste vermutlich gar nicht zu schätzen wissen und die Rechnung wahrscheinlich trotzdem bezahlen. Außerdem entsprachen seine Abschiedsworte an sie der Wahrheit: Auch er war hintergangen worden – von ihr. Ob er im Recht war? Wahrscheinlich nicht. Aber tief im Inneren hatte er trotzdem geglaubt, sie würde an ihn glauben. Genug, um zu verstehen, genug, um zu verzeihen, genug, um weiter voranzuschreiten mit ihm. Dass er sich geirrt hatte, tat weh.

Noch während er ihr einen Teil der Schuld zuschob, kam ihm in den Sinn, mit welch furchtbarem Gesichtsausdruck sie ihn angeschaut hatte, als wäre er der leibhaftige Teufel.

Plötzlich wurde hinter ihm die Schiebetür geöffnet; er blickte auf. Verdammt. Sein Vater. Als Nick unangekündigt vorbeigekommen war, hatte Elaine ihn gewarnt, dass Vater zum Abendessen – Brathähnchen – vorbeischauen wolle und dass sie Nick nicht eingeladen habe, da sie wusste, dass er ablehnen würde. Er hatte wieder umkehren wollen, sich aber gedacht: *Zum Teufel, ich kann doch nicht den Rest meines Le-*

bens vor diesem Mann davonlaufen, ihm aus dem Weg gehen. Das funktionierte nie.

»Nicky, kann ich mal kurz mit dir reden?«

Er seufzte, schaute aber nicht hoch. »Na klar.«

Aus den Augenwinkeln heraus sah er, dass sein Vater sich neben ihn hocken wollte, was ihn aber zu sehr anstrengte, also blieb er stehen und senkte nur die Stimme. »Ich hätte niemals sagen dürfen, was ich neulich abends gesagt habe.«

Hör auf, ihm aus dem Weg zu gehen. Nick hörte auf zu sprühen und blickte hoch, ohne aber seine Gefühle zu zeigen. »Ich bin froh, dass du's getan hast. Froh, dass ich die Wahrheit kenne.«

Sein Dad war verständlicherweise nervös. »Ich habe viele furchtbare Dinge in meinem Leben getan, aber was ich Davy angetan habe … das war das Schlimmste.«

Nick verdrehte nur die Augen. »Was für eine Untertreibung.«

Sein Vater trat von einem Fuß auf den anderen. »Hasst du mich, Nicky?«

Nick spürte förmlich, wie schnell das Herz seines Vaters schlug. Oder war es *sein eigenes?* Er dachte über das Wort nach: *Hass*. Es schien ihm allzu nahe dem Gefühl der Liebe, und allzu weit von Mitleid entfernt, um ganz genau zu sein. »Nein«, sagte er schließlich und konzentrierte sich wieder auf seine Arbeit.

Er schüttelte die Sprühdose und betrachtete das Metall, bevor er hörte, wie sein Vater über ihm schwer, stoßweise atmete. Schließlich seufzte sein Vater, lang und tief, und tätschelte ihm die Schulter. Mit rauer Stimme sagte er: »Das machst du wirklich gut, wie du dich um Elaine und Davy kümmerst.«

Nick nickte nur knapp, wandte sich dann wieder der Sprüharbeit zu, während sein Vater ins Haus zurückging.

»Nick, hättest du vielleicht Lust, Freitagabend etwas zusammen mit Davy zu unternehmen?«, fragte Elaine und wischte sich mit der Serviette über den Mund. Sie saßen am Tisch und aßen schweigend – die Frage kam wie aus heiterem Himmel.

Er legte den Hähnchenschenkel auf seinen Teller. »Natürlich. Warum?«

Ein dünner rosafarbener Hauch überzog Elaines Wangen. »Ich … gehe mit einem Mann aus.« Er hob die Brauen; Elaine schüttelte nervös den Kopf. »Nichts Wichtiges, nur ein Mann, der bei Albertson's arbeitet. Er ist dort Metzger. Paul ist sein Name.«

Nick war freudig erstaunt. »Das ist gut, Lainey.«

»Pauls linkes Auge zuckt, wenn er mit Elaine redet«, setzte Davy grinsend hinzu, »aber er lächelt immer, wenn er ihr das Fleisch reicht.«

Am Ende des Tisches meldete sich sogar ihr Vater zu Wort. »Du solltest mehr ausgehen, Elaine.«

»Na ja, das habe ich Nick zu verdanken.« Sie warf ihm einen anerkennenden Blick zu. »Ich hätte ablehnen können, war zu ängstlich … vor dem, was es dort draußen sonst noch gibt.«

»Also bist du nicht nervös?«, fragte Nick.

Elaine verdrehte die Augen. »Natürlich bin ich's.«

»Zieh den Rock an«, sagt er, »den, den du letzte Woche getragen hast.«

Elaine nickte, wie zum Dank, und da dachte er, wie schön es war, dass seine Schwester sich auf etwas freute.

»Vielleicht könntet ihr beide, Lauren und du, mit Davy ins Kino gehen«, schlug Elaine vor.

Wieder krampfte sich ihm der Magen zusammen, während er sich eine Gabel Kartoffelpüree in den Mund schob. Er konzentrierte sich auf die Pfeffer- und Salzstreuer: zwei Seemuscheln aus Glas, die er in einem Laden in Tarpon Springs ausgesucht hatte. »Nein. Wir haben uns getrennt.«

Er spürte die Reaktion am Tisch, auch wenn einen Moment lang niemand etwas sagte. »Warum?«, sagte Elaine schließlich.

Er wünschte, sie hätte nicht gefragt, besser: Er hätte eine Antwort außer der Wahrheit. Aber er besaß nicht die Willenskraft, irgendetwas zu erfinden. »Sie glaubt, ich hätte sie benutzt, um es Henry Ash heimzuzahlen.«

Sein Vater zuckte zusammen. »Henry Ash?«

Nick hob langsam den Blick. »Sie ist Henrys Tochter, Dad.«

Sein Vater stierte mit seinen müden, blutunterlaufenen Augen vor sich hin.

»Und ich bin mit ihr ausgegangen, weil ich herausfinden wollte, wie ihr Leben ist. Und weil ich ihr grollte, nach dem, was Henry dir angetan und zerstört hatte, was von unserem Leben nach dem Tod von Mutter übrig geblieben war.«

Er hatte ausnahmsweise mal die Wahrheit auf den Tisch gelegt. Er spürte den bösen Blick seiner Schwester, die Verwirrung seines Bruders, aber er konzentrierte sich auf seinen Vater, dessen Unterlippe inzwischen bebte, der übliche Vorbote von Tränen.

»Tu's nicht, Dad«, sagte Nick sanft und legte die Gabel auf den Teller.

Sein Vater saß still da, völlig starr. Nick merkte, dass er zur Abwechslung einmal stark zu sein versuchte. Und er respektierte ihn dafür – vielleicht, weil sein Vater ihm seit langer Zeit nichts anderes zum Respektieren geboten hatte.

Deshalb hätte er jetzt vielleicht den Mund halten sollen. Doch während er mit seiner Familie am Tisch saß, einer Familie, die blind durch ihr Leben steuerte, ohne je die Wahrheit anzuerkennen, wurde ihm klar, dass er wichtige, harte, komplizierte Tatsachen verschwieg; aber er hatte die Nase voll davon. »Ich hätte es dir auf der Terrasse sagen und nicht das Abendessen ruinieren sollen, aber ich muss es jetzt sagen, damit es zu Ende sein kann.« Er sah in die glasigen Augen seines Vaters. »Du bist mein Vater – ganz gleich, was du tust, du bleibst mein Vater. Und als ich klein war, warst du großartig zu uns. Diese Tage kommen mir jetzt vor wie aus einer anderen Zeit, einem anderen Leben … aber ich kann immer noch nicht ganz aufhören, dich zu lieben, alter Mann.« Nick hielt inne, merkte, dass seine Stimme unerwartet zittrig klang. *Zieh das hier durch.* »Wie auch immer, du musst begreifen, dass nichts, was du je tust, wiedergutmachen kann, was mit Davy passiert ist oder was du neulich zu mir gesagt hast.«

Elaine flüsterte: »Wie bitte?«, aber Nick ignorierte sie.

»Du hast mich zu einem harten Menschen gemacht, Dad. Zu einem Mann, der nach dem Schlechten im Leben sucht statt nach dem Guten, auch nach dem Schlechten in Menschen. Einem Mann, der bei einer unschuldigen Frau ohne Grund nach dem Schlechten gesucht hat. Es erscheint mir zwar völlig idiotisch, aber das habe ich getan.«

Jetzt, da er alles gesagt hatte, was er sagen wollte, fühlte er sich stärker. Nick war überzeugt, dass sein Vater im nächsten Moment zusammenbrechen würde, aber zu seinem Erstaunen tat er es nicht.

Stattdessen hob er den Kopf. »Ich weiß, mich trifft die Schuld an vielen Dingen, Nicky. Aber sei nicht wie ich, Nicky, lass dich nicht von den verlorenen Dingen zerstören. Du bist stärker als ich, bist es immer gewesen. Lass dich von deinem Leben nicht runterziehen.«

Nick hörte die Worte, laut und deutlich. Hatte aber keine Antwort, deshalb nickte er schließlich nur, nahm noch einen Bissen vom Hühnchenschenkel und sagte leise: »Tut mir leid, dass ich das Essen vermasselt habe.«

»Ist schon in Ordnung«, sagte Elaine leise.

Sie sprachen nicht mehr darüber, aber nach dem Abendessen servierte Elaine von dem Kuchen, den sie bei Albertson's gekauft hatte. Es erinnerte Nick daran, dass seine Schwester ein Date mit dem Metzger hatte, was ihm etwas Hoffnung für ihre Zukunft gab. Alle vier setzten sich ins Wohnzimmer und schauten sich eine Sitcom an, dann spielten Nick und Davy Rommé auf dem Sofatisch, während Elaine zusah und ihr Dad im alten Sessel auf der anderen Seite des Zimmers einschlummerte.

Nick konnte zwar nicht sagen, dass ihn das alles an bessere Zeiten erinnerte, immerhin aber an *vertraute* Zeiten. Zeiten, nach denen sie alles verloren, aber zusammen weitergemacht, dem Leben kleine Momente der Freude und Zufriedenheit abgewonnen hatten: bei einem gemeinsamen Dessert, einer Runde Kartenspiel, einem ruhigen Abend ohne irgendein Geschrei oder Leid.

An diesem Abend verließ er das Haus mit einem gewissen Gefühl der Akzeptanz. Weil sein Vater ihm etwas erzählt hatte, was er zwar schon wusste, das zu hören für ihn aber alles wirklicher machte. Er war stärker als sein Dad. Obwohl er sich gegenüber Lauren nicht so benommen hatte, denn er hatte die Beziehung zu ihr ja mit Lüge und Verrat erschlichen. Er hätte alles dafür gegeben, die Zeit zurückdrehen und es – vieles – ändern zu können.

Ich liebe dich. Wäre es so schwer gewesen, das zu sagen? Hätte es einen Unterschied gemacht, wenn sie wüsste, dass er genau das empfand? Während die Scheinwerfer seines Wagens auf dem Heimweg die warme Nacht durchschnitten, ging ihm auf, dass es stimmte, zumal jetzt, da er ohne sie war.

Ach, zum Teufel, vielleicht war es ja *doch* unwichtig. Dann hätte sie geglaubt, es wäre nur eine weitere Lüge gewesen.

Wenn er ihr doch nur das, was er nicht sagen konnte, zeigen könnte; aber offenbar gelang ihm auch das nicht.

Am darauffolgenden Mittwoch war es drei Wochen her, dass Nick zum ersten Mal vor Laurens Tür erschienen war. Es kommt mir viel länger vor, dachte er, während er in einer brandneuen Hochhaus-Eigentumswohnung in Sand Key ein Schlafzimmer strich. Kaum zu fassen, dass sie in weniger als einem Monat in sein Leben getreten und wieder daraus verschwunden war.

Während er Farbe nachfüllte, dachte er über sein Leben in den vergangenen Tagen nach. Bis auf das Abendessen mit der Familie am Vorabend hatte er nonstop gestrichen, Tag und Nacht. Wenn er nicht Räume gestrichen hatte in diesem Riesengebäude oder Elaines Terrassen-Garnitur, war er zu Hause gewesen, im Extrazimmer, hatte aufs Meer hinausgeschaut und auf der Rückseite der alten Leinwände weitergemalt. Bald nach den ersten beiden Gemälden hatte er sogar zu Acrylfarben gegriffen, so wie als Kind, damit er sich nicht um Risse in der Farbe sorgen musste. Was als Liebhaberei begonnen hatte, die seiner Seele guttat, sein Gewissen beruhigte, war irgendwie zu einer Mission geworden. Die Blau- und Violetttöne explodierten auf der Leinwand – eine unproduktive Verausgabung.

Am Ende würde er eine Sammlung von Gemälden besitzen, die nur ihm etwas bedeuteten. Vielleicht hatte er vor langer Zeit einmal gehofft, sie würden Lauren etwas bedeuten – wenn er denn je den Mut aufbrächte, sie ihr zu zeigen. Und seltsamerweise hatte diese Idee erst Gestalt angenommen, als es bereits zu spät war. Aber er hatte trotzdem weitergemacht, die Pinsel eingetaucht, die leere Fläche vollgemalt.

Als er das nächste Mal auf die Uhr sah, war Feierabend lange überschritten. Er hatte abseits der anderen Anstreicher gearbeitet, und wahrscheinlich hatten sie sich in den vergangenen Wochen so daran gewöhnt, dass sie vergessen hatten, ihm Bescheid zu sagen.

Er machte nur kurz sauber, da er am nächsten Morgen zurückkommen und dort weitermalen würde, wo er aufgehört hatte, dann ging er durch die einsamen Flure und fuhr im Lift hinunter ins Erdgeschoss.

Die vertraute Mauer aus Hitze und Feuchtigkeit schlug ihm entgegen, als er ins grelle Sonnenlicht trat und sich einen Weg über den noch ungepflasterten Parkplatz bahnte. Der heißeste Teil des Sommers war gekommen und würde bis zum Herbst anhalten.

Er hatte gerade die Tür das Lieferwagens geöffnet, als er das Geräusch von aufprallenden Kieseln hörte. Zwei jugendliche Punks warfen Steine auf eine große getigerte Katze, die buchstäblich mit dem Rücken zur Wand stand.

»Hey!«, schrie Nick sie an. Für den Bruchteil einer Sekunde fragte er sich, warum, aber dann dachte er: *Ach, zum Teufel, wahrscheinlich hat Davy endlich auf mich abgefärbt.*

Die beiden Jungen hielten inne und schauten abrupt auf.

Er sah sie böse an, froh, Angst in ihren Blicken zu lesen. »Lasst die Katze in Ruhe.«

»Scher dich zum Teufel!«, schrie einer der Punker. Na ja, so viel zum Thema Angst.

Nick war in dem Alter auch nicht viel anders gewesen, aber er war reichlich genervt und wollte ihnen Angst einjagen. Während sie wieder damit anfingen, die Katze mit Steinen zu bewerfen, drehte er sich zur Ladefläche des Lieferwagens um, kramte dort herum und zog einen Wagenheber heraus. Dann trat er einen Schritt vor, damit sie ihn sehen konnten, und sagte: »Lasst die verdammte Katze in Ruhe. Sofort.«

Die Jungen sahen einander an, einer ließ seine Faust voll Kiesel fallen, dass es staubte.

Nick ging auf sie zu. »Haut ab!« Er hob die Stimme – und den Wagenheber in seiner Hand. »Verschwindet!«

Schließlich nahmen die beiden Punker Vernunft an – auch der andere ließ seine Kieselsteine fallen, und beide trotteten zur Straße, wenngleich sie ein paar ausgewählte Schimpfwörter murmelten.

Nick legte das Werkzeug in den Lieferwagen zurück, stieg dann auf den Fahrersitz, als er bemerkte, dass die Katze sich nicht bewegt hatte, sondern wie angewurzelt dasaß.

»Miau«, machte sie, als er sie ansah.

Er schloss die Tür und startete den Motor. Drehte die Klimaanlage hoch und stellte das Radio an. Blickte wieder auf die Katze. Sah durch das Fenster das stumme Miau, das er nicht mehr hören konnte.

»Scheiße«, murmelte er und öffnete die Tür.

Einen Augenblick später kehrte er zum Lieferwagen zurück, den klugen Kater auf den Armen. Er legte ihn auf den Beifahrersitz, wo er blieb, auch wenn er noch immer etwas verängstigt war. Nick betrachtete ihn etwas genauer, während er zwischen den Schlaglöchern auf der Baustelle hindurchfuhr, und sah, dass ein Ohr eingerissen war und an einigen Stellen das Fell fehlte. »Hast viel durchgemacht, was?«, sagte er wie nebenbei und bog auf die Hauptstraße. »Na, lass den Kopf nicht hängen, Kumpel.«

Auf der Brücke nach Clearwater dachte er: *Mist, was soll ich bloß mit der Katze machen*? Sein erster Gedanke war Davy, aber Elaine würde einen Anfall bekommen. Als Nächstes fiel ihm das Tierheim ein, aber er hatte gehört, dass die Tiere dort eingeschläfert wurden, wenn niemand sie haben wollte. Er hatte sich doch nicht die Mühe gemacht, die Katze zu retten, nur um ihr Todesurteil zu unterschreiben.

Er schüttelte den Kopf. *Wann war das passiert? Wann war er so verdammt rührselig geworden?*

Während er hinüber auf das Festland und durch die Stadt fuhr, dachte Nick an die einzige Katzenliebhaberin, die er kannte. Und wie der Zufall es wollte, kam er kurz darauf am Bayview Drive vorbei.

Er kehrte um, ohne lange zu überlegen, aber als er durch das Villenviertel fuhr und sich ihrem Haus näherte, zögerte er. *Ich will dich nie mehr wiedersehen.* Das hatte sie gesagt, und er hatte den Nerv, drei Tage später in ihrem Haus aufzukreuzen? Lag es erst so kurz zurück? Fühlte sich eher wie drei Wochen an, drei Monate vielleicht.

Er bog nicht in ihre Einfahrt ein, sondern parkte einfach auf der Straße. Irgendwie wäre ihm das aufdringlich vorgekommen. Ob sie wohl im Haus war, hinausblicken und seinen Lieferwagen sehen, vielleicht an die Tür gehen würde?

Ich bin nur gekommen, um eine Katze abzugeben, sagte er sich auf und griff nach dem Kater. *Bin nicht hier, um sie zu belästigen, um Verzeihung zu bitten oder sie mit Blicken zu verführen. Nur um eine Katze abzugeben.*

»Da drin ist ein hübsches Katzenmädchen«, sagte er geistesabwesend und hob den gestreiften Kater in die Arme, »aber mach dir keine Hoffnungen, ich bezweifle, dass du ihr Typ bist. Ihr kommt aus zwei verschiedenen Welten.«

Nick kam sich wieder mal wie ein Fremder vor, als er den gepflasterten Weg vor Laurens Haus hinaufging, die Vortreppe betrat und läutete. Das Haus wirkte riesig und fremd zugleich – das Zuhause der Prinzessin von Ash Builders.

Sie öffnete – und blickte enttäuscht drein; offensichtlich hatte sie nicht durch den Spion gesehen. Wie bei so vielen Malen zuvor. Nick wollte sie deshalb schelten, behielt die Kritik aber für sich und nannte stattdessen den Grund seines Kommens. »Schau, ich weiß, du wolltest mich nie mehr wiedersehen, und ich mache dir auch keine Vorwürfe, aber ich habe diese Katze hier gefunden.« Er hob den gestreiften Kater ein wenig an. »Jugendliche haben ihn gequält, und du bist die einzige Katzenliebhaberin, die ich kenne. Ich kann ihn ins Tierheim bringen, aber dort wird er womöglich eingeschläfert. Außerdem könnte Izzy vielleicht einen Mann im Leben gebrauchen.« Er blickte auf die weiße Katze, die jetzt zwischen Laurens Füßen hervorschaute, und senkte die Stimme. »Es sei denn, du glaubst, er ist zu schmuddelig für sie.«

Lauren blickte von Nick zum Kater, dann streckte sie die Hand aus und nahm ihn sanft. »Nein, er ist nicht zu schmuddelig.«

Die leichte Berührung ihrer Hand an seinem Arm hatte ihn wie ein elektrischer Schock durchfahren. Er hatte gehofft, es nicht zu fühlen: sie nicht anzusehen und zu begehren, mit Herz, Leib und Seele, aber ihr Anblick verstärkte leider nur noch das Gefühl, dass er sie sehr liebte und das Beste verloren hatte, was er je in seinem Leben erfahren hatte. Einen flüchtigen Augenblick lang überlegte er sogar, ob er es ihr sagen sollte, aber er war hierhergekommen, um eine Katze abzuliefern, nicht um Vergebung zu erbitten, die er nicht verdiente.

»Also, danke, dass du die Katze zu dir nimmst«, sagte er. Dann wandte er sich zum Gehen.

Als er einige Schritte später allen Mut zusammennahm und über die Schulter blickte, hatte sich ihre Tür bereits leise geschlossen. Ein Gefühl der Einsamkeit überfiel ihn, als er wieder in den Lieferwagen stieg und nicht einmal mehr der Kater ihm Gesellschaft leistete. Er könnte bei Davy und Elaine vorbeifahren, aber das war momentan nicht das, was er brauchte. Stattdessen fuhr er nach Hause, aß eine Kleinigkeit, öffnete eine Tube Farbe und griff nach seinen Pinseln.

Er konnte nicht genau sagen, wann ihm der Gedanke kam: ob ganz plötzlich oder ob er sich im Laufe der Zeit entwickelt hatte, wie kleine Stücke eines Puzzles, die langsam an ihren

Platz fanden. Er hatte zu Hause den ganzen Mittwochabend gemalt und auch Donnerstagabend – bis weit nach Mitternacht, ohne an den bevorstehenden Morgen zu denken, weil er unbedingt das letzte Bild seiner Sammlung fertig stellen wollte.

Vielleicht war er weitergekommen, weil es das absolut letzte Bild sein sollte. Und wie auf einem der ersten Bilder mehrere Wochen zuvor dominierten Blautöne, doch diesmal kamen sie ihm lebendiger vor, bewegter, Wellen mit Schaumkronen, die an hellen Sand brandeten. In keinem seiner Gemälde hatten die Farben im Mittelpunkt gestanden, waren die Wellen oder der Sand die Elemente, die die Bilder zum Leben erweckten. Ja, wenn es ihm früher auch nicht klar gewesen war – dies war der entscheidende Augenblick: dass er verstand, was sie lebendig machte.

Und dadurch wiederum wurde ihm klar, was er tun musste und warum er sie überhaupt gemalt hatte. Sein Weg hatte nicht ins Nichts geführt. Zu einer Niederlage und Liebeskummer vielleicht, aber nicht ins Nichts.

Außer Lauren kannte er nur einen wirklich reichen Menschen: Dale Gold, Besitzer von Gold Homes, einen Bauunternehmer, der Architektenhäuser oben in Pasco County baute. Er hatte zwar nur ein paarmal für Gold gearbeitet – die Baustellen lagen zu weit im Norden –, aber vor ungefähr einem Jahr hatte er an der Fassade eines seiner Häuser ein Ferienwochenende durchgearbeitet – ein Gefallen, weil Gold den Bau eilig fertig gestellt haben musste. Nick war ganz zufrieden gewesen mit der Bezahlung der Überstunden, und Gold hatte Gefallen an ihm gefunden und ihn sogar zu ein paar seiner Firmen-Partys in seinem Haus am Meer nahe Tarpon Springs eingeladen. Jedes Mal, wenn der Mann in den mittleren Jahren, dessen graue Schläfen ihn distinguiert wirken ließen, ihn traf, schlug er Nick auf den Rücken, nannte ihn einen klasse Arbeiter und sagte: »Wenn Sie jemals etwas brauchen, irgendetwas, dann bin ich Ihr Mann.«

Nick war normalerweise niemand, der andere um einen Gefallen bat, aber am Freitagmittag rief er Dale an und hatte das Glück, ihn im Büro zu erwischen. »Erinnern Sie sich, dass Sie mir sagten, ich soll Sie fragen, wenn ich jemals etwas brauche?«

»Natürlich, Nick. Was kann ich für Sie tun?« Dales stets fröhliche Art erinnerte ihn an Phil Hudson, außer dass Dale ihm immer als seriöser und aufrichtiger vorgekommen war.

»Es ist ein großer Gefallen«, warnte er. »Ich möchte ein paar Dinge von Ihnen ausleihen. Nur für einen Tag.«

»Nennen Sie sie mir.« Dale schien nicht im Geringsten überrascht zu sein, was Nick beruhigte.

»Eines Ihrer Speedboote«, begann er vorsichtig, »und Ihre Insel.« Dale hatte einmal erwähnt, dass er eine winzige Insel draußen im Golf besitze, mehrere Meilen vor der Küste gelegen, auf die er mit seiner Familie zu privaten Strandausflügen fuhr.

»Sagen Sie nichts mehr, Nick. Ich bin heute um sechs zu Hause – kommen sie irgendwann danach vorbei.«

Verdammt, dachte Nick, als er kurz darauf den Hörer auflegte, *das ging viel zu glatt*. Vielleicht hatte er tief im Inneren sogar gehofft, Gold würde ablehnen und so verhindern, dass er das verrückte Vorhaben umsetzte, das seine eigenen Bilder ihm in den Kopf gesetzt hatten.

Stattdessen musste er nun an sich selbst glauben und durfte sich nicht von den größten Zweifeln seines Lebens zurückhalten lassen. Er musste Lauren genau zeigen, was er empfand, ein für alle Mal.

»Tja, Davy«, sagte er, als er am Abend seinen Bruder abholte. »Ich hoffe, du hattest für heute Abend nichts Besonderes vor – ich habe nämlich ein kleines Abenteuer geplant und benötige deine Hilfe, um es in die Tat umzusetzen. Was sagst du dazu?«

Während sie an diesem Abend die eingepackten Gemälde zur Insel transportierten, unterhielten Nick und Davy sich über vielerlei Dinge. Nick war verblüfft zu erfahren, dass sein Bruder ein Mädchen gut leiden konnte, die bei Albertson's arbeitete, und sogar so weit gegangen war, ihr ein Geschenk zu machen – etwas, was so schön klang und, wie ihm klar war, nur Davy getan haben konnte. Davy sagte, er sammle Mut, um die Frau eines Abends einzuladen, mit ihm zusammen die Delfine an der Sand-Key-Brücke zu beobachten, und Nick bot ihm an, sie dorthin zu fahren. Und dabei krampfte sich ihm das Herz für seinen kleinen Bruder so zusammen, wie er es noch nie erlebt hatte. Außerdem erzählte ihm Davy, dass er die Lektüre der *Schatzinsel* beendet habe, und fragte ihn, ob er ihn zum Piraten-Festival im nächsten Februar in Tampa mitnehmen würde, eine Bitte, die Nick ebenso erstaunte wie Davys Worte über die junge Frau.

»Seit wann magst du Festivals?«

»Ich weiß nicht. Es ist wohl so, wie du mir immer sagst – ich muss mehr unter Leute gehen.«

Sie hatten ein so gutes Gespräch, dass Nick ihm plötzlich erklärte – ohne gewisse intime Details zu nennen und auch ohne ihm die Bilder zu zeigen –, was er morgen vorhatte, um Lauren zurückzugewinnen. »Glaubst du, ich spinne?«, fragte er, als er zu Ende gesprochen hatte.

»Nein«, sagte Davy. »Ich denke, sie nimmt dir den Sturm, den du in dir fühlst.«

Er musste nicht einmal fragen, was Davy damit meinte; er verstand es. Und er klammerte sich an Davys Worte und dessen unerschütterlichen Glauben an ihn, hoffte und betete, er könnte auch Laurens Glauben an sich auf irgendeine Weise zurückgewinnen.

Als Nick am folgenden Nachmittag mutig an Laurens Tür klopfte, bekam er keine Antwort. Sein Herz schlug noch schneller, als er dachte: *Bitte sei zu Hause.* Das hier fiel ihm weiß Gott schwer genug, aber jetzt, da er so weit gekommen war, konnte er sich nicht vorstellen, umzukehren, seinen Plan nicht zu verwirklichen. Er musste Lauren dazu bringen, ihn in seiner Ganzheit zu sehen, zu sehen, wie er *sie* sah, musste ihr die Dinge verständlich machen, die er nicht mit Worten sagen konnte.

Er seufzte, ging ums Haus herum, so wie schon einmal, an einem Freitagabend; damals hielt er eine zartrosa Rose in der Hand. Aber keine Tricks jetzt. *Sag ganz einfach, was du fühlst.* Wenn er das neulich abends bei seinem Dad gekonnt hatte, dann musste er das doch auch bei Lauren hinbekommen.

Er sah sie im Pool treiben, ein ihm bekannter geblümter Bikini schmiegte sich an ihre Rundungen. Ihr Anblick erfüllte Nick mit einem ungeheuren Gefühl der Vorfreude, aber anstatt sie zu erschrecken, ging er leise auf die Terrasse und lehnte sich gegen einen der Türrahmen, bereit, geduldig zu sein, bereit, so lange zu warten, wie es nötig war, um diesmal die Dinge mit ihr richtig hinzubekommen.

20

Lauren wälzte sich von der Luftmatratze ins Wasser und tauchte kurz unter, um sich abzukühlen, dann durchbrach sie mit einem Platschen wieder die Oberfläche. Sie strich sich das Haar nach hinten glatt und ging in Richtung der Stufen, schaute auf und sah Nick neben der Terrassentür stehen. Trotz der Hitze war ihr eiskalt ums Herz.

Unzählige Gefühle regten sich in ihr, doch die meisten wurden von der Erinnerung an das letzte Mal, dass sie ihn so gesehen hatte, übertönt. Es war natürlich völlig anders gewesen. *Sie* war nackt gewesen, *er* hatte die Rose aus ihrer Fantasie in der Hand gehalten. Irgendwie empfand sie sie beide heute aber als sehr viel nackter – nur auf andere Weise.

Wasser troff von ihr herab, als sie den Pool verließ und dorthin ging, wo er stand. Ihr Gang war geschmeidig, entschlossen, nicht erstaunt zu wirken – wie schon einmal. Als sie bei ihm ankam, reichte er ihr ein Badetuch, und sie tupfte die Nässe von Gesicht und Brust.

»Wenn du vorbeigekommen bist, um nach deinem Kater zu schauen«, sagte sie, »es geht ihm gut. Izzy verhält sich zwar ein bisschen distanziert, aber das ist ihre Natur.« Bei Nick war Isadora natürlich unglaublich verschmust gewesen, aber Lauren sah keinen Grund, ihn oder sich an die Zeit zu erinnern, als ihr Leben stärker miteinander verwoben war. »Ich glaube, insgeheim mag sie ihn, und bin sicher, dass die beiden gut miteinander auskommen werden.«

»Ich freue mich für die Katze, aber deshalb bin ich nicht hier.«

Warum tat er das? Warum tauchte er immer wieder auf? Ihn zu vergessen war schon brutal genug, ohne dass er hier war, leibhaftig, so ungeheuer männlich und … berührbar. »Warum dann?«

»Du musst mir noch einen Gefallen tun. Ich möchte, dass du mit mir irgendwohin fährst.«

Mit ihm irgendwohin fahren? War er verrückt? »Wohin?«

»Es ist … ein Geheimnis.« Er wirkte untypisch schüchtern, aber das genügte ihr unter den Umständen nicht.

»Ein Geheimnis, Nick? Hast du nicht schon genug Geheimnisse vor mir?«

Die Spitze hatte offenbar genau gesessen. »Ich weiß, es ist

viel verlangt, aber ich baue dabei auf deine Güte – ich verlasse mich darauf, dass du sie mir noch einmal schenkst. Ich möchte dir etwas Wichtiges zeigen, und ja, ich habe dir keinen Grund gegeben, mir zu vertrauen, aber ich bitte dich darum, nur noch einmal. Vertraue mir.«

Laurens erster Gedanke war, ihn anzuschreien und ihm all ihren Ärger, ihre Wut entgegenzuschleudern, die in der vergangenen Woche in ihr gewütet hatten. Aber sie hatte das Gefühl, dass Nick dies bereits in ihren Augen gelesen hatte. Sie wussten beide, was er getan hatte.

Ihr zweiter Gedanke war: einfach ablehnen. *Nein, Nick, es tut mir leid, ich kann nicht noch einmal ein solches Risiko eingehen.*

Trotzdem regte sich eine gewisse Neugier in ihr. Sie hatte zwar nicht die Absicht, ihm je wieder zu vergeben oder zu vertrauen, aber sie fragte sich schon, worin wohl das Geheimnis bestand, das er ihr zeigen wollte. Wenn sie das nicht herausfand – würde sie es sich dann nicht immer fragen? Würde sie dann nicht immer einen Rest von Reue fühlen, weil sie nicht wusste, was er ihr dieses letzte Mal sagen wollte? Ihn zu vergessen war ein viel zu fernes Ziel, als dass sie sich einreden konnte, er wäre ihr gleichgültig.

Und außerdem: Sie musste an das letzte Mal denken, als *sie Nick* um einen riesigen Gefallen gebeten hatte, irgendwohin mit ihr zu gehen. Sie hatte ihn gebeten, sie zu ihrem Vater zu begleiten. Und er hatte es getan.

Sie blieb standhaft. »Ich muss duschen und mich umziehen.«

Zu ihrem Erstaunen schüttelte Nick den Kopf. »Wir werden die einzigen Menschen dort sein, und du bist perfekt gekleidet für den Ort, an den wir fahren.«

Der Gedanke, im Bikini an einen ihr unbekannten Ort zu fahren, brachte sie etwas durcheinander. »Na, dann lass mich wenigstens etwas zum Überziehen holen.« Sie griff um ihn herum zum Türgriff. »Wir treffen uns vor dem Haus.«

»Lauren«, sagte er, und seine Augen blickten wohl sanfter, als sie je gesehen hatte.

Sie gab ihm keine Antwort, ging einfach nur ins Haus und schloss die Tür. Lief durchs Haus und stolperte fast über Izzy, so verwirrt war sie. Wohin wollte er mit ihr fahren? Und warum hatte sie zugestimmt? *Es bedeutet nichts*, sagte sie sich, *nichts. Es geht nur darum, deine Neugier zu befriedigen, um nichts weiter*. Obwohl sie geradzu wie gelähmt gewesen war, neulich, als er ihr Leopold gebracht hatte, wie sie Izzys neuen Freund inzwischen nannte. Oh, wenn sie bei Nick doch nur so stark sein könnte, wie sie es in anderen Bereichen ihres Lebens zu sein gelernt hatte.

Sie kramte in einer Schublade mit Badesachen und schnappte sich einen schlichten schwarzen Sarong, der an der Hüfte gebunden wurde und über dem Knie endete. Sie schlang ihn um die Taille und betrachtete sich im Spiegel, während sie ihn zusammenband. Er bedeckte zwar kaum etwas, aber er war immerhin *etwas*, außerdem war sie nicht klar genug im Kopf, um nach etwas anderem zu suchen.

Als sie kurz darauf durch die Haustür hinaustrat, stand Nick da, an eine der Säulen gelehnt, die er kürzlich angestrichen hatte. »Du siehst wunderschön aus.«

Der Satz beglückte sie, denn Nick Armstrong sagte nur selten so etwas – und auch nicht mit so viel Aufrichtigkeit im Blick. Was für ein Mensch steckte hinter der Maske? Sie verdrängte ihre Gefühle. »Gehen wir.«

Während der Fahrt in seinem Jeep bemühte er sich um Smalltalk, aber sie gab nur knappe Antworten. Oh, wie sich ihre Positionen umgekehrt hatten, dachte sie. Sie wollte sich keinesfalls mit Konversation umgarnen lassen, auch wenn Nick das Gespräch ungewöhnlich hartnäckig fortsetzte.

»Du brauchst eine Alarmanlage«, sagte er plötzlich.

Darauf war sie nicht gefasst. »Wie bitte?«

»Ich habe dir das schon lange sagen wollen: Du bist in derlei Dingen viel zu vertrauensselig – du lädst die Leute praktisch ein, in dein Haus einzubrechen.«

Lauren seufzte unzufrieden, dann warf sie ihm schließlich einen verächtlichen Blick zu. »Ja, ich habe es dir wohl schrecklich leicht gemacht, nicht wahr?«

Nick gab keine Antwort, schenkte ihr nur einen Blick voller Reue.

Als er schließlich von der Küstenstraße nördlich von Tarpon Springs auf die baumbestandene Auffahrt eines Hauses bog, das viel größer war als ihres, sagte sie: »Wo sind wir?«

»Vor dem Haus von Dale Gold. Dem Inhaber von Gold Homes.«

Sie saß da, völlig perplex. »Ich bin Dale ein paarmal begegnet, aber …«

»Er leiht uns heute sein Boot.«

Sie hatte sich bemüht, jeden Augenkontakt möglichst zu vermeiden, aber jetzt warf sie ihm doch einen Blick zu. »Sein Boot? Wohin fahren wir, Nick?« Warum hatte sie ihm vertraut? Wieso hatte sie zugelassen, sich mit ihm auf diesen Mystery-Trip zu begeben? Sie kannte die Antwort, aber sie missfiel ihr. Sie war schwach in Nicks Nähe, war es immer gewesen. Nichts hatte sich daran verändert, ob es ihr nun gefiel oder nicht.

»Vertrau mir einfach. Bitte.«

Sie seufzte, während sie einander immer noch anblickten. Hatte sie von Nick Armstrong je das Wort *bitte* gehört? Selbst wenn, nie hatte so viel Herz, so viel Seele darin gelegen wie in diesem Moment. Verdammt sei ihre Schwäche. Sie blickte wieder geradeaus.

Nick parkte, dann ging er ihr voran einen Weg ums Haus

herum und hinunter zum Anlegesteg, als ob er das Haus genau kannte. Er begab sich zum kleinsten der drei Speedboote, die in einer Reihe standen, sie folgte ihm. Schweigend half er ihr ins Boot.

Sie setzte sich auf den Ledersitz neben ihn, und während sie über das ruhige Wasser des Golfs fuhren, empfand sie Erstaunen und sogar einen Hauch Furcht, aber sie stellte keine Fragen mehr. Sie vertraute ihm nicht – und doch irgendwie schon. Sie vertraute darauf, dass er auf sie Acht geben würde, sonst wäre sie nicht hier.

Binnen Minuten näherten sie sich einer der kleinen unbewohnten Inseln, die hier und da aus der weiten Wasserfläche ragten. Plötzlich merkte sie, dass Nick die Fahrt verlangsamte. Während sie sich der Insel näherten, wartete sie einfach nur, sah zu, fragte sich, warum er sie hierhergebracht hatte.

Er ankerte das Boot im Flachen, sie wateten an Land, Nick trug einen Picknickkorb, der ihr bis zu diesem Zeitpunkt nicht aufgefallen war. Die Insel war die Art von Orten, von denen Lauren ... *fantasiert* hatte. Der breite Strand erstreckte sich weiß und weich um sie herum, aber in der Ferne lockten Strandhafer und Palmen, und die knorrigen Bäume des Inselwäldchens verliehen der Insel etwas Wildes und Ungezähmtes.

Weiter oben auf dem Strand sah sie Gegenstände, die dort platziert worden waren. Eine Decke lag da ausgebreitet, die Ecken mit Sand fixiert. Mehr noch weckte ihre Neugier jedoch die Stelle, wo flache Gegenstände mit weißen Laken zugehängt waren, um die Decke herum aufgestellt wie Zuschauer um eine Bühne, einige auf Staffeleien, andere in der Nähe an Palmen gelehnt.

Nick führte sie zu der Decke, auf die sie sich wortlos setzte. Dann ging er herum und begann die Laken zu entfernen, eines nach dem anderen, und enthüllte ... Gemälde. »Ich bin nicht sehr redegewandt, Prinzessin … es gibt Dinge, die ich nicht mit Worten ausdrücken kann. Aber bevor wir einander für immer Adieu sagen, wollte ich … musste ich … dir zeigen, wie sehr ich deine Fantasien geliebt habe und dass ich sie alle ausgelebt hatte, durch dich, mit dir … und zwar …«

Sie sah sich um, sprachlos. Jedes einzelne der schönen, detailgenauen Gemälde, die Nick enthüllte, stellte eine ihrer Fantasien dar, wie sie von ihnen beiden ausgelebt worden waren. In einem schwebte sie über Wasser, während er vor ihr erschien und die Wasseroberfläche durchstieß. In einem anderen lag sie in einem Bett aus blassrosa Blütenblättern, er stand über ihr und ließ noch mehr aus einer endlos spendenden Rose auf ihren Bauch fallen. In einem dritten banden violette Seidentücher sie sanft an Bettpfosten, während er sich an sie schmiegte.

Sie betrachtete jedes Bild, erstaunt und völlig überwältigt. »Du … hast die gemalt?«

Nick kniete vor ihr nieder, im Sand, dann schaute er ihr in die Augen, die unerträglich traurig wirkten. »Ja.«

Ihr Blick schweifte zurück zu den Farben und dem Sex, den jede Leinwand verströmte. Sie wollte die Bilder hassen. Sie wollte hassen, dass er das getan hatte, dass er ihre privaten Gedanken in etwas Größeres, Strahlenderes und Kühneres verwandelt hatte. Sie wollte die Bilder furchtbar, aufdringlich, pornografisch finden.

Aber noch nie hatte sie Sex so schön dargestellt gesehen.

Er hatte ihre Fantasien in weit mehr als Körper verwandelt, sogar weit mehr als Leidenschaftlichkeit. Er hatte sie fließend und lebendig gemacht, fragil und unzerbrechlich zugleich, hell und dunkel, mal mit ganz zarten, dann wieder mit ganz grellen Farben. Und während sie seine Gemälde betrachtete, entstand in ihrem Herzen etwas Warmes und Festes, pulsierte durch ihren Körper, bis ihre Finger und Zehen tatsächlich prickelten. Nick hatte ihr also noch ein Geheimnis vorenthalten: Er war ein wahrer Künstler.

»Hasst du die Bilder?«, fragte er schließlich.

Sie wandte sich zu ihm um, suchte nach Worten. Schließlich stieß sie hervor: »Hassen? Sie sind … wunderschön. Sie führen dazu, dass ich mich schön fühle.«

Ein zögerndes Lächeln trat in Nicks Züge. »Dann siehst du vielleicht, was ich sehe. Vielleicht siehst du, wie schön du für mich bist, in jeder Hinsicht.«

Tränen bildeten sich in Laurens Augen, aber sie wollte nicht weinen. Schließlich nickte sie nur.

»Siehst du noch etwas anderes darin, Prinzessin?«

Aber sie konnte den Blick nicht nochmals auf die Bilder richten; sie musste in Nicks dunkle Augen sehen, seine Tiefe ergründen, versuchen, seine Seele zu lesen, die er ihr soeben sehr viel mehr geöffnet hatte.

Als sie ihm keine Antwort gab, rückte er auf der Decke näher an sie heran, streckte seine kräftige Hand aus und umfasste ihre Wange, ihre Gesichter einander gefährlich nah. »Siehst du jetzt, wie sehr ich dich liebe?«

Sie stieß einen kleinen, erstickten Schrei aus, dann richtete sie ihren Blick wieder auf die Gemälde. In einem hielt er sie umarmt, auf dem Rücken eines Pferdes, das hohe Gras umwehte ihre Fußgelenke; in einem anderen lag sie in einer Badewanne, während er hinter ihr hockte, ihr Haar wusch, kühlende Farne umgaben sie. Vom Meer zur Prärie bis hin zum Wald, von leeren Räumen bis hin zu prachtvoll eingerichteten. Nick liebte sie in allen und – o Gott – ja, sie sah es tatsächlich, konnte nicht anders, als zu erkennen, dass er sie liebte. Und darum waren die Bilder so schön, darum bewegten sie so heftig ihr Herz. Die Bilder waren Sex, sie waren Schönheit, aber sie waren auch Liebe.

Sie wollte tausenderlei Dinge sagen, aber ihre Gefühle äußerten sich jetzt in Tränen und Schluchzern, und so schenkte sie Nick schließlich das Beste, was sie im Moment aufbringen konnte – ein weiteres Nicken.

»Ich habe es nie sagen können«, flüsterte er. »Ich wusste, es war da, aber ich hatte das Wort … einfach nicht in meinem Wortschatz. Ich habe mein ganzes Leben so viel ausgeblendet, war nur verbittert, habe nicht richtig … gelebt. Aber durch dich habe ich angefangen zu leben, Prinzessin. Ich liebe dich wirklich. Und es tut mir so leid – jeder Fehler, den ich begangen habe.«

Lauren schaute ihm einfach nur in die Augen. Sie wollte nicht wieder ein Narr sein. Aber sie liebte ihn. Und seine Bilder waren so verblüffend schön. Und als sie an die Stunden dachte, die er daran gemalt hatte, an das Herz und das Gefühl, das er in sie hineingelegt hatte, da wollte sie ihn haben. Selbst wenn es der Schritt einer Närrin wäre.

Sachte hob sie beide Hände an Nicks Gesicht und küsste ihn. Es sollte eigentlich ein weicher, leichter Kuss werden, etwas Vorsichtiges. Aber stattdessen küsste sie ihn hart, fest und verlangend, bis seine Arme sich besitzergreifend um sie schlossen, bis sie sich auf der Decke zurücklegten, sein zum Niederknien schönes Gesicht dicht über ihrem schwebend.

»Ich liebe dich«, sagte er.

Pures Glück verstärkte das Begehren, das in ihr pulsierte. Sie hatte geglaubt, dass diese Worte nicht wichtig waren, aber sie waren wichtig.

»Ich liebe dich so sehr.«

»Zeig's mir«, flüsterte sie.

Sie hatte geglaubt, Nick würde nun mit ihr schlafen, aber stattdessen kniete er sich neben sie und hob sie in seine Arme. »Halt dich an mir fest«, sagte er, und sie schlang die Arme um seinen Nacken.

»Wohin gehen wir?«

»Ans Wasser. Ich hätte dir die Bilder überall zeigen können, aber ich habe dich hierhergebracht, weil ich dir helfen wollte, noch eine Fantasie auszuleben – wenn du mir nur die Gelegenheit dazu gibst.«

Nick legte sie auf den Sand oberhalb der Wasserkante, und sie zog ihn herunter, absolut hungrig auf ihn. Ihr Körper hatte ihn ebenso sehr vermisst wie ihr Herz.

Während sie sich küssten, streichelte er sie durch ihr Bikinioberteil hindurch, bevor er hinter ihren Rücken griff, um die Bänder zu lösen, und es auf den Sand über ihrem Kopf warf. Ein vertrauter und feuriger Ausdruck trat in seine Augen. Fest strich er mit der Zunge über die eine geschwollene Brustwarze, während ihre Blicke sich keinen Moment trennten.

»Ich will dich«, hauchte er.

Leidenschaft prägte sein Lächeln, als er mit seinem erigierten Glied zwischen ihren Schenkeln rieb.

»Spiel nicht«, bat sie. »Ich will dich in mir spüren.«

»Das will ich auch, Schatz«, hauchte er in ihr Ohr und drückte auf ihre Haut unmittelbar darunter zärtliche Küsse. »Das will ich auch.«

Seine Küsse wanderten tiefer, zu ihrer Halsbeuge, gleichzeitig streifte er ihr das Bikinihöschen ab. Sie griff nach seinem Reißverschluss, zog ihn herunter, öffnet seine Hose, während er sich das T-Shirt über den Kopf zog. Ihr Herz schlug mit einer Heftigkeit, die sie noch nie gekannt hatte – jetzt, da er wieder ihrer war, jetzt, da er sie liebte und sie es wusste, begehrte sie ihn ungestümer denn je. »Bitte, mach schnell.«

Er spreizte ihre Beine und schaute ihr in die Augen, dann drang er in sie ein. Sie schlang die Beine um ihn und hieß das so angenehme Eindringen willkommen, das Gefühl viel überwältigender, als sie es in Erinnerung hatte.

»Oh, es ist so schön, dich in mir zu haben.«

Nick, über ihr, seufzte. »Auch für mich, Baby.« Dann verharrte er, blickte sie besorgt an. »Aber nachdem ich dich seit einer Woche nicht gespürt habe … fürchte ich, das hier dauert vielleicht nicht so lange, wie ich möchte.«

Lauren wollte nur diesen Augenblick genießen, die Verbindung ihrer Körper – ob kurz oder lang, es spielte keine Rolle. »Tu's einfach. Lass mich dich einfach in mir fühlen, so lange, wie du es kannst.«

Die neu erwachte Leidenschaft in seinen Zügen erregte auch sie. Und dann sprachen sie kein Wort mehr, dann waren da nur noch Nick, der in sie hineinpumpte, ihre Lustschreie, sein kehliges Keuchen. Sie zuckte, als die Flut das erste Mal über ihr zusammenschlug, und es erhöhte die Intensität ihres Liebesspiels. Beim zweiten Mal reagierte sie nicht, ließ aber wieder zu, dass das Wasser, das unter und zwischen ihren Beinen, unter ihrem Hintern, ihrem Rücken her strömte, ihre Empfindungen verstärkte.

Als Nick kam, stöhnend, lag sie ganz still da, wollte wie immer spüren, wie er sich in sie ergoss. Da schlug eine Welle sanfter auf den Strand, wobei das Wasser nur ihre Hüften erreichte, bevor es sich geräuschlos zurückzog.

»Ich liebe dich, Prinzessin.«

Sie lächelte zu ihm hinauf, verzaubert von seiner neuen Vorliebe für solche Worte und dem verwandelten Mann über sich, dem Mann, von dem sie instinktiv wusste, dass er ihr jetzt alles geben konnte, was sie brauchte. »Ich liebe dich auch, Nick. Von ganzem Herzen.«

Nachdem er sich von ihr heruntergewälzt hatte, lagen sie einen Augenblick Seite an Seite und sonnten sich – bis Lauren sich aufsetzte und sah, dass die Brandung bis zu einem Punkt mindestens ein, zwei Meter unter ihren Füßen angestiegen war, so weit wie eben, als er sie auf den Sand gelegt hatte, aber nicht höher als zu der Zeit, dass sie miteinander geschlafen hatten. Sie wusste, dass dies manchmal geschah, dass manche Wellen heftiger auf den Strand brandeten, höher reichten als die vorige oder die nachfolgende; die Flut stieg und fiel nicht immer gleichmäßig. Und doch fragte sie sich: Ob sie wohl von Anfang an Recht gehabt hatte? Vielleicht war hier ja – trotz allem – tatsächlich etwas Kosmisches am Werk.

Gerade als sich dieser Gedanke warm in ihrem Herzen ausbreitete, zog Nick sie auf sich, ihre Gesichter nur Zentimeter voneinander entfernt. »Heirate mich«, sagte er – und Laurens Herz zitterte vor Überraschung. Sie hatte die Worte vernommen, doch sie konnte sie nicht glauben. Kosmisch, in der Tat. »Das war nicht Teil meiner Fantasie, Nick«, flüsterte sie mit einem Lächeln.

Er hauchte einen federleichten Kuss auf ihre wartenden Lippen und schaute ihr tief in die Augen. »Nein, aber meiner.«

DANKSAGUNG

Schreiben ist eine einsame Reise, aber es gibt immer Menschen, die einem unterwegs Steine aus dem Weg räumen; ich möchte die Gelegenheit nutzen, um ihnen zu danken. Mein größter Dank gilt

meiner Tante Dee und meinem Onkel Paul, die meinem Mann und mir in den vergangenen fünfzehn Jahren in Clearwater Beach ein zweites Zuhause geboten haben,

Renee Norris, Lisa Koester und Joni Lang für die frühe Prüfung der ersten vier Kapitel,

Dave Borcherding und Roger Collins für ihre späte Kritik des fertigen Manuskripts,

der Autorin und Steuerberaterin Pat Rice, weil sie meine Fragen zum Thema Veruntreuung so freundlich und zuvorkommend beantwortete,

der Autorin und Krankenschwester Lauri Grant für ihre raschen und detaillierten Antworten zur Kardiomyopathie,

den Anwälten Rodger Moore und Craig Bryson für ihre Hilfe in letzter Minute hinsichtlich des Themas Sicherheitsgesetze, meiner Agentin Deidre Knight für den Vorschlag, der mich zu Davys Geschichte inspirierte,

meiner Lektorin Michele Bidelspach, weil die Zusammenarbeit mit ihr so großartig war und weil sie Nicks und Laurens Geschichte ein wundervolles Zuhause gab,

und schließlich danke ich meinem Mann, meinen Eltern, meinen Schriftstellerkolleginnen Laura Resnick, Jackie Floyd und Lori Foster sowie meiner besten Freundin Robin Zentmeyer für ihre nicht enden wollende Unterstützung.

blanvalet
AVENUE

Ganz ohne Tabus – von Frauen für Frauen!

Erotischer Roman. 240 Seiten. Originalausgabe
ISBN 978-3-442-36821-1

Scharfe Storys. 288 Seiten.
Übersetzt von Claudia Müller
ISBN 978-3-442-37051-1

Scharfe Storys. 320 Seiten.
Originalausgabe
ISBN 978-3-442-37173-0

Lesen Sie mehr unter: **www.blanvalet.de**